U0965572

大鱼

有爱的青春陪伴者

我对你的爱意越过时间，依旧回响。

爱意回响

酥皮泡芙 著

江苏凤凰文艺出版社
JIANGSU PHOENIX LITERATURE AND ART PUBLISHING

图书在版编目（CIP）数据

爱意回响 / 酥皮泡芙著. -- 南京：江苏凤凰文艺出版社，2022.10
ISBN 978-7-5594-7167-3

Ⅰ. ①爱… Ⅱ. ①酥… Ⅲ. ①长篇小说－中国－当代 Ⅳ. ①I247.5

中国版本图书馆CIP数据核字(2022)第164790号

爱意回响

酥皮泡芙 著

责任编辑 王昕宁
特约编辑 裴欣怡
责任校对 言 一
出版发行 江苏凤凰文艺出版社
南京市中央路165号，邮编：210009
网 址 http://www.jswenyi.com
印 刷 长沙鸿发印务实业有限公司
开 本 880mm×1230mm 1/32
印 张 11.5
字 数 451千字
版 次 2022年10月第1版
印 次 2022年10月第1次印刷
书 号 ISBN 978-7-5594-7167-3
定 价 45.80元

目录

目录

第一章

久 别 再 重 逢

国庆前的最后一个周末，街上人头攒动，地图上的拥堵提示“飘红”。

程栀在这个路口堵了二十分钟。

“程栀，你还没到吗？”白离的声音淡淡的，似乎已经习惯程栀迟到，“两个小时前你说出门了，一小时前说快到了。”

程栀抬头看了一眼前面，太阳都快要落山，只剩下一点余晖，云层被染成粉橙色。

“路上堵了大半个小时。”程栀看着红绿灯开始跳动，“确实是意料之外。”

耳机里传来白离的笑声：“你开得太慢了吧。”

“不然我在这条路上狂飙一百八十迈，以为我开赛车呢？”程栀说完，绿灯亮起，“先挂了，十分钟内到。”

程栀从地下停车场出去到店里的时候，太阳完全落山，外面的高楼灯光亮起，店里也是灯火通明。

她刚坐下喝了一杯柠檬水，就马上对白离说：“太堵了，我简直是拿着爱的号码牌等放行。”

菜早就上了桌，白离夹了一块递到她碗里，语气调侃：“是别人拿着爱的号码牌等你放行。”

白离抬眸看着程栀。她今天穿了简单的长袖衬衫，长发束成了高丸子头，散落了一些零散的耳发在旁边。

淡妆，眉眼清秀，浓密的睫毛在灯光的照耀下投下一层浅浅的阴影，高挺的鼻梁又增添了几分英气。

灯光下，她整个人显得清冷又迷离。

程栀无所谓地笑了笑，回应了一句：“那先拿着吧，我事业心很重，暂时不想谈恋爱。”

“事业心重到国庆黄金周还要加班。”白离无奈笑道，“你那上司还刁难你呢？”

听到白离说到这个，程栀眉头一蹙，叹气：“可别说了，上次总部会议以后她一直看我不顺眼，这次的出差任务也是，所有人国庆节都休假，我一个人加班。”

程栀在一家名为“后花园”的摄影工作室工作，主打拍摄自然、运动竞技和一小部分人像。“后花园”是现在国内知名的摄影工作室，跟很多大品牌都有合作。全国各个城市都有分公司，总部设置在云城，程栀的顶头上司叫陈妮，云城总部的摄影总监。

而程栀前些日子才刚坐到南城分部摄影总监的位置，原本以为升职后会迎来美好明天，没想到其实是噩梦的开始。

程栀和陈妮两个人理念不合，经常发生争吵，但无奈陈妮官位摆在那里，程栀已经忍气吞声很多次了。

“实在不想干了就辞职吧。”白离说，“你之前不是准备自己做工作室吗？”

“成年人的世界真难。”程栀搅弄了一下杯子里的气泡水，“也不是想做什么就能马上做的。”

她一直想自己单独做摄影工作室，但这并不是一件简单的事情，资金、人脉、背景缺一不可，还要担心万一失败自己还有没有退路。

程栀无奈地耸了耸肩：“我还是先老实地拍我的比赛。”

“什么比赛？”

“赛车。”程栀随口答，“F3 方程式，好像这一场是今年最后一场了，听说是什么积分咬得紧，这一场比赛的结果很重要。”

“算了，我也不懂。”程栀继续说，“我只负责拍照就行了。”

她吃了几口菜，坐在对面的白离好几秒没有说话。

程栀听到店里的背景音乐正在播放一首老歌。

林志颖的《十七岁的雨季》：“十七岁那年的雨季，我们有共同的期许。”

白离的筷子顿了一下，她抬了抬眼，缓缓开口，听不出是什么语气，似乎也是淡淡地随便一提。

“赛车吗？我上次听许让提起过，好像祁纪阳也在当赛车手。”

程栀的动作没有半点停顿，十分自然，只是余光忽然扫到了自己右手上的星星手链。她淡淡地说：“噢，这样。我们很久不联系了。”

国庆节全国各地都迎来旅游热潮，特别是像安城那样的大城市，更是拥挤。

程栀庆幸比赛的场地比较偏远，不在市区内，不然她现在根本没有办法在咖啡店寻得这一分安静。

她看着几乎是空白的文档发呆。

上面只输入了两个字——

旧友。

再也没有输入其他内容，她的思绪不知道飘到了哪里，手边的冰美式也只喝了两口，杯壁外面凝固的水珠顺着滑落，在杯子旁边积了一小摊水。

程栀有记录的习惯，到每个城市，见到的一些事物、人，都会记录，但不限于只是用相机，她通常也会在自己的公众号更新一些文字记录。

发呆浪费了一些时间，程栀索性开始查阅与 F3 赛车有关的资料。虽说其实只需要她的摄影技巧，竞技类的比赛都一样拍，但她觉得自己还是需要做点功课。

F3 方程式是三级方程式汽车赛，目前是仅次于 F1 方程式的级别，只有最为顶尖的选手，才能成为 F1 方程式赛车手。

F3 对于大多数人来说，已经是十分专业、望尘莫及的程度，不过如果能参加 F1 方程式，基本已经算是巅峰。

F3 和 F1 的积分规则基本一样，年度总冠军分为两种：车手总冠军及车队总冠军，计分方式是采用积分制，车手与车队的积分都是累积的，车队积分则以车队几位车手积分累加。

并且在方程式比赛中，团队的荣誉大于个人荣誉。

比赛是在世界各地各站进行，每一站不同的名次都有不同的积分，全年积分累积来评选出年度总冠军。

今年夺冠热门的车队是 Kingdom 和 Oasis 这两支车队，在长达半年的各站比赛里，两支车队的积分咬得很紧，就连车队头号选手的积分都差别不大。

而这场比赛，是全年的收官之战，并且收官站的积分，是其他站的两倍。

这让这次的比赛显得更为精彩纷呈，当然，最令人瞩目的还是两支车队的头号选手，Kingdom 的 Blume 和 Oasis 的 Reaper。

两位车手在过去的比赛里，积分你追我赶，现在一个第一、一个第二，并且差距很小。

还没来得及看完，陈妮的电话打过来，冷冰冰地命令："程栀，今晚把上周拍的那组图修出来，客户那边加急。

"还有，这次我们跟 Kingdom 车队合作有车手单独的拍摄，那边有个车手很难沟通，你回头自己想想办法，这点能力总是有的吧？

"好了，就这样。我这边还有别的事，你看着办。"

陈妮说完就挂了电话，也不给人一点反驳的机会。

且不说之前手上的工作还没做完，现在还是休息时间，陈妮这人真的蛮不讲理。

很难沟通的车手？

一般这种时候说很难沟通的，难度真的是超乎想象。

程栀深吸了一口气平复自己的心情，随后马上切到自己的银行短信，看了一眼上个月的工资入账。

为了这点钱，她决定再忍一忍。

刚才突然被这个电话打断，程栀没有继续看下去，直接关了百度资料的后台。

而在她没看的那一页资料上，男人穿着黑白相间的赛车服，单手拎着头盔，靠在一辆赛车旁边，下颌线流畅，棱角分明，一身慵懒却又狂傲的味道，荷尔蒙的气息溢出屏幕。

左上角写着他的名字——

Blume。

从咖啡店出去那条路不太明亮，大概是因为这里比较偏远，就连街边的路灯都不太亮，城乡接合部有些许破旧古老的味道，路灯闪烁，生出几分阴森森的味道。

程栀低着头整理着自己的包，忽然感觉到一阵风从自己脸上擦过去，伴随着巨大的发动机轰鸣声。

她皱了下眉，顺着声音看过去。

虽然这里偏僻，但也是双向四车道，路倒是挺宽的。

两辆跑车在离她不远处的街口停下，那里有一家酒吧，是这条安静街道上最热闹的地方。

程栀“嘁”了一声，小声吐槽了一句：“开超跑到这穷乡僻壤的酒吧来喝酒，也是挺有兴致的。”

她往前走着，路过那两辆车的时候，有一辆红色法拉利的车窗正打开，旁边站了个人弓着腰跟驾驶座的人说话。

“谢谢哥，还送我过来。”说话的人嬉皮笑脸的，“你也去玩玩呗，喝点饮料就成，我知道你明天有比赛……”

她不是故意偷听，只是恰好路过。

程栀听到车内的男人声音低缓，语气寡淡：“不用了。”

“真不去啊？”在外面的人有些失望，“那就算了，保护我方Blume的名声……”

程栀听到这个名字，脚步稍微顿了半拍。

她挑了下眉。

Blume？

刚看了资料，程栀对这个名字还是有点印象的。

啧，夺冠热门选手，还在比赛前夕出现在这种地方。

正红色的法拉利超跑，也是挺高调的。

程栀笑了笑，在拐过街角的时候，回头瞥了一眼那位传说中的Blume。刚才资料没看完也没看到照片，既然碰到了就随便看一眼吧。

奈何灯光实在太过昏暗，站在外面从挡风玻璃看进去什么都看不清楚。

只是勉强晃到一眼，男人的棱角在光影下十分分明，也确实是个剑眉星目的帅哥，手上夹着一根烟，正低着头点火。

一股有钱公子哥出来放风的味儿。

程栀什么都不记得，只记得那猩红的烟头像一个小星星，不停地忽闪。

街角的风微热，车内的男人点好烟抬了头，匆匆往前一瞥，嘴里还说着：“自己注意点，别太疯，我先……”

话没说完，前面路口的女人走到转角，忽然侧了些头，脸在路灯的照耀下清晰了两秒。

祁纪阳所有的话突然全都哑在了嗓子间。

一瞬间敛声沉默。

“程……”某个名字呼之欲出。

“好的哥，那我走了，你回去注意安全！”

祁纪阳的思绪被打断。

前面的那道人影也彻底消失在路口，不知道走向了哪里。

手上的烟没抽完，祁纪阳有些慌神地把烟灭了，点火，踩下了油门。

风从车窗的缝隙中灌进来，伴随着空气中散开的一阵很淡的花香。

灯光明明灭灭的街道，模糊的人影走过拐角，突然掠过一道红色的车影，速度很快，却连一个行人都没追上。

路灯亮着，车内却昏暗。

男人紧紧地握着方向盘，因为太用力，手上的青筋微微凸起，胸口上下起伏着。

周围的空气渐渐开始稀薄。

这么几年里，他想过无数次，他们俩到底还会不会相遇。

刚才那么匆匆一眼，祁纪阳觉得自己内心的某一处正在被唤醒。

右脚蠢蠢欲动，想要直接踩下油门，拐过去追上看看到底是不是她。

但前面路口的红绿灯十分不友好，亮起了红灯，街道再次恢复安静。

似乎是一场梦境，和以前的每一次都一样，转过身就不见了。

十月的烈日依旧晒得人头晕目眩，比赛场上人潮涌动，观众的热情持续高涨。

程栀站在发车区的拥挤角落，搜寻着 Kingdom 车队经理的身影。

这次他们算是直接跟 Kingdom 合作，这场比赛结束，还有一些其他的拍摄需要跟进，昨晚睡前，陈妮终于把 Kingdom 车队经理孙宗的联系方式给她发了过来。

程栀又低头看了一眼短信。

【孙宗：车队队服是黑白相间的，上面有很大的王冠标志，入场往左前方走。】

比赛正式开始之前，所有的车队、车手，都在发车区进行准备，维修保养检查车辆。

程栀看得头晕眼花的。

其实工作室有其他摄影师懂行，甚至还有个男摄影主动提出想来，但是陈妮就是要程栀来。

在发车区转了一大圈，程栀终于找到了 Kingdom 车队的人。

她走过去，礼貌地拍了拍前面某位的肩膀。

“你好。”程栀抿唇笑了一下，“我是这次和你们车队合作的摄影师，‘后花园’工作室的程栀。”

那人稍微愣了一下：“噢噢，摄影师是吧？”

“是的。”

“阿宗！摄影师来了！”那人朝着不远处唤了一声，“你接一下。”

孙宗这才急匆匆地跑来。他年纪不大，看起来也就三十岁出头，理着干净利落的寸头，人很精神。

“不好意思还麻烦你自己找来。”孙宗说，“我们这儿赛前准备有些忙。”

程栀微笑：“没事，我一会儿在哪儿拍？”

孙宗给她指了指旁边，说：“这里，发车区，一会儿所有车手都会从这里出发。”

程栀大概看了一下位置，已经快顶着脸拍摄了。

距离车手发车的位置大概只有十米远。

“好的，我知道了。”程栀应答，“那比赛结束以后的拍摄部分……”

“明后天就会安排！车队这边已经跟车手说好了，程小姐可以放心。”

孙宗话音刚落，刚才那个人又开了口，语气有些调侃：“阿宗，Blume 那边还没解决呢，怎么就让人家放心了？”

那人穿着赛车服，应该也是车队的车手。

孙宗皱眉，说：“Blume 那边我会看着办的。”

程栀：怎么又是这个 Blume？

她联系了陈妮说的话，也猜到了 Blume 就是那个很难搞定的车手。

怎么，成绩好就要狂傲一些？

程栀“喊”了一声，回想起昨晚在酒吧门口晃荡的人影，看起来确实不是一个好对付的人。

“Blume 不愿意参加后续的拍摄吗？”程栀主动问，“比赛结束后，我可以亲自跟他协商，这也是我工作职责的一部分。”

那人叹了口气，摊手：“Blume 真的很倔，以前合作的摄影师被他气走的可不少，说是只让一个朋友拍。”

旁边其他人听到他们在讨论给 Blume 拍照的事情，也加入了讨论。

“哟，可别说了，Blume 说要像他钱包里那张照片拍得那么好才行。”

“这么多年也没见哪个摄影师搞定 Blume，小姐姐你也别太大压力啊，搞不定也没事。”

程栀这才注意到，在场准备的车手里，并没有 Blume。

她随口问了句：“他人呢？”

孙宗拍了拍手，眉头紧皱，说：“去卫生间了，水土不服肠胃不适，我们这儿正急呢。”

在这么重要的比赛开始前，这可真不是一个好消息。

程栀也跟着头疼，揉了揉鼻梁：“那我先去准备拍比赛，其他事情我们回头再说吧。”

比赛还没开始，程栀暂时也不需要就位，她找了个角落更换镜头。

拥挤之间，一股有些熟悉的香水味从身边飘过去，程栀上好镜头，缓缓抬眸的时候，余光扫到一道黑白人影从前方匆匆走过。

祁纪阳回到车队区域的时候，已经快要发车了。他不停歇地换好装备，头盔、耳机、话筒全部准备好。

“身体还有哪里不舒服吗？”耳机里传来声音。

“没事。”祁纪阳淡淡地回答，“吃了药，现在基本没什么事了，今天的比赛也不用担心。”

他顿了一下，忽然随意地轻笑一声，带着十足的把握。

“等着庆功吧。”

孙宗拍了一下祁纪阳的后背：“还是这么自信啊，不愧是 Blume！”

距离正式发车之前还有些时间，赛前气氛调节，大家会聊一些其他的话题。

“Blume，这次来的摄影师是个漂亮小姐姐，你不打算给人留点面子？”

“还惦记着你钱包里那个呢？”

祁纪阳没说话，只是低笑了一声，也算是默认。

“让美女伤心，哎，你真是个绝顶渣男。”

祁纪阳转头看了说话的人一眼：“是吗？”

那人讪讪地笑了，也没继续说什么。

其实在赛车手里，祁纪阳的私生活算是非常干净的，赛车手每年都在各个地方进行比赛，有的是浪子，甚至换个地方比赛就换个女朋友。

祁纪阳不仅不换女朋友，甚至没有女朋友。

渣男话题一晃而过，大家还继续说着拍照的事。

“你们说 Blume 钱包里那照片啊？哈哈哈，别人都在钱包里塞暗恋对象的照片，他塞张自己的照片。”

“有幸看过那张，拍得确实不错，不过应该是抓拍的吧？”

看过的人都知道，祁纪阳钱包里塞着的是一张在篮球场拍的照片，他抱着篮球迎面跑来，脸上的笑意盎然。

应该是刚赢了比赛。

那张照片背后有一个十分潇洒的签名，一个单字。

——程。

即将发车，祁纪阳听到的最后一句赛前废话，是有人说："哦对了，这次的摄影师也姓'程'。"

一辆辆赛车从发车区奔驰而去。

程栀端着镜头对准每一位赛车手，每个人都捂得严严实实，从外面看头盔是不透明的。

赛车正式发车之前，会有一群人围在旁边，以最快的速度做最后的检查。

开始以后，程栀从后台出去，走到外面继续拍摄。

旁边的人正在激烈地讨论着。

"欸，你看好 Blueme 还是 Reaper 啊？"有人提问。

"废话，当然是 Reaper，你以为这个名字是白来的吗，收割者！当然就是最强的！"这人说着，"哧"了一声。

"我倒是看好 Blume，最近发挥稳定，我觉得他状态特别好，我押一手。"

"算了吧，Blume 真的不行，我跟你说，刚才我听到他们说今天 Blume 身体不适了。"

比赛开始后，赛车飞速掠过，连风都变得激烈。

程栀觉得赛车每次经过身边，自己的心脏都被震了一下。

从未想过，就连看没有生命的赛车都觉得充满了性张力，赛车手好像赋予了赛车生命。

太快了，像一阵风。

很飒，有绝对的吸引力。

竞技类的比赛永远让人热血沸腾。

比赛继续如火如荼地进行着，接近尾声，最后两圈，所有人都屏住呼吸。

"最后两圈，Blueme 和 Reaper 都要进站！"

赛车比赛里，进站一般是要更换轮胎，而换轮胎是很重要的一环，换胎的时间、轮胎的材质选择，都是一种战术。

两个人一前一后进行了换胎。

依旧咬得很紧。

Blume 那边似乎出了些小岔子，换胎的速度没跟上，最后两圈一开始就被 Reaper 甩在了后面。

程栀的呼吸收紧，连她都开始变得紧张起来，手心竟然有些细密的汗珠，连相机都快拿不稳了。

最后一圈。

弯道。

两个人都卡着弯道的角度,一个角度没进好,给对方留出空隙了基本就很难了。

程栀看着前面。

手有些酸了，耳边风声、引擎声、欢呼声还没停歇。

就在这个时候，Reaper出现了一个致命的失误!

他入弯出弯的角度显然没有Blume控制得好，最后半圈的地方，原本落后的Blume一个弯道超车，十分轻易地就把对手远远地甩到了自己身后。

胜负已定。

Blume冲线的一瞬间，现场像是烟火炸开，整个观众席都陷入沸腾，尖叫声欢呼声此起彼伏。

冲过终点，车再次停在发车区。

程栀赶紧举起相机，调整着光圈和焦距，对准了这次的冠军选手。

等待了好几分钟，男人终于从车上下来，头盔取下，湿发凌乱，从镜头里能看得清晰，能看到从他额头上滚落的汗珠，顺着性感的下颌线，落在青筋凸起的脖颈、流入锁骨。

背脊挺直，傲然屹立。

赛车服背后写着他的名字。

程栀的心跳还没平复下来。

这么看是挺帅的。

并且，还很有味道，是属于赛车手的独特魅力。

唯一可惜的就是，这位是个不好搞定的。程栀一边摁下快门，一边想着难不成要先跟Blume当朋友才能拍他?

程栀还在思考着，机械地按下快门，没想到那人却突然回眸看了过来。

耳边风声依旧，空气却突然稀薄，程栀觉得呼吸都被抑制住似的。

熟悉的脸出现在她的视野里，跟当年的少年气不同，他现在浑身都散发着荷尔蒙的力量感。

那么一瞬间，程栀的右手不稳，骤然晃动。

那条戴了很多年的手链，上面系的两颗小铃铛忽然碰撞，一道清脆的铃响。

和心跳的声音几乎同步。

“叮叮——”

风从外面灌了进来，程栀听到手上的手链叮当作响。

她看到那人朝自己走过来，跟当年，他把手链送给她的时候几乎无差。

五年前。

祁纪阳穿着篮球队的队服，一只手抱着篮球，另外一只手把玩着首饰盒。等他走近了一些，像抛篮球一样，把那个首饰盒扔给程栀。

“送你的生日礼物，好好珍惜啊。这款式我让人给我参考过的，绝对不过时的好吧。”

少年意气，随意潇洒。

“你这意思是让我一直戴着？”程栀走近就给了人脑门一个栗暴，“说不定毕业以后我们就不怎么联系了呢。”

祁纪阳那时候睨了她一眼，伸手勾着她的肩膀，把人往自己身上揽了一下。

“瞎说什么呢，好兄弟永不散场。”他的语气十分坚定，“我们怎么可能不联系啊？”

“我说万一。”

“万一？”

“万一真的不联系了，难道我还得戴着？”

“当然可以。”

这么多年，程栀真的一直戴着，从来没有取下来过。

在祁纪阳靠近的前两秒，程栀终于回过神来，飞快地把自己的手背到身后，在所有人都没看到的背后，把那条手链取了下来塞进包里。

祁纪阳的每一步都走得很坚定，没有任何犹豫。

朝着她的方向。

程栀的呼吸稍微平静了一些，站在原地没动。两个人的眼神对上，除了有些诧异和惊喜意外，好像也看不到其他情绪。

几秒后。

祁纪阳站在程栀面前，左手还抱着头盔。

两个人站在原地定了很久，谁都没有开口说话。

连一句好久不见都没有。

终于，两个人不约而同地抬起手，虽然一句话没有，但十分默契地击了掌、撞了撞拳头。

还是很默契，和那时候一样，属于他们俩的，打招呼的方式。

手刚放下去，程栀听到祁纪阳轻声开了口，尾音微微上扬着，他说：“好久没见，动作都有些生疏了。”

“是。”

比赛刚刚结束，场边的声音依旧嘈杂。

祁纪阳刚刚动了下唇，准备说些什么，他的话根本没机会说，就被人叫走了。

“Blume 来一下领奖台！”

“都弄好了吧？准备颁奖了。”

发车区还是略显混乱，很多人在里面来来往往，程栀看到祁纪阳被人叫走，终于松了口气。

这种完全料想之外的不期而遇，像是一场梦境。

程栀换了个镜头，小心翼翼地检查了一下相机有没有哪里出了问题。

刚才取手链的时候太过匆忙，她直接松了手，也没有想那么多，还好自己把相机挂在脖子上，不然就已经掉在地上摔了。

孙宗这时候走过来招呼她："程栀，这边颁奖需要拍一下！"

程栀抬起头，应了一声："好的，马上来！"

颁奖台。

站在一号位的男人，手里拿着属于他的奖杯，高高地举起。

意气风发。

像一头难以被驯服的、充满野性的狮子。

程栀一遍遍地按下快门，耳边灌入周围的欢呼声，镜头下的男人站在最中心的位置。

所有的灯光、掌声、欢呼、荣誉，都是属于他的。

祁纪阳在众多的镜头里，直直地看向了她的镜头，眼神毫不动摇。

程栀继续按着快门，眼神敛了一下。

祁纪阳啊，真是和当年一模一样，一点都没变。

就连跟她打招呼的时候，那股洒脱桀骜的味道都是一样的。

颁奖结束，各个车队开始整理收拾，祁纪阳下来就走到程栀旁边。

"一会儿你还有别的事吗？"祁纪阳回头看了一眼其他人，"晚点我们车队聚餐，一起吃个晚饭？"

程栀收拾着相机，还没回答，倒是孙宗看到他们俩在说话。

"你们俩认识啊？"孙宗有些惊讶，这两人看起来很熟的样子。

祁纪阳还认识摄影师？

程栀"嗯"了一声，解释："我们是高中同学。"

他们岂止是认识，是高中那几年里，关系最为亲密的好朋友。

孙宗听完哈哈一笑，拍了下祁纪阳的肩膀，说："原来你们认识，那就不用我多说了吧！"

"程栀小姐是这次跟我们合作的摄影师。"孙宗说，"别的摄影师你不愿意被拍，那老朋友的面子总得给吧？"

祁纪阳没反驳，算是默认。

程栀怎么都没想到那个很难搞定的 Blume 竟然会是祁纪阳，还想着是不是要先和 Blume 成为朋友才行。

现在看来，都不需要走这个步骤了。

程栀拍了拍自己的相机包，挑了下眉："祁少，这么久没见，见面礼，配合一下工作吧？"

车队其他人听到这一句配合工作，都转过头来。

哟。

这么多年就没有人让祁纪阳松过口。

数秒的沉默，众人看到祁纪阳很随意地点了下头。

"行。"

比赛的地方比较偏僻，他们聚餐的地点选在安城另外一个繁华的商圈。

酒店的停车场停着好几辆跑车，当数那辆红色的法拉利最为显眼。程栀想起那天看到那辆车的时候，她还在想是哪位有钱公子哥那么有兴致，大半夜的开辆红色超跑出来放风。

现在想想，也确实是祁纪阳做得出来的事情。

他本来就是个很张扬的人。

程栀走在祁纪阳旁边，听着他把玩车钥匙的声音。

祁纪阳睨了她一眼："坐我的车没问题吧？"

"当然。"

"好多年没见了。"祁纪阳忽然说了一句，"大学毕业以后，你就到摄影工作室入职了？"

"嗯。"

"现在顺利吗？"祁纪阳又问。

刚好走到车前，祁纪阳替程栀开了车门，一只手放在上面垫着，防止她磕到头。

程栀上车以后才回答上个问题："挺好的，没什么问题，本来遇到了个难题……"

"什么难题？"

"说 Kingdom 的 Blume 很难搞定。"程栀轻笑，"我正在头疼要怎么办，结果发现原来你就是 Blume。"

祁纪阳点了火，语气悠悠："你发现 Blume 是我，所以觉得不是难题了？"

程栀微微点头。

"你还真是有信心啊。"祁纪阳看着前面，侧脸被路灯映着，"就这么坚信我一定会给你这个面子？"

程栀嗤之以鼻："不愿意我就威胁你呗。"

"反正以前你也是威胁我是吗？"

一句话唤醒了一段回忆。

程栀高中的时候就很爱摄影，买了个小相机以后就整天到处拍，她用得最多的模特就是祁纪阳。

要是祁纪阳不愿意……

——“祁纪阳，下次上课老师抽你回答问题我就不提醒你了哈。”

——“祁纪阳，你打完篮球没人给你买水了哦。”

——“祁纪阳，你到底还想不想抄我的作业了！”

各自陷入回忆，沉默了好几秒。

祁纪阳突然说了一句：“毕竟是以前，我们可是四年都没有联系了，你觉得自己还能跟以前一样威胁到我？”

“嗯？”程栀说，“这样的话，那今天就是我们最后一次见面，微信好友也别加了。”

祁纪阳：“当我没说。”

饭桌上闹哄哄的，所有人都对程栀和祁纪阳之间的关系很好奇。

“你们以前是很好的朋友吧？”有人问道，“毕竟很少见到 Blume 对别人这么好，要关系很好才行啊。”

“是。”程栀承认。

“这么好的朋友，你们怎么做到四年都不联系的？”

程栀的手微微顿了一下，随后说：“不是很正常的事情吗？”

“因为毕业之后大家走向了不同的方向，生活方式、圈子、朋友都完全不一样了。”程栀一副坦荡洒脱的样子，“大家走着走着就渐渐失去联系才是人生常态。”

提问的人点了点头，若有所思地说：“也是。有的人确实只能陪我们走一段路，再好的朋友也扛不住人生的洪流啊。”

不过，再次重逢的时候，和旧友见面的时候，曾经的感觉就会马上回到身上，仿佛那么多年没联系对他们之间几乎没有什么影响，依旧是那么自然和默契。

聊着天的空隙，祁纪阳夹了一块牛肉，先是放在自己碗里，然后认真细致地把上面的香菜碎都挑掉。

比给草莓挑籽还要麻烦。

终于弄干净以后，他顺手就把自己碗里清理好的牛肉放在了程栀碗里，动作娴熟自然。

“哟。”这时候有人起哄，“头一次看到我们祁少对别人这么细心照顾。”

“我就说祁纪阳夹一块牛肉不吃干什么呢，搁自己碗里整了那么久，原来在帮人家姑娘挑香菜。”

“哈哈哈，祁纪阳你这跟对女朋友似的。”

话音落下，场面寂静了好几秒。

程栀刚说完谢谢，正咬着那块牛肉，刚好在看白离发来的信息。

【白离：对了，要不我让阿让把祁纪阳的微信推过来？你们可以借此机会联系一下。】

这边场上尴尬了几秒，祁纪阳抢先开口解释："别瞎说，我和程栀关系铁到什么程度？"

祁纪阳说着，余光扫了一眼程栀。她微微低头认真吃着菜，浓密的睫毛盖住了眼神，白皙的后颈肌肤裸露在外面。

他看了一眼程栀空荡荡的手腕。

上面什么也没有。

"如果她是男生，我们俩能一起洗澡穿同一条裤子的关系。"

如果是男生……

但因为程栀是女生，一切都变得不一样了。

一顿晚饭吃了很久，庆功宴总是要长一些的。

祁纪阳算是这场庆功宴的主角，毕竟是车队里积分最高的车手，并且这次还拿了个人积分冠军。

结束的时候已经有些晚了，不过外面依旧热闹，人来人往。

安城是个夜生活很丰富的城市，凌晨都依旧灯火通明。程栀对这个城市很熟悉，她也是在这里待了好几年的。

刚刚从店里出来准备去开车，旁边忽然响起一阵尖叫声，程栀吓了一跳，往后退了两步。

"Blume！"

"啊！是 Blume 没错吧？"

"啊！是的！"

几个人忽然蜂拥上来把祁纪阳围着，还匆匆忙忙地从包里拿着东西。

"Blume 你们今天在这边庆功吗？恭喜你夺冠呀！"

"今天这场你的表现实在是太亮眼了！"

"Blume 你有没有要加入 F1 车队的想法啊？"

程栀又往后退了两步，站在后面一些的位置低头回信息，也没有管前面到底发生了什么。

她对祁纪阳和粉丝之间的交流没有什么兴趣。

【程栀：有时候就是这么巧吧，刚好碰到祁纪阳了，也没什么叙旧的，祁纪阳还是老样子。】

【程栀：这么多年没见，还能跟当年一模一样，确实也只有祁纪阳能做到

了吧？】

她回复完，微微抬眸看了前面的人一眼。

男人的背影依旧挺直，一股傲然的气质。程栀很快收回目光，垂眸发着呆等白离的回复。

以前好像也是这样。

每次篮球赛结束以后，都会有一批女孩子蜂拥而上围着祁纪阳，而程栀从来都不跟她们挤，每次都退到旁边等人潮散去。

“欸，这个漂亮姐姐是你女朋友吗？”程栀听到有人这么问。

随后马上接上祁纪阳的解释，他的回答好像是不假思索的：“不是，是好朋友。”

“哦哦，这样啊。那麻烦 Blume 帮我签到这里啦！谢谢！你一定会有很漂亮的女朋友的！”

祁纪阳轻声笑，现在的小孩儿送祝福的方式真是有些特别。

签完名道完别，终于走开以后，程栀走在祁纪阳旁边，一直在翻着自己包里什么东西。

祁纪阳睨了她一眼：“在找什么？有什么忘记拿了吗？”

她老是丢三落四的，也不知道这个毛病四年后有没有改变。

程栀没回答，又继续翻了好几秒，最后从包里拿了一支笔和一张小卡片出来，她抬手递给祁纪阳，眼神示意了一下。

两人的脚步顿住，祁纪阳接过去以后看着她一种“你知道自己要干什么吧”的眼神，问了句：“什么意思？”

程栀看了他两秒，眼神鄙弃：“感情淡了啊。”

祁纪阳一头问号。

“现在你都搞不懂我的意思了。”程栀摇了摇头。

他们以前确实很默契，不需要多说话，有时候一个眼神就知道对方想要什么，根本不需要程栀的提醒。

程栀微微扬了扬下巴，说：“给我签个名。Blume 的签名应该挺值钱的，我要是以后走投无路了就卖你的签名为生。”

祁纪阳沉默半秒，随后低着头开始签名，一边写着一边说：“你就是那种传说中没事不联系，缺钱了就找上门的老同学？”

“怎么，不爽啊？”程栀接过他签好的卡片，“就是让你签个名而已嘛，又不是找你借钱，也没让你买我的什么产品吧？”

祁纪阳被她堵得说不出话，无奈地笑了一声。

程栀低头把东西塞回包里，刚刚抬头，眼前忽然出现了一双手。祁纪阳毫不客气地戳了一下她的眉心，说了她一句：“没良心的。”

程栀没反驳，耸了耸肩。

可能她确实有点没良心，四年没联系，连个微信好友都没加，见面以后又开始欺负人。

他们俩甚至连原因和对方这四年做了些什么都没问。

就像这四年的空白从来都没存在过一样。

回到酒店，程栀正准备拉开车门下车，手刚刚碰到门把手。

“等等。”祁纪阳忽然侧过来一些，手压在她身侧，差一点触碰到她手掌的位置。程栀下意识的动作——她把手往回抽了一点，整个人也往后靠了一些。

鼻息之间钻入男人身上的香水味，像一阵咸咸的海风扑面而来。

祁纪阳在漆黑的车内看着程栀，眼神似乎是对着，但是谁都看不清对方眼底到底写着什么。

“就走了？”祁纪阳扬了下眉。

“不然呢？”程栀接话，“啊，我给你点车费？”

祁纪阳也没逗她，直接开门见山：“微信，加一下。”

程栀悄悄松了口气，点开自己的微信二维码，递过去，言简意赅地说了一句：“扫。”

手机屏幕的光照亮两个人的脸，各自神色难猜，程栀看到祁纪阳打开微信扫了自己的好友二维码，听到传来的那一声。

“嘀嘀——”

跟一道门被打开的声音一模一样。

因为在车上逗留了一会儿，他们俩到酒店大厅的时候，其他人都已经在楼下等了。除了 Kingdom 的人在大厅，这个时候恰好 Oasis 的人也在。

Reaper 看到祁纪阳进来，马上走过来拍了他一下，勾着祁纪阳的肩膀。

“今天跑得不错啊。”Reaper 也不吝啬自己的夸奖。

在赛场上是竞争对手，但是出了赛场，都是互相欣赏的同行。

祁纪阳笑：“是比你好一些，你最后那个弯道失误太大了。”

“臭小子，让着你呢！”Reaper 说，“明年的冠军我就不让着你了。”

“那你倒是试试。”祁纪阳说，“看看能不能把冠军从我手上抢走？”

两人嬉笑聊着，Reaper 忽然注意到了在祁纪阳身后站着的程栀，他忽然话锋一转，说：“欸，小姐姐。”

程栀抬眸：“叫我吗？”

“是。”Reaper 拍了下祁纪阳的肩膀，绕到程栀面前，“加个微信？”

搭讪的意思十分明显。

程栀还没回答，祁纪阳先伸手挡住了 Reaper，语气悠悠：“想什么呢？”

“怎么了？”Reaper 显然没料到自己搭讪个美女还能被祁纪阳拦，“你喜欢啊？”

Reaper 知道程栀不会是祁纪阳的女朋友，这人现在单身。

“这是我兄弟。”祁纪阳往前迈步，挡在程栀前面，顺手就把自己的手搭在了程栀的肩膀上，“别祸害我的人。”

Reaper 就是私生活不太检点的类型，换女朋友比换衣服还快。

“人家姑娘自己都没说不愿意呢。”Reaper 摆了摆手，听了这话以后也确实没打算继续，“我去下我们车队那边，你们聊着。”

他搭讪失败直接开溜——要是祸害了熟人的朋友，到时候还真就说不清了。

程栀勾了下唇，无声地笑了笑，什么都没说。

等到 Reaper 走远了以后，祁纪阳低头看着她。

“外面这些男人都挺信不过的。”祁纪阳说得认真，“选男人的时候一定要擦亮眼睛知道吗？”

程栀没说话，感觉到他说话时温热的吐息落在自己的脸侧，顺着钻进了颈窝，感觉痒痒的。

“对了，你现在单身？”

“是啊。”程栀说，“怎么了？”

程栀隐隐约约感觉到搭在自己肩膀上的那双手稍微变重了一些。

“没事。”祁纪阳说，“只是跟你说别被渣男骗了，有什么男人喜欢你，得按照约定带到我面前审审。”

程栀笑出声，眉眼弯弯，语气轻松地说：“知道了，你要是不放心呢，就靠你介绍点优质男孩子给我了。先过你那边，再介绍给我行吧？”

程栀伸手，把祁纪阳搭在自己肩上的手拍了下去。她低头看了眼手机时间，说：“我先上去了，还有点工作要做。”

“嗯。”

程栀走得很快，完全没有回头地径直走到了电梯间。

她看到电梯门合上，倒映着自己的样子。

眸中有一闪而过的慌张。

肩膀上也似乎还有余温缠绕。

女人的身影消失在拐角，电梯门打开又合上。

祁纪阳看到程栀上了电梯，也准备再等一会儿就上楼去休息了。他眯了眯眼，忽然被孙宗拍了一下后背。

“哎，我还以为你跟这姑娘有什么故事呢，结果……”

祁纪阳微微回眸，看着他：“怎么？”

“你怎么样我不知道，反正人家姑娘是真的对你没意思吧，要是喜欢的话，怎么可能还让你给她介绍对象？

“我跟我女朋友在一起之前，我还试探她，问需不需要给她介绍对象？

“她当时回我说，最近暂时不想谈恋爱，就不劳烦我费心了。”

祁纪阳看着程栀离开的方向，继续听孙宗在自己耳边念叨。

“后来在一起了我问她，她说确实是因为当时喜欢着我，一点都不想接触别的男人。

“一个女生要是喜欢你，就会抗拒接触别的男人了。”

孙宗摇了摇头：“可惜啊，错过了一个嗑 CP 的机会。”

紧紧合上的电梯门，没有一点留念，人影也消失得很快，像一阵风。

“你们俩还真是铁哥们。”

第二章

合 适 的 人 选

窗外的世界灯火通明，高楼鳞次栉比。

程栀看着终于修好的第一部分照片，伸了个懒腰，整理好以后发到了陈妮的邮箱。按下发送键以后，她长长地吐了口气。

总算是处理完了一部分。

陈妮收到邮件以后给她回复了一句：【收到。】

程栀刚刚起身，陈妮的微信消息又来了：【先别休息，照片我现在看看。】

时钟已经指向了晚上十二点半。

程栀站起来转动了一下脖子和腰，听到自己的骨头都在“嘎吱”作响。

陈妮总是喜欢在这种时候叫她加班，也不管现在是不是休息时间。

程栀都已经有些习惯了。

她等着陈妮回复的空隙里，站在窗边看了一下外面的景色。

在她视线范围里，最为明显的那座高楼是一家高星级酒店。

安城最贵的酒店。

不是她这种消费水平能住得起的酒店，她也就只能站在这里随便看看。

程栀发着呆，思绪纷繁，一声吵闹的铃声忽然响起。

她低头看，是妈妈打来的电话。

“喂？”程栀接起来，“妈，这么晚了还不睡呢？”

庄兰馨知道程栀没睡，刚才还看到她发了朋友圈动态，这才打电话过来。

“工作忙完了吗？”庄兰馨问道。

“嗯，刚处理完一部分。”程栀喝了一口水，“外婆情况怎么样？”

程栀平时工作比较忙，最近又在忙着拍摄，庄兰馨也只能挑这种时候打电话给她。

“现在不是很好。”庄兰馨叹了口气，“但是你也不要担心，好好忙自己的事情，外婆这边我和你姨妈照顾着呢。”

“嗯……”

程栀没有多问，跟庄兰馨嘘寒问暖了两句以后就挂了电话。

结束通话以后，程栀抬眸，视线里依旧是那家酒店最为显眼，她的手在手机屏幕上轻点了两下。

四下寂静，连风声都听不到。

手机“嘀”地响了一声，显示转账成功。

程栀给庄兰馨发了条微信：【妈，给你转了二十万，外婆那边治病还需要钱的话就跟我讲。】

好不容易存点钱，最近为了给外婆治病，已经花出去不少。

程栀也没有半分埋怨，只是时常感叹还好现在的自己赚了些钱，不然都不知道应该怎么办。

深夜一点，陈妮终于看完照片，给她发了几条语音回复：

“还是有很多问题，你之前没接触过赛车可能不太了解这个行业，那种流畅的力量感你完全没有表现出来。”

“特别是 Blume，你以为你在拍什么校园恋爱照片呢？”

“主题是荷尔蒙、力量感、男人味。”

“后面还有几次拍摄吧？你自己看着办。程栀，你也不是什么小新人了，这种事情我不想跟你多说。”

程栀有些无语。

她不是一个不接受批评和意见的人，但她明显感觉到陈妮就是在找事儿。

第二天。

上午有一场拍摄，时间还比较早，程栀很早就起来整理镜头调整相机参数。

很多天没休息好，黑眼圈都快要盖不住，程栀还没出门，接到同事的电话，一边往楼下大厅走，一边跟人通话。

“陈妮是不是有病啊？”喻初说，“她真就是看你不顺眼，本来你就不是人像部门的，谁不知道你程栀是拍风景的啊！

“还有什么叫，你之前没接触过赛车所以不了解？到底是谁逼着你去拍赛车比赛的啊？

“一开始那个谁，就我们部门那个男的，不是特别喜欢这次的这个车队？这几天你出差了，他天天在我耳边念叨，说好羡慕程栀可以拍 Blume。

“工作室有现成的、懂行的，你说她为什么不用啊？当时不是她偏要叫你去的吗？”

程栀无奈地笑了笑，什么也不想说。

她昨晚又把照片重新看了一遍，又在网上搜了一些过往的照片参考。虽然知道陈妮在找事儿，但她也是真心想要把工作做好的。

工作上、生活上的烦琐事情忽然压过来，程栀一晚上都没睡好，这会儿也没什么力气跟喻初吐槽，不如就听着她一个人开炮。

“她这人真的搞笑，嘴上说着要把工作做到最好，拍出完美的照片，那就找懂行的拍人像的摄影师去就行了呗！

“我看陈妮是不是想把你气到辞职？我觉得她就是故意的，因为陈妮也是从南城分部爬到总部的，她多半是怕你威胁到她的位置！”

喻初愤愤然：“说真的，你又不是离了‘后花园’不能活！”

程栀这时候终于说了一句：“现在确实不能。”

“啊？”

“我外婆生病了，花了不少钱，现在没什么存款，不敢‘裸辞’的。”程栀说着，抬手揉了揉太阳穴。

念书的时候总是盼望着早点长大，就可以自己努力挣钱买喜欢的东西。但长大了以后才发现，成年人的世界从来都不是那么简单。

念书的时候拿着每个月一千五百块的生活费都算绰绰有余，工作以后一万五千块的月工资都只能打个水漂。

程栀一边跟喻初通着电话，一边继续往前走。

今天是最后一场拍摄，地点是五公里外的基地。

她是跟车队的人一起走的，每天的拍摄都是统一坐豪华大巴过去。

车队的人都很默契，每天都非常自觉地把祁纪阳身边的空位留给程栀。

老朋友就是应该坐在一起。

程栀上车以后，对喻初说：“我先挂了，晚点说吧。”

“行。”喻初又补了一句，“我们小橙子不受那个气！要真有什么麻烦事儿，还有姐妹在呢！”

程栀笑出声，眸中的笑意明显，整个人散发着一股甜美的气息。

有人瞎起哄，说了句：“跟男朋友打电话呢这么开心？”

程栀收好手机，淡淡回答：“不是，就一朋友。”

听着有些意味深长。

她过去坐下，东西还没放好，旁边一双手伸过来，递了一块口香糖给她。

程栀稍微愣了一下，没有很快接。

“愣着干什么？”祁纪阳懒洋洋地说，“换口味了？”

她这才定神看。

葡萄味的口香糖。

这种感觉实在太过熟悉，熟悉到恍惚，熟悉到有些陌生了。

程栀这才接过去，拆开扔进嘴里，一丝清甜混合着薄荷味在口腔中散开。

她倒是没有换口味，只是高中毕业以后就很少吃葡萄味的口香糖，像是在回避着什么，就算看到也不会买。

到了目的地以后，拍摄就开始紧锣密鼓地进行了。

程栀拍完一组以后都会拿给他们看看，孙宗是经理，当然是看得最多的那个人。

孙宗对程栀的技术赞不绝口。

“真的没想到你这么年轻，摄影技术就已经这么好了啊！”孙宗竖了个大拇指，“我还以为拍人像拍得好的基本都是四十几岁的秃头老男人呢。”

程栀笑：“你啊，这是对摄影行业的刻板印象，得改改了。”

“说实话，之前你们那边的负责人跟我说是个年轻小姑娘的时候，我还有点担心呢，哈哈哈！”孙宗有些不好意思，目光又移到了祁纪阳身上。

祁纪阳站在另一边跟人聊天，只穿了一件无袖的短衫，身体肌肉的纹理清晰，充满了力量感，比高中的时候多了很多肌肉线条。

“差点忘了后生可畏。”孙宗笑了笑，“Blume 不也跟你一样大，这么年轻就已经‘杀’了一批老将拿冠军了。”

程栀没接这句话，话锋一转问道：“这些照片，你觉得满意吗？”

“当然！”

“那就好。”程栀弯了弯眼睛，“客户满意才是最重要的。”

要是陈妮继续挑刺，程栀完全可以让合作方出面说是满意的。毕竟最后的结果，可不是陈妮说了算。

拍摄结束以后，程栀收拾着镜头，听到祁纪阳和队里其他人在对话。

“祁少。”队里一小孩儿跑过来，“借我二十万呗？”

“干什么？”祁纪阳的声音淡淡的，好像也没把这二十万放在眼里。

“给女朋友买个爱马仕的包。这不是休赛期了嘛，可以好好谈恋爱了，我女朋友过几天来这边找我，我得给她带个礼物呀。”

“你的卡被冻了？”

“上次刷爆冻上了。我爸最近不在国内，等他回来再说。哥，你放心，我也不是贪这二十万小钱的人！”

祁纪阳轻笑了一声，说：“知道。”

“等我爸回国，我就把钱转你。”

“行。”

“谢谢哥！啊，对了，你家酒店，能帮我预订一晚吗？钱不是问题，主要是太难订了。”

祁纪阳睨了他一眼：“哪个？”

“就我们现在住的酒店能看到的那高楼，海底风景房，我女朋友喜欢海洋，你家酒店的大鱼缸不错。”

“知道了，回头帮你打个电话留一下，要哪天？”

“就三天后吧！”

两人在这边聊着，程栀手机微信“嘀”的一声响。

【妈妈：收到转账了，谢谢女儿。你存这些钱也不容易，辛苦了。】

程栀敛了下眸，拉好相机包的拉链，也没打断祁纪阳他们俩说话，背上自己的包就往外走。

她回着信息：【没关系，我多接点单子就行了，外婆治病重要。】

程栀低着头往前走，不断切着对话框回消息。两分钟后，身后有人追过来。

“程栀！”祁纪阳在后面喊她，“怎么不等我？”

程栀微微抬眸，语气稍微有些冷淡疏远：“你们不是在聊天嘛，又没什么事，也没必要叫你一起走。”

祁纪阳的脚步忽然一顿，随后又马上跟了上来。

他刚打算开口继续说什么，突然被一道甜美清澈的女声打断。

“祁纪阳！”

在这里很少有人直呼他的大名，基本都是叫“Blume”，这么几天里，叫“祁纪阳”这个名字的只有程栀。

程栀也听到这一声呼唤，她摁熄手机，抬眸看到门口站了个乖巧的女生，个子小小的，一眼看过去好像只能到自己的下巴。

——“黑长直”的头发，别着可爱的星星发夹，踩着一双低矮的小高跟，短裙外罩了一件针织外套。

甜妹。

程栀的目光在她身上停留了几秒。

香奈儿的最新款小洋裙，爱马仕的包，卡地亚限量手表。

全身上下穿的大概能在南城买套小房子。

程栀把手机扔进包里，拉了下自己的包链，回头看了一眼祁纪阳，问：“女朋友？”

祁纪阳还没回答，程栀迈了两步，低头看了下腕表上的时间。

“我还有工作忙，先走了，下次再聚。”

程栀道完别直接往前走，背影毫无留恋，跟女生擦肩而过的时候，呼吸之间一股淡淡的甜味。

小姑娘说话也软绵绵的：

“祁纪阳。

“我带了你最爱喝的饮料来看你哦！”

十月的天气十分古怪，就像人的脾气一样，忽冷忽热。

上周还是艳阳高照，秋老虎完全不给人面子，但前两天下了些雨，温度又骤降。

今天已经是最后一场拍摄，程栀早就订了今天的机票回南城，她跟孙宗打了招呼说自己有事得先走。

孙宗留了她一下："再一起吃个饭嘛，Blume也在，你们老朋友就该多聚聚。"

程栀看着自己手机上的航班信息。

"谢啦，我这边来不及了，改签挺麻烦的，我回南城那边还有其他工作要做。"程栀拒绝道，"我和祁纪阳以后再单独约就行了。"

"行。"孙宗也没有继续坚持，"那你路上小心，注意安全，到了以后给我或者Blume说一声都行。"

程栀微笑，"嗯"了一声。

程栀出去以后打了个车回酒店那边，外面的天有些乌压压的，看起来马上又要下雨的样子。

司机大叔很热情，程栀上车以后就问她："美女，你一个人来安城旅游吗？"

他见程栀背着相机，下意识地以为是来旅游的。

程栀笑笑："不是，是来工作的。"

"噢……那也可以顺便旅游一下嘛，安城还挺多好玩的。"

"嗯呢。"程栀看向窗外的车水马龙，解释了一句，"我以前在安城念的大学。"

"哦哦！那你应该很了解安城了！"

"是。"

她填报志愿的时候，跟父母说自己想去一个大城市发展，怀揣着对美好生活的希望奔向这个城市。

在安城待了四年，她确实对这个城市已经有了很深的了解，只是有的地方和人一样，了解得越深，距离感却是越远的。

程栀是晚上的航班，她上了飞机就开始闭目养神。

她一想到回去以后又要接受陈妮的消息轰炸就觉得有些头疼，刚才上飞机之前还收到陈妮的信息，又提醒了她一遍。

与其说是提醒，倒不如说是威胁。

【这次的合作我是很信任你才让你去的，你一个分公司总监，要是这么点事情都做不好，就得好好反思一下自己了吧。】

她戴上眼罩，世界陷入一片漆黑。眼睛被遮盖起来以后，其他的感官会更为敏锐，前面飘来一股淡淡的香水味。

很熟悉。

和今天下午闻到的味道是一样的。

那个穿小洋裙的小姑娘。

程栀本没有多想，就在快要陷入梦境的时候，脑子里突然出现了某个画面，现实和记忆终于重叠。

这张脸她曾经见过的，难怪总觉得那么令人不爽。

六年前，高三暑假他们一行人去海城毕业旅行。

那是一次奢华的毕业旅行。

本来应该算得上是一次愉快的旅程，只是有一些让人不太舒服的小插曲。

明明一切好像都是愉快的，唯一的小不适，大概就是在要离开海城的前一天，来了个不速之客，说话的方式让人极为不爽。

他们在外面吃饭，忽然就有人进来，那时候对方也是这样，很突然，径直进来，叫了一声——“祁纪阳！”

无故打扰人聚会本来就很让人不适，这小姑娘却又接上了几句让人极度不爽的发言：“这些都是你朋友？我怎么都没听说过？是不是……家里不太有钱呀？”也不分场合，不看他们几个的脸色，就来了句，“祁纪阳哥哥家的酒店住着开心吗？算了，让你们好好体验一下啦！”

字里行间，都是看不起他们“没钱”的味儿。

大概是因为睡前想到了这件事，于是就这么进入了梦里。

程栀梦到了那次去旅行的事，回忆像是幻灯片在脑海里放映了一遍。

程栀出门旅游本来就属于“尸体”那一类的，行程安排和其他的各方面都没有操心，只管到时候跟着去玩。

预算是小富婆钱若霖做的，机票一开始统一订的经济舱，顾相觉得经济舱位置太拥挤，打电话跟家里提了两句，把经济舱全部升级成商务舱。

钱若霖和程栀都是第一次坐商务舱。

起飞之后，钱若霖在程栀旁边算账，按个手机键盘都感觉像在打算盘，程栀都听到她戳手机屏幕的声音了。

“谢谢顾少免费给大家升舱，这波我们有赚到。”钱若霖低着头算差价，“多出来的钱都可以给家里七大姑八大姨都带份礼物了。”

“不过这本来就不在我们的预算范围内，给亲戚带礼物就算了！”钱若霖自言自语地算着，“我想想，这边顾相帮忙升级，酒店那边是不是祁纪阳联系的？”

程栀喝着可乐，点了下头：“好像是。”

钱若霖抬起头伸了个懒腰：“什么好像是呀，你跟祁纪阳是我们这儿最熟的，在场女生里就你跟祁纪阳是好兄弟。”

陆遥这时候悠悠地插了一句嘴：“真的只是兄弟？”

程栀目光一凝，语气随意：“不然呢？”

钱若霖笑了笑，继续算：“祁少说酒店的钱不用给了，我们回头回南城请他吃饭就成。”

“许让那边安排了这几天接送的车。”钱若霖的笔尖在纸张上顿了一下，回头看了一眼坐在不远处的四个男生。

“林灏——”钱若霖喊了一声。

“怎么了，小富婆？”最为清俊的那位慢悠悠地抬起头来。

四个男生坐在一起，就数林灏看起来最为正常。

许让脸上盖着个大毯子在睡觉，顾相和祁纪阳无聊得已经开始下国际象棋。

几个不务正业的公子哥。

只有林灏在看书，也难怪只有林灏成绩最好，能当学生会会长。

“顾相、许让、祁纪阳都已经给大家安排得明明白白的了。”钱若霖说，“你怎么不给点表示啊？这就是你对我们的态度吗？”

林灏看着他们，语气懒洋洋，厚脸皮道：“我家很穷。”

在睡梦中的许让，伸手拍了林灏一巴掌。

下飞机以后门口就有人接机，许让叫人安排了一辆豪华加长车，他们几个人坐也是绰绰有余。

陆遥对这一切都很淡然。

程栀也没有表现出任何情绪，一切都很平静。

只有钱若霖是那个最不平静的，刚被接上车，钱若霖就连连感叹：“哎，跟着各位阔少出门旅行的感觉真好，什么东西都有人准备好。还能蹭到免费的，享受最高级的公主待遇啊。”

什么都是最好的，是她们生活能力范围内从来没有体验过的一些东西。

许让挑了下眉，手搭在旁边，说：“对他们这些富二代来说都是家常便饭了。”

说得自己不是一样。

“要不你直接嫁入豪门好了，以后这些都有。”许让开着玩笑，“在场四位，你随便选选。”

钱若霖有些无语。

程栀在旁边笑，许让又看向她：“小程栀愿意的话也可以任选的。”

钱若霖赶紧把程栀揽进怀里。

“不用了！”钱若霖说，“我们可是要以后自己赚大钱的人，才不会花你们一分钱！”

说完，钱若霖接了一句：“不过这次的算毕业礼物，就先享受着了。”

到达酒店大厅，程栀就吓了一大跳，但所有的神情都没有在脸上表现出来。

这确实是这么久以来，她住过的最好的酒店。

每次出去，家里倒也不会亏待她，只是对于他们来说，在酒店的选择上，干净、舒适、价格合适就差不多了。

也没有那个闲钱去住那种几千上万块一晚上的酒店。

毕竟出来玩也不是为了住酒店的。

钱若霖：“以前是知道你们几个家里挺有钱的，没想到你们竟然这么富？”

“这酒店，祁纪阳……”钱若霖转头看着祁纪阳，“你家集团下的产业？”

祁纪阳点了头，走到程栀身侧，顺手帮她接过包。

祁纪阳注意到程栀在发呆，问了一句：“怎么了，身体不舒服吗？”

程栀摇了头：“没有。”

只是处于震惊之中。

“嗯，一会儿到房间后有什么不满意的地方就跟我说，我让前台给你换。有什么需要都可以，你说就行了。”

祁纪阳把一切都安排得妥当，且说得十分轻松。

毕竟是他家的产业，当然是想要什么就可以要什么。

程栀应了一声，就说：“那我们先去放好东西。”

几个女生住一间。

分开以后，钱若霖勾着程栀的肩膀：“小程栀，拍点照片回去留作纪念呀！”

“嗯。”

“这次以后不知道下一次要什么时候才能住上这种地方啦。”钱若霖说，“以后我们自己好好加油哈哈哈，总不能一直麻烦他们的。”

程栀是最会拍照的那个，所以所有的照片都是她拍的。

那些照片，后来一直都在她的手机里保存着，没有删过。

程栀睡醒的时候，飞机已经在降落了。她要去取行李，提前拿了机票出来。

机票上写着“商务舱”。

落地开机，程栀想起孙宗说的那句话。她顺手点开微信，给孙宗发了条信息：【我落地了，这么几天你工作辛苦了哦。】

这条发出去以后，她再也没有给任何人发信息。

另一边，安城。

外面的阵雨没停，一行人坐在大厅等雨停。

窝在沙发上的男人双腿修长，随意地交错在一起，灯光照下来，神色有些晦暗不明。

“Blume！”孙宗忽然晃了晃手机，“程栀到南城了，她应该也跟你报平安了吧？”

祁纪阳的手稍微顿了一下，很低地“嗯”了一声。忽然手机铃响，他看了一眼来电提醒，眉头一皱，起身去旁边接了电话。

“喂？纪阳，艺涵是不是找你去了？”那边传来温柔的女声，“她听说你在安城比赛拿了冠军，买了机票过去找你的。”

夜色中，男人眸色一深。

“怎么，我还得照顾她？”祁纪阳语气不耐烦。

“嗯？你艺涵妹妹专程来找你，你是得多照应点呀。人家小姑娘大老远的一个人跑过来，多不安全。”

“知道不安全就别一个人瞎跑。”祁纪阳摆弄着手腕的表，“来之前也并没有跟我提过，直接出现在我面前，来吓人吗？”

“估计只是想要给你个惊喜。”

祁纪阳一边通着电话，一边回着信息：【嗯，就要这班。】

那边还在帮忙解释着：“艺涵妹妹从小就喜欢你嘛，这么做也只是因为……”

祁纪阳划拉了一下聊天框，并没有收到有人报平安的信息。

外面的雨忽然落得更大，伴随着淅淅沥沥的雨声，男人的声音跟下雨降低的温度一样，有丝丝凉意。

“我给关艺涵订了最近时间的机票，你让她现在就滚回去。

“别烦我。”

回到南城以后，程栀终于休了两天假。

国庆节之后刚开始上班，其他人都拖着疲惫的身体十分不情愿地回去上班，程栀则是在家里悠闲地过了两天，伴着朦胧的雨天，看了两部电影。

回去上班的第一天，总部那边就说要开个视频会议，主持会议的是副总裁。

“之前就说过，国庆后公司会有一个大的调整，最近可能会有很多会议，现在各个分部先汇报一下工作。”

公司要调整业务的事情，早在半年之前就有通知了，只是在国庆后，才终于准备开始实施。

最先发言的是陈妮，她作为云城总部的摄影总监，当然最有话语权。

“我在国庆之前把各个分部现在的工作统筹了一遍，基本已经给所有分部摄影总监安排过最近一段时间的工作了，并且为了准备国庆后的调整，整个国庆假期内我基本都在对大家的工作进行调整。”

程栀一边听着一边出神，陈妮在这种会议上其实总说不出什么有营养的话，并且还喜欢把所有功劳都揽在自己身上，其实事情都是下面其他人做的。

程栀手上握着一支笔，垂着眸在纸张上随便乱涂乱画，写了几个零散的词。

调整、改变、本心……

等到各个分部汇报好工作准备散场，程栀忽然被副总裁叫住。

“南城分部的程栀。”

程栀愣了一下：“在的。”

“听说你国庆加了七天班？”

“是的。”

“是跟 Kingdom 车队的那个合作项目？”

“是的。”

“如果我没记错的话，你擅长的方向并不是这边。”副总裁的手轻轻点了两下，“不过照片我已经看过了，Kingdom 那边也特地专门联系过我，说你拍得不错。”

程栀听到前半句的时候呼吸都收紧了，现在又松了口气。

“不错，继续努力。”

能在这种公司高层总会议上得到夸奖是一件很不容易的事情。

可惜好景不长，还没有开心几秒，副总裁又接上一句：“以后有什么事情，好好听陈妮安排，好好做。”

副总裁自然是不知道陈妮和程栀之间的那些小九九。按照公司的制度，不能越级，陈妮始终是她的直属上司，工作安排和其他的事情，依旧只能听陈妮的安排。

程栀“嗯”了一声，说：“好的，谢谢副总。”

他们这种公司跟别的公司有些不一样，别的公司总监基本就是管理人员不用做事，但在摄影工作室是需要做很多事情的，与其说是总监，倒更像是个组长。

头衔好听罢了。

散会后，程栀甚至还没来得及开始今天的工作，倒是陈妮的消息先来了。

【陈妮：[文件] 这些都是你今天要做完的事情哈。你前两天休假耽误了不少工作，赶紧把工作进度赶上不要拖后腿。】

程栀点开一看，这工作量，她确定跟准时下班无缘了。

一天做完？这可是正常情况下别人三天的量。

程栀犹豫了一会儿，还是在聊天框里输入着：【陈总监，我前两天休假补的是国庆假期，别人休七天我休两天并不过分吧？您这样的工作量安排……】

她还没输入完，又收到一条。

【陈妮：副总都说了让你加油，程栀你要好好做呢。】

阴阳怪气。

忙工作的时候时间过得很快，程栀从电脑中抬起头来的时候，外面天都已经黑了。办公室其他人早就下班离开，程栀这才看了一眼时间。

马上晚上十点了。

她摁开手机，本来准备继续再做一项，她看到自己的行程安排，瞄到一眼“去医院看外婆”。

程栀心里“咯噔”一下，赶紧关了电脑直接走人，也不管手上的工作有没有做完了。

反正这些工作今天怎么加班都是做不完的。

从办公室走出去，程栀有些愤愤不平地给喻初发着微信。

【程栀：陈妮确实有病，今天开会副总裁夸了我一句，她阴阳怪气我一阵，然后甩我一堆做不完的工作。】

【程栀：本来公司改革调整这件事就让我有些不舒服，还摊上这么个上司。】

【程栀：要不是为了生活，谁愿意继续在这个鬼地方待着？】

程栀刚进入“后花园”的时候，也天真地觉得这里是一个可以实现自己梦想的地方。

一开始虽然很累，还经常跑到外地的深山林子里去拍景，但程栀觉得那是自己在“后花园”最快乐的一段时间了。

现在“后花园”致力发展商业路线，以前保留的那么一些味道都开始渐渐消失了。

这次的调整会大改，改掉了程栀最喜欢的部分。

所以她想辞职，并不只是因为陈妮的刁难，而是在这里继续工作下去，她好像看不到更光明的未来。

也不是自己想要的未来。

外面的天色漆黑，太阳早就已经落山，可有的人依旧还在忙碌。

程栀开着车，在路口等红绿灯，看到旁边的写字楼还有好几层灯火通明，仿佛还能看到上面在忙碌的身影。

她握紧方向盘，轻轻地叹了口气。

如果是个富二代什么都不用操心就好了。

越繁华的城市，明暗就越分明，有人深夜还在为了生计劳累加班，当然就会有人早就已经在休闲放松。

市中心新开的卡丁车俱乐部。

冲过终点的男人长腿一迈，轻松地从车上下来，他取下头盔，熟练地拿着，回头看了一眼后面还没跟上的人。

过了好一会儿，第二辆车终于跟上来也过了终点。

车上的人下来，看着旁边惬意的男人，说：“祁纪阳，你一个专业赛车手跑来跟我们玩什么卡丁车啊？对你来说不是开玩具车？”

祁纪阳笑了声，没回答，伸手拉了人一把。

裴淮看着一脸轻松肆意的祁纪阳，搭着他的肩膀往前台走。

“南城开一家卡丁车俱乐部你就破一次人家的纪录，你这算不算什么‘纪录收集癖’啊？”

本来就是普通人和业余爱好者玩的东西，哪能比得上祁纪阳这样的专业车手。

“算是吧。”祁纪阳回答道。

纪录保持者是要登记名字的，就像功勋墙一样，只要没有人破纪录，他的名字就会一直挂在那里。

“你好，请问要登记什么名字？”

“我写给你。”

祁纪阳拿了旁边的纸笔写下一个名字递过去。

结束以后，工作人员说要拍照留影，祁纪阳拒绝了，他和裴淮两个人一起离开。

裴淮搭着祁纪阳的肩膀，忽然问了一句：“我想做个摄影工作室，你觉得怎么样？”

“什么？”祁纪阳微微皱眉，“这么突然？”

“嗯。”裴淮看着前路，“之前我爷爷走的时候，家里翻了个底朝天竟然没找到什么他合适的照片可以贴在墓碑上。

“他也是一个很不爱拍照的人，但也不是真的不喜欢，只是我爷爷挑剔，觉得要是拍不出自己想要的感觉，也没有拍的必要。”

裴淮说着，又拍了一下祁纪阳：“这一点倒是跟你很像啊。”

祁纪阳睨了他一眼：“孙子乖。”

“我认真的。”裴淮语气严肃，“所以我突然就觉得，人活在这个世界上，留下一些影像挺重要的。”

裴淮说：“这件事我考虑很久了，资金什么都到位了，现在就差个首席摄影师了。你认识的人多，有没有什么推荐的人？”

祁纪阳的脚步忽然顿了下，他看着前面忽闪忽闪的灯光，声音低沉：“我的确……认识一个很厉害的。”

医院。

安静的夜里只有护士推着推车经过时滚轮响动的声音。

此时，程栀抱着手臂，神色晦暗，跟庄兰馨在外面低声说话。

“妈，外婆都病得这么严重了，他也不说拿一分钱出来？”程栀眉头紧皱着。

“唉，你那个舅舅能有什么钱啊……”

“虽然我还有点钱，但后面的后续治疗，我一个人的钱也填不满，你知道的，治病这件事本来就是个无底洞。”

程栀也不是吝啬，只是她确实没多少钱了。

“我知道，我和你姨妈一直在想办法，让你担心了。”庄兰馨伸手抚了一下程栀的背。

“不给钱的话，人总要来医院照顾的吧？你和姨妈两个人哪撑得住……”程栀的话还没说完，手机忽然“嗡嗡”振动，来了个电话。

“我接个电话。”她说。

程栀走到走廊尽头去接电话，尽量不吵到其他人。

她看着屏幕上闪烁的名字。

祁纪阳。

那天从安城回来，两个人就再也没有联系过，微信消息都没发一个。

反正四年没联系都过来了，现在可能都习惯不联系了。

程栀缓了缓，这才接了电话。

"程栀。"男人的声音低沉，"我有件事跟你说。"

"什么？"

听着挺严肃的。

祁纪阳说："我朋友想开个摄影工作室，差个首席摄影。"

简单的一句话，程栀很快明白了他的意思。

"嗯。"程栀应了一声，"但是我现在也还在'后花园'工作……"

"你先不要这么快确定。"祁纪阳匆忙接话，似是很怕程栀继续拒绝。

程栀沉默了几秒，听到那边的男声慢悠悠地但又很坚定地响起："我不会害你的。"

程栀愣了会儿，发出一声轻笑："我知道。"

"所以，这件事我们可以再谈谈。"祁纪阳说，"哪天有空，我们还是出来见个面吧。"

"电话里直接说不行吗？"程栀问。电话里能说清楚的事情，就没必要麻烦所有人都抽空见面了。

"嗯，说不清。"祁纪阳回答。

程栀这才说："行，那周末吧，这周六下午我有空。"

"那地址我微信发你。"

"好。"

电话挂断，祁纪阳很快就把地址发了过来。

这是他们俩的第一条聊天记录。

程栀看着那个地址，敛了一下眸，漆黑中更是看不清神色。

她记得那家店，是六年前她最喜欢的咖啡店。

南城的秋天气温总是降得很快，一个转眼之间，路边的树叶都开始变色。

程栀穿了一件薄外套出门，到了店里以后觉得有些热，又把外套脱了随手搭在手边。

他们之前约定的时间是下午两点。

程栀总是喜欢提前很久出门，正巧遇到换季的景色，出来随便拍拍留点纪念。

忙完以后，她便自己先在店里点了自己爱喝的咖啡坐下等。

下午一点多，程栀正翻看着手机上的信息，跟喻初聊着天。

【喻初：要是真的有合适的就跳槽呗，这不是来得正好！反正你也刚好不想在“后花园”继续待下去了！】

程栀还没回复，手指在手机屏幕上轻点了几下。

门铃忽然轻声响动，“咣当咣当”的。

门口进来的两个男人个子都很高，双腿修长，步子迈得快，像是急着赶场一样。两个人都一股有钱公子哥的味儿，一起走进来的时候惹得店里的人频频回头。

程栀抬眸看了一眼，微微颔首示意，随后顺手把菜单推了过去。

“这是程栀。”祁纪阳先来介绍人，“高中同学，是我很好的朋友。”

程栀站起来，落落大方地伸出手：“你好。”

裴淮看了程栀两秒，抢在祁纪阳之前自己开口了：“你好，久仰大名，我是裴淮。”

“喝点什么？”程栀问。

裴淮把菜单拿起来，看了一圈：“我要冰美式，祁纪阳要什么？”

祁纪阳的声音淡淡的：“随便。”

“你这随便让我很难办啊……”

祁纪阳经常都是这样，看起来最好应付其实最不好应付。

说随便的人总是最难处理的。

程栀忽然笑了笑，连菜单都没看，随口说了一句：“他喝薄荷苏打水就行了。”

祁纪阳“嗯”了一声，也没反驳。

裴淮看了两人一眼，心间有一闪而过的小异样——这两个人，很了解对方啊！

明明约好的时间是下午两点，刚才十二点多祁纪阳就催他赶紧出门了，他感觉自己还没睡醒就被祁纪阳拖着走了。

祁纪阳说，程栀平时喜欢提前到，不要让人家女生等太久。

他一开始还不信，结果刚进来，果然看到程栀已经坐在那边。

他没有多想，拿出自己的平板电脑准备给程栀看自己前面准备好的那些东西，忽然听到程栀说了一句：“这家店竟然还开着，这么多年了。”她的语气听起来有些怀念，“还以为在这里早就做不下去了呢。”

程栀看着周围的陈设，跟当年几乎都还是一样，没有什么改变。

城市发展，总是会淘汰一些老的东西。

在安城念大学那几年，程栀每次回来，都会发现南城有些老店关门了。

没想到，这家咖啡店竟然还在坚持着。

裴淮把平板电脑里的文件打开，推过来的时候，顺便说了一句：“那当然不会关门的。”

“嗯？”程栀接了话。

“毕竟这店是祁少买下来的。”裴淮挑了下眉，“就算是赚不到什么钱，赔点小钱进去，对我们祁少来说也无关痛痒啊。”

程栀微微抬眸，看了一眼坐在自己对面的男人，右手随意慵懒地搭在沙发上。裴淮说完这话，他也是无所谓地笑笑。

“我挺喜欢这家店的。”

祁纪阳手上把玩着一小盒子，语气散漫，没把这当回事儿。

“舍不得它倒闭。”

是他自己喜欢。

咖啡店的角落，程栀低着头认真看着裴淮准备的文件。

“我这次想做一个摄影工作室的目的，是觉得人活在这个世界上要留下一个重要的东西，我觉得照片是可以记录一些美好的瞬间的。”裴淮认真地说。

“当然，也有可能不美好。”裴淮戳了一下屏幕，“但是最重要的就是要记录，就像以前念书的时候老师说，好记性不如烂笔头，人的记忆真的会变得模糊。”

程栀点了点头，表示赞同：“嗯，总是需要一些具象化的东西的。”

“但不是所有人都很愿意留下这些，有些对于拍摄要求很高的人，就不喜欢随随便便留下影像。”裴淮说着，看了祁纪阳一眼。

祁纪阳原本就是个“陪同”，程栀甚至都想问他来干什么的，他完全可以不用来。

“比如这位。”裴淮也不客气，“根据我对祁纪阳的了解，他就是一个不太喜欢拍照的人。之前车队很多拍摄，他怎么都不配合，但是听说这次还挺听话的。”

裴淮说着，有些疑惑地吸了一口气，问：“你怎么突然就愿意配合了？来说说你的想法呢。”

男人修长的手指从手机上挪开，随后懒洋洋地抬了下眸，也没说话，就只是看着程栀，唇微弯了一下。

看着散漫又有些痞里痞气的。

程栀轻咳了一声，主动承认：“因为是我拍的。”

她顿了一下，又补上一句：“我威胁祁纪阳拍的。”

裴淮听到答案，恍然大悟地点了下头，一副“是你啊，那没事了”的神情。

程栀和裴淮刚打算继续讨论，原本跷着二郎腿坐在旁边的祁纪阳忽然坐直，往前倾了些身。

“不过说到底，”祁纪阳缓缓开口，“是因为你技术好。”

他说完又往后靠在沙发上，说：“不是给朋友面子，也不是真的被威胁了。

“程栀。

“你什么水平你自己不清楚？”

别人的夸奖是直接的夸奖，祁纪阳的夸奖听起来都吊儿郎当的。

程栀笑出声，慢悠悠地喝了口咖啡，随后说：“那谢谢你啊。”

裴淮接话：“在祁纪阳那边看过一些你拍的人像，虽然你一直说你是拍风景的，但是我觉得你拍的人像也很好。”

裴淮问：“所以，你有没有考虑过要换到人像这块儿来？”

程栀捧着杯子，葱白的手指在杯壁上轻轻摩挲，她敛了下眸，有些犹豫。

裴淮继续抛出橄榄枝。

“我知道对于你现在的情况来说，要做出这样的选择不是一件简单的事情，毕竟‘后花园’确实是国内很知名的摄影工作室了，很多人挤破头都进不去，但是你这么年轻就当上了分部总监。

“我这边也了解到，‘后花园’之后要朝着更加商业的区域走，我相信程栀小姐你也不是一个喜欢这样风格的人。”

程栀的手稍微顿了一下，她确实不喜欢。

“我们这边资金方面你也不用担心。”裴淮对这点很自信，“你和祁少这么多年的朋友，也应该知道，其实做一个这样的工作室，资金投入对我们来说根本算不上什么。”

裴淮说完，被祁纪阳踹了一脚。

程栀应了一句：“我知道。”

“哎，不过说真的，我们这样的人，也就只是有点钱了。”裴淮轻叹，“但是你身上有金钱都换不到的东西。”

裴淮提前了解了程栀的情况。

她念大学的时候就在全国摄影大赛中拿过很多奖，现在能在“后花园”工作，当然也不是什么泛泛之辈，再加上祁纪阳那边的保证，裴淮很信任程栀的能力，也非常欣赏她。

其实早在祁纪阳给他推荐之前，裴淮就对程栀有所耳闻，之前是因为知道她在“后花园”，也就没有多打扰。

结果，没想到竟然是朋友的朋友。

“今天祁纪阳也在，所以我就直接说了，你如果愿意辞职跳槽来我这边，公司的股份分你百分之三十作为诚意，以后你就是公司的股东，但不需要出一分钱。”

人才是很难求的东西。

“我也就只能出点钱了，钱对我们来说是最好解决的东西。待遇上，只会比你在‘后花园’拿到的更多。”裴淮说着，看了一眼祁纪阳，“我要是亏待你了，祁少也不会放过我的。”

程栀敛着眸，没有马上回答，她舔了下唇。

“我还是想问一个问题。”程栀抬头看着裴淮，“那你觉得人像的核心是什么？”

她还继续捧着手上的杯子。

“是要拍得好看，还是要拍出客户要求的那种感觉？”

其实两个选择，都不是程栀心中真正正确的答案。

每个摄影师都有自己的理念，倒也没有哪一种是绝对正确的，搞艺术这一行，最重要的是共鸣，而不是绝对正确。

如果裴淮给出的答案，是她心中所想的那一个，那么这件事她确实可以考虑一下。

裴淮定了定神，忽然神色严肃，他微微摇头：“都不是。”

“嗯？”

“是故事感。”裴淮说，“每个人活着都有自己的故事，有自己的人生经历。”

他说：“我想要的是那份故事感。”

程栀沉默了好几秒，忽然轻轻笑了，她把手上的咖啡杯放下。

“嗯。”程栀把自己的微信二维码递过去，“你说的事情，我会好好考虑的。”

他十分精准地给出了她想要的答案。

谈完以后已经快要到饭点，三个人一起站在门口。

祁纪阳忽然看了裴淮一眼：“你家里晚上不是还有事？”

裴淮一头雾水。

“那你还不走？”祁纪阳挑眉。

裴淮看了一眼祁纪阳，又看了一眼站在祁纪阳旁边的程栀，沉默两秒。

“哦，对！是有这么件事儿。”裴淮拍了拍祁纪阳的肩膀，“那我先走了啊，你们老朋友就多叙叙旧。”

程栀摆了摆手，说：“有什么好叙旧的，不就那么回事。”

“哈哈哈哈哈哈，已经相看两相厌了？”裴淮笑了，“我赶时间就先走了，微信联系。”

“嗯。”程栀应着。

“对了，下周有个人像摄影展览，在城北那边，你要是有空我们可以一起去看看，顺便再聊聊工作室的事情。”

“行。”程栀点了头，“那之后再联系。”

裴淮倒是跑得快，似乎是真的很急，一溜烟儿就不见了人影。

程栀看了眼手机，侧头看着祁纪阳：“我们不会真的要叙旧吧？”

她倒是想先回去了。

“不一起吃个饭？”祁纪阳反问。

祁纪阳看了程栀两秒，忽然唇一弯，漫不经心地说了句：“你是不是故意的啊？”

“什么？”程栀微微蹙眉，“故意什么？”

“你回南城这么久，也没跟我联系。”祁纪阳说，“看我不爽？”

程栀有些无语。

“怎么，那小姑娘让你不开心了？”祁纪阳说着，手随意地搭在程栀的肩膀上，跟以前一样。

程栀翻了个白眼，把祁纪阳的手从自己肩膀上弄下去。

“是挺不爽的。”

谁会喜欢没礼貌的小姑娘？

程栀看着路前方，也没注意到男人的眸光忽然闪了一下。

“不是我女朋友。”祁纪阳解释，“我跟她也不熟。”

程栀“哦”了一声，神色淡淡的，一副不在意的样子。

“那就好。不然……”

程栀回头看着祁纪阳，一脸“老父亲”的神情，伸手拍了一下祁纪阳的肩膀，“嘁”了一声，语气里充满鄙弃：

“你眼光真差。”

第三章

和 我 有 关 系

停车场。

程栀跟着自己的记忆看了一眼，没有看到熟悉的那辆红色跑车，她走在祁纪阳旁边跟着他。

最后走向了一辆银灰色的兰博基尼跑车。

程栀看了一眼，眉梢微扬：“你的车？”

车钥匙在男人的手上晃着，“咣当咣当”响了响。他解锁了车门，说：“是啊，不然呢？”语气轻飘飘的。

程栀感觉自己的眉心微微跳了一下，随后什么都没说，她坐上车系好安全带。

车内很干净，什么陈设都没有。

“新买的？”程栀问了一句。

“这辆开得少而已，红色那辆太高调了，换个色开。”祁纪阳单手握着方向盘，另一只手在滑动着大众点评上的饭店，往程栀那边偏了点，“晚上想吃什么？”

他顿了下，又补了一句：“我请你。”

祁纪阳把手机扔给程栀，准备点火出发。

程栀看了一眼祁纪阳打开以后推送的那些店，人均消费就没有低于五六百的。

要是让她自己去吃一顿肯定觉得肉痛，毕竟挣点钱挺不容易的。

“阔少就是不一样啊。”程栀滑了一下，“都随便请客的？”

祁纪阳无所谓地笑笑，知道程栀这是在调侃他，他也没接话。

“随便吧，既然是你请客就你选。”程栀准备把手机还给他，上面弹出一条微信消息。

【关艺涵：祁纪阳，你最近在什么呀？休赛期不是没事嘛，你要不要跟我一起去迪士尼啊？】

程栀的手稍微顿了一下。

关艺涵。

名字有些耳熟，程栀的第六感告诉她，这就是那个没礼貌的小妹妹。

小姑娘还在发信息过来。

【关艺涵：是不是那天我来没跟你说让你生气了？我提前跟阿姨说了的嘛QAQ 只是想来看看你。】

【关艺涵：祁纪阳哥哥你别生气啦，下次给你买喜欢的车当礼物可以吗？】

程栀挑了下眉。

随口就是买辆车当礼物，你们富二代圈子都这么随便的吗？

程栀也没有打算继续看关艺涵给祁纪阳发了什么信息，她把手机给祁纪阳递过去："不看了，我选不出来。"

"没事，你可以多看会儿，也不急。"

程栀轻笑："你的小妹妹找你聊天呢。"

她侧头看了祁纪阳一眼，他的眉头忽然皱起来，声音闷闷的。

"谁？"

"叫关艺涵。"程栀的手指轻轻点了下他的手机，"是那个妹妹？"

他们自然都知道是谁。

祁纪阳一脸不耐烦的神情被程栀全部收入眼底。

祁纪阳依旧没把手机接过去，很嫌弃的样子。

"不喜欢？"

祁纪阳已经皱着眉，也不客气："很烦。"

车从停车场开出去，程栀感觉到他的手机依旧在不断地振动着，明显是对方还在发消息过来。

"你们怎么回事？"程栀转头回来看着前面，顺手把他手机屏幕摁熄，也没在看。

"印象中，她好像缠着你很多年了？"程栀说，"毕业旅行那次也是这个小姑娘吧？"

"嗯。"祁纪阳应了声，"我们两家是世交，她比我们小两三岁，是家里最小的女儿，从小都是个小公主。"

"难怪。"程栀笑了声，"谁被宠着长大会没点脾气。"

她又说："那她对你还挺好，看来是真的挺喜欢你的。"

祁纪阳沉默了好几秒，舔了舔唇："我不喜欢。"

程栀撑着下巴看着窗外，笑着调侃："你不喜欢有什么用啊。"

"像你们这样的家庭，喜欢谁，跟谁结婚。"程栀顿了下，"你自己是做不了主的。"

程栀回头看他："我没猜错的话，你妈挺喜欢她的吧？"

祁纪阳抿着唇，神色稍微有些沉。

他没否认。

"我以前觉得有钱真好啊，毕竟钱可以解决好多烦恼。"程栀说着，"可是太有钱了好像也不是一件好事。"

上帝在创造人的时候是公平的，在得到一些东西的时候，同时也会失去一些东西。

在这样的家庭里，就真的只有钱，很难有别的自由。

程栀的话音落下，也没看到祁纪阳握着方向盘的手收紧了几分，手背上的青筋微微凸起，充满了力量感。

“也不完全是这样。”祁纪阳缓缓开口。

他的话还没说完，程栀的手机铃声骤响，打断了他原本要说的话。

“喂？妈，怎么了？”程栀接到这个电话就觉得有些心慌。

“小栀，要是你舅舅找你要钱，你千万别给啊。”庄兰馨有些焦急，“怎么都别给。”

“他又怎么了？”程栀有些不耐烦，“是不是又惹麻烦了？这个时候他还在赌？”

“嗯。”庄兰馨叹气，“我跟你姨妈都说不动他，你爸前些日子不是也找你舅舅谈了一次吗？一点用没有。”

“行，我知道了。”程栀说，“我也不会拿钱给他，你们也注意点。”

“嗯，会的。吃饭了吗？”

“还没呢。”程栀往后靠了一下，“跟朋友正在去吃饭的路上。”

庄兰馨本没打算问，这时候祁纪阳却忽然说了一句：“怎么了？”

他听程栀的语气不好，一听就是有什么状况。

程栀随口回答：“没什么，家务事。”

她回答完这边，又对庄兰馨说：“那我先挂了，有什么事打电话给我。”

庄兰馨听到了她这边有个男人的声音，也没挂，马上起了好奇心。

“什么朋友？”庄兰馨问，“是个男人的声音啊。”

“什么什么朋友。”程栀轻笑了一声，“就一普通朋友啊，高中同学，以前经常一起玩那个。”

“噢噢噢，家里挺有钱那个是吧？”

“嗯。”

听说是他，庄兰馨也就没有继续多问，对程栀和祁纪阳之间的关系一点担心都没有。

电话挂断以后，也接不上之前的话题了。

祁纪阳的指尖在方向盘上点了点，懒洋洋地开口：“就一普通朋友？”

程栀听得起了一阵鸡皮疙瘩。

“不然呢？”程栀反问。

前面路口的一个宣传灯牌有些晃眼，程栀被晃得有些眼花，她看到祁纪阳往后靠了一下，慵懒散漫的样子，慢悠悠地开口：

“再怎么说——

“我也得是你最好的朋友吧？”

程栀：真是给你脸了。

过了路口，程栀才注意到旁边的小巷子里都挂着彩色的小灯，路边都是小商铺，人头攒动，很热闹的样子。

她这才想起来刚才那晃眼的灯牌上写着——

南城夜市街。

程栀也是常年在外面出差和工作，最近才回到南城，之前是听说这边要开一个夜市街。

最近正巧开始营业。

以前大多数在学校周边摆摊的小商户都被规划到这边来了。

她看得出神，呢喃了一句：“看起来还挺有意思的。”

不过祁纪阳这种不食人间烟火的阔少应该接受不来。

程栀没有多想，敛了下眸，但没有把目光收回来。

祁纪阳侧头看了一眼，程栀正认真地看向窗外，不断闪烁着的灯光打在她脸上，朦胧又迷离。

“决定好晚上吃什么了吗？”祁纪阳忽然开口问。

“没有。”

“既然到这里了，那不如我们去夜市逛逛？”

程栀的眼神微闪了一下，但表面上还是很镇定。她说：“就在夜市随便吃吃？”

“我还挺想吃的。”祁纪阳说，“要不你今天就将就我一下？”

前面有些堵，去夜市的车不少，祁纪阳也放慢了车速。

程栀都听到自己吞咽口水的声音了。

其实她一直很喜欢夜市的氛围，比各种高档餐厅都更有烟火气息。

她喜欢一切充满烟火气的地方。

既然是祁纪阳主动提的，那她当然也没有任何异议了！

程栀一脸淡然，耸了耸肩：“行啊，你要是想吃，我陪你逛逛。”

祁纪阳看了她两秒，忽然低笑出声。

“你笑什么？”

“没什么。”祁纪阳的眉梢微微扬起，心情不错的样子，“可能是要吃到好吃的了比较开心。”

“幼不幼稚啊。”

“还行。”

停车场那边比较挤，祁纪阳叫程栀先下车在门口等他，他自己先去把车停好。

程栀在人来人往的门口等他过来，空气中阵阵香气飘过来。

她的脑海中竟然闪过了无数个高中时候的画面。

高中的时候以为跟好朋友这辈子都不会分开，后来分开没有联系以后，程栀也以为自己这辈子可能也不会跟祁纪阳怎么联系了。

或许下一次联系是各自出现在同学会上，随便叙叙旧，后来也依旧不会继续。

说起来的时候也只是曾经的一个好朋友。

可是人生就是永远充满意外，永远都不知道下一秒会发生什么。

她一个月前也想不到自己会跟祁纪阳一起来逛夜市。

十几分钟后，程栀原本低着头，忽然一阵奇妙的感觉袭来，她抬眸一看。

身形颀长俊朗的男人迈着长腿朝自己走来。

好像是朋友之间的神秘感应，祁纪阳还没叫她，她就感觉到了什么，于是抬了头。

“祁纪阳！”程栀抬手朝着他挥了挥。

拥挤的人潮之中，祁纪阳看到程栀眉眼弯着，笑着朝自己挥手。

她身后的霓虹灯光不断闪烁着，像一颗闪闪发亮的小星星，整个人身上都氤着柔和的光影。

祁纪阳的脚步忽然顿了下。

周围是吵闹的，但顷刻之间能听到的，好像只有她的声音。

“祁纪阳！

“我在这里！”

程栀一路从摊位的开头吃到了摊位的末尾。

一整条街上吃喝玩乐都有，天还没完全黑下来他们就进来逛了，等到出去的时候已经是月亮高悬。

程栀吃得太多，撑到感觉自己的胃都快炸了。

祁纪阳手上还帮她拿着一杯酸奶和一块小米糕。

程栀走得慢，实在是撑得不行。

“我为什么吃了那么多……”程栀幽幽地抬眸，“我觉得得怪你。”

祁纪阳笑出声，狭长的眸子微微一眯：“怎么怪我了？”

“都怪你说要来夜市吃东西。”程栀抬手捏了一下自己腰上的肉，“这个月的摄入量又超标了啊。”

“你太瘦了，多吃点。”祁纪阳说着还看了一眼旁边的店，“吃炸鸡吗？”

程栀：“你喂猪呢？”

程栀往前迈了两步，赶紧逃离这个令人罪恶的街道。

她回头，气鼓鼓的样子看着祁纪阳。

"不吃了！"

祁纪阳低着头笑，修长的手指掩着不断上扬的嘴角。

"就是你一直说要吃这个那个的。"程栀继续抱怨着，"结果买了以后基本都是我一个人在吃，你就意思一下吃两口。"

"嗯，知道了。"祁纪阳的尾音上扬着，"怪我。"

程栀还想着今天跟祁纪阳一起来，他一大男人总能多吃点，这样就可以多吃几种了。

毕竟逛夜市的精髓不是吃饱，而是要每样都尝到。

但祁纪阳根本就没吃什么，最后还是她独自承受了所有。

因为实在是摄入了太多食物，程栀没打算直接坐车回家。

走到路口，街边的树叶被风吹得窸窣作响，风很轻，带着些许凉意，带着桂花的香气。

这条路他们都很熟悉，再往前走一些就是南城一中了。没想到从夜市穿出来以后竟然是这条路。

程栀站着吹了会儿风，说："那我一会儿就不跟你一起走了，我吃太多了，散会儿步消化一下。"

她从祁纪阳手上接过酸奶和小米糕，往前走了两步，回头对祁纪阳挥了挥手："你回家路上小心。"

程栀没有说下次见。

她站在原地好几秒，祁纪阳也没跟她道别，反而是朝她这边迈过来。

"我也要消化一下。"

程栀："你就吃了那两口你有什么好消化的？"

"我觉得挺撑的。"祁纪阳面不改色地说，"而且这条路下去是学校那边吧。"

"嗯。"

"我想顺便路过学校回去看看。"他说得有理有据。

程栀点了点头，又把手上的东西递给祁纪阳了，说："行，那就一起走走吧，那这个你先帮我继续拿着。"

"压榨员工啊？"

程栀翻了个白眼："你的工资我可付不起。"

"我又没让你给钱。"

"哦。"

两个人说着，并排着往学校的方向走过去。

秋天总会给人一些奇妙的感觉，下过雨的潮湿空气混合着花香，带来的还有秋日气息的记忆。

学校那边很安静，站在门口的时候只有外面的牌子最为敞亮。

“南城一中”的招牌照得人眼睛有些疼。

保安室里的保安正在打瞌睡，这会儿是学生晚自习的时间，教学楼灯火通明，却一点声音都没有。

整个校园安静得像没有人。

程栀拿出手机在门口拍了一张照片，感叹了一句：“以前最讨厌看到这个招牌了。”

一想到要上学就觉得心情不好，因为每次从家里来学校的路上都是最煎熬的。

等走到学校门口看到这个招牌就觉得自己马上又要进“监狱”了。

现在站在这里，却是另一种心情。

会怀念的心情。

保安竟然还认得程栀和祁纪阳，听说他们俩是回来看看的，也没多拦就放人进去了。

“进去是可以进去的，小声点，别吵闹啊。”保安提醒了一句。

程栀点了点头：“嗯，我知道。”

总不能影响人家学习。

教学楼十分安静，几乎没有人在说话，南城一中本来就是一所教学质量很高的学校，大部分的学生都挺自觉的。

但再好的学校也会有一部分人不太用功。

路过某个教室的时候，程栀听到里面有一道男声刚好响起，听着有些烦躁的样子。

程栀和祁纪阳同时转过去看了一眼。

“别烦啊。”少年一脸不耐烦，睡眼惺忪，“扰人清梦？”

程栀的脚步顿住。

“哥，别睡了，你还没把作业给我，我怎么帮你抄啊……”旁边另外一个人这么说着。

“随便，老子不交作业。”他说着，又抱着抱枕要睡下了，“别吵我，唠唠叨叨的烦死了！”

程栀旁观到这里已经要笑出声了。她忍着笑，看到男生后桌的女生忽然拿着本《五三》站起来，毫不客气地砸在那人脑袋上。

“还睡？起来把作业给我写了！”

程栀实在没忍住轻笑出声，她还没说什么，倒是祁纪阳悠悠地开了口：“跟你那时候骂我的样子一模一样。”

程栀伸手敲了他一下：“是啊，你自己看，人家都在学习的时候你在干什么？难怪成绩那么差。”

程栀笑完就往前走。

祁纪阳站在后面，又看了一眼教室里那个一副还没睡醒样子的小少年。

是啊，难怪成绩那么差。

所以大学以后，他才会跟程栀分道扬镳。

成绩不在同一水平上，连学校都上不了同一个，不能在一起，以前的朋友都会慢慢变淡。

两人一路闲逛，走到篮球场，隔得远远的就看到有人在那边。

“这时候不上晚自习溜出来打篮球？”程栀“嘁”了一声，随后转头过去，“这件事也是你当年干得出来的。”

“以前晚自习的时候我去篮球场逮了你和许让很多次啊。”程栀看着那边，灯光微弱，但依旧有人在篮球场上肆意挥洒的影子。

她恍惚之间像是看到了曾经的自己，记忆和现实不断地重叠着。

许让和祁纪阳经常上晚自习时溜到操场打球，那时候白离总是坐在旁边安静地画画，也不管他们俩。

程栀每次都气不打一处来：“阿离，你管管他们俩呀！”

白离神色很淡，摊手无奈道：“我也翘课了，没资格管他们。”

程栀：“许让！祁纪阳！你们俩给我回去学习！”

许让拿着篮球靠在一边：“你管不了我的。要是阿离让我回去上课，我可以考虑一下。”

白离：“我也不喜欢上晚课，歇着吧。”

许让说完，往旁边看一眼，祁纪阳已经往程栀那边走了，许让笑：“也就祁纪阳给你管管了。”

确实每次她都只能把祁纪阳叫回去。

程栀每次都气呼呼地拧着祁纪阳的衣服走，路上还要不停念叨：“祁纪阳，你得好好学习啊，你这样以后考不上大学的。”

“我家有钱。”少年懒洋洋的，就被拖着走。

“怎么，有钱能使鬼推磨？”

“差不多吧。”

“这就是你不努力的理由吗？”

“我也没有不努力。”

程栀停下来：“你努力什么了？”

“努力……”祁纪阳被程栀堵得一句话都说不出来。

程栀总是懒得说太多，反正自己每次都在念叨，比当妈的还要负责。

只是再后来，她也不念叨了。

因为她发现，在这个世界上，确实有一部分人是不需要努力的。

她是需要靠学习，靠念好的大学，靠自己的拼搏和努力给自己创造未来的人。

而祁纪阳真的不需要努力。

他就算不前进，只需要站在这里不动，都有人把他的未来递到他手上。

一个在拼命往前走，而另一个却在原地不动。

程栀站在篮球场旁边，忽然笑了声，说："祁纪阳。"

"嗯？"

"我好久没跟你打球了。"程栀说，"你最近技术退步了吗？"

祁纪阳眉梢微扬："我退步了也比你强点。"

程栀：这人倒依旧拽得很。

"嘿。"程栀朝着那边的学生唤了一声，"同学，可以把你们的篮球借我们玩几分钟吗？"

"可以啊。"个子最高的男生玩着球走过来，"正好我们要歇会儿，姐姐你还会打篮球啊？"

"嗯，会一点。"

程栀个子高，一米七三，在南方的女生里算是拔尖。

所以每次有什么篮球赛，她总是被抓去的那个，就算以前不会，强行上了这么多次也得会点了。

按照程栀和祁纪阳之间的规矩，第一轮程栀攻，祁纪阳守，第二轮对换。

夜色之下，程栀运着球，认真思考怎么才能投进去。

跟祁纪阳单挑的时候，她的确就没赢过。

今天也是，程栀左边右边都尝试了一遍，但怎么都打不过去，她的球一定会被祁纪阳拦下来。

碰到他肩膀的时候，程栀压低声音说了句："一点都不让着我啊？"

"不让。"

祁纪阳说不放水就不放水，程栀的场合结束，到最后也一个球没投进去。

年纪大了体力有些跟不上，程栀就这么蹦了两下都累得不行，坐在旁边的台阶上喘气。

"算了，好累，我休息会儿。"

"这就不行了？"祁纪阳站着，居高临下地看着她。

程栀：怎么觉得这人怪嘲讽的呢？

她摆了摆手，说："嗯，上年纪了，反正我也打不过你啦。"

祁纪阳在她旁边坐下，长腿往前一伸，手撑在后面。

他说："你好像变厉害了点。"

"是吗？"程栀问，"那我怎么还是被你狂虐？"

“因为我太了解你了。”

“嗯？”

“你每个动作和细节我都能猜到下一步是什么，”祁纪阳说，“所以能防住。”

程栀没什么反应，过了会儿才“哦”了一声。

安静了一会儿，程栀休息得差不多，起身拍了拍身上的灰，说：“那来吧。”

程栀抓起篮球朝祁纪阳丢过去，刚刚扔到祁纪阳身上，手机“嗡嗡”振动，伴随着急促的铃响。

电话接起来，庄兰馨的声音很着急。

“小栀！你现在方便去趟派出所吗？”

“怎么了？”

“你舅舅……”庄兰馨也气得不行，“下午跟人打起来了，刚才警察打电话叫我去接人。”

庄兰馨继续说：“我和你姨妈现在实在走不开，你爸和姨夫都在外地，小栀……”

程栀压了压自己的火，说：“我知道了，我现在打个车过去。”

摊上这种亲戚，只能算自己倒霉。

程栀挂了电话，急匆匆地说：“我家里有点事，必须先走了，下次再联系吧。”她说完就往外面小跑，片刻都没停留。

祁纪阳跟在她旁边：“出什么事了？”

“没事，不用你管。”程栀正在气头上，说话语气也不太好，“你自己先回去吧，抱歉。”

“我可以帮忙。”

“不用，是我家里的事。”程栀冷淡地拒绝。

但祁纪阳依旧没放弃，说：“程栀，我们是朋友，你有什么事情我是不能帮忙的？”

他们认识这么多年，程栀从来没有跟祁纪阳说过任何关于她家里的事情，一点都没有。甚至，这么多年来，祁纪阳都不知道程栀的爸妈是做什么工作的。

程栀的脚步停下，她深吸了一口气：“我的家务事，跟你没关系。”

两人都沉默了几秒，祁纪阳往前迈了两步，挡在她前面，像一道高墙。

程栀看到微弱灯光下，男人鸦羽般的睫毛垂着，落下浓墨般的影子。

其实祁纪阳对她从来都是迁就，她不愿意提或者不愿意做的事情，祁纪阳从来都不会多说。

但今天他这么站在她面前，挡在她前面，声音低沉，异常坚定地说了一句：

“我觉得有关系。”

南城的夜景算是繁华。

沿江公路的对面是林立的高楼，灯火通明，虽夜色漆黑但依旧繁华闪耀，是一个从来不落幕的不夜城。

而江的这边是老城区，居民楼已经早早熄了灯，只剩下一些零星的光亮。

一条江把南城分成了两个世界。

程栀开了窗，一言不发地看着窗外，旁边的人也没有吭声，好像是怕自己叨扰了她。

车速不算慢，风毫不留情地灌进来“嗡嗡”作响，头发被拍在脸上，怎么捋都捋不散。

到派出所的时候，周围寂静无声，走到门口就听到中年男人流里流气的声音。

“哎呀，我也这么大的人了，你说，你们这会儿一直教育我，等下我外甥女来了看到不是挺没面子的？

“我当然知道这些道理！”

“既然要面子，四五十岁了还在外面跟人打架……”有人严肃地说着，一听就是警察的声音。

程栀站在门口深吸了一口气，揉了揉自己的眉心，尽量让自己的表情不那么难看。

她的声音有些疲惫，压低了对祁纪阳说：“你在外面等一下吧。”

“我跟你一起。”

程栀迈了一小步，也没跟他拧。

“行。”

她抬手敲了一下门。

里面的人回答：“进来吧。”

门打开，几个穿着制服的警察围着个二流子气的中年男人。

程栀冷着脸进去，居高临下地看了中年男人两秒。

“知道丢人就少做点这种事，面子是自己挣的不是别人给的。”程栀冷声说完，又换了张温和的笑脸转过去面对警察，“不好意思麻烦你们了。”

“家属是吧？”警察打量了程栀一下，见她是个年轻小姑娘也没说什么重话。

“嗯。”

“身份证看一下，然后在这边签个字。”

“好的。”

程栀在这边压着火气解决事情，那边的庄成君却跷着二郎腿抖腿，一副丝毫不在意的样子，倒是打量起祁纪阳来了。

“我们栀栀都长成漂亮大姑娘了。”庄成君说着，“什么时候谈了个这么帅的男朋友啊？不愧是我们栀栀，男朋友看起来挺有钱的样子，真不错！”

程栀刚好签完字，“啪”的一声把笔拍在桌上，随后马上轻声向警察道歉：“不好意思。”

“没事，这么晚了，赶紧回去吧。”

“好的，麻烦你们了，我会好好说说他的。”程栀微微欠身道了个歉。

警察看着程栀，又看了眼那男人，无奈地叹了口气，只能说：“嗯。”

从派出所出去，祁纪阳的车就停在路边，程栀默不作声地一直走在前面，到了停车的地方，她还没开口，倒是庄成君先吹了个口哨。

“哟，还真是富二代啊？”

“关你什么事？”程栀顿住回头，声音冰冷，“自己回去，不送，别给我们惹麻烦。”

她甚至懒得多说，毕竟生气伤身。

庄成君也不走，双手插在裤兜里，态度依旧懒散不当回事。

“栀栀，你这么凶干什么？”庄成君笑笑，凑过来了些，手指搓了搓，“行，我自己回去，那你总要……给我点钱吧？”

原本站在旁边全程没有参与的祁纪阳忽然伸手，把程栀拉到自己身后，眉头紧蹙：“你找一小姑娘要钱？”

有祁纪阳站在程栀旁边，庄成君确实没有那么肆无忌惮。

“哎哟，她是我亲外甥女，我这又不是抢劫是不是？”庄成君看着祁纪阳，“那既然你那么有钱……”

听到这句程栀积攒了许久的怒气终于爆发。

没让祁纪阳护着自己，程栀气势汹汹地开口：“有没有钱是不是富二代跟你有什么关系啊？看到别人有钱就想往上贴是吧？

“你四十几岁了还把自己当四岁小孩儿吗？外婆现在在医院住院治疗，我妈和姨妈两个人整天忙上忙下地照顾的时候你在干什么？

“平时爱赌谁管你了？外婆还不够宠你？家里就你一个儿子，谁不是对你睁一只眼闭一只眼？你这么些年没往家里拿一分钱不说，家里所有的家底都快被你掏空了吧？

“这次外婆生病也没人叫你拿一分钱，甚至也没叫你去照顾，就只是指望着你别继续往外败家。”

程栀一口气差点噎住，她缓了缓，没忍住爆了粗口：“但是你现在在干什么？啊？在外面输了钱跟人打架，还要外甥女来签字赎你？”

程栀站在这里对他大吼，庄成君也觉得面子上有些挂不住，但也只是像个叛逆小孩儿在顶嘴。

“你这两年不是赚了挺多钱的？你不是你外婆的亲外孙女？”

给点钱不是应该的？

程栀沉默了好几秒。

祁纪阳垂眸看她，有些担心，唇微微动了一下："程……"

名字还没喊完，程栀突然迈步向前，毫不犹豫地抬手。

"啪！"

一声巨响，在安静的街角回荡。

程栀重重一耳光打下去，脸色和天色一样漆黑。

"你以前从我这里拿的钱，这是还债。"程栀说，"你休想从我身上再拿一分钱。庄成君，我的每一分钱都是我自己努力赚到的，我就是应该得到那些东西。

"而你这种烂人就应该一辈子活在阴沟里。"

庄成君被程栀这一巴掌打蒙了，也没打算还手的样子。

程栀下意识地伸手拉着旁边人的手腕大步流星地走，像是在火速逃离瘟神。

"祁纪阳。"程栀晕乎乎地喊了一声。

"嗯。"

"走了。"

"好。"

跑车飞速掠过，给那片空气留下的只有车尾气，离开的速度让人毫无反应时间。

程栀的脑子还在轰鸣，也不知道自己在做些什么，只能感受到风拍在自己脸上，太阳穴一直在隐隐作痛。

不知道过了几个路口，车忽然停在了一旁，停下来以后，风也开始变得温柔了，轻轻地拂过落叶，卷起一地秋意。

祁纪阳匆忙下车，从车后备厢的小冰箱里拿了一瓶冰水给程栀，伸手将车上的灯打开。

"力的作用是相互的。"祁纪阳看了一眼程栀的手心，"还有点红，你拿着冰一下。"

祁纪阳把水递给她以后，下意识地用左手指尖碰了一下自己的右手手腕。

他刚才明显感觉到了程栀掌心滚烫的温度。

那一巴掌是挺用力的。

程栀拿着那瓶水，偶尔塑料瓶会被她捏得"刺啦"响。

声音断断续续，就像小猫挠痒一样，偶尔挠一下。

惹得人心痒痒的。

两个人都没说话，路灯昏黄的光像是偷听的小精灵，零星碎屑地偷偷落入车内。

程栀的嘴角微微往下耷拉，垂着眸看着自己手上的水，空气中浓郁的桂花香混合着男人身上清淡的香水味。

手还有些酥麻，她微微动了下指尖，很轻地叹了口气。

老城区早就已经沉睡，安静到只能听到树叶窸窣作响和河水流过的声音。

祁纪阳往后靠了一下，看着前方寂静的路。

“一直都是这样？”

“嗯。”程栀疲倦地应了一声——缓过来以后，还是觉得有些累了，不管是身体还是精神，都很累。

“以前从来没听你说过。”祁纪阳侧头看过去。

程栀已经靠着在闭目养神了，长发被风吹得乱糟糟的，随意地散落在肩上，外套也有些滑落，露出一小截白皙的皮肤，带着几分凌乱随意的性感。

沉溺的夜色之中，男人的喉结不动声色地微微动了下。

“这不是什么值得说的事啊。”程栀依旧没睁开眼，“难道有个爱赌博的烂人舅舅是值得炫耀的事吗？”

祁纪阳一时半会儿也不知道要说些什么，连关心都无从下手。

程栀甚至看起来没有太在意庄文君的存在，发了火就真的像一把大火把一切都燃尽了。她有什么事情也从来不会表现在脸上，冷冷淡淡的，很平静。

沉默良久，程栀感觉好些了，睁开眼，坐直说：“今天谢了啊。”

“现在走吗？在这会儿待着也没什么结果，早点回家休息。”程栀说，“下次请你吃饭。”

“应该的。”祁纪阳说，“我能放着你不管？”

程栀没答，只是“嘁”了一声。

“会很辛苦吗？”祁纪阳突然问了一句。

“也没有那么难。”程栀轻声一笑，开始调侃他，“也就只是比起你这种不食人间烟火的阔少是要辛苦一点。”

对于这样的亲戚，祁纪阳确实无法感同身受。

祁纪阳把她送到家，车停在小区大门口。

程栀下车的时候再一次道了谢。

“你也辛苦了，好好休息啊。”程栀挥了挥手准备关门。

门还没关上，祁纪阳舔了下唇，狭长的眸子一眯：“下次你有什么事就跟我说。”

“这种家务事就不用了。”程栀说。

“怎么？”他的尾音微扬，语气听着有些不满，“好朋友都没资格参与吗？”

祁纪阳一半调侃一半认真，手随意地搭在车窗口。

程栀笑了一声，忽然认真，她弯腰看着他，态度十分严肃：“是哦。再好的朋友，都到不了可以管家务事的地步。”

程栀说完，伸手把门关了。

“我走了。”

祁纪阳车还没点火开走，倒是程栀先转身进了大门，渐渐消失在他的视线范围内。

他一直没走，看着紧闭的大门出神，一阵异样的感觉袭来。

明明最近联系很紧密，随时都能联络和见面，他们俩认识这么多年，他却从来没有哪一刻像现在这样觉得程栀离他很远。

秋日里温度降得快，每天都在不断往下跌。

程栀忙了好几天，终于把国庆后这一批工作做好全部交给了陈妮。自从上次开会程栀得到表扬以后，陈妮跟她就越来越不对盘了。

喻初一直说陈妮怕程栀继续升职威胁了自己的位置，刚开始程栀还不信，现在看看，确实有点像这么一回事。

周五忙完下班，程栀打开自己的备忘录看最近的安排，正在整理的时候，陈妮一条消息弹过来。

【这已经是下旬了，你工作处理也太慢了，国庆之后就安排好的现在才交，别的分部早就已经交了，自己看着明天加加班吧。】

程栀没点开微信，只是在弹窗看了一眼陈妮的消息。

备忘录里写着明天和裴淮去城北看那个人像摄影展，看完还要去趟医院，事情安排得紧锣密鼓的。

换作是以前，程栀可能已经开始准备加班了。

她以前觉得工作上有些东西确实是自己做得不好，所以要多加点班把事情做好是应该的，上班久了以后发现有的人就是挑刺给她找事做。

程栀关了电脑，没有回陈妮，等到回家把其他事情忙完以后才回复。

【程栀：我明天有点个人安排。陈总监要是对我的工作有什么不满，可以直接报告上面。】

消息发出去以后，程栀也没多注意就去洗澡了。

浴室里只有水声“哗啦”，和下雨天一样很适合认真思考一些事情。

或许她真的应该认真考虑一下裴淮提出的条件，既然是祁纪阳介绍的人，当然是有保证的，倒也不用担心遇上什么骗子。

“后花园”这边确实多多少少有点问题。

有个令人烦躁的上司是大部分人辞职的原因，程栀也觉得自己对陈妮的忍耐快到了极限。

她本来就不是一个忍气吞声的人，也不是随便给人欺负的。

自己的技术水平摆在那儿，要跳槽换工作也只是一份辞呈的事情，也不是辞职就会找不到工作。

按喻初的话说，现在她马上辞职，不知道外面有多少工作室抢着要，何必在这里委屈自己受气。

从浴室里出来以后，程栀直接把平时工作用的那张电话卡拔了出来，给自己一个安静的周末。

自从国庆加了一周班，程栀第一次觉得安静的双休是一件难能可贵的事情。

她没有再回陈妮一个字，终于落得清静。

周六，程栀依旧到得早，她在旁边的咖啡店提前买了咖啡。

裴淮也没有来得很晚，两个人在门口碰面的时候，裴淮有些匆忙地跑过来，嘴里还在念叨着："祁纪阳知道我们俩今天要看展……"

"嗯。"程栀喝了一口咖啡。

裴淮还在喘着气，说："提醒了我好几遍让我早点来。"

因为知道程栀一定会提前到，祁纪阳刻意提醒了好几次："别让她等太久，早点看不行吗？"

程栀随意地勾了下唇，无声地笑。

来看这场展览的人不多，进去以后也几乎不会跟别人相遇。程栀和裴淮一路上也没怎么说话，只是在遇到一些感兴趣作品的时候会不约而同地停下来。

"你有没有发现……"裴淮走着，忽然带着笑意开口。

"什么？"程栀还在认真看着眼前的那张照片，有些恍神。

"我们俩总是在同一张照片前停下来。"裴淮说着，"这说明我们俩的审美完全一致。"

程栀反应了半秒，"扑哧"笑出声，她的眼睛微微弯起来。

"是欸。"程栀扬了点下巴，"那这张你怎么看？"

这一张大概是程栀截至目前看到的最喜欢的。

裴淮定神看了会儿，点头说："我很喜欢。"

"前面那几张充满烟火气的我也很喜欢，但是暂时都比不上这张。"裴淮分析着，"少年感和青春果然是所有人都想要珍惜的东西。"

"是啊。"程栀微微眯了一下眼。

眼前的照片里，金黄的银杏叶铺满了教学楼之间的林荫小路，明明是静止的照片，看起来却十分生动，仿佛能看到风吹落树叶，太阳落在上面产生细小的光斑，闪闪发亮的每一个瞬间都很清晰。

即便是录影如此发达的现在，程栀依旧喜欢静态的照片。很多时候，一张静态的照片，远远比动起来的影像还要有画面感。

教室里每张桌子上都堆着厚厚的书本，乱糟糟的，桌上、地上、抽屉，每一处都散落着书本和试卷。

有人趴在桌上手上还握着笔，有人聚在一起看手上的试卷，有人背靠着椅子仰着头放松。

照片里的主角比了个老土的“茄子手”，少女素面朝天，干净利落的单马尾，有些碎发落在旁边，手上还有黑漆漆的墨水印。

她笑得很开心，但仔细看的话，却能发现她的眼眶竟然有些微微泛红，眼角也有些泪痕。

“你说，她到底是开心还是不开心呢？”裴淮问。

“我觉得都有。”程栀回答。

他们都注意到前面的标语，其实不难猜，这是高三学生的教室。

“高三意味着结束,意味着新的开始,意味着明天的期待。”裴淮语气悠悠地说。

“但也意味着分别。”程栀转头看向他。

两个人的眼神在安静的空气中相遇，忽然产生了一种奇妙的化学反应。

他们也几乎是同时低头笑出声。

程栀说：“你说得没错啊，我们俩也太同步了。”

“感谢祁纪阳，哈哈哈。”裴淮说，“很高兴认识你。”

除了亲密好友、家人、恋人，还有一种更为难求的人——

知音。

有很多人可能这一生都遇不到。

他们继续往前走，程栀只用了几分钟来做决定，她在某些事情上很懂得抓住机遇，所以才成就了现在的程栀。

她的脚步顿了下。

“裴淮。”程栀的神色坚定，“我今天回去写辞职信。”

裴淮听完，似乎也不是特别意外，他的嘴角微微扬了一下。

“欢迎。”

展览很快走到尽头，裴淮先去了卫生间，程栀还在看最后那几幅画。

最后收尾的一组照片，很多人匆忙看一眼就走了。

前面看得差不多，最后好像也没有什么耐心了，看到前面就是出口，就想要早点出去。

程栀看着那一组，都不知道自己心里的天秤要怎么摆放。

出口处的人终于多了起来，路过的人对这一组也是议论纷纷。

——“哎，果然越繁华的地方贫富差距越大啊。”

——“看到了吗，现在都还有人在过这种苦日子，知道你过的日子多好了吧？”

程栀站在原地没动，忽然听到一道温柔却坚韧有力的女声。

“这组不错。”她十分赞许。

程栀回头看了那女人一眼。

女人大概四十来岁，保养得很好，脸上几乎看不出什么皱纹，容光焕发。她穿得很低调，但以程栀的了解，其实也是价值不菲。

她不过是穿了“看起来不贵”的。

一直盯着别人看也不礼貌，程栀很快收回目光，继续看那组照片，但没想到对方却与自己搭了话。

“小姑娘。”女人缓缓开口，声音依旧温柔，“我觉得你看起来好像挺专业的。”

程栀稍微愣了一下，随后颔首微笑：“是懂一点点。”

“这组图没取名字。”女人说。

程栀顺着她的目光看过去，旁边的作品介绍一片空白，只是下面有主办方留的一段话。

【作品暂未命名，看了那么多作品以后，一起来给这组照片取名吧。】

“那你觉得要取什么名字好呢？”女人继续呢喃着，“差距？现实？”

几张照片。

第一张，被江隔开的光亮和黑暗。

第二张，高楼林立之间的城中村，和繁华都市格格不入的破旧。

第三张，繁华落幕之后的小巷，佝偻着的落寞背影。

统统都是同一个主题。

有人活得光鲜靓丽，有人活得蓬头垢面。这个城市依旧有着巨大的贫富差距，依旧有人把酒言欢肆意挥洒金钱，有人勒紧钱包辛苦度日。

程栀沉默了一会儿，轻声开口：“叫‘得失’吧。”

旁边的女人看着她：“这怎么说？”

“照片上看起来好像有钱的人过着令人羡慕的生活，穷人就是凄惨的。”程栀说，“其实这个世界本来就不全是这样，不能只看到表面上的东西。得失是公平的，不是吗？”

女人看着程栀，忽然一声轻笑：“你这年轻小姑娘还看得挺通透的。”

“谢谢。”程栀微笑着，手机上收到裴淮的信息，“我朋友在外面等我，先走了。”

程栀走出去，忽然又回头看了一眼刚才的位置。

她看了两秒，又转过来。

怎么会觉得女人有点眼熟？

程栀眉头微蹙了一下，在自己记忆里确实没有找到跟那人有关的内容。

她没有多想，迈步继续走。

应该，只是错觉。

夜幕降临，但有的地方才刚刚热闹起来。

祁纪阳洗了澡出来，头发还没吹，慢悠悠地打算走到客厅，他正懒洋洋地打着哈欠。

“祁纪阳！”

祁纪阳的脚步顿住，哈欠都收了回去。

宋倩正领着人往楼上走。

“妈？”祁纪阳看了一眼她领着的人，喊了一声，“关叔叔。”

祁纪阳平时不住在这边，他自己有自己的房子，今天被宋倩叫回来，说是晚上有重要的事情，让他早点回家，哪儿也不许去。

结果他在家里待了几个小时，也没见着人影。

这会儿他洗了澡出来就撞见人。

“赶紧去把头发吹了。”宋倩拍了他一下，“一会儿下来吃饭，我带你关叔叔去参观一下。”

“对了，你上次的奖杯带回来放过去了吧？”宋倩问。

“放了。”

“行，我带你关叔叔去看一下你拿的奖。”

“嗯。”

家里有一个房间专门用来摆放祁纪阳得到的荣誉，家里来客人，当然要带去看看。

祁纪阳转身进去吹头发，也没多在意。

书房里，宋倩正带着人认真参观。

“这一柜子都是纪阳的奖杯奖牌。”她的语气里藏不住的骄傲，“这孩子倒是摆得挺整齐的。”

宋倩也很久没进这个屋子，平时都是祁纪阳自己回来的时候整理，家里也很少来客人，也没什么机会给人看。

“这是纪阳今年拿的，我都还没见过呢。

“这个应该是前两年，新人赛的时候。

“这个……”宋倩介绍到一半，忽然愣住。

透明的玻璃柜里，突然出现了一个她有些陌生的东西，跟其他的奖杯奖牌比，小巧很多，要凑很近才能看清。

玻璃柜顶部的灯光落下来，刚好有一束光落在了上面，照亮了那一小块银色的牌子。

被光包围着，和他所有的荣誉放在一起。

小小的名牌，上面刻着——

高三（2）班，程栀。

第四章

想 和 她 恋 爱

医院的每一个角落都充斥着消毒水的味道，混合着看望病人送来的花束香味。

程栀削好一个苹果切成小块摆在盘子里，柔声说：“外婆，给你切好啦，一会儿记得吃。”

她弄好以后起身出去，轻轻地掩上门。

妈妈和姨妈都在外面，程栀走过去，加入了她们之间的对话。她们看到程栀过来，眉头稍微舒展开了一些，总是不想在孩子面前这么愁眉苦脸的。

“最近怎么样？”程栀问。

“小栀，最近也辛苦你了。”庄兰馨轻轻拍了拍她的手背，“最近情况稍微稳定一些了，你也不用担心，你忙你自己的事情要紧。”

“钱的方面你也不用担心了。”姨妈说，“姨夫前些日子去催款了，这几天拿到钱了，回头让姨夫把你给的那二十万还给你。”

程栀赶紧说：“不用，这本来就是我应该给的，不用还我，我自己也还有钱。”

“你舅舅没找你拿钱吧？”庄兰馨不放心。

“问了，我没给。”程栀没把那天自己给了庄成君一耳光的事情说出去。

“我们栀栀现在也是大姑娘了。”姨妈轻叹了一声，“也是没想到最近家里会出这些事，本来就有个不省心的，刚好之前又被卡着款……”

一切都是这么巧。

姨夫的项目款一点都没拿到，而程栀家里前些日子看着有点余钱，程栀也工作顺利有存款不用担心了，于是程栀的爸妈拿家里存的那点钱买了套新房。

以前的钱全部存起来为了送程栀念书，给她上好的学校，这么十几年都一直住在厂里的老房子里，现在家里轻松了，自然想换个新房子住。

正遇到这个大家手上都没什么钱的过渡期，外婆忽然病倒，给家里人愁得焦头烂额的不说，庄成君这时候还要添一把火。

“不过现在没事了，之后应该就轻松了。”姨妈继续说着，轻抚了一下程栀的背，“栀栀你要是有什么自己想做的事情，就自己去做吧。”

程栀微微一笑，应了声：“嗯。”

她确实有一些需要做的事情。

从医院回去以后，已经很晚了，但程栀没有准备睡觉，漆黑的深夜，也还有几盏灯亮着。

她打开电脑开始准备写辞职信。

这三个字刚刚打上去的时候，她的心情就已经有些不一样了。

家里安静得过分，只有她不断敲打着键盘的声音。

这份辞职信她写得很快，似是本来就在心里过了无数次，早就已经非常流畅了。

现在终于把这封信敲了出来。

程栀写完看时间，发现已经是凌晨两点半。她端起手边的杯子，站在偌大的落地窗前看外面。

这套房子是她今年才租的，租金在南城算是偏贵。

程栀是看上了这套房子的落地窗，高层可以看到很多外面的风景，虽然现在一片漆黑，但能看到外面高楼的星火。

她忽然想到一些琐碎的事情。

比如以前，有人问她梦想成为什么样的人，想做什么样的事。

其他人都在对自己的未来进行职业规划的时候，程栀那时候并没有什么具体的职业目标，她只是说……

想要自由和底气。

有做一切决定的底气，能去做自己想做的事情的自由。

她现在很幸运地拥有着这两样东西。

因为自己有足够的底气，所以在不满这份工作、被上司无限压榨欺负的时候，她有可以马上辞职的果断。

这也成就了她的自由。

短暂的周末转瞬即逝。

周一上班，开例会的时候，陈妮的表情一直不太好，刚刚散会喻初就来问程栀。

“陈妮脸怎么这么臭啊？”喻初问，“虽然她平时也没多好看，但今天也太明显了，怎么回事啊？”

“看我不爽。”程栀把文件放在桌上，起身去接咖啡。

“狠人啊，姐。”喻初跟上去，“你对她做了什么？”

“我能做什么？”程栀轻嗤，“你又不是不知道我什么都不做陈妮都看我不爽，我稍微叛逆一点，她不就更生气了？”

“也是。”

“上周五下班的时候，陈妮给我发信息让我加班。”程栀不咸不淡地说。

“啊？”喻初愣了下，“她什么意思啊？又叫你加班？脑子没问题吧？你工作不是做得挺好的吗？无缘无故叫你加班干什么啊，就看你一直不跟她动怒欺负你是吧？”

一般也没人敢动怒，大家都是憋着一口气活着，毕竟总不能让自己饿死街头。

工作上的事情哪能全部顺心，不顺心和受委屈才是常态。

程栀耸了耸肩，无所谓道：“是啊，所以我跟她说我不加班，电话卡拔了就消失，有什么事让她找上面的人告我状去。”

喻初默默给程栀竖了个大拇指，随后说：“要是陈妮真去上面告你状怎么办啊？”

程栀的脸上没有丝毫慌张，反而是嘴角上扬，带着愉悦的神情。

“那不挺好？开除还得付我赔偿费。”程栀抿了口咖啡，“我主动辞职还一分多的没有呢。”

喻初若有所思地点了点头，好几秒以后才反应过来：“你要辞职了？”

“是啊。”程栀十分洒脱。

虽然决定要辞职，但程栀现在手上的工作她依旧是认真对待的，没有半点马虎。

接近下班的时候，陈妮打了个视频电话过来，像是在查岗。

“程栀。”陈妮的语气严肃，“我觉得我们得好好谈谈。”

“怎么了？”程栀手上的动作还没停，“你先说，我听着的，这会儿在忙。”

“你最近的工作态度有很大问题。”陈妮说，“你看你现在在干什么？”

“我在工作。”程栀微微抬眸，“我这可能不是对工作的态度有问题吧？”

是对她的态度有问题。

可惜，程栀并不想当个狗腿子。

“是，你现在是在工作，但是之前的工作安排下来，你是怎么做的？还有上周叫你加个班改个东西怎么了？谁不是加着班过来的？”陈妮的脸色很不好，“程栀，你也不是什么普通员工，总监要有总监的样子！

“上次国庆叫你加班以后，你好像就对我有点意见，平时的工作也做得随意，这周甚至直接装死了。那下次呢？下次你还想做什么？”

程栀沉默了半分钟，手上那张图修完，她点了保存。

“陈总监。”程栀抬起头来，看着视频里的陈妮。

陈妮现在在教训她，并且看起来，教训她这件事情，会让陈妮感到心情舒畅。

因为程栀明显看到陈妮的表情变得没那么难看了，甚至眉尾微微扬起，说得眉飞色舞的。

“没有下次。”程栀冷静地说。

刚好到了下班时间，程栀一分钟班也没让自己加，她关了电脑，把自己的东西塞进包里，拿起手机点了两下。

“辞职信我发到你邮箱了。”

裴淮收到程栀信息的时候，正和祁纪阳一起在射击馆射箭。

他旁边的男人刚刚举起弓拉着弦，手臂的肌肉线条紧实流畅，配着小麦色的皮肤，一股力量感，他正瞄准着靶心。

裴淮的微信忽然一声响，祁纪阳一边瞄着，一边随口一说：“裴少生意不错啊，又是哪个妹妹的信息？别等会儿分神又输了。”

输了得请吃饭的。

裴淮看了眼信息，说：“程栀发的。”

耳边是一道箭射出去的声音。

“她说什么？”祁纪阳压着声音。

裴淮抬头，刚想跟祁纪阳说程栀的事，忽然余光瞄到祁纪阳刚才射出去那箭。

裴淮：“你怎么脱靶了？”

祁纪阳扯了张卫生纸，捏在手心，脸色如常：“手滑。”

裴淮：好一个手滑。

“所以程栀说什么了？”话题又重新回到这里。

“跟我吐槽上司呢。”裴淮看着程栀发来的消息，微信提示音还在不断响着。

要是不说是程栀，他一定会以为是哪个追裴淮的热情小妹妹，消息弹个不停。

“她说，她升职以后，那上司经常找她麻烦，前段时间家里有点事情不好辞职，现在解决得差不多了，跟我这边谈得不错，今天把辞职信发过去的时候感觉很爽。

“还说，如果那人跟她面对面会更爽，直接把辞职信丢人家脸上泄愤。”

裴淮说到这里，吸了口气：“小姑娘脾气还挺火暴的啊……”

“她跟你说了家里的事？”祁纪阳插了一句。

“对啊，怎么了？”裴淮问，“她说之前外婆生病花了点钱，没敢直接‘裸辞’。”

裴淮还在继续说着：“现在好像是情况稳定下来了……”

他说到一半，忽然感觉到旁边那人没了声音，抬头一看。

裴淮觉得祁纪阳差点没把“我不开心”四个字写在脸上，他没再继续说，而祁纪阳的脸色一直不太好。

后几箭祁纪阳也射得心不在焉的，偏了好几次都没拿到高分。

“今天算了，状态不好。”祁纪阳放下弓，擦了下手心的汗，牛头不对马嘴地接了一句，“你们现在很熟？”

“还行。”裴淮回答，“就是理念之类的，各方面比较合得来，可能就会多说点话。”

“熟到要说家务事？”

裴淮：这小子今天怎么了？

裴淮靠过去钩着祁纪阳的肩："你不高兴什么啊，都是朋友。"

"什么，你不高兴？"祁纪阳反问他。

裴淮见祁纪阳不认，轻声叹了口气，随后说："你们俩的关系肯定更好啊，她能有什么事只跟我说不跟你说啊。"

祁纪阳没应这句，一副漫不经心的态度问："去吃饭？"

"有点早，但也行。"

两人从射击馆出去，裴淮的微信还在"嘀嘀"响。

祁纪阳看了一眼手机上空白的信息框，脸更黑了。

自从递交了辞呈，程栀跟陈妮之间的气氛反而是缓和了下来。

也不知道是真的遂了陈妮的意，还是陈妮看在她要辞职的份上也不继续多说了。

虽然要离职了，但程栀还是认真地对待着手上的工作，又忙了一阵子，转眼就到了十一月。

天气冷得已经要穿毛衣，骤然降温的某天，程栀收到沈嘉树的信息。

沈嘉树是程栀的青梅竹马，隔壁一起长大的弟弟，现在在一个不知名乐队当主唱。

近期来只有有事求程栀的时候才会出现，平时都忙着到处演出。

【沈嘉树：姐姐姐姐，程姐救命！】

【程栀：？】

【沈嘉树：换季了，我最近没什么事儿，要回南城待一段时间。】

【程栀：继续说。】

【沈嘉树：买点新衣服穿，希望程姐您帮我参考一下。】

程栀笑了一声，就这么应了下来。

【程栀：知道了，但是我之后要换工作，时间记得提前约。】

【沈嘉树：我们程姐的档期现在真是比我还紧啊——】

平时没事的时候直呼程栀大名，甚至叫她"小程"，有事要求程栀的时候就一口一个姐。

程栀没跟沈嘉树多说，继续去处理手上的事情了。

几天后，手上的工作终于处理得差不多，上面对程栀要辞职的事情表示可惜，但也没有强留，没几天就审批下来了。

平时跟陈妮说个其他事情半天得不到答复，国庆的加班工资算得不对，程栀问了一次到现在都没回音，辞职倒是批准得挺快的。

这是程栀觉得最轻松的一个周末，她在家收拾了一下东西，清理之前的背包的时候，忽然从里面翻出一条手链。

上面的小铃铛发出细碎的响声。

程栀稍微愣了一下，神色有些许复杂。

她看着手链，最后也没有戴上。

她把手链放进了一个小盒子，塞到储物柜里去了。

看到这条手链，程栀才终于想起祁纪阳。

打开手机微信，聊天记录还停留在上次祁纪阳送她回家，他回去以后给她发了条信息说自己到家了，后面就一片空白。

即便是重新联系上，他们俩也没有一个人跟以前一样热情地联络着对方。

若是换成十七岁的他们，大概每天都会有好几百条信息，各种乱七八糟的分享和废话。

现在也就只有见面的时候在维持那种“熟悉”。

说是跟当年一模一样，说是一点改变都没有，但这微妙的变化，两个当事人都一定很清楚。

程栀敛眸，想了会儿，给祁纪阳发了条信息。

【程栀：明天有空吗？】

【祁纪阳：怎么了，我最近很闲。】

【程栀：之前裴淮那边，还有上次在派出所的事情，说要请你吃饭的，我明天休假，要不要出来一起玩？】

【祁纪阳：玩什么？】

祁纪阳的回复看起来冷冷淡淡的。

程栀心中有些异样，总觉得……

祁纪阳以前说话是这样的吗？

转念一想，毕竟这么多年了，自己都变了那么多，祁纪阳跟以前有点不同当然也是正常的。

她没多想。

【程栀：我不太清楚大家平时出去玩什么，要不约几个朋友一起出去？人多好玩点。】

【程栀：上次阿离还问我什么时候能一起出来，要不我问问他们要不要去？】

祁纪阳那边一直显示着正在输入，但一直没有回复。

程栀等得都有些累了，那边终于回了一条。

【祁纪阳：你决定就好。】

输入了那么久，结果就这么几个字？

程栀飞速地回了一个好，也没跟祁纪阳纠缠，转头约了白离、许让，顺便把裴淮也叫上了。

都是朋友，没什么不能一起玩的。

第二天，他们五个人约在密室门口见面。

许让和祁纪阳一见面就勾肩搭背的，三个男生去旁边点了烟，烟雾缭绕的。

程栀看着那猩红闪烁的烟头。

“我第一次见祁纪阳抽烟。”程栀冷不丁地说了一句，目光收回来。

男人的侧脸线条流畅，修长的手指夹着那支烟。他的唇形好看，薄唇微微有些上扬的弧度，平时面无表情的时候也不会觉得凶。

他轻轻含着烟头的时候，依旧能看到那弧度。

更多了几分散漫不羁的味道。

虽然他和许让都属于这种浪荡公子哥的气质和风格，高中的时候女孩儿喜欢的那种坏坏的痞气男生。

但祁纪阳跟许让比要温和一些。

他们几个男人站得远，也听不清他们在说什么，只能偶尔听到几声笑，或是察觉到偶尔投过来的目光。

“许让现在看你的眼神这么温柔？”程栀问。

“不然他还能凶我吗？”白离轻笑，随后问，“你跟祁纪阳最近什么情况？”

白离问这句话的时候，程栀正好在看那边，正好祁纪阳回过头来看了她一眼，隔了一段距离，无法看清细微的表情。

但程栀也依旧感觉到了祁纪阳有些许低的气压。

程栀被白离这么一问，愣了下，随后笑：“什么啊，我和他能有什么情况？”

问得就像他们俩马上要谈恋爱一样。

白离看了程栀两秒，拍了她一下：“想什么呢，我问你最近你们俩联系的情况，我听阿让提了两次……”

程栀听着。

“阿让说你们现在虽然算是联系上了，但好像也很少跟对方联络。”

“有事才联系。”程栀说，“平时没事有什么好联络的？”

“不用联络一下感情？”

“不用。”

“你说你们俩啊，以前是那么要好的朋友，所以，你们之前是不是吵架了？”白离偏了下头，问她。

毕竟曾经是那么要好的朋友，说不联系就不联系了，还真的就四年都一句话没说，也根本没有见面。

两个人明明都有很多种可以联系上对方的方式，只需要别的共同好友约出来或是推个微信就可以解决的事情，但他们都没有。

这样的情况，只有可能是之前吵架了。

程栀敛了下眸："也没有，就是淡了。"

但四年前两人最后一次联系的时候，确实有些小小的不愉快。

"算了，都过去了。"白离轻声说，"抓紧当下才是真的，我可看出来了，祁纪阳对你还是那样，像没事一样。

"倒是你啊，自己就不跟人联络吧？"

"祁纪阳啊。"程栀说，"他就是这样的，我不一样。"

白离微微扬了一下眉。

程栀看到他们已经准备灭烟，压低声音，飘忽不定的语气说了句："我不习惯。"

不习惯四年以后，还能假装什么事都没发生过。

跟当年一模一样。

他们订的是个剧本密室，主题是一个十年前的杀人案。

程栀也是第一次玩这种，完全"小白"，什么都不会。

刚好四个角色，因为程栀不会玩，只能让祁纪阳带着她，两个人同玩一个角色，拿到角色剧本的时候程栀就蒙了。

他们拿到的是一个反派角色。

喜欢杀人的怪人，但在这次的案子中，他并不是凶手，只是对那个案子十分好奇，才会加入这次的讨论之中。

这个密室解密的最终目的和任务，是要还原当年的事件真相，要找出真正的凶手。

程栀看了一遍就蒙了，她皱着眉，问："祁纪阳，你能搞懂这个吗？可是这样，我们才是嫌疑最大的那个人啊，而且任务栏里说，我们要隐瞒自己的身份，又要证明自己不是杀人凶手找到真相。"

祁纪阳跟程栀凑得很近，程栀的身高跟他只差十五厘米，他都不用低头，呼吸之间充斥着一股馨香。

灯光昏暗，程栀穿了一件乳白色的低圆领毛衣，整个人看起来清新温柔。

稍微垂眸，落入视线之中的是她露出来的干净的锁骨。

"喂，问你呢。"程栀皱着眉，"我真的不会玩，但我想赢。"

"我也想。"祁纪阳轻"嘁"了一声，从她手上接过剧本，"你也有今天？"

"什么？"

"以前都是我问你。"

程栀的学习成绩比祁纪阳好很多，甚至高三分班的时候，程栀本来能去成绩最好的一班，但因为上次期末考试肠胃炎犯了发挥失常只能落到后面点的位置。

祁纪阳是找关系进的。

不然就他那成绩，早就分到最后一个班里去了。

“风水轮流转。”程栀自己先说，“我玩两次肯定能比你厉害啊。”

“是吗？”祁纪阳伸手轻轻地弹了一下她的额头，“那你试试。”

“看不起谁呢。”程栀轻蔑地笑笑，“在这方面吊打你还不轻松？”

祁纪阳没回答，嘴角微微一扬，认真地看起剧本。

他们俩倒都挺有好胜心的，特别是在玩这种游戏的时候，谁都不想输。

“看懂了吗？”程栀凑过去看，也没注意到自己跟祁纪阳的距离实在是太近。

“嗯。”祁纪阳看完了，问，“你想赢？”

“当然啊。”程栀点头。

“行。”祁纪阳眉梢微微一扬，看着前面。

面前是入口，他们早就在分配角色的时候就分散开来了。

“可以。”祁纪阳把剧本递还给她，懒洋洋地开口，“不过我有个要求。”

程栀抬眸瞄了祁纪阳一眼，看到他微微低头，靠近自己耳边，温热的呼吸顺着耳郭往下流。

“我也不白做买卖。”他说。

程栀看着祁纪阳，示意他继续往下说，她看到男人轻轻一挑眉，尾音拖得挺长。

祁纪阳漫不经心地说了一句：“那你怎么也得叫我声爸爸？”

程栀听完，眉心一跳，踹了他一脚：“我是你爹——”

祁纪阳也不恼，轻声笑了笑，眉尾也扬着，看着挺开心的样子。

他长腿一迈走到门口，左手撑着门，半侧着身子，右手伸出来，修长的手指勾了勾：“过来。”

语气一如当年那个骄傲自信的少年。

“我带你赢。”

密室里的每一条路都是根据角色设定安排的。

程栀他们这个角色分配到的路线有些许血腥，程栀倒是丝毫不害怕，一路上只是在想怎么才能完成剧本里的任务。

走到一个屋子里，放着很多瓶瓶罐罐，里面装着一些奇怪的东西。

程栀凑近看，感叹了句：“做得还挺逼真的。”

“你一点都不怕？”祁纪阳问。

“你见我什么时候怕过？”程栀扬了扬下巴，挺自信。

祁纪阳点了点头：“也是。”

高中的时候大家聚在一起看鬼片，说是要壮胆，程栀从头到尾都没怎么眨过眼，一边看还一边点评。

钱若霖怕鬼，看电影看着看着都钻到林灏怀里了。

那时候，祁纪阳再回头一看程栀。

她不仅不害怕，甚至还有点兴奋。

他们继续往前走，房间一片漆黑，祁纪阳忽然吊儿郎当地来了句：“这么黑？要不要我牵着你啊？”

程栀理都没理他就往里走：“跟紧点，别摔了，免得一会儿还要送你去医院。”

继续往前走了些，祁纪阳拖着语调说了句：“程栀啊，你稍微假装一下害怕也是可以的吧。”

“为什么？”

“你这样让我挺没面子的。”祁纪阳说。

“你在我面前还要面子？”程栀笑了笑，“什么面子，展示一下自己的男子力？”

祁纪阳低低地“嗯”了声。

程栀毫不留情：“想得美。”

“都说男人喜欢柔柔弱弱的女孩子，让人比较有保护欲，你这样以后怎么找男朋友啊？”

程栀这次沉默了好几秒，随后说：“是吗？”

“外面追我的人从南城排到安城，怎么找不到了？”程栀说，“倒是你啊，就你这脾气，以后得把你女朋友气死吧？”

程栀说完这句还觉得差了点什么，补了句：“哦，对不起，忘了你现在没有女朋友。”

祁纪阳闷声一笑，说：“外面那些女的很烦人。”

程栀的脚步忽然顿住，祁纪阳的脚步没停，忽然这么贴到了她的后背。

一瞬间温度诡异地剧烈上升。

程栀回头，在漆黑之下，拍了下他的肩膀：“找对象这件事难为你了。”

从每个角色的密室通道出去，他们所有人都聚集在了一个大房间，到了最后的对峙场面。

根据每个人的发言、路上看到的东西和收集到的证据，给出一个答案。

程栀和祁纪阳商量之后，决定先由程栀来发言。

“刚才我那边有影像显示，死者死后，曾经有人出现在录像里，并且……”许让最先发言，看向程栀这边，“死者身上少了点东西。

“据我所知，这位是有收集那样东西习惯的。”

许让抬手，指了下程栀。

程栀没想到第一步就被指控了，她一时间慌神，前面想好的策略好像都不知道要怎么用了。

他们都是分开走的，根本不知道别人那里会有什么样的证据。

“如果只是这样的话。”程栀说，“哪还有什么难度，是不是太简单了点？”

这个角色确实很容易“背锅”。

“这是个十年都没有解开的案子，如果当时就在监控录像里看到，就不会到现在都没有解开了。”

“那你能解释你当时为什么在那里吗？”许让继续发问。

程栀噎住，感觉自己继续发言会出事，现在的问题是自己在这个案子中产生了嫌疑不说，还不能坦白自己真正的身份。

虽然这个人不是他杀的，但他确实是个杀人魔。

程栀转头看了祁纪阳一眼。

祁纪阳本来把这个机会交到了程栀手上，但她现在楚楚可怜地看着自己，他恍了一下神，看着她那双灵动的眼睛，像是在闪光。

他收起懒散的姿态，坐直。

“我这边也有一份线索。”祁纪阳睨了一眼白离，“此前有黑客入侵过某台电脑，程序显示当时有一段录像被更换过，黑客留下的痕迹，只有一个标志。

“来自某个黑色的神秘组织，平时聚会会有这样一个标志。”

祁纪阳把手上的资料丢出去。

裴淮这时候插了一句：“欸，这个标志！”

裴淮也提供了自己手上的线索，一张照片，照片里有这个组织的标志。

而照片里的人，正是白离的角色。

白离很镇定，对着裴淮说了句：“既然这是聚会的照片，那么你也是参与者。”

一个都别想跑。

场上一阵混乱，他们几个都是老油条，程栀听得云里雾里的。

好几次轮到她发言的时候，她都差点自曝，危险发言了好几轮，最后祁纪阳又把场面给挽救了回来。

要是没有祁纪阳，估计今天这个解密游戏，程栀第一轮就会被当成凶手，并且发言不仅会影响自己，还会影响别的玩家的判断。

游戏结束以后，虽然没有拿到最高分，但也拿到了第二。

最高分是白离，她确实就是那个凶手。

为了感谢祁纪阳带自己玩游戏，程栀说要请他喝奶茶，既然请了一个人，那就把所有人都请了。

两个女生到街对面去买奶茶，三个大男人就在这边闲聊等着。

聊了会儿，裴淮忽然打趣道：“祁少今天也太有耐心了吧，程栀今天差点给你带崩多少次？”

“她不会玩。”祁纪阳说，“对新手是得有耐心点。”

“是吗？”裴淮一脸八卦，“那你上次……”

话还没说完，祁纪阳忽然来了个电话，他一看来电提示，皱了下眉。

宋倩打来的。

祁纪阳走了几步去接电话，没让他们俩听。

“喂？”祁纪阳接起来。

“还在外面玩呢？”宋倩问，“上次妈妈跟你说的事情，你到底有没有放在心上？”

祁纪阳沉默没答。

“你关叔叔这次专门来南城，就是找我聊你和艺涵的事情。早些年你随便玩妈妈也没说过什么，现在是要上心一点了才行。”

祁纪阳听着有些烦，从口袋里摸了烟盒抽了一支出来咬着。

“过段时间艺涵也会来南城，我也没有要让你们马上有什么……”

宋倩继续说着，却被祁纪阳冷声打断。

“我不喜欢她。”

电话那边沉默了许久，祁纪阳听到一阵电流声，女人沉声问了一句：“那你喜欢谁？”

裴淮看着祁纪阳去接电话的背影，连连啧声。

“祁纪阳这次是真的不对劲，虽然是要关心新手，但是上次我们另外的朋友出来玩儿，有个朋友让祁纪阳带带，祁少可不耐烦了。对别人和对程栀简直两个态度。”

裴淮说着，用胳膊肘碰了一下许让，悄声说：“你说是吧？”

许让没回答，笑了笑。

“我之前就觉得，怎么每次提到跟程栀有关的事情，他就不对劲呢！我赌一栋楼。”裴淮说，“祁纪阳这厮绝对喜欢程栀！”

话音刚落，程栀和白离就朝着这边走过来。

“聊什么这么开心？”程栀问。

“没什么。”裴淮赶紧说，“我们现在去吃饭？”

“嗯。”

程栀把奶茶分给他们以后，回头看到祁纪阳还在接电话。

“祁纪阳，我先帮你拿着了。”程栀对他喊了句，“走啦，吃饭去了。”

程栀叫了祁纪阳以后，祁纪阳没有再说太久，匆忙挂了电话。

一起吃过晚饭，各自有事也没有再聚。

程栀嫌路上堵今天就没自己开车，晚饭以后，祁纪阳又成了那个送她回家的人。

“程栀。”祁纪阳的食指在方向盘上点了点，“你个小没良心的。”

“我怎么没良心了？我请你喝奶茶、请你吃饭，我还要怎么做才有良心？”程栀控诉道。

“我们认识几年了？”

“八年。”

“我们八年的关系比不上你跟裴淮认识八天？”祁纪阳顿了一下，“你平时跟他聊天比跟我聊天勤快啊。”

“所以？”程栀笑了声，“你在催我找你聊天？你这么无聊？”

祁纪阳看着前面，开始说：“确实挺无聊的。休赛期了也没什么事做，天天家里蹲没什么新鲜劲儿。”

他说着说着叹了口气：“你知道我也没谈恋爱，你不多关爱一下‘空巢老人’啊？”

“‘留守儿童’还差不多。”程栀瞄了他一眼。

祁纪阳笑了声：“那也行。”

反正结果都一样。

祁纪阳依旧把程栀送到小区门口，她刚下车，弯下腰跟他道别，身后突然蹿过来一个人影。

一米八几的男人直接勾了程栀的肩膀。

“还知道回来啊，等你半天了。”

祁纪阳和程栀都是一愣。

程栀转头看着突然出现的沈嘉树，没问他怎么突然出现在这里。

沈嘉树就是这么个人，老爱给人制造惊吓的惊喜。

程栀看着沈嘉树那一头粉头发，皱眉：“你怎么把头发弄成这个色了？阿姨没打死你？”

“她要打我，我就去你家躲着呗。”沈嘉树死皮赖脸的。

程栀翻了个白眼，但嘴角上扬着，看起来因为这个人的出现变得心情不错。

她随后轻轻敲了一下半掩着的车窗，说：“那我先走啦，下次见，‘留守儿童’加油啊。”

车里的灯自然熄灭。

祁纪阳的神色没人能看清，他看着站在程栀旁边的男人，目光一沉。

程栀跟他道完别，转身对那人说：“走啊，上楼。”

“来了！”

“对了，冰箱里有你爱吃的冰激凌。”

“太棒了，我们程栀世界第一好。”

停在小区门口的银灰色兰博基尼一直没走，有人路过时不时回头看，车里的情况却是一点都看不到。

男人的下颌线紧绷。

祁纪阳微微眯眼，看着昏黄的路灯之下，不断路过的行人。

那张脸让他的记忆涌了出来。

曾经那一瞬间的情绪也被唤醒，来到了这一刻。

四年前。

有人给他发来一张照片，舞台上的男人握着话筒，头顶的灯光打下来。

记忆中的那行文字清晰，像是刻在他的脑海之中。

【你知道程栀谈恋爱了吗？】

这个夜晚的南城，忽然落了一场连绵不绝的细雨。

车窗开了个缝隙，外面的雨顺着风飘进来，落在手背上，有些许的湿意，但又觉得这么点雨水好像无关痛痒。

不似暴雨，马上就能爆发。

毛毛细雨看似没什么，却怎么都下不完，一直抓着人，一直不结束。

车窗慢慢放下来，男人修长好看的手搭出去，手指上还夹着闪着猩红的烟，细雨扑灭了这火苗。

但能扑灭的，也只有这一种火。

祁纪阳在门口停了许久，最后掉头的时候，朝着和家相反的方向转过去，心里是说不出的烦躁。

他拨了许让的电话："没睡吧，出来喝两杯。"

许让那边有白离说话的声音。

祁纪阳更觉得有些不适。

"怎么了？"许让懒懒地问了一句，"刚才送程栀回家的时候不还好好的？"

许让当然能听出来祁纪阳的情绪不好。

祁纪阳没解释，直接问："来不来？"

随后听到许让那边衣物摩擦的声音，似乎是调整了一下姿势。

"阿离。"许让轻声唤，"我出去一下。"

"嗯？什么事？"

"我陪一下祁纪阳。"

"好，那去吧。"

白离还多说了一句："早点回来，或者一会儿我来接你。"

就连当年最为清冷的白离都变得温柔起来了。

这个时间点的酒吧街最为热闹，再加上这场忽然落下又不停的雨将很多人都拦了下来。

今晚的生意格外火爆，许让到酒吧的时候，祁纪阳面前已经有了好几个空杯。

倒是选了个安静的地方，背景乐慢悠悠的，听着格外有情调，旁边别桌的人都在跟朋友聊着天细细品。

许让把车钥匙扔在桌上，伸手点了点祁纪阳面前的几个空杯。

“你也有今天。”许让挪了一下眼前的东西，“所以你打算什么时候承认？”

承认喜欢程栀这件事。

许让和祁纪阳认识这么多年，他们一直都在联系，一直都在交流。

高中的时候许让和白离关系好，祁纪阳和程栀要好。

那会儿很多人都以为祁纪阳跟程栀在谈恋爱，但他们却只是朋友，到了现在也都只是朋友。

就连程栀没有跟祁纪阳联系的那几年里，有人偶尔提起他们俩的事，祁纪阳也都是随意笑笑解释，说他和程栀没有其他的什么关系和感情。

与之相反，许让和白离是所有人都认为最不可能在一起的。

但他们现在在谈恋爱。

许让点了杯酒，顺便也给祁纪阳再要了一杯。他靠在沙发椅背上：“把这酒当白水喝？最后一杯，我看着你。”

他也没不让祁纪阳喝。

他在找白离找到快发疯的那几年里，好像也是这样。

祁纪阳把许让叫出来，却没怎么说话。

什么时候承认？

他本来没有打算承认的。

有些喜欢是很难说出口的，因为有的事情一旦开口，就再也没有办法回头了。

两个人要成为恋人本来就是一件很难的事情。

如果要从亲密无间的好友到恋人，需要承受更多的风险和代价。

祁纪阳原本是这样想的。

但是今天,在见到那个男人的那一瞬间,好像所有的顾虑都被烦躁完全盖了过去。

祁纪阳也往后靠了一下，懒洋洋地半眯着眼，手上把玩着一个钥匙扣，和钥匙碰着响。

“小橙子送的。”他声音低哑，“我还没换。”

程栀送的每一样东西，祁纪阳现在都还在用，每一张她拍的照片都还好好保存着。

他钱包里也放着程栀自己最得意的那张作品。

可是他送的东西，在她身上早就没有一丝痕迹了。

高中毕业意味着分别，十八岁的祁纪阳没把这当回事，在网络、通信如此发达的现在，人与人之间的联系十分轻易。

要是想见面，也可以随时买一张机票飞过去。

十八岁的他想法天真。

根本不会想到，他认为轻易的联系，其实是最脆弱的关系。

后来，程栀有了新的朋友，有了新的交友圈，有了新的生活。

渐渐地，就没有他了。

十八岁时以为的永恒，其实只是转瞬即逝的烟花。

“我以为我们还和以前一样。”

服务员又上了一杯酒，祁纪阳伸手拿起来轻轻晃了晃，唇勾着，依旧是那漫不经心的表情。

也就只有最熟悉的人知道，他每一句散漫话语里隐藏着的真心。

“但其实什么都不一样了。”祁纪阳斜睨了许让一眼，“到头来也只有一件事还跟以前一样。”

许让大概猜到了答案，只是笑了一声，等祁纪阳继续说。

他大概有些情绪需要发泄。

“一样的只有，我还是无法控制地，一见到她就喜欢得要死。”

有些生气，有些无奈，有些愤愤然。

毕竟不是所有喜欢都能有很好的结果。

越喜欢，越痛苦。

原本以为很多事情，时间是可以冲淡的，包括喜欢也可以。

祁纪阳和程栀这么多年没联系，不是某一个人的做法，而是两个人的做法。

自从上了大学两个人的联系变少以后，就有些微妙的变化。后来祁纪阳收到跟程栀同校朋友的信息，说她恋爱了，对象是个小乐队的主唱。喜欢那男孩子的人多得很，最后竟然被程栀拿下了。

【帅吗？我觉得是还不错，难怪程栀能看得上。不过啊，我真没想过有生之年还能看到程栀谈恋爱！】

【我还以为她这人真不会心动。】

祁纪阳也没想过。

这件事之后，程栀给他发信息的次数越来越少，大概是为了避嫌。

男朋友一定不喜欢她有太熟悉的异性朋友。

后来两人渐渐就失去了联系，谁也没有主动联系谁。

虽然魂牵梦萦，一直想与她见面，但转念一想不能打扰，也不能干扰她的选择。

祁纪阳最后什么都没做。

一个月前的偶遇，他也只能当作什么都没有发生过。

伪装着，还是当年那样的朋友。

然而事实上，他们连当时的关系都回不去了。

祁纪阳看着眼前不断晃动着的酒液。

他似乎有些醉了，但又觉得这么多年里，从来没有哪一刻比现在还要清醒。

“许让。”

许让侧头看过来：“得到结论了？”

祁纪阳直接把那杯酒一饮而尽，喉结不断上下滚动，杯壁的水珠顺着他的手指滴落，唇边也还有残留。

他舔了舔唇。

手上的杯子放在大理石桌上，力道不轻，一声清脆的阵响。

“真的受不了了——”

原来要拼命藏住喜欢，真的是一件会让人痛到快死掉的事情。

空荡的酒杯里一口酒都没剩下，外面的细雨依旧连绵，酒吧里悠长的音乐没停，灯光暧昧不清，照出几分难以言说的红色。祁纪阳的领口微开，手搭在沙发椅背上。

好几分钟的沉默。

许久之后，他往前倾身，把手上的烟灭了。

“我要跟程栀谈恋爱。”

十一月的天气泛着潮湿阴冷，外面下着连绵不绝的雨。

冰箱门打开，一阵冷烟从缝里溜出来，落在肌肤上有些刺人的凉意。

程栀从冰箱里拿了两支雪人娃娃头的雪糕出来，她走过去丢了一个给坐在沙发上的沈嘉树。沈嘉树熟练地接住，撕开包装。

“哎，吃来吃去还是娃娃头最好吃。”沈嘉树感叹道，“之前吃了一段时间梦龙，我觉得可真一般。”

程栀笑笑，咬了一口雪糕。

“不错啊沈嘉树，都敢吃高级冰激凌了是吗？”

“梦龙高级个屁！”

只是比其他的雪糕贵一些。

“那是谁小时候五毛钱的小布丁都买不起还来找我哭，求着我给他买啊。”程栀睨了他一眼。

“姐姐，时代在进步，经济在发展，我们在赚钱。”沈嘉树盯了一眼她的包，“你念书的时候买几十块钱的包背到坏，现在不也买一两万的 LV ？”

程栀没继续接话，往后一靠，双腿搭在沙发上放松，今天在外面玩了一天，稍微有些累了。

电视打开，也不知道里面在放什么八点档的节目，沈嘉树在那边无聊地切换着频道，最后停在了某个赛车比赛的回放。

“看会儿比赛。”沈嘉树说，“最近都没怎么追，今年的F1好像有点没意思，我觉得国内的车队需要点新鲜的血液了。

“不知道今年能不能从F3提点新车手上来，不过今年F3夺冠那位好像就不错。我F3看得少，有点记不清名字……叫什么来着……”

沈嘉树本来在自说自话，正拿出手机准备查一下，随后听到程栀咬着雪糕，含混不清地说了一句：“Kingdom车队的Blume。”

“你怎么知道？”沈嘉树有些诧异，“你什么时候开始关注赛车了？”

“兄弟，我国庆节去拍了那场比赛。”程栀翻了个白眼。

她和沈嘉树现在各自忙自己的事情，连对方在干什么都有点搞不清楚了，不过也丝毫不影响他们俩的关系。

青梅竹马好像比别的友情更为坚固。

“哦。”沈嘉树应了声，忽然有些八卦，“今晚送你回来的那个男人是谁啊？在追你？”

程栀刚好含着雪糕，还没回答。

沈嘉树又急着问：“我没看清，就着路灯瞄了一眼，好家伙，有点帅啊，开了辆兰博基尼跑车，富二代？”

程栀依旧还没来得及解释。

沈嘉树用手肘碰了她一下，还在说：“不错啊程姐，快抓紧机会嫁个富二代，以后我们都不用努力了。”

程栀把手上吃完的木棍扔进垃圾桶，冷漠地看了沈嘉树一眼，从手机里翻出点东西递给沈嘉树看。

“不想努力了？这儿全是富婆，你想要哪个？”

沈嘉树：“算了算了。”

电视画面上的赛车飞驰而过，程栀稍微定神看了看，觉得和自己之前看到的有些许不一样。

“这F1，和F3的差别大吗？”程栀没忍住问了问。

“也就是高三精英学子和高一‘小学鸡’的差别吧。”沈嘉树说，“所以取得F1的参赛资格，是所有赛车手的梦想。”

程栀若有所思地点了点头，随后说：“这样啊……”

程栀没留沈嘉树过夜，再好的关系也不能让他在自己家待着，只是在她家坐了会儿就被程栀赶走了。

沈嘉树临走之前还不忘提醒：“记得陪我去挑衣服啊！”

“知道了，快滚吧。”程栀不耐地挥了挥手。

等沈嘉树走了以后，程栀这才回房间开始整理东西，最近“后花园”那边已经开始交接工作，手上这一批事情忙完以后就可以正式离职。

马上要换新的工作，明明是期待了很久的新开始，但程栀却并不觉得轻松。

到这个时候，好像压力却日渐增加。

程栀很清楚，自己在人像拍摄上一直有些短板，之前的工作有关人像的也是尽力去做，不过她的卖点一直不在这里，所以即便是人像拍得不够好，她还是有别的底气。

现在要换到一个全新的工作室，并且是自己不太擅长的领域，而且到那边以后，所有的压力几乎都会压在她的身上。

裴淮很想做好这个工作室，所以才会拜托祁纪阳牵线搭桥来找她。他给自己开了很好的条件，程栀不想辜负裴淮给的这些东西，也觉得自己拿到什么报酬就应该给出相应的回报。

但最核心的问题依旧还是，她还是没有那个把握，自己一定能做好，一定能肩负起这个责任的把握。

程栀打开电脑里的文件，有一个是这么多年来拍的人像合集。

她拍的人像实在是不多，几个小时就能看完，程栀翻看着，最后手却停在了某个文件夹上。

——For 祁纪阳。

那个相册里，全是祁纪阳的照片，几乎都是高中的时候拍的。

有抓拍的，也有拿祁纪阳当练手的。

最后一张，时间停在五年前，高中毕业，后来也没有更新过。

有些故事，好像也就停在那里了。

程栀以为自己很快就能翻看完，没想到自己翻着翻着，总会想起一些事情来，拍人像总是最充满故事的，她看到一些老照片的时候还会打开微信发给本人。

一来二去耽误了不少时间。

等她回过神来抬头的时候，外面的阳光已经透过窗帘落在了书房的地板上，落下一道道的光斑，风轻轻吹动着窗帘，空气中一阵潮湿的尘土味。

程栀起身拉开了窗帘，太阳照得她眼睛一阵刺痛。

雨不知道什么时候停了。

“天晴了。”程栀低声呢喃了一句。

她揉了下眼睛，有些困。

还好是周末，要是今天要上班的话，现在她估计已经快崩溃了。

程栀拖着一夜没睡的沉重身体去洗漱准备睡觉，刚刚从卫生间出来，手上的水都还没来得及擦干，在这个安静的清晨，她的手机忽然响了。

来电提示显示着祁纪阳。

程栀皱了下眉。

祁纪阳这个时候打电话来干什么？

她一边疑惑着，一边接起了电话："喂？"

那边没说话，倒是呼吸声很明显。

他的呼吸声比平时要重一些，隔着电话都能听得十分清楚。

"祁纪阳？"程栀隐隐约约觉得有点不对劲，"你……"

也不知道要怎么问。

程栀只觉得自己的睡意被这通忽然打来的电话驱散了一些。

那边依旧没回答，就像是他还在睡梦之中，不小心拨通了她的电话。

程栀等了好一会儿，悄声打了个哈欠才问："你醒着吗？我有点困，想睡了……"

她这句话刚说出口，还没说自己一晚上没睡，那边的人终于有了动静。

"程栀。"祁纪阳的声音有些喑哑，听着还有些沙，十分疲惫无力的感觉。

程栀蹙了下眉："你生病了？"

"嗯……"祁纪阳应了声，"发烧了，头好痛。"

"吃药了吗？"

"没有……"

"你先吃点药再好好休息。"程栀觉得自己像个操心的老母亲，"多喝热水。"

祁纪阳那边又沉默了会儿，好久之后才拖着尾音低声说了句："你好狠心啊。"

程栀有些莫名。

"我生病了没人在……"祁纪阳说着，生出几分可怜的味道，"你也不说来看看我……"

程栀："你二十几岁的人了发个烧还得我来照顾你？"

"嗯。"

死皮赖脸的。

程栀感觉自己的太阳穴突突直跳，她的眼皮也有些重，往下耷拉着。

"你自己好好休息就行了，装什么三岁小孩儿呢？"程栀说，"你记得吃药，我先睡了。"说完就无情地挂了电话。

电话彻底挂断之前，程栀隐约听到祁纪阳那边有什么东西掉在地上的声音。

一阵混乱。

她戴上眼罩，却翻来覆去地怎么都没睡着。

半个小时后，程栀从床上坐起来，叹了口气，起来又洗了个冷水脸醒神，从衣柜里随便抓了一件衣服，最后点开跟祁纪阳的聊天框。

【程栀：发个地址给我。】

真让人操心，当妈似的。

程栀出门前拿了车钥匙，最后又扔了回去，最后选择打车过去。

祁纪阳住的地方离她住的地方距离挺远。

程栀看着那个祁纪阳发来的地址，舔了下唇。

跟她印象中祁纪阳家的住址不是同一个地址，看来也是自己搬了出来。

也是，他这样的条件，想住在哪里就住在哪里。

祁纪阳现在住的小区，程栀之前也看过，但租金实在是太贵了。如果住在那里，她得把自己的大部分工资都花在租房上。

到祁纪阳家的时候已经是上午十点多，程栀直接输入了他给自己的密码。

门打开，里面什么声音都没有，有些空旷，像是无人居住的地方。

他家的陈列几乎完全在程栀的意料之内，映入视线里最显眼的就是巨大的玻璃展示柜，里面放着很多乐高和车的模型。

从装修风格到家具用品，每一个都在她的猜想范围之内。

不是因为了解祁纪阳，而是因为这些都是他以前说过的，他以前就经常跟她说，以后自己搬出去了要把家里装成什么样子。

从墙纸颜色到家里要放些什么东西，他倒是说到做到，分毫不差。

“祁纪阳？”程栀喊了几声。

进来以后没见到人，她倒是像个小偷，莫名其妙地闯入别人家里，跟这里格格不入。

祁纪阳一直没应声。

程栀转念一想，他都已经发烧了，当然没精力回答自己。

一楼没有房间，程栀悄声往楼上走。

踩在楼梯上的时候，她犹豫了一小会儿。

来都来了，不知道自己还在纠结着什么。

程栀没有多想，继续往上走。

有一扇房门开了个很小的缝隙，她试着喊了一声：“祁纪阳？”

没人说话，程栀伸手准备推门进去看看，手放在门上的时候，还没往里推，门忽然被人从里面打开了。

男人穿着松松垮垮的白色毛衣，整个人看起来毛茸茸的，配着脸上的可疑红晕。

像一只喝醉了的兔子。

他站得不稳，摇摇晃晃的，看起来随时都会倒下。

从威风堂堂的小狮子到喝醉的小兔子，原来只有一步之遥。

两个人对视了几秒。

“你还能走啊？”程栀上下打量他，“那应该问题不大。”

祁纪阳没说话。

“我一会儿给你点个粥和药，看你吃了就回家休息，这样够了吗？”程栀说，

“够有良心了吧？

“你这人也真是的，多大的人了生病一定要我来看啊？

“那我不在的时候，你生病了……”

程栀絮絮叨叨地说着，祁纪阳一句话都没听进去。

他只觉得眼前有些模糊，思绪也是恍惚的，也不知道自己是不是烧糊涂了，竟然看到程栀站在面前跟自己说话。

酒劲还没散去，祁纪阳晕乎乎的，感觉自己像在做梦。

程栀说了很久，他一句话没反驳，乖乖的样子。

“程栀。”祁纪阳忽然喊她。

“怎么？”程栀抬眸看他，“你还有什么要反驳的？你要是敢现在顶嘴，我转身就走，你自己病死在家算了……”

程栀的话还没说完，忽然感觉到自己肩膀上一重。

祁纪阳垂头把自己的脑袋放在她的肩膀上。

大概是因为发着烧，他身上的温度滚烫，特别是额头的温度，像是一团火簇，隔着秋季衣物厚厚的布料灼烧着。

“程栀。”

“干什么？”

“我饿了。”祁纪阳的声音很哑，尾音却依旧扬着，“外卖一点都不好吃。”

他像是在撒娇，低声呢喃。

“想吃你做的饭了。”

事实上，程栀并不会做饭，她甚至可以算得上是厨房杀手。

此时此刻，程栀站在灶台前发愣，眉头紧蹙，差点抬手打了自己一巴掌。

大概是因为刚才祁纪阳的语气实在太过楚楚可怜，他说想吃她做的饭，自己被他那么半搂着，也不知道想着什么，竟然就答应了。

答应做饭给他吃。

她轻轻咬了下唇，看着那干净明亮的灶台，像是在受刑。

发了好一会儿呆，程栀给庄兰馨打了个电话，有些难以启齿：“喂？妈……你在忙吗？”

“怎么了，小栀？”庄兰馨感觉到程栀有些为难的样子。

程栀很少有这样的时候。

她从来都是一个不让人担心的孩子，也不会说自己有什么困难。

“现在有空吗？你能教我做饭吗？”程栀说着，拉开了祁纪阳家的冰箱。

他一个人住，但冰箱倒是买得挺大的。

打开看，里面其实根本没有什么东西，只零零散散地放了几瓶饮料、几枚鸡蛋。

空荡荡的，跟他整个家的感觉一样。

庄兰馨听程栀这么说，忽然笑出声：“这算什么事。你要是想学，妈妈随时都能教你，等这段时间忙完了，回头你回家来，我天天教你。”

庄兰馨还有些欣慰。

这么多年了，程栀从来都没有说过要学做饭，她刚毕业一个人打拼事业住在外面的时候，庄兰馨就担心得不行。

也不在家里吃饭，公司也没有食堂，那岂不是只能点外卖？外卖多不卫生啊！

她说了程栀很多次，让程栀学会自己做饭，程栀每次都说工作忙就给推了。

这会儿程栀主动提出来，庄兰馨肯定是开心的。

程栀沉默了会儿，说：“现在可以吗？你直接告诉我怎么弄，我就跟着做了，电话指导一下？”

庄兰馨愣了下：“这么急呀？”

“嗯……朋友生病了，我在他家里。”程栀编了个理由，“我怕外面的东西不干净，生病了还是自己在家做点东西好。”

“你现在也终于知道外面的东西不干净了？”庄兰馨“嘁”了一声，“那你现在准备做点什么？也不能做其他的吧，熬个粥？”

“嗯，再蒸个蛋吧。”

家里只有这些东西可以做了，看来下次来祁纪阳家里还得自己先买点菜来。

“行，那我说，你照着做，小心一点啊。”

程栀从来没有想过自己在做一件事的时候竟然能那么笨，从小到大很少有她做得很差的事情。

甚至，对大多数女生来说困难的篮球，她玩起来也是得心应手的。

但是做饭这件事，她确实没想到竟然会这么困难。

每操作一步，程栀都在小心翼翼地问庄兰馨要怎么办，一点小情况都急得赶紧叫妈。

果然在这种时候只有妈妈才是最靠谱的。

折腾了半天，程栀终于熬了一锅白粥，蒸了个蛋。

她看着自己忙活的成果，长长地叹了口气。

“还是回家吃我妈做的饭好啊。”程栀感叹道。

庄兰馨在那边笑了会儿，随后催促她：“那你赶紧弄好去吃了，煮个粥也能弄成这样。”

“我第一次弄嘛，不太熟练……”

不过还好，没炸厨房。

庄兰馨催着程栀赶紧弄好，程栀盛了一碗出来，轻轻地搅弄着。

“有点烫，我先搅凉一点。”

“看不出来我们小栀这么贴心啊。”庄兰馨轻声笑，“你对这个朋友这么好，很上心哦，是很重要的朋友吧？”

程栀的手稍微顿了下，最后沉沉地应了一声“嗯”。

粥凉了以后，她才端着上楼。

房门没关，依旧敞开了一个小缝隙，程栀轻手轻脚地推开门。

高大的男人蜷缩在床上，看起来比平时小只了些。他出了些汗，头发被润湿，显得有些凌乱。

耳根很红，脸上也泛着红晕。

看着还怪可爱的。

程栀看着他，忽然又可以理解刚才的自己为什么在心软了。

她不自觉地放柔了声音：“祁纪阳？”

程栀蹲在他的床边轻声喊。

祁纪阳没应，浓墨般的睫毛微颤了一下，没睁开眼。他动了下有些干涸发白的嘴唇，终于十分艰难地出了声：“嗯……”

大概是因为吃了药，他整个人更加犯困，怎么都使不上力。

他“嗯”了几声，听得程栀一阵心痒痒的，好像被传染了高烧的热度。

祁纪阳的声音低哑，因为感冒呼吸不畅，说话的时候还在轻喘，再加上一声声地应，偶尔十分艰难地喊她的名字。

程栀的动作稍微僵了半秒。

“你先吃点东西。”程栀定了定神，站起来，“我放在旁边了，你先缓缓，能起来了记得吃。”

“嗯……”祁纪阳清醒了一点，只是使不上力，“我自己吃？”

“不然？”程栀被他这话给逗笑了，“还要我喂你啊？”

祁纪阳没回答，终于支撑着身子坐了起来。

程栀手快扯了个枕头给他垫着后背，程栀看到他的脸色惨白，唇上也一点血色都没有。

她皱着眉，伸手用手背碰了一下祁纪阳的额头。

“你怎么搞的啊？昨天不是还好好的，怎么突然烧得这么厉害？”程栀念着，“不知道的都要觉得你昨晚是不是出去淋了一晚上雨了！”

祁纪阳闷闷地笑了一声，随后十分疲倦地缓缓睁开眼。

他懒懒地抬了下眼皮，声音无力：“你要喂我……也不是不行。”

“你还要脸吗，祁纪阳？”程栀看着他，眼神里充满鄙弃，“今年几岁了？”

“我是病号。”

“病号就可以为所欲为？”

“嗯。”

程栀翻了个白眼，把粥推过去一点，说：“你家里什么都没有，做不了什么，随便吃点，反正你感冒了也只能吃这些。”

“我可没那么多耐心对你。”程栀说，“要是你想要有耐心的人呢，那么请你请个保姆，或者谈个对你很好很好的女朋友。”

祁纪阳没说话，虽然脸色很差，嘴角却微微向上扬着。

他喝了一口粥，确实一点味道都没有。

程栀继续说：“我看上次那个妹妹不就挺好的？你一个电话打过去，别说喂你吃饭了，你要干什么都答应。”

“我是病号。”祁纪阳又说了一遍，“你能说点让我开心的话吗？”

程栀看着他正在喝粥，心都提到嗓子眼了，很想问问味道怎么样。

毕竟是她第一次做的饭，也不知道是什么味道的。

程栀没问，打了个哈欠：“行了吧，我昨晚通宵看文件还没睡觉就被你叫过来，拖着这熬了一整夜的疲惫身子来照顾你已经仁至义尽了。”

“你昨晚没睡？”祁纪阳皱了下眉。

“没有啊，你打电话来的时候，我正打算睡。”

祁纪阳放下手中的碗，掀开被子的一角，拍了一下自己的床：“我借你睡睡？”

程栀无语。

祁纪阳沉默了会儿，补了句：“我的床。”

程栀：说话的时候能一口气说完吗？

“不用了，我下楼去沙发上眯会儿。”程栀困得有点晕了，顺口就说，“我得在这儿守着你啊，省得你一会儿哪里不舒服又打电话叫我。”

她说：“等你好一点了，我再走。”说完，又打了个哈欠。

“我先下去睡会儿，你乖乖地吃完饭继续休息，多喝点水，有什么事情打电话叫我。”程栀叮嘱道，“碗放在旁边就好了，我走之前帮你洗。”

她自己都困得不行，眼皮打架，但还是看到祁纪阳没什么大问题以后才下楼。

程栀几乎是刚刚躺下就睡着了，没换衣服也没盖被子，却睡得很熟。

她做了一个很长很长的梦。

好像是美梦。

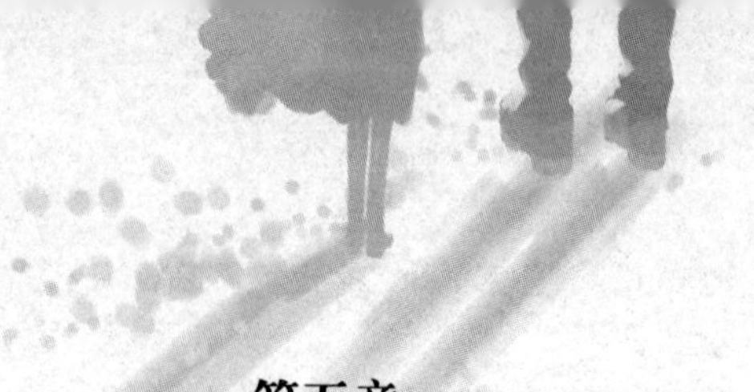

第五章

优 秀 小 橙 子

程栀这一觉直接睡到了第二天白天，等她醒来睁开眼的时候，身上盖着被子，躺在一张柔软的床上，顶灯很好看。

程栀缓了整整半分钟，随后从床上弹了起来。

她怎么会从祁纪阳的床上醒来啊？

她吓得脸色都变了，好在醒来的时候旁边是没有人的。

程栀赶紧翻身下床，穿上拖鞋，也没顾得上自己身上的毛衣垮着，右肩稍微裸露了一些在外面。

正要伸手拉开门，房门被人推开，她差点一个重心不稳扑了过去。

“这么急干什么？”一道慵懒的男声响起。

他倒是恢复得快，这会儿已经像没事了一样。

“睡醒了？”祁纪阳垂着眸问她，“感觉怎么样？”

程栀：“我怎么睡在这儿？”

“我抱你上来的。”

祁纪阳递了个杯子给她，微微扬眉：“我吃完药就睡过去了，晚上醒来发现你一点动静都没有，下楼发现你还在沙发上躺着。你要是继续那么睡，就是你感冒了。”

“那你直接叫醒我不就好了？”程栀低头看了一眼手表，“我醒来发现自己躺在你床上吓个半死。”

“怕什么？”祁纪阳顿了一下，尾音绵长，“又不是躺我怀里。”

程栀差点噎住，觉得祁纪阳的脑子有点烧坏了。

她说：“那我直接原地自杀了！”

祁纪阳笑了声，说：“我看你睡得挺香的没忍心叫你，直接将你‘搬’上来了。你放心，我没跟你一起睡。”

他在旁边看了半夜。

程栀没跟祁纪阳多说，急匆匆地要走：“我今天上班，快来不及了，我先回去收拾一下。”

“嗯。”祁纪阳也没多说，“你开车来了吗？”

“没。”程栀回答，“昨天我太困了打车来的。”

“那你等等。”祁纪阳转身，“我家还有新的牙刷，你直接在这儿洗漱吧，一会儿你开我的车去上班。”

时间已经有些来不及了。

程栀权衡了一下，随后点头：“行。”

如果这时候回家再赶去上班，多半会迟到，只能这么勉强将就一下了。

她飞速洗漱完，祁纪阳从房间里拿了几把车钥匙出来，拿在手上把玩。

他靠着房门，漫不经心地抬眸：“开哪辆，挑一下？”

“最便宜的。”程栀伸手，“我开个几百万的跑车去上班太招摇了。”

程栀见祁纪阳不说话。

“不是吧祁少。”程栀叹了口气，“你车库里就没有一辆便宜点的车？”

“那算了。”程栀说，“我打个车去上班。”

“要不我送你？”

“那比我自己开你的车去还招摇。”程栀说完就去穿鞋。

祁纪阳走在后面，跟屁虫似的，一直送程栀出了小区打到车以后才回去，倒是挺负责的。

程栀刚上车，司机就开始开玩笑：“你男朋友不送你上班啊，你还自己打车去？”

“他不是我男朋友。”程栀笑着，多接了一句，“我哪能有这么有钱的男朋友啊。”

程栀是知道祁纪阳挺有钱的，她当然知道祁纪阳家底很殷实，但每一次还是会被惊讶到。

原来人与人之间的差距可以大到这种地步。

程栀开了窗，侧头看着外面。

上班高峰期有些拥堵，有小情侣一起骑自行车路过旁边，有说有笑的。

“老公，虽然我们现在没钱买车，但你看这么堵，我觉得没车也挺好的。”

“哈哈哈，是啊，不过以后我们多努力，一定会有的！”

大部分年轻人，二十三四岁，连买件贵点的衣服都舍不得，更别说要买车买房了。

程栀都算是过得不错的。

但有人的二十三四岁，却是另外一个世界。

外面飘来街边卖早点的小商贩的吆喝声，程栀正发着愣，微信“嘀”地一响。

很突然地收到一条白离的信息。

问题也是让人摸不着头脑。

白离问她：【程栀，你跟祁纪阳这么多年……真的一点别的情况都没有啊？】

程栀的手稍微顿了一下，最后打出了干净利落的回复，她几乎没有犹豫。

【没有。】

祁纪阳送走程栀以后，没有直接上楼，他先去自己的车库里转了一圈。

他确实很爱买车，而且动辄就是买几百万的跑车，也没有什么其他的爱好，就是很爱买车。

车库里停着形形色色的跑车，每一辆都价值不菲，像是一个小型的车展。

看完以后，祁纪阳上楼的路上给许让打了个电话。

“喂？许让，你哪天有空，陪我去买辆车。”祁纪阳说着，往楼上走。

“又要买车？”许让问，“你钱多到没地方花是吗？”

祁纪阳在花钱这方面，有时候连许让他们都会多说他两句，虽然大家家境都不错，但祁纪阳一定是最能花的那一个。

“不是。”祁纪阳说，“我想买辆便宜点的。”

“三百万以下？”许让笑了声，“这个对你来说应该算是便宜点的吧？”

祁纪阳还没回答，他也在想着，到底什么样的才能算得上“便宜”。

“祁纪阳你是真的不食人间疾苦。”许让说了他一句，“什么时候你来做做我们做的事情就知道了。”

许让现在在自己的公司忙着，他和家里关系不好，攒了些钱打算自立门户。

而祁纪阳还在玩赛车。

这些年奖金倒是也拿得不少，加上平时车队也要接些商业代言赚了不少钱，休赛期没有比赛的时候，他们几乎都在接各种商业活动。

祁纪阳没反驳许让的话，这是他必须承认的，他确实从小到大生活的环境里，好像都不知道“吃苦”这两个字是怎么写的。

“那你觉得一个普通的家庭，应该开什么样的车？”祁纪阳问。

许让顿了下，问：“哪种普通家庭？”

祁纪阳稍微愣了一下，在脑子里搜寻着各种记忆，却怎么都没找到答案。

程栀从来都没跟他说过，她家到底是什么样的情况，父母是做什么工作的，她什么都没说过。

即便是关系最好的那几年里，程栀好像都在故意回避这个问题。

“不清楚。”祁纪阳说，“大概就是高中能上我们学校，平时吃穿也不愁……”

“噢。”许让应了句，“那可能，三五十万吧。”

“行，那我就再买辆三五十万的。”

“买来干什么？”许让觉得他有些莫名其妙的，“车库里那么多几百万的车不够你玩的？”

“别管。”

两人聊了几句，许让有个早会，匆匆地就挂了电话。

祁纪阳回房间准备整理一下，刚进去就看到床上的被子还乱成一团没来得及收拾的样子，床上早就空荡荡的没有人在。

祁纪阳忽然愣住，在门口站了许久没进去。

心口似乎也有些空荡，像那张床一样，凌乱、留下一些痕迹，但现在空无一物。

他恍惚之间还觉得床上躺了个人，鼻息之间都还是那个人身上的味道。

祁纪阳回想了一下昨天一整天，跟梦一样，意识模糊地打了电话给程栀，以为她一定不会来，却在一个小时后看到了她。

喝了程栀亲手熬的粥。

抱她回房间睡觉的时候，他的背脊都是僵直的。

祁纪阳垂眸看了一眼自己的手，似乎上面还有些余温残留。

程栀比他想象中还要轻，以后一定要养胖一点。

这个想法忽然出现在脑海里，像是一个危险的信息，祁纪阳忽然皱眉，觉得有些许烦躁。他去接了杯冷水，直接灌了一整杯下去，想让自己清醒一点。

可是昨夜的画面一直在脑海里挥之不去。

几个小时前。

安静的凌晨，外面的星星还挂着，风也很轻，从窗户缝隙吹进来，空气中是淡淡的花香味，还有雨后没完全散开的尘土味道。

但他的世界里，鼻息之间，所有的感官里，好像只有程栀身上的味道。

清甜。

她闭着眼，嘴角微扬着，好像在做美梦。

所以一点都不想吵醒她。

就那么安静地看了很久很久，忽然被她梦中一声轻轻的低吟给扰乱了心绪，像是冷夜中的一支火柴划过，点燃了这房间里的一切。

包括他。

她不需要做任何事情，就会让他心中的念头肆意疯长，完全不受任何控制。

只有他知道，只有星星知道。

在那亮着点点荧光的房间里，他凑近了她，眸子里闪着捕食猎物的光。

想要吞噬她的所有，想要一口吃掉。

他没有吻上去，两个人的呼吸在很短的间隔之中反复纠缠了好几遍。他再一次回神的时候，去洗了把冷水脸。

清醒了。

他看着镜子，看到水珠顺着下颌线往下落，一路往下，一直到了不能再继续往下落的位置，那个仿佛一团火簇的位置。

渐渐地，被这冷水给平复了下来。

但情绪却怎么都拉不回来了。

直到现在，天已经敞亮，他明明也没再发晕，却还是觉得情绪上头。

叠好被子以后，祁纪阳下楼去打开了冰箱，看到里面放着的几瓶汽水，忽然又出神。

——“家里冰箱里有你爱吃的冰激凌。”

程栀从来没叫他上楼过。

祁纪阳能明显感觉到程栀对那个人和对自己的差别，他才明白。

或许再好的朋友，也终究只是朋友，始终隔了一层薄薄的纱。

祁纪阳有些自嘲地笑了笑，想到前些日子刚跟程栀重逢的时候，她单身，自己还开心了好一阵。

现在呢。

他们又复合了？

前天喝了酒，理智全部喂了狗，可以当作都是醉酒后的疯话。但醒了以后，他明明知道那些，却开始完全不受克制，甚至觉得自己对她的念想比喝醉了酒时还要强烈。

他好像在做一件十分违背道德的危险事情。

电视里播放着 F1 方程式赛车比赛的画面，祁纪阳接到孙宗的电话。

“喂？ Blume，周末来拍这次的商务宣传照啊。”孙宗说。

“不想去。”祁纪阳冷淡地拒绝，“之前不是有照片？”

他拒绝拍摄的时候，通常都是用之前的照片来合成，勉强用用。

赞助商和品牌方时常也很无奈，但毕竟 Blume 的人气在那儿，就算是合成的，也有人愿意买单，他的影响力很大。

“这次合作还是谈的程栀小姐。”孙宗使出撒手锏，“你放心，绝对给你拍好，程栀小姐的面子你总得给吧？”

“不……给。”

“你确定？”孙宗问，“那我把这话传给她了？”

“随便。”

祁纪阳越想越觉得烦躁，他没多说几句，依旧在拒绝拍摄。

孙宗也拿祁纪阳没什么办法，无奈地挂了电话。

然而祁纪阳的情绪一直不平静。

所以许让下午忙完打电话来，听到祁纪阳烦躁的语气以后笑了笑。

许让说了句："这就是恋爱中的男人？情绪这么不稳定？早上不还挺开心地说要买车？这会儿就不耐烦了。"

祁纪阳原本是挺开心的。

但回来自己想了会儿，越是清醒越觉得烦躁，一边清醒着，一边不受控制。

"什么恋爱。"祁纪阳一声"哧"，"我单恋。"

"所以，你喜欢程栀，想跟程栀谈恋爱这事儿就这么算了？"

"她有男朋友的。"祁纪阳一声低笑，听着有些无奈的嘲弄，"许让。"

祁纪阳沉默了好几秒，憋了许久终于吐出了一句：

"我觉得自己现在像个拼命想上位的男人。"

路上有些堵车。

从祁纪阳到公司的路上比想象中还要拥堵一些，程栀最终还是晚了两分钟才打卡。

两百块钱工资就这么被扣了。

程栀仿佛听到钱币掉在地上的声音，心疼得不行。她匆忙回到自己的办公室开始准备处理今天的事情，平时上班九点打卡，九点十分就要开始开会。

周一是每个分部开例会的时间。

这大概是她最后一次组织开会。

程栀风风火火地把东西准备好，翻开会议笔记本的时候，她的手稍微顿了一下。

笔记本的扉页写着一行字。

——加油呀程栀！一定会坐到你想坐的位置的！

程栀不得不承认，自己的目标确实是陈妮那个位置，再继续往上倒是没想过。

这是她进"后花园"第一天就给自己定下来的目标。

喻初跟程栀是同一批进来的，那时候喻初看到程栀的目标以后就说："哇，你第一天进来志向就这么远大了！太厉害了吧！我要向你学习！"

也就是这一句话，程栀跟喻初就成了朋友。

进入社会以后，就很难听到这么真心的赞许了，很多人出来工作之前都是家里的宝贝，就觉得不能让着谁。

每次有人问程栀以后想要做到什么职位的时候，总会有人觉得她对自己的定位太不清晰。

毕竟按照那时候的情况来看，程栀确实没有任何可能坐上总部摄影总监的位置。

但是目标这种东西，如果太容易实现，就没有任何挑战的价值了。

"小周，上次安排给你的那两套图，要求上周修完，怎么没交？"

“这周的工作安排比较多，大家来‘后花园’之前就说过，有些工作是硬性要求，就算加班也必须做完。”程栀冷冷地说着，“如果是我安排的工作不合理，你们随时可以报告上面。”

“后花园”有十分严格的等级制度。

“接下来我就不点名了。”程栀垂眸翻着本子，“上次来的四位实习生，你们都不要太掉以轻心，我上次说过，你们这批最后考核只留两个人。

“这个月工作做不好的，完不成KPI的可以担心一下自己的工资了，别到时候财务拨款以后又来问我怎么工资有问题？

“自己的工作做成什么样子没点数吗？自从国庆节之后，这都一个月了，有的人还没有找回工作状态。”

程栀没点名批评谁，但是会议桌上已经有人脸上开始挂不住。

她又多说了几句，最后把这周的工作安排下去以后才散会。

其他人都零零散散地走出去，程栀往后靠了一下，揉着自己的太阳穴。

最近下面的人工作真是做得一团糟，离职前都不能给她点安心的日子过。

程栀闭目养了会儿神，听到杯子放在自己面前的声音，她这才缓缓睁开眼，看到喻初看着自己挑了下眉示意。

“给你倒好咖啡了，你的口味。”

程栀端起来，抿了一口。

确实是她习惯的口味，一点都没差别。

“谢啦。”程栀轻声笑笑，有些惆怅，“怎么办呀，离职以后就不能喝到你给我调的咖啡了。”

“哈哈哈，虽然我不能再给你调咖啡，但是以后还会有其他人给你调呀。”喻初说，“那句话是怎么说的来着？不会有人一直爱你，但是会一直有人爱你。”

程栀先没回答，笑了声才说：“可是我就是想要你一直给我调。”

就像，希望有人一直爱她。

虽然这个奢求稍微有些不切实际，在这个快餐爱情和浮躁的社会，很难有人愿意一直这样。

“那你赶紧加油啊，以后把我挖到你那边去。”喻初眨了眨眼，“对了，你今天开会的时候也太凶了点，将那群小孩儿吓得不行哦。”

“是吗？”

“是啊，我之前就说过嘛，你骂起人来可凶了。”

喻初回想着，又说：“不过嘛，当领导是这样的，不然镇不住场子。”

程栀看了一眼外面，刚才被训了一顿以后，总算看到他们埋头认真工作了。

“你说，外面那些小孩儿是不是很怕我啊？”程栀问，“特别是新来的实习生，估计觉得我超不好说话，我上次路过，有个小姑娘都不敢正眼瞧我。”

喻初笑出声，突然伸手扯了一下程栀的脸。

“工作是工作，反正我知道我们栀栀脾气超好。”喻初说，“不然我还能在这儿扯你脸玩呢？”

“别闹。”

两个人在这儿聊了会儿就各自回去忙自己的事情，程栀看着手上处理完的工作清单，一条条地画过去。

最后确定手上的事情已经清理得差不多以后，她把文件打包发给了陈妮。

【程栀：工作已经全部完成了，公司的所有账号密码已经恢复内部默认密码，其他的资料也都在我这台电脑上，剩余的业务已经全部转给喻初。】

程栀离职，现在这边唯一能顶替她职务的只有喻初。

这也让程栀省了不少心。

辞职的事情，暂时也只有陈妮和喻初知道，程栀并没有大肆宣扬这件事，其他人看到喻初天天往程栀办公室跑，也只是以为她们俩关系好。

陈妮过了会儿才回复。

【陈妮：知道了。】

【陈妮：你是下周正式离职？】

【程栀：是。】

【陈妮：行，那这边最后一个工作，你接一下。】

真的是要榨干她才罢休吗？最后一周都要再安排一个新的事情来？

【陈妮：这周周末，Kingdom 那边有个商务活动的拍摄，最后一场。】

【陈妮：那边点名要你。】

程栀看到是 Kingdom 的活动，也没那么在意了。

上次跟他们合作以后，发现大家都还比较好相处，再接一个他们的拍摄工作来结束自己在“后花园”的旅程，好像也不错。

刚跟陈妮这边确定完不久，程栀就接到了孙宗的电话。

“程小姐。”孙宗听着有些开心，“你们公司那边跟你说了吧，这周拍摄的事情。”

“嗯。”程栀应了声，“刚说好，那你那边有什么需要我注意的事情吗？”

算是第二次合作，两个人都比较大方，也没跟对方客气。

“也没什么大事。”孙宗顿了一下，“就是 Blume 那边……”

程栀听到这个名字，眉梢一扬：“祁纪阳？他怎么了？”

“唉，我今天打电话跟他说拍摄的事。”孙宗说，“你也知道，Blume 这人就是抗拒拍照，每次有什么活动，我这边都得提前给他报备，难搞得很。之前因为这些事，还惹恼了些赞助商。”孙宗十分无奈。

程栀翻了下文件，想起祁纪阳那副富家公子脾气怎么都不愿意的样子。

这些事若是别人做出来的，程栀觉得自己这个时候一定会骂那人是不是有病，拍个照怎么委屈他了？连金主都敢得罪了？

还真以为自己拿个冠军就可以为所欲为了？

但这个人是祁纪阳，程栀就觉得一切都变得合理了起来。

“得罪赞助商，那就让祁纪阳阔少自己从家里随便拉点赞助来呀。”程栀说，“反正这人最不缺的就是钱了。”

孙宗这时候又说了一句：“之前都说得好好的，他今天不知道受了什么刺激，又不愿意了。而且你看我们之前的合作不是挺顺利的嘛。”

“他就是这样的。”程栀轻笑了一声，“阔少脾气嘛，小孩儿似的，喜怒无常的，得好好哄的。”

“这怎么哄啊？”孙宗感觉自己脑袋都要炸了。

当个车队经理就跟做爹做妈一样，每天都要操心车队里那些琐碎的事情。

“你也不要太担心啦。”程栀说，“我去帮你跟他说说。”

“哎，谢了。不过我刚才跟他说这次的摄影师还是你，我想着你们那么好的关系，Blume 总得给点面子的，他还是说不想拍……”

“他知道是我？”

“知道。”

“嗯……”程栀顿了一下，“没事儿，我知道处理。”

“那就麻烦你了。”

“不客气，本来就是我该做的。”

电话挂断以后，程栀没有马上联系祁纪阳，她的眉头微蹙了一下。

他知道是她，但还是拒绝了。

程栀手上握着一支笔，她发了好一会儿呆，忽然想起一些乱七八糟的事情，充斥在脑海里让人有些晕乎。

其实祁纪阳一直都是这样，不喜欢的事情就不做，他毕竟有任性的资本，别人都因为各种原因不得不服从的时候，他却有一身反骨，且有底气。

所以很久以前，她其实问过祁纪阳。

“那要在什么样的情况下，你会心甘情愿毫无怨言，甚至十分积极地去做一件你其实很不喜欢做的事情呢？”

那天他的回答像是电影台词，有时候会在脑海里不断闪过。

她记得太清楚了。

那是一个春天，学校里樱花全部开了，整条小路都被粉色的气息笼罩着。

像极了动画里的恋爱场景。

祁纪阳一只手揣在衣兜里，另一只手抓着篮球，拿在手上转着玩。

她这个问题问出来以后，祁纪阳的脚步停住，一阵微风轻轻吹，有樱花的花瓣落在他肩膀上。

当时她站在祁纪阳旁边，却听见他的声音像是从很远的地方飘过来的。

他说："如果这件事的参与者是我很喜欢的人，那再讨厌的事情我都会跑过去。"

因为那个人会将一切讨厌都变成喜欢。

程栀又去倒了一杯咖啡，喝了一半以后才给祁纪阳打电话，她打了好几个过去都没人接。

只有冰冷的机械女声在一遍遍提示着："您拨打的用户暂时无人接听。"

祁纪阳一直没接电话，程栀也就没再管。一直等到下午的时候，她正忙着事情，祁纪阳忽然打了个电话过来。

"喂？"程栀接起来。

那边缓了很久才说话："刚才睡着了，没接到电话。"

"嗯，没事。"程栀飞快地敲着键盘，"你好点了吗？"

"昨天吃过药就好得差不多了。"祁纪阳的声音听起来还是有些疲惫，"只是刚才又睡了一觉。"

"噢。"

两个人之间忽然没什么话说。

程栀这边还在疯狂处理着事情，最后还是祁纪阳忍不住先问了。

"所以你找我什么事？"祁纪阳问得有些冷淡疏离。

"跟你说说拍照的事情呀。"程栀终于抽开手，打算认真地跟祁纪阳聊聊，"孙宗刚打电话给我了。"

"他跟你说什么了？"

"没什么。"程栀说，"就说你不配合工作，所以现在我打算来跟你说说。"

"让我好好拍照？"祁纪阳顿了下，"我不想去。"

"这次的合作也是我拍。"程栀长长地舒了一口气，"你……"

她的话还没说完。

"威胁也没用。"祁纪阳懒洋洋地打了个哈欠，"我真的不想拍，这事没什么好商量的。"

之前是心情好才卖这个面子，现在真不想去，程栀也威胁不到他。

"我没打算威胁你。"程栀笑，"你以为我真的那么傻啊？真就觉得自己可以威胁到你？"

祁纪阳沉默了两秒，随后才说："那你……"

电话那头的男人握着手机，修长的双腿搭在沙发上，仰头闭着眼，情绪未明。

程栀隔了很久都没说话，祁纪阳只能听到“刺啦”的电流声和那边传来的浅浅呼吸声。

隔了很久，终于听到程栀很轻的叹息声。

再次开口的时候，她的声音跟之前完全不一样了，更加细腻、柔软。

耳机里传来程栀很轻的声音，像是遇到了难题受了委屈，听着让人心间发颤。

程栀喊了一声：“祁纪阳……你不要这样给我的工作增加难度嘛。”

祁纪阳握着手机的手，倏然收紧了一分。他本来在置气，现在却忽然像泄了气的皮球。

“我没有给你增加难度……”他说。

“可是你一点都不配合我的工作呀。”程栀说着，语气更委屈了，“就最后一次了，这是我在‘后花园’做的最后一件事。”

祁纪阳感觉自己的气快漏完了，但还绷着一根弦。

“那你配合我一下啦。”程栀顿了一下。

程栀说着说着，声音又柔了几个调，听着还有些撒娇的意味，仿佛一只受了委屈的小猫咪在低吟。

她的尾音下压，轻轻地落了一句：“好不好嘛！”

祁纪阳脑子里“嘭”的一声，那根弦断了。

周末，安城。

现在国内车队的基地基本都在安城，Kingdom 也一样，还好南城到安城也就是两个小时的飞机，算不上太远。

程栀在休息室准备着，她正在调整镜头和参数，孙宗突然推门进来，脸上挂着笑意。

“程栀！”孙宗叫了她一声，“真有你的啊，这就把 Blume 哄好了？”

程栀笑了一下，也没说什么。

“太强了，不愧是多年好友，你这就把 Blume 治得服服帖帖的！”

程栀小心翼翼地擦着镜头，接了一句：“也没什么，哪有这么夸张。”

“真的！”孙宗说，“我在 Kingdom 当了几年经理，就没见过 Blume 这么乖乖听话的样子。要知道在跟你合作之前，就没人能搞定他，Blume 可是出了名的难搞！”

程栀听着，无声地笑了下，说：“他本来就是这样。”

任性胡来。

很难有人能管得住祁纪阳闹脾气的时候。

程栀觉得自己也是因为了解祁纪阳的性子，知道这时候不能跟他硬碰硬，所以才在这场拉扯中占了优势。

摄影棚里。

“哟，Blume，来了啊？”有人调侃道，“还以为你这次不来了，看孙宗之前很头疼的样子。”

祁纪阳没说话，抿了下唇，低着头扣手上的表带。

“程栀小姐姐的面子都不想给了？”

“对了，你钱包里的那张照片，后面不是写了个‘程’……”

那人话还没说完，程栀和孙宗一起从休息室出来。

孙宗：“都弄好了吗。准备开拍了！”

祁纪阳回了下头，看到程栀背着相机出来。

身材高挑修长的女人穿了条米色的连体工装长裤，长发随意地束起。

十分随性的穿着。

程栀走过来，很自然地站在了祁纪阳旁边，看到他还在扣着表带。

“戴不上？”程栀睨了他一眼，“怎么笨成这样？”

祁纪阳没说话，似乎还在闹脾气，像极了不想去上学但是又不得不去的样子。

明明很好扣上的表带，他今天却怎么都没扣上。

程栀把相机挂在脖子上，随后伸手，挑了下眉：“我来帮你弄。”

祁纪阳的手稍微顿了一下，但也没取下来递给程栀。程栀看了他两眼，直接从他手上拿了过去。

“抬手。”

她说着，往祁纪阳那边凑了点，低头认真地给他戴那只表。

祁纪阳垂眸看着，她的发丝微微垂落，沐浴露的香味也蹿入了他的呼吸之间，只是这么一个简单的小动作，让他很奇怪地觉得……

有些躁。

程栀的手指有些凉，带着凉意的指尖碰到他手腕的皮肤，却觉得像是火苗点燃。

短短的半分钟，却像是过去了半小时那么漫长，所有的细节、动作和气息都在脑海里慢放。

祁纪阳的喉头紧了一下，开口的声音有些冷淡。

他问：“好了吗？”

程栀没回答，继续着手上的动作。

直到完全弄好以后，她才拍了拍手，抬头：“好了。”

两个人对视了两秒，祁纪阳的神色看起来冷冷淡淡的，情绪不太高。

“可以去准备了。”程栀说。

祁纪阳“嗯”了一声，也没什么留恋，马上就转身去准备今天的拍摄事宜。

程栀低头进行最后调整。

她打开相机，摁到了回放键才发现上次的照片都还没有删。

有一张照片里，祁纪阳穿着修身的赛车服，抱着头盔的样子跟当年抱着篮球的样子一模一样，他一只手提着头盔，一只手朝她挥着。

那张照片有些模糊。

因为祁纪阳正在向她走来，她那会儿没调快门参数，动着的时候很难拍得清晰。

那次祁纪阳还十分给她面子，很配合，甚至有些积极。

今天看起来确实是兴致缺缺，一副被强迫着来的样子，就差把"不情愿"三个大字写在脸上了。

当然，其实不用写也表现得很明显。

程栀轻叹了一口气。

好在以后跟 Kingdom 也没有什么合作了，以后有什么难处理的事情，也不关她的事情了。

这次确实算是她求着祁纪阳好好配合，祁纪阳十分不愿意，但还是看在自己的面子上答应了下来，不过也是真的挺勉强的。

以后，她再也不会逼着他做这种事了。

拍摄持续了很久，程栀一个人忙活了一整天才收工。

这次"金主"提的要求有些烦琐，不是那种很好应付的对象。就这么站了一天，程栀觉得自己腰都快断了。

晚上孙宗叫她一起去吃饭，程栀实在是提不起劲来，回拒了他们的邀请。

"我这边要抓紧时间处理一下工作上的事情，你们去吧，不用管我啦。"

孙宗碰了祁纪阳一下，大概是想让他跟程栀再说说。

祁纪阳自己都一副不来劲的样子，只是说："她不想去就算了吧。"

他说完这句，又补了一句："那你回去好好休息，有什么事打电话给我。"

程栀点头："好哦，那你们赶紧去吃饭吧，不用管我。"

结束以后，程栀就跟车队的人兵分两路，她直接回了酒店，回去就马上躺在床上当一具"尸体"，完全不想动了。

她本来只是想躺着歇一会儿，没想到这么一躺就直接睡着了，陷入沉睡后，就连电话铃响和有人敲门的声音都没听到。

"咚咚咚！"

房门一直被人敲着，房间里却一直没人应答。

站在门外的男人神色焦急，在门口来回踱步以后给人打了电话，仔细听还有些轻颤。

"喂？我是祁纪阳，麻烦拿一张 1511 的房卡给我。"

“对，现在。”

“一直没人回应，打电话、敲门都没办法，我很担心。”

“麻烦叫个女生上来，我不方便直接进去。”

前台很快叫人把房卡送了上来。

房门“嘀嘀”打开。

祁纪阳站在门口，手倏然收紧，心快跳出嗓子。

几秒后。

里面传来女声：“没什么事，就是睡得太死了。”

祁纪阳有些无语。

“要叫醒她吗？估计是很累了，衣服也没换，直接躺下就睡着了。”

祁纪阳站在门口，明显感觉自己僵直的背脊放松了些，随后舒了口气，声音里都是疲惫。

“没事。”祁纪阳这才往里面走，“不用叫她，麻烦你了。”

“好的，那我先走了，房卡也先拿下去了哈。”

“嗯。”

一切又重新归于平静。

祁纪阳坐在床边，看着躺在床上熟睡的女人，她一点都没动。

他看了她许久，终于放松了心情。

还好只是睡着了。

祁纪阳敛了下眸，起身扯了一张卫生纸，擦了下自己渗出汗珠的掌心。

程栀是半个小时后醒的。

她一睁开眼，看到房间里有一道人影，吓得从床上弹了起来。

“你——”程栀往后退了两步，终于看清是祁纪阳，“你怎么在这里啊？”

“祁纪阳，你上辈子是什么神偷吗？你怎么进来的啊？”

“你为什么在我房间里啊？”

“你在这里干什么！你是鬼吗？”

程栀一口气说完，祁纪阳拧开一瓶水递给她：“喝点水。”

她接过来，感觉自己的心跳速度都还没平复下来。

迟早被祁纪阳给吓死。

突然的惊吓让她失去力气，最后又跌坐在床上，手撑着床面，脑袋也是晕乎乎的。

“所以是怎么回事？”程栀问。

“买奶茶的时候想问你要不要，发信息一直不回，电话也不接。”祁纪阳说，“我感觉有点不对劲就过来看看，结果敲门也没把你给叫醒。”

祁纪阳说着，嘲讽了声：“睡得可真死啊，估计外面发生第三次世界大战你都能不知道。”

她睡觉确实睡得挺熟的。

“那你怎么进来的？”程栀问。

“叫前台给的房卡。”

“说给就给了？我记得这酒店管得很严的。”

祁纪阳淡淡抬眸，说：“这是我家的酒店。”

程栀：那没事了。

程栀又喝了口水，凉水下肚才慢慢开始清醒，她一直在醒神。

“程栀。”祁纪阳忽然叫她，语气有些严肃。

“怎么了？”

“所以你到底知不知道自己的这个行为很容易让人担心？你是知道自己只是睡着了，但是联系不上你的人会怎么想？”

程栀愣了下。

她听出祁纪阳的声音有些微怒，祁纪阳很少跟她生气，可以说几乎没有这种情况发生过。

眼前的人眉头紧蹙着数落她。

这时候，程栀的手机微信“嘀嘀”地接连响了好几声，连消息声听着都觉得有点急。

程栀正襟危坐地正在被祁纪阳教育，不知道怎的，这会儿就连消息都不敢看了，仿佛看了手机就会被没收一样。

提示音响了好一会儿，程栀都没看。

倒是祁纪阳垂眸看了一眼，随后说：“不看消息？”

“应该不是很急……”

祁纪阳被她的回答给气笑了：“你怎么知道不急？”

“平时你男朋友长时间联系不上你，他都不会生气的？”祁纪阳“嘁”了一声，“也不知道怎么教你的，消息也不回，人消失了都不急……”

祁纪阳的话还没说完，程栀忽然抬头：“什么男朋友？”

“你男朋友啊。”

程栀一凝神，想起那天祁纪阳送自己回家的时候，沈嘉树在外面等自己的样子。

程栀忽然笑了：“你脑子没事吧？”

祁纪阳眉梢微动，听到程栀无奈地说了一句：“那是我弟。”

本来混沌的空气一瞬间变得清透了起来。

程栀被祁纪阳的误会逗笑了，起身打算去洗个脸清醒一下。她刚才回来倒床就睡，连妆都忘了卸。

程栀一边往化妆棉上倒卸妆水，一边说："我之前还跟你说，让你留意点单身优质帅哥给我啊，还不明显吗？"

她回头看了一眼坐在床边的祁纪阳。

男人低着头，额前的碎发垂落，鸦羽般的睫毛遮盖着他的眼底。

祁纪阳的手抬起来，看起来在揉着鼻梁，没有人能看见，他掩盖在手指下上扬的嘴角。

"你怎么看到个男的跟我一起，就会觉得是我男朋友啊？"程栀笑，"有这么夸张吗？"

祁纪阳沉默了好几秒，终于抬头，他懒洋洋地往后一靠，手支撑在身后。

"你跟他的关系看起来不太一样。"祁纪阳说，"我误会一下也是正常的。"

程栀用化妆棉压着眼睛："有什么不一样的？"

"普通的朋友会在你家门口等你？还上来就直接勾着你肩膀一起上楼了？"

程栀卸完一边眼妆，手上的动作停了一下。她说："普通的朋友不行，但那是不普通的朋友呀。"

"那按照你这个逻辑，是不是别人也会觉得你是我男朋友啊？"程栀笑笑，"你看我们俩不也差不多这样？见面的时候也勾肩搭背的啊。"

祁纪阳："我也没在你家楼下等你一起上去。"

"都一样。"

她忽然往这边走了点，坐在祁纪阳旁边，凑得很近："卸了一边眼妆，是不是差别挺大的？"

祁纪阳："这不一个样？"

"臭直男懂个屁。"程栀一声轻哼，"那天那个男生，叫沈嘉树，我青梅竹马，我看着他穿开裆裤长大的，虽然没什么血缘关系，但就跟我亲弟弟似的。"

祁纪阳稍微沉默了几秒，忽然问了一句："那你小时候穿开裆裤吗？"

程栀：什么莫名其妙的问题？

她说："当然啊。谁小时候不是穿开裆裤长大的？"

祁纪阳的脸色微微一变。

那岂不是那小子也看过程栀穿开裆裤的样子？

"怎么？"程栀看着他，"你不是这么长大的？"

"没。"祁纪阳把手机扔给程栀，"喝奶茶吗？我请你。"

"你心情不错啊。"程栀说，"这会儿又请我喝奶茶了？看你下午一直很不开心的样子嘛，我还以为我逼着你来拍照让你不开心了。"

祁纪阳没反驳："我那会儿是挺不开心的。"

"那现在怎么又开心了？"程栀也不跟祁纪阳客气，低头飞速选好奶茶以后把手机还给他，"你先回去吧，我洗个澡。"

“行。”

程栀也没有对祁纪阳为什么忽然又开心起来了进行深入的研究。

小孩儿脾气，一会儿哭一会儿笑的。

程栀去洗了个澡，每次碰到自己空荡荡的手腕时，还是有些不习惯。

已经一个多月没戴手链了，但还是有些不习惯。养成一个习惯以后，好像需要更长的时间才能接受改变。

她洗完澡出来，恰巧接到了裴淮的电话，两个人聊了会儿工作室的事情。

“下周就要正式离职了对吗？”裴淮说，“那我这边，你打算现在就签合同还是再休息一下？”

程栀犹豫了会儿，有些顾虑。

其实这几天她隐约有些焦虑的，总是担心自己到底能不能做好那件事，因为裴淮给予自己厚望，她也一定要做好去回报。

压力越大越焦虑。

其实程栀并不是一个很喜欢改变的人，有些改变会让她觉得生活是不可控的，有很多未知的东西在眼前，难免会有些害怕。

“稍微歇一下吧。”程栀说，“我在‘后花园’的时候本来就不是主要负责这个版块，在入职之前，我想再做点准备工作。”

裴淮笑了，说：“其实你到时候先入职再准备也是一样的，还能提前拿工资，不好吗？”

“良心有愧哈哈。”程栀说，“既然答应了，就要以最好的状态面对呀。”

裴淮低声笑了会儿，也没说什么。他很尊重程栀的决定，也知道程栀是个对工作极其负责的人。

他过了会儿，才悠悠地说：“这事我真得好好感谢祁纪阳，要不是他给我牵线搭桥，我去哪儿找你这么靠谱的合作人啊。”

“哈哈哈，那你得好好感谢他了。”

“请吃饭都请腻了，祁少也不差这点请客的钱。”裴淮说。

“那等他游戏赢了，多夸夸他，或者给他放点水，这样祁纪阳就开心了。”程栀说着，忽然有人敲了门。

外面传来一声：“您好，您的外卖到了。”

“那我先挂啦。”程栀说，“等我回了南城，有什么事情可以见面再聊。”

她拿到奶茶还得把祁纪阳的那杯给他送过去。

“行啊，到时候约时间。”裴淮说。

“嗯。”

程栀开门，接过奶茶，说了句：“谢谢。”

她拿起来看了一眼，祁纪阳点的口味果然还跟当年一模一样，他点了杯水果茶。

祁纪阳不爱喝奶茶，每次都是在店里点水果茶或者各种口味的苏打水。

拿到奶茶以后，程栀给祁纪阳发了个信息。

【程栀：你住哪个房间？】

【祁纪阳：3014。奶茶到了？】

【程栀：嗯，我给你拿上来。】

【祁纪阳：辛苦小橙子。】

程栀看着这个称呼，握着手机的手僵了一下，好几秒没打出字，在键盘上停了会儿，最后也没回，径直上楼。

小橙子。

祁纪阳通常只有心情很好的时候会这么叫她。

三十楼的大套房，是整个酒店夜景最好的地方。

站在落地窗前的男人围着一条浴巾卡在腰间，常年锻炼下的肌肉清晰有纹理，流畅的人鱼线透出性感。

他手上把玩着一个钥匙扣。

漆黑的夜色之下，神情竟然有几分温柔。

手机屏幕的光闪着，和远处的霓虹灯一样明亮，他修长的手指在屏幕上跳动，飞速地回着信息。

【许让：今天打算怎么搞啊？】

【祁纪阳：不是男朋友。】

【许让：啧，多没意思，我就喜欢看你上位。】

【祁纪阳：？】

【许让：谈恋爱就得刺激点，不然有什么意思？三岁小孩儿呢？】

【祁纪阳：你以为我是你？当着别人的面叫白离坐你腿上？】

【许让：行了，所以现在什么打算？直接表白？】

祁纪阳的手顿了会儿，打下一行字。

【祁纪阳：不表白。】

【祁纪阳：成年人的世界里没有表白，都是不动声色地勾引。】

现在表白是一件很没有把握的事情，按照程栀的性格，她完全有可能再人间蒸发几年。

朋友就是朋友。

程栀不是一个喜欢越界的人。

那就只能想办法让她喜欢上自己了。

几分钟后，门铃响了。

祁纪阳把自己跟许让的聊天框删掉，这才过去给程栀开门。

门一打开，鼻息之间马上钻入了浓烈的香甜气息，像是月黑风高的夜晚，一只小兔子从一匹饥饿的狼面前晃过。

全部的呼吸里，都是令人血液沸腾的气息，每一寸的感官都被无限放大。

祁纪阳开了门以后，就这么站着，忘了给程栀让出位置进来，两个人就这么僵持了半分钟。

程栀的目光落在祁纪阳的脖颈上，有水珠从头发上滴落下来，顺着下颌线落下，流入一道道深深的沟壑之中。她的目光只停在了他锁骨上，没有再继续往下。

“感冒好了就开始‘浪’了？”程栀说了句，“能好好穿衣服吗，这么系着勾引谁呢？”

祁纪阳没回答，终于回神侧身给她让了个位置：“进来坐会儿？”

“嗯，顺便问你点事。”

她也不能当个免费跑腿的，送杯奶茶就下去了，总要在祁纪阳这里欣赏一下风景。

程栀进去以后，随便找了个地方坐下，还顺手抓了一件衣服扔给祁纪阳。

“穿好。”程栀睨了他一眼，没仔细看，“别又感冒了求着我照顾你，下次我得收费了，这是额外的价钱。”

祁纪阳倒是听话，程栀把衣服扔过去后，他顺势就穿上了。

两个人面对面窝在沙发上，旁边就是偌大的落地窗，可以看到外面的所有风景。程栀手上捧着奶茶，侧头看着。

她的腿蜷缩着放在沙发上，柔软的长发垂着，也没完全吹干，发尖还有些湿润，干净的脸上写满了不明的情绪。

程栀看着窗外，说：“如果是这个景色，我很有信心能记录下来。”

“嗯？”祁纪阳应了声。

“祁纪阳。”程栀也没看他，只是喊了声，“我想问你啊，我的人像拍得是不是挺烂的？这么多年里，我也没怎么给人拍过，这次都是因为上司强加给我，不然我也不会接拍人像的工作。”

“车队说跟我合作愉快，大概也是因为我们这层关系，我能说服你。”程栀无奈地勾了下唇。

她拍得确实一般。

“我从高中开始研究摄影，也就高中那几年拉着你胡乱拍过一些人像而已，那些东西真是没办法摆上台面的啊。”程栀转过来看着祁纪阳。

不知道是不是因为夜色，祁纪阳觉得程栀眼里的光很黯淡，她是真的因为这件事很头疼。

他看着程栀："所以要解决这件事，是不是得多练习？"

"也许吧。"

又沉默了几秒，祁纪阳忽然漫不经心地开口："以前就拿我当模特，现在也行。"

程栀反应了好一会儿，这才抬眸看着坐在自己对面的男人。

吊儿郎当的，散漫又惬意。

他压低了声音，如同这浓浓的夜色，好看的眉就那么轻轻一扬，似乎是为了表明自己的决心。

"我人借给你用。

"拍什么都行。"

浓郁夜色之下的繁华城市灯火让这片漆黑变得明亮了许多，城市星火有时候十分令人沉醉。

外面的高楼交叠鳞次栉比，空荡的落地窗可以让人一眼把所有的景色都收入眼底。

程栀侧头看着外面，手上奶茶杯壁的水珠顺着手指落在地毯上，坐在她对面的男人长腿一伸，整个人吊儿郎当的。

"拍什么都行？"程栀轻笑，回头看他那副样子，"行啊。"

"我多拍几张，如果要是走投无路没钱花了，就到处卖Blume的照片维持生活，你还挺会为我提供赚钱思路的。"程栀扬了下眉，笑得眼睛弯弯的。

祁纪阳没说话，右手拿着那杯水果茶，手腕微微晃动。

这个话题没有什么继续深入的意义，沉默了一小会儿，程栀还想着事情，不自觉地一声轻叹。

祁纪阳坐直了些，收起了那副十分随意的样子。

"你在担心什么吗？"祁纪阳主动问她，"说来听听，说不定我能帮你解决一下。"

程栀的嘴角无奈地勾了一下，说："就是没那么多把握而已，怕自己做不好。"

"你拍得挺好的。"祁纪阳随口接话，"不要对自己的水平那么没有信心，既然我把你推荐过去，裴淮也觉得你很合适，你就更应该相信自己。"

"我知道。"程栀说，"是我自己在犹豫和纠结而已。"

跟他们没有什么关系。

程栀又往后靠了点，整个人更加陷入柔软的沙发里。她说："不过这件事真的得谢谢你，要不是你这边，我估计还得在'后花园'受会儿折磨。"

程栀很讨厌欠人人情，虽然她知道，祁纪阳每次对她伸出什么援手，不管是出于有意还是无意，大多数的时候对祁纪阳来说都没有任何难度。

他只是随手，对他来说很多事情都是简单的，他或许根本都没有在意过。可那些事情，是她需要经过很多努力才能做到的，所以她会在意。

欠祁纪阳人情，程栀有时候都不知道要怎么才能还回去。

“不过我暂时还没想好怎么还你这次帮忙的人情，稍微留留，等以后我再还你。”程栀说。

她说完，刚吸了口奶茶，忽然听到祁纪阳闷闷的一声笑。

他的语气里有些不可思议，说：“你在说裴淮工作室的这件事？”

“嗯。”

“你还觉得这件事是我在帮你？”祁纪阳坐直，朝程栀那边倾了些身，“这件事，是你帮我们啊。”

程栀稍微愣了一下。

“程栀。”祁纪阳唤了她一声，“你在摄影上拿到的那些奖项和荣誉都是你自己拿到的，我没有给你提供任何帮助。

“你能够加入裴淮的工作室摆脱现在的公司，也不是因为我们谁在对你伸出援手，而是因为你自己的实力让你得到了这个机会。就算不是我们，你也同样可以。

“只是我恰巧认识你，让这件事变得简单了一点而已。”

程栀继续听着，看到祁纪阳的手伸过来，有些无奈地戳了一下她的眉心，动作很温柔。

“要说感谢的话，应该是我们感谢你。”祁纪阳说，“不然我和裴淮上哪儿去找一个跟你一样厉害的人？”

程栀以为是祁纪阳帮了她。

其实从来都不是那样。

她抬眸看着祁纪阳。

他跟她离得很近，就连呼吸都交织在一起，在房间里缠绕着。

男人温热的呼吸不均匀地落在她的脸上，肌肤上的细小绒毛都能够感觉到他的呼吸，黑曜石般的眼睛在这时候格外明亮。

祁纪阳的语气随意，懒洋洋的，却好像比谁都认真。

“自信一点啊，小橙子。”

第二天的拍摄格外顺利，程栀跟车队其他人的合作本来就已经算是有些默契，唯一一个比较难解决的就只有祁纪阳。

只要祁纪阳一配合，她的工作难度马上就降低了。

这场拍摄只有两天，刚好利用这个周末把工作全部做完，也算是她留给“后花园”最后的“礼物”了。

“你们要先看看照片吗？有什么问题我可以现在重新拍。”程栀晃了下手上的内存卡，准备投影给他们看。

“可以啊。”

“哈哈哈哈哈，好啊。程栀小姐姐真的太负责了，之前很多合作方都不给我们看的！”

“上次的照片看了！我们都很喜欢！”

“难怪连 Blume 都请得动，不愧是你。”

程栀低头把内存卡插进电脑，低着头轻笑，说：“我感觉自己被你们的‘彩虹屁’包围了。”

“也不是瞎吹，拍得好就是拍得好，这没得说。”

“对，我们也不是那么随便好说话的。”

“以后就由你来承包我们的拍摄好了。”

程栀点开相册，边点着鼠标，边说：“这可能是最后一次了。”

“啊？”

“我从这家公司离职了。”程栀说，“要是你们愿意呢，以后可以来新的工作室找我拍照呀。”

“离职了啊，那就有点可惜了。”

“欸，那之后你去了新的工作室记得跟我们说啊，到时候来照顾你生意哈哈！”

程栀的脸上一直挂着笑意，连眼睛里都是闪烁的光点：“你们真这么喜欢我拍的啊？”

“当然。”

“是啊，别怀疑！”

程栀敛了下眸，只是笑着，说了一句：“那就先说谢谢了。”

看完照片，所有人都没什么异议，就这么轻松简单地结束了这天的工作。

因为这个周末加班，之前预计的工作也会持续到很晚，程栀不用周一准时去公司，这周开例会的事情也交给喻初来做了。

程栀不急着回去，订的周一接近中午的机票。她慢悠悠地收拾着东西，这时候眼前忽然出现了一双手，顺手就把她放在旁边的水瓶给拿了起来。

男人低哑的声音从头顶上方响起。

“我渴了。”他说，“喝点？”

程栀抬眸看他在拧盖子，也没伸手拦，说：“那是我的水。”

“我知道。”塑料瓶在祁纪阳手里“刺啦”地响，“我的喝完了，只能蹭点你的水喝了。”

程栀还没应，刚刚把相机塞进相机包里，又听到祁纪阳补了一句：“高中的时候我不也经常蹭你的水嘛。”

还挺好意思说。

她摆了摆手："随便你，那你喝。"

祁纪阳发出一声很低的笑，随后拧开了盖子，毫不客气。

程栀刚拿起相机包的背带，准备背上，抬眸的时候，手却僵在半空中，还握着背带。

她的视线里——祁纪阳仰着头，喉结上下滚动，自己刚才喝过的水瓶被他拿着，跟他的唇贴在一起，没有任何距离。

好几秒以后，他终于松手，那瓶水却已经见了底，一口都没剩下。

"一会儿出去给你拿瓶新的。"祁纪阳说，"太渴了。"

程栀的手收紧了一下："不用，我没那么想喝水，你喝完也没事。"

只是……

祁纪阳不是没喝过她的水，只是在那几年里，他总是仰头隔着一些距离，悬空着将水倒入喉间。

从来没有这样贴紧过。

她记忆里有些奇怪的东西跟现在交织在一起，冗杂又飘忽。

程栀没多留，抓起背带准备背上相机包，手上却突然一轻，祁纪阳直接帮她拿了起来。

"我帮你拿，挺重的。"

"你把我想得也太柔弱了。"程栀走在祁纪阳旁边，"背这点重量我还是没什么问题的，之前拍风景带的镜头更重呢。"

祁纪阳没接话，只是轻声笑，也没把程栀的背包还给她。

"你什么时候回去？"祁纪阳换了个话题，"这周回去就开始办理离职吗？"

"对。"程栀说，"明天的飞机。"

"哪一班啊，我跟你一起走。"

"明天上午十一点十分，南航的。"程栀说，"你现在改签？估计没票了。"

"头等舱应该还有。"

毕竟从安城到南城这个距离，确实没有任何必要买头等舱，也就只有祁纪阳这种钱多得没地儿花的人，才会买。

"坐我的车回去吧。"祁纪阳说，"我开车来的。"

"哪辆？"

"红色那辆。"祁纪阳晃了下车钥匙，"只有这辆停在俱乐部这边。"

其他的都放南城自家车库里了。

程栀想了会儿没回答。

祁纪阳眉梢一扬，问她："怎么，你挑吗？"

"太招摇了。"程栀说。

“有什么，反正上次已经坐过了。”祁纪阳说，“上次也开的这辆。”

反正也不是第一次了。

她犹豫了一下，随后点了点头：“那也行吧。”

他们往前走着，祁纪阳忽然说：“今天听到那么多夸奖，稍微自信点了吗？”

“夸到我都以为是你花钱请的水军了。”程栀耸了耸肩。

祁纪阳笑：“我请不起。”

玩赛车的，家里不可能没点家底。

“多听听别人的看法。”祁纪阳说，“你就是太陷入自己的想法误区了。”

程栀“嘁”了一声，却没反驳。

她这个人最大的缺点，大概就是在某些事情上还是不够自信，觉得自己做不到。

知道自己的缺点，却怎么都改不了，是一件很无奈的事情。

走着走着，程栀的脚步稍微放慢了一些，走在自己前面的男人背脊挺直，宽肩窄腰的身材，修长的双腿迈得很快。

她最羡慕祁纪阳的地方，大概就是自信。

是他来自原生家庭背景下的底气，好像什么事情对他来说，都没有难度。

程栀的脚步放缓以后，他们本来并肩走着，这会儿距离慢慢被拉开。

没过一会儿，祁纪阳发现程栀没在自己旁边，他停了下来，回头看过来。

“怎么了？”

程栀笑笑：“你腿长啊，我走得慢，当然走着走着就掉队了。”

祁纪阳“哧”了一声，拉了一下肩上的背包。

他站在原地没动，风轻轻的，带着他的声音飘到程栀的耳朵里——

“那我等你。”

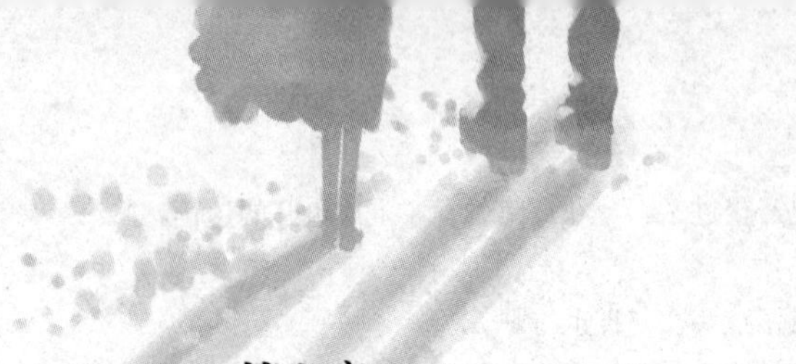

第六章

陪 在 她 身 边

机场人流络绎不绝，程栀刚取到行李准备打个车直接去公司。

她没带什么东西，也不需要回家再耽误几个小时，之前的工作交接几乎完成，手上这项工作完成，就只需要过去办离职手续，后面都不用再来了。

程栀刚拿好东西，忽然弹出个微信电话。

祁纪阳打来的。

他们俩虽然是同一个航班，但一个经济舱和一个头等舱，感觉好像就不是一起的。

“喂？出来了吗？”祁纪阳那边很安静，“你现在要回家吗？”

“不，我直接去公司。”

“好。”祁纪阳说，“那你来停车场，我送你过去。”

“什么？”程栀以为自己听错了，“你瞬移回家里开的车？”

“没，我叫别人开过来停这儿的。从机场出来打车不方便，我也不喜欢打车。”

程栀没应，祁纪阳以为她又在顾虑之前的问题，特地补了一句：“开了辆最低调的来，黑色的。”

“知道啦，在哪儿？”程栀问。

“二号停车场。”

程栀其实还挺喜欢坐祁纪阳的车，有时候都会感叹，不愧是赛车手，开车的技术确实比别人要高。

到公司的时候正是午休的时间，程栀没有耽误太久，很快做好了工作交接。

最后把钥匙扔进篮子里的时候，她忽然觉得肩膀都轻了点。

喻初在程栀出门之前，给她倒了杯咖啡，递过来：“最后一次在这里给我们小橙子调咖啡啦！”

之前是喻初催着程栀辞职，她当然是希望程栀逃脱这个牢笼的，以程栀的水平，当然可以过得更舒服点，就不应该在“后花园”受这种委屈。

但是等到了这个真的要走的日子，她还是会有点舍不得。

程栀抿着咖啡，说：“以后你坐总监的位置，别也被陈妮刁难啊，我会心疼的，我自己跑了，让你在这边承受这些苦。”

喻初笑：“没事，我暂时安全。”

“嗯？”

“你出差了不知道，今天总部那边发了通知，说下周会有个空降来南城分部当总监，顶替你的位置。”

“空降？”程栀皱眉，对这突然的空降感到有些不适，“之前不是说好定你来当总监吗？”

“哎呀，没事啦，反正我也没准备好。”喻初说，“我之前简直是赶鸭子上架，这点工资我也没那么在意，我还是继续当我的咸鱼！”

喻初也算是个小白富美，至少是不愁吃喝的家底，她在这边工作简直就是在体验生活，所以也不需要努力往上爬。

只有程栀这样普通家庭出身的人，才需要顶着巨大的压力去拼命。

“那行吧。”程栀见喻初这样，也没多说，“这样也省得遇到陈妮刁难你。”

“哈哈，是呀。”喻初拍了拍程栀的肩膀，“小橙子去新的工作室以后要多努力啊，辛苦你啦。”

“辛苦什么啊！”程栀笑了声，“为了自己想要得到的东西，总要努力点嘛。”

“看到你这么斗志满满的时候，我也觉得自己被打了鸡血哈哈！”喻初说，“我们小橙子这么努力的人，一定会得到所有好运和幸福的！”

“借你吉言啦。”

聊了会儿，程栀看了眼时间，说：“我朋友还在下面等，那就先走啦。”

本来程栀让祁纪阳先走，但下车之前，祁纪阳睨了她一眼：“我最近给你当了这么多次司机，不请我吃个饭说得过去吗？”

这么一说，她也只能请他吃顿饭了。

如果是别人，估计早就说没事，就是举手之劳，也只有祁纪阳会厚着脸皮让她付一下车费。

那么有钱的阔少，整天就只会坑骗她这种平民老百姓！

程栀不想让祁纪阳多等，跟喻初说完就往楼下走，拐到拐角的时候，却不小心听到有人在通电话，语气不善，嚼人舌根。

程栀本来没想留意，但下一秒那个人的话里出现了自己的名字。

哦，原来她是那个被人嚼舌根的对象。

“我跟你说，我们那总监，对对，就那个叫程栀的，她真的挺扯的，上周开会啊，嘴上说着不点名，就把我一个人提出来骂了一顿。

“说我工作做得不好，哎，我也没见她做得多好啊，今天都没来上班，这就是领导吗？

“只许州官放火，不许百姓点灯是吧。

“我看她那怨妇撒泼的样子，应该是被总部刁难了来我身上撒气吧。”

程栀站在原地没动，也没出去。

倒不是因为想听对方是怎么吐槽自己的，而是这个场景被撞见了，她都替对方尴尬。

程栀垂眸，给祁纪阳发信息。她刚才跟祁纪阳说自己马上下去，两分钟内，结果现在又多了这么一段小插曲。

【程栀：再等我会儿吧，有点事。】

【祁纪阳：怎么了？】

【程栀：准备下去，必经之路上遇到个部门里的实习生在跟朋友打电话骂我。】

【祁纪阳：？】

【程栀：我等她骂完走了再下来，这会儿出去谁都尴尬。】

【祁纪阳：你就这么听着她骂你？】

【程栀：不然呢？】

【祁纪阳：不会不开心？】

会不开心吗？感性上当然会。

但她很理智。

实习生小妹妹对程栀的怨言似乎真的有点多，程栀站在旁边角落里听了十几分钟，她觉得这小姑娘就差把自己祖宗十八代全部问候一遍了。

终于等对方走了以后，程栀才松了口气下楼。

程栀上车后，很长地舒了口气，揉了揉自己的耳朵，她刚才真是听得脑袋“嗡嗡”响。

祁纪阳侧头看她，眉头微蹙：“你就这么听她骂了你快二十分钟？”

“是啊。”程栀一脸无所谓，“这小姑娘怎么这么能吐槽？平时工作的时候有这么认真也不至于开会时被我训。”

“就只是因为你开会训她了吗？”

“差不多吧。”程栀说。

“说你什么了？”祁纪阳的声音有些低。

就像被骂的是他自己而不是程栀。

“有的话说出来太难听了。”程栀摆了摆手，“你别知道为好。”

祁纪阳还没启动车，侧头看着程栀。

她正在轻揉着太阳穴，但脸上的表情很自然，似乎完全没有因为被人在背后嚼舌根而不开心。

祁纪阳这么看了程栀半分钟。

“你看着我干什么？”程栀忽然反应过来，被他看得有些后背发凉，“怎么了？”

“只是很好奇，”祁纪阳顿了下，“你一点都不生气，一点感觉也没有？”

祁纪阳刚才就觉得奇怪，现在看到程栀这么淡然的样子，更觉得有些不可思议。

“也不是。”程栀把手放下来，“当然会有点不舒服，但是有什么用？我觉得这是没有意义的生气。

“我已经离职了，没有必要跟她维持什么样的关系，再说，我要是因为这件事生气，不是只是伤到自己？”

程栀的眼神清透明亮。

这一刻，祁纪阳在她眼里看不到任何杂质，像是望进了一潭清澈见底的湖，不会有波澜，不会变得浑浊。

程栀清醒理智到有些非人类。

“而且我也可以理解，她这么被我点名批评了心里肯定会有点不舒服的，而且她要怎么想我或是觉得我是个什么样的人对我来说都不重要。我知道自己是什么样的人。”

她不是故意要刁难谁，也没有做过什么对不起别人的事情，她问心无愧。

程栀说：“人都是这样的啊，在自己受到委屈的时候，所有的想法都会变得更偏袒自己。”

很难去反思是不是自己做错了什么，而是把问题归结到别人身上。

“我不会生气，因为这其实挺可悲的。”程栀顺手补了个口红，侧头看着祁纪阳，红唇一张一合的。

“我在遇到这种事情的时候，我知道自己有底气，所以我能直接把辞职信扔到对方脸上。”程栀有些轻蔑地笑了一声，“可她也只能这样宣泄自己的愤怒。这是无能的表现。”

祁纪阳听完，伸手拧了一下，点了火，手搭在方向盘上，好几秒都没说话，消化着程栀说的内容。

这么多年里，程栀依旧是祁纪阳认识的人里最为理智、冷静的一个。

她似乎从来都不会被什么情绪操控，她一直都在做自己情绪的主人，不给负面情绪任何机会。

他脑海里一下子闪过很多年前的画面。

他发火生气的时候，程栀会拦在他前面，用最冷静的口吻把他劝下来。

那些年里，他因为程栀，少发了很多火。

车子往前继续平稳地行驶着，旁边的人滑动着手机，看中午要去吃些什么，祁纪阳忽然问了一句：“你二十几年来，没有情绪失控过？”

程栀握着手机的手顿了下，余光忽然扫到自己的手腕，空荡荡的，什么都没有。

“当然有啊。”程栀说，“我只是尽力在压住一些情绪，但也有会溢出来的东西。”

“比如？”

“我个人十分不喜欢那种感觉。”程栀不动声色地转移了重点，“我一直觉得一切都在自己的控制范围内，但是事实上有的事情不是。”

祁纪阳应了一声：“嗯。”

开着车，也没有那么多精力去认真思考，这不是好分神的事情。祁纪阳隐隐约约觉得程栀所说的那个“会溢出来的东西”好像有哪里不太对劲，但也没有再去细想。

对话戛然而止，祁纪阳下意识地舔了下唇，他的思维却突然跳跃到某件事，喉间就跟着紧了一下。

他真的很好奇，到底是什么样的事情，会让程栀陷入情绪失控。

想看她失控。

他甚至会很卑劣地，想看到她那双干净清澈的眼睛里染上一些其他的欲望。

十一月在一天天的降温之中渐渐接近尾声。

程栀正式从“后花园”离职，她没有马上入职裴淮的工作室，裴淮也不急，跟她说可以先休息一段时间，她也没闲着，最近都在花时间练习拍摄人像。

不过裴淮看上她的，当然也不只是拍摄技术这方面的能力，还有为人处世、管理能力、做人品行。

要在市场上找个人像拍得比程栀好的摄影师并不难，但裴淮想要的是一个合作人，一个真正有自己思想，他能够放心地把整个工作室事务都交给对方的人。

下了好几天雨，程栀在家窝着看了好几天的电影，周五终于天晴找到了出门的机会。

程栀的练习方式很简单，就是去公园里逛逛，搜寻点素材。

所谓的故事感，从来都是在再平常不过的生活里去发现的，每个人都会有属于自己的平凡故事。

难得的好天气，像是过节似的，很多人都从家里出来在公园的湖边上喝茶。

程栀本来只约了裴淮出来一起进行这次练习，顺便还能聊一些工作上的事情，唯一出乎意料的是，祁纪阳也一起跟着来了。

他听说程栀和裴淮要去公园采集素材以后，给程栀发了个信息。

【祁纪阳：我也去。】

程栀收到他信息的时候，眉头微皱。

【程栀：你来干什么？】

【祁纪阳：休赛期我几乎等于无业游民，没事儿做，来给你当背包小弟。】

祁纪阳倒是真的挺负责的，一大早就主动去她家小区门口等着接她，一见到人就帮忙背相机包。

小跟班似的。

他们在公园里转悠了一下午，再次注意到时间的时候已经快接近下午五点。相机里已经塞满了照片，今天下午拍到了三个人，听到了三个人的故事。

一个八九岁的小男孩，一个跟程栀年纪差不多的女生，一个年过半百的老爷爷。

一边拍摄，一边听着他们的故事。

程栀拍了几个小时，最后结束的时候倒也没觉得累，比之前任何时候都感觉要轻松。

要不是因为裴淮晚上还有事，只能这个时候收工，程栀觉得自己可能真的会忘了时间。

他们没有再继续，毕竟这件事情也不需要着急，今天能收到三个故事已经足够了，什么都是要适量的，太过多了未必是一件好事。

从公园出去，离停车场还有些许距离，三个人在路边慢悠悠地走。

程栀和裴淮有说有笑的。

程栀低着头，一边翻看照片，一边说："之前只是觉得你这个提议很有意义，但其实我从来没有实施过。"

她喜欢那种故事感，但这确实是她第一次像这样去做。

毕竟生活是生活，有的隐匿在内心深处的东西，是会被现实压回去的。

想要展现人物的故事感，在程栀这里，原本就属于被现实压住的那一项。

所以她一直都只是想想，并没有什么实际的行动。

现在真正开始做这件事以后，却有一种不真实的梦境朦胧感。

"那现在就开始好好实施。"裴淮也知道程栀的情况，"既然想做，就去做，也别顾虑那么多。"

程栀刚好看完照片，把相机收起来，视线里马上出现一双手。

祁纪阳眉梢一扬："我拿。"

程栀笑了声："你这也太敬业了吧？"

"还行。"祁纪阳顺手接过去，倒是十分自觉，"裴淮说得没错，有什么想做的就去做。"

程栀还没接话。

"有些事情，不是还有我们在？"祁纪阳轻飘飘地又落了这么一句话，却格外有力量。

明明只是很简单的一句承诺，甚至还有些玩笑的味道。

程栀继续跟裴淮聊着关于工作的事情。

程栀说："之前有时候觉得，把自己喜欢的事情变成工作，就没有那么有趣了，但是现在我好像又觉得更有意义。”

“那就好，你会这么想，我也觉得挺开心的。”

程栀的脚步很慢，旁边两个男人也没走多快，似乎是在刻意等她。

“我真的很想把这个工作室做好。”程栀长舒了一口气，“还是得谢谢你。”

才让她这个梦一样的东西会有实现的可能性。

裴淮：“应该是我谢谢你。”

感谢的话好像永远都说不完。

他们都有同样的理念，并且在这件事上刚好互补，一个出钱一个出力，都是为了完成同一个目标。

这是程栀觉得自己最幸运的时刻，要遇到一个这么合拍的朋友是一件概率很小的事，甚至比遇到一个喜欢的人还要难。

沿着这条路慢慢地走着，脚下踩着落叶，窸窣地响动。

这条小道十分安静，路边的树也有些年岁了，夏天的时候郁郁葱葱遮住烈日，能获得一份凉意；秋天的时候枯黄落叶满地，像坠入凡间的小精灵。

在安城那几年，程栀总是会想起这条路，经常想要回来走走。

安城那样的国际大都市太过繁华，刚去的时候会被那繁华迷花眼，时间久了以后就会觉得自己被巨大的压力压着，怎么都喘不过气来。

大学毕业以后，有些朋友留在安城工作发展，但程栀一直都想回南城。

她觉得只有在这样的城市才会让自己觉得安心。

有些不属于自己的世界，真的不能去硬闯。

裴淮晚上还有其他的安排，到了停车场以后就跟他们俩分道扬镳了。

既然人是祁纪阳接来的，当然现在也要负责送程栀回去。

刚上车，程栀熟练地系好安全带。

“好了，司机。”程栀笑着说，“现在可以出发了。”

“我这儿真给你当免费打工的啊？”祁纪阳瞄了她一眼，“付点劳务费？”

“又不是我逼你的。”程栀耸肩，“本来呢，我和裴淮两个人约着出来忙点事儿，跟你也没什么关系，你自己硬要跟着来。”

“看来你比较乐意跟裴淮一起？”

程栀没搭理祁纪阳，不知道祁纪阳在较真些什么东西。他之前就问过她，怎么跟裴淮联系都比跟他联系多。

祁纪阳这个人好胜心强，好像什么事情都要争个输赢，就连这件事也要跟她掰扯一下。

绕过前面的路，祁纪阳的手在方向盘上轻轻点了两下，一副认真思考的样子。

冷不丁地，他忽然问了程栀一句：“小橙子，我和裴淮谁更帅啊？”

奇怪的问题。

男人奇怪的胜负欲。

程栀假装沉思，随后说了句："那还是你。"

祁纪阳和裴淮就不是一个类型的，没什么可比性，硬要说的话，祁纪阳确实要好看些。

不过，程栀也没认真想。

反正夸祁纪阳肯定是不会出错的。

"那……"他顿了下，"那个沈什么……"

"沈嘉树？"

"嗯。"

"他怎么了？"

"没怎么。"祁纪阳的尾音扬着，"就是问问我跟他比呢？"

程栀：有完没完！

到底要听到什么答案？

"是你是你。"程栀无奈，"这样行吗？"

"敷衍。"

程栀深吸了一口气，酝酿了一会儿，想了很久要怎么哄祁纪阳。

得让这祁少开心起来，好像并不是那么简单。

程栀想了半分钟，终于一口气输出："好啦，祁纪阳世界第一好，没有别人比祁纪阳还要好。祁纪阳就是程栀在这个世界上最重要的朋友，跟别的朋友都不是一个水平等级的，独一无二的！"

祁纪阳听完笑了一声，好像对程栀的回答十分满意。

"对了，你晚上有什么安排吗？去哪儿？"祁纪阳问她。

"我没什么安排。"程栀拉了下安全带，"那麻烦司机送我回家可以吗？"

"没什么安排的话，那跟我一起去吃饭？"祁纪阳说，"今晚刚好朋友聚会。"

程栀刚想回答，忽然意识到什么，她侧头，问："你今天不是没事做？"

因为没事做，所以才跟着来的。

这会儿怎么又有聚会了？

祁纪阳面不改色，说："临时约了几个朋友，你不介意的话就一起去？"

"我去干什么？"程栀笑，"你跟朋友聚会，我突然去也不好，我还是回去吧。"

"你也是我朋友，怎么就不能去了？"

程栀还没来得及说话，祁纪阳又悠悠地接了一句："再说了，我们不是最好的朋友？

"怎么，程栀最好的朋友，世界上独一无二的我，就不配拥有你赏脸一起吃个饭的机会？"

祁纪阳总是在这种莫名其妙的道理上说过她。

好像她拒绝，就是不把他当朋友了一样。

“那行吧……”

程栀几乎没怎么接触过祁纪阳的其他朋友，除了裴淮，这还是第一次。

他们约在某个别墅烧烤。

程栀对这个地方有些印象，之前开盘的时候因为价格贵还被很多人议论，结果还是卖完了。

都说买这些别墅的人应该都是钱太多，或是人傻。

祁纪阳停好车，顺手帮程栀把安全带给解开了。他说：“一会儿我帮你介绍一下，都是我从小到大就认识的哥们。”

“嗯。”

他和程栀到得比较晚，其他人已经在外面等了。

其他人本来都准备好嘲讽祁纪阳了，却没想到他身后跟着个身材姣好的女人，单肩背着相机，没带多余的首饰，穿着休闲的西装外套。

像秋天的风，凉爽充满飒气。

“哟，祁少竟然带姑娘来参加聚会了？”

“稀奇啊。”

“女朋友？什么时候谈的？也没跟我们说啊。”

“所以祁纪阳，这别墅你是买来金屋藏娇的吗？”

程栀本来就没想解释，她知道自己这么跟祁纪阳过来，肯定会被误会的。

这些解释的话应该让祁纪阳来说。

程栀听着，脚步还是就那么顿了一下。

她还是第一次知道，这别墅竟然是祁纪阳买的。

不愧是他，人傻钱还多。

那边还在开玩笑，问：“哪家的千金小姐啊？什么时候结婚，份子钱得随多少？你彩礼准备好了吗？”

程栀站在一边，微笑着跟人打了个招呼。

“不是女朋友。”祁纪阳简单地解释了一句，也没特地强调他们是普通朋友的关系。

“那我们就都还有机会咯？”有人皮着问。

祁纪阳一个眼神瞪过去：“做什么梦呢？”

程栀也没注意这些，她正垂眸回着消息，对于祁纪阳和他朋友聊天的内容不是很关心。

她也没有想要融入这群人的意思，毕竟也不是一个圈子的人，她没打算深交。

年纪小的时候，程栀喜欢多交些朋友，现在倒是觉得，有些没有必要维持的人际关系是不需要去努力维护的。

本来生活的方方面面已经很烦琐了，还要因为一些人际关系上的处理苦恼的话，只是徒增烦恼。

没有意义、没有利益的关系，是可以不需要的。

这群人对她来说就是这样的存在。

烧烤要慢慢吃，一群人围在一起一边吃喝一边聊天，倒是挺放松的。

好几个小时下来，程栀基本没有怎么参与他们的话题，倒也不是她完全不合群，只是因为他们富二代聊天的内容，程栀实在是不知道要怎么参与。

动辄就是上百万的话题，就像在说几百块的事情一样。

程栀不怎么说话，除了祁纪阳，也没有什么人在意。毕竟她也不是他们的朋友，也只是看在祁纪阳的面子上打个招呼。

程栀在旁边无聊地翻看着相机里的照片，其他人已经喝到微醺。酒过三巡以后，场面变得更加闹腾，听着甚至会觉得有些吵闹。

程栀没吃多少，也没有参与他们什么活动，随后给自己找了个理由溜到旁边角落去，享受着秋日里凉爽的风。她一边看照片，一边把下午听到故事后的想法写在备忘录里。

正在手机上飞快地输入着，程栀的视线里忽然出现了一双手，拎着一瓶饮料递过来，随后男人低哑的声音从头顶响起。

“怎么不一起？”

程栀倒是实诚，也没扭捏：“我不是很明白你们在聊什么。”

她说完，抬头看了祁纪阳一眼。

他皱了下眉，看起来是正在反思着自己是不是哪里做得不好。

“不用管我。”程栀说，“我没有觉得不舒服，正好我也有点东西要弄，你们玩得开心就行。”

祁纪阳沉默了会儿，说：“你等我下。”

程栀点了下头，也没多想，低着头继续看手机上的内容。

两分钟后，身边就多了个人。

“我跟他们说了来陪你。”祁纪阳舒了口气，语气懒懒的，“那我陪你聊会儿你能懂的？”

程栀手上的动作停下，一声嗤笑。

“你的意思是让我选话题咯？”程栀问。

“是啊。”

“要是我选的话，肯定是跟相机、摄影有关的东西了。”程栀说，“那这个你也不懂吧，我们怎么聊？”

祁纪阳微微侧头看过来，看了程栀好几秒，随后叹了口气：“是。”

确实不懂。

程栀没说什么，看着前面栅栏外的景色，说了句：“有的事情是强求不来的，你看啊，我不懂所以就不参与了，你说你对摄影又不懂，还瞎凑什么热闹？”

“我想陪你说话都不行？”祁纪阳朝她那边靠了点，“几年没见你变了挺多啊。”

四年前，他们明明还有很多话可以说。

“你才知道啊？”程栀被他逗笑了。

从外貌到性格，从喜好到圈子，几乎全都变了，唯一没变的，估计也就只有这份来自朋友的羁绊。

毕竟已经过了四年，什么都跟以前一样是根本不可能的。

读大学可以让一个人改变很多，甚至让曾经的自己都认不出来。

一时无言，两个人就这么肩并肩坐在一起，程栀甚至能闻到祁纪阳身上的淡淡香水味，身后还在吵闹着，但在他们俩之间却寂静得可怕。

有人看到祁纪阳和程栀一起在旁边吹风，拿了酒和杯子过来：“你们俩在这儿说什么悄悄话呢？祁少，今天一滴酒都不沾啊？”

祁纪阳摆手拒绝：“不喝，一会儿要送她回家。”

“那有什么，打个车或者叫个代驾回去不就好了嘛。”那人笑着，还顺便已经把酒倒上，“多大点事儿。”

祁纪阳态度坚决，懒懒地抬眸：“真的不喝。”

“和朋友聚会就好好放松一下。”程栀这时候说，“我一会儿打个车回去就行。”

“不行。”

程栀：这人怎么这么倔？

祁纪阳看着她，漆黑的瞳孔被灯光照得明亮。他说：“我要亲自送，不然我不放心。”

那人见祁纪阳这么坚持，倒也没继续，身后的朋友还叫着他回去。

“行，没想到祁纪阳你这么有原则啊，那今天就算了，下次得喝的啊。”

祁纪阳应了一声，也没多说。

又沉默了好一会儿，他倒吸了口凉气。

“那我们聊点什么？”祁纪阳说，“你这么一说，我确实不懂摄影，得找点别的话题吧？”

程栀想了想，随后说：“以前聊学习、大学、身边的朋友八卦，现在好像也都不行了啊。”

时间是一种很虚无的东西。

但是在某些瞬间又会十分真切地感受到，特别是在跟以前的朋友忽然没得话说的时候，找不到话题开口的时候。

程栀收起了相机，也没有继续看，她看着前方，忽然感觉到鼻息之间一股味道钻进来。

祁纪阳不知道什么时候，突然离她很近。

两个人的距离大概只有十厘米，她稍微一侧头就看到祁纪阳近在咫尺的脸，男人镌刻般的五官棱角分明，高挺的鼻梁都快要碰到她。

“你干什么？”

祁纪阳没喝酒，程栀却忽然恍惚地以为他喝了酒。

空气中飘浮着一股令人有些眩晕的味道。

凑近看，祁纪阳的睫毛十分浓密，是让女生都会羡慕的睫毛，微微垂着，在他的眼睑之下投出一片阴影。

眼神就这么被盖着，看得不太真切。

程栀感受到祁纪阳的温热呼吸落在自己脸上，肌肤的感觉十分明显，他就这么认真地看着自己。

他的眼神毫无波动，一直这么看着，长达半分钟的对视。

“小橙子。”祁纪阳忽然唤了一声。

“什么？”程栀被他看得人有些发蒙，“你看这么认真干什么？”

“看你是不是变漂亮了。”

程栀有些无语。

“嗯，是比以前变漂亮了很多。”

两人之间的距离还是没拉开，程栀感觉自己的背脊都有一股奇怪的感觉往上蹿，一时间有些坐立难安，她不动声色地往后挪了点。

程栀侧身去拿刚才祁纪阳递过来的饮料，拧开喝了一口，她刚刚仰头灌进去，下一秒听到男人懒散的声音。

“念高中的时候聊学习。”祁纪阳顿了一下，“那现在是不是得聊点成年人的话题？”

程栀一口水差点喷出来，忍住了，但还是十分不幸地呛到。

“咳咳咳——”

或许是她自己多想，但是这几个字的冲击力实在是有些大，她感觉脑子“嗡嗡”响。

她被呛得不行，眼泪都咳出来了，耳根也是整个发烫，接连着半张脸都红了。

还好现在天色暗。

程栀能感觉，祁纪阳的手轻轻地搭在她的后背上，温柔地拍了两下：“还好吗？”

程栀：“还行……”

她缓了一会儿，才说：“你刚才说什么？”

祁纪阳往后一靠，摇椅“嘎吱嘎吱”地响动。

他侧过头看着她：“我说，聊点成年人聊的话题。”

程栀顿了下：“什么？”

“成年人一般聊什么？”他的嗓音里似乎带着玩味的笑意，听着总让人觉得这句话挺意味深长的。

程栀一时间不知道怎么回答。

她对祁纪阳的印象还停留在那些年里的小少年身上，突然一别四年，这次再重逢本来也没那么明显的感觉。

但这一瞬间才忽然有一种，自己身边坐着个血气方刚的男人的感觉。

成年人的话题。

这几个字听起来就让人觉得不对劲。

让她开口聊这个话题，好像有点不太合适吧？

现在的年轻人说话都这么猛的吗，有的话是可以这样说出来的吗？

程栀还在想着，眉头不自觉地微微蹙着，有些苦恼怎么开口的样子。

她要是会错意了怎么办？岂不是更尴尬？

祁纪阳看着她，忽然笑了：“怎么，不好意思啊？”

“我有什么不好意思的？”程栀说，“只是有点奇怪，这要怎么说？”

程栀一下子没接上这个话题，随后听到男人一声低笑，说：“不知不觉到了这个年纪了啊。”

程栀没说话，等着他继续往下说，也不知道到底要说些什么。

身侧的男人转过头来，声音压得很低，神神秘秘的。

他提的问题完全在程栀的意料之外。

“小橙子，你家彩礼多少钱啊？”

空气中弥漫着一股很淡的香甜酒味，一口酒都不用喝似乎都会开始变得醉醺醺的。

程栀稍微敛了一下眸，她神色自若，反应了好一会儿。

“问这个干什么？”程栀眉梢微微一扬，笑了，“你要娶我？”

“也不是不行。”祁纪阳往后一仰，“至少我觉得你家开个口要什么彩礼的话，我应该都给得起。”语气里带着很淡的，骄傲的意味。

祁纪阳依旧是程栀记忆中那个样子，他可能从来都没感觉到自己的语气里有些骄傲。

倒也不是炫耀，就是有底气。

程栀笑了一声，站起身来拍了拍裙子上的落叶，看着前面被风吹动的湖面。

她若无其事地吐出一句："那我也还不起你这个礼啊。"

程栀并没有回答这个问题，也没有再继续下去。祁纪阳见她站了起来，问："要先回去吗？我送你。"

程栀在这里待着也没什么事可做，来跟他朋友玩也不怎么融得进去。

"你朋友那边没关系吗？我可以自己去逛会儿，你们先玩着吧，我等下自己回去也行。"

祁纪阳微微蹙眉，语气严肃："我送你。"

"没那么大必要，我打个车也是一样的。"程栀依旧没在意，也不知道祁纪阳在坚持什么。

"你是我带来的，我就得把你安全送到家。"祁纪阳说，"还是我逼着你来的。"

程栀听祁纪阳这语气，也知道他其实有些愧疚。

大概是看到她在这边百无聊赖，现在觉得当时就不应该逼着她来参加这个聚会。

程栀没继续跟祁纪阳拧。

这件事继续拧下去也没什么结果，她不如这么接受着。

"那你再跟他们聊会儿，我去湖边走走。"程栀做出让步，看了眼时间，"我们半个小时后走可以吧？"

祁纪阳点了头："行。"

程栀自己一个人去了湖边散步，祁纪阳倒是没跟过来。

从院子里走出去以后，吵闹的声音越来越小，世界终于慢慢趋于安静，程栀慢慢回着微信上的信息。

【沈嘉树：姐！姐！这周陪我去玩卡丁车吧？】

【程栀：周末应该行。】

【沈嘉树：对了，上次你是不是拍的Kingdom啊？那你跟Kingdom的人熟吗？】

【程栀：一般。】

程栀没说自己其实跟Kingdom的人挺熟悉的，特别是今年的冠军车手。

她太了解沈嘉树了，看到这句话基本就可以猜到他问这话是什么意思了。

要个签名之类的。

其实算是小事，对祁纪阳来说更是小事，但她一点都不想亏欠祁纪阳半点。

这时候直接把沈嘉树的想法扼杀在摇篮里比较好。

程栀稍微走远了一些，她回头看着刚才的方向，隔得很远都能感觉到那边的热闹气氛，耳边仿佛都还有那份喧闹，灯火闪烁。

她只能看到灯火的颜色，却好像能看到祁纪阳被围在人群之中的样子。

永远耀眼，永远站在舞台的中心。

程栀看着那个方向，看得有些久，眼睛都有些花了。放在包里的手机倏然响起，瞬间吵醒这安静的世界。

电话是庄兰馨打来的。

刚接起来，程栀就听到后面震耳欲聋的尖叫声，耳膜感受到一阵冲击。

“小栀——”庄兰馨的声音微颤。

程栀的呼吸马上收紧，一阵慌乱：“妈？发生什么了？”

程栀还没得到回答就已经先听到后面隐约传来的争吵声。

是姨妈和庄成君在吵架的声音。

刚才的尖叫声也是出自这里。

“你们把程栀给我叫过来！这丫头现在是觉得自己挣了点钱有两把刷子了是吧？”

“庄成君！你好意思说栀栀哪里做得不好？”

“你别在这儿跟我扯，你们先把那丫头给我叫过来！”

“你到底想干什么——”

姨妈的声音听着已经有些声嘶力竭，应该已经吵了很久。

程栀一边听着，一边快步往回走。

“妈？”程栀又唤了一声，“是不是庄成君又去闹事了？我马上就过来，你们别急，爸爸和姨夫呢？”

庄兰馨的声音充满了疲惫：“已经在来的路上了，我和你姨妈……实在拿他没有什么办法。”

“我知道。”程栀又加快了一些步伐，已经算得上是小跑。

“小栀，你别过来。”庄兰馨说，“我怕他刁难你……”

“他不敢拿我怎么样的。”程栀皱眉，“我不是那么好欺负的人。我现在就过来，有什么等我过来再说。”

程栀知道庄兰馨肯定十分不希望自己过去，庄兰馨打这个电话过来，也只是提醒她，让她自己注意安全。

但程栀不可能放着这件事不管。

“你现在这么认为，是因为他现在理智尚存，也还有些辨别能力。”庄兰馨顿了一下，语气似乎都绝望了，“小栀，你一定要自己小心……家里有这么一号人，我们所有人都没什么办法！”

程栀没说话，稍微抿了下唇。

庄成君再怎么不听话在外面鬼混，还是外婆的亲儿子，外婆还是会袒护着庄成君，之前外婆那边的养老金都被他用了不少。

这次生病，外婆也算是看清了这个儿子到底是什么样的人。

生死就在面前，庄成君还能做出那样的事。

庄兰馨不让程栀去，但她根本不可能不去。

程栀跑到别墅门口，直接进去，说着："先挂了，有什么事先等我到了再说。"

电话挂断。

院子里还在热火朝天地聊着，门外忽然有一道人影跑进来，所有人都没注意到。

除了祁纪阳。

他的余光一直放在门口，程栀的身影一出现在门口他就看见了。

她本来整齐的衣衫也因为着急奔跑变得有些凌乱，隔得很远的时候，祁纪阳就已经看出了她的慌乱。

被其他人团团围绕的男人倏然站起来，眉头紧锁，看向门口那人奔来的位置。

"欸，祁少，怎么了？"

"这么突然站起来干什么呢？"

有人顺着祁纪阳的目光看过去，这才看见程栀从外面匆忙跑进来。

祁纪阳没回答，马上抓起搭在旁边的外套："有点事，我先走了，下次再聚。"

他明显感觉到程栀的状态不对劲。

要在人群中找到祁纪阳并不是一件简单的事情，但祁纪阳会提前走出来，走到她能看到的位置。

"祁纪阳！"

灯光昏暗，只是就着那么一点点光，祁纪阳却看到了程栀微微泛红的眼尾。

程栀看起来很无助，在找他。

"我在这里。"

"我得现在去一趟医院，很急，你可以……"程栀的话还没说完，就被祁纪阳打断。

他伸手替她把滑落的外套往上拉了一下，说："快过来，我送你。"

灰色的跑车在路上一路狂飙，绕过前方阻挡着的障碍。

刚从别墅区出去的路比较冷清，倒是可以飞奔而去，行驶到主城区以后就开始变得拥堵，就连导航上的显示都开始变红。

冰冷的女声无情提示："前方拥堵路段，预计通行时间二十分钟。"

程栀坐在副驾驶，手心都渗出汗。她没打电话过去，但还是给庄兰馨发了语音："我很快就到。"

祁纪阳看着前面拥堵的路段，手在方向盘上点了几下，侧头："很急对吗？"

"嗯。"程栀应了一声，"如果能快点最好。"

但也不能强求。

"前面快堵死了。"祁纪阳拉了一下地图，放大看了几遍，找到一条小路，"医院在山上，我们现在走的这条路不是唯一一条路。"

“什么？”程栀没反应过来。

“走山后面那条路上去。”祁纪阳看了眼前面可以转弯的路口，“那条路很难走，所以现在基本没人走，毕竟很多年都没人用。”

而且那条路上去的后门也没开了。

“我们现在走这条路过去，可能还要一个小时以上。”祁纪阳皱眉看着前面的红色拥堵提示，“别人不敢走，但是我敢。”

程栀稍微一愣，忽然想起祁纪阳的本职工作。

男人的眉梢稍微一扬，他侧头看着她，手放在挡位杆上。

祁纪阳问她：“程栀，你相信我吗？”

程栀的手攥紧，说：“嗯。”

“好。”得到回答以后，祁纪阳看向前方，“那你坐稳。”

话音落下，前面的车缓缓移动，一点点缝隙之间，祁纪阳直接挤了过去，从缝隙之中穿过去，没给其他车留任何机会。

在极限超车这件事上，他对每个角度的把握都是精准的。

医院后山上的路崎岖不平，坑坑洼洼的已经很多年没有修补，偶尔还会遇到一两个不知道哪里落下来的东西，甚至连灯都没有。

这条路确实几乎没有什么车，像是走到了什么深山老林里，很久才能遇到一辆车。

到达山顶，有几辆越野车停在上面的坝子上，祁纪阳和程栀刚下车，那边的人点着烟看着他们俩。

“哟，小伙子，这么厉害啊，这路你都能开跑车上来？”一中年男人开口，回头拍了拍自己的越野车，“我们平时都在这儿跑着玩，也没见有人开跑车上来过。”

“这多危险啊。”另外一个人说。

“是啊，稍微有个不注意可就出大问题哦，你这胆量和开车水平都不错啊。”

祁纪阳稍微点了点头，说：“抱歉，我们有点急事。”

前面有个台阶，程栀穿着高跟鞋，她刚要迈上去，夜色下，一双手伸过来。

“上来。”祁纪阳的声音低沉，听着让人有些安心。

程栀也没犹豫，直接把手搭了上去。祁纪阳在上面拉了她一把，力气比她想象中的还要大，她感觉自己一点力都没用，就这么被祁纪阳拉上去了。

医院后面这条路因为常年没人用，所以现在后门也没开。

祁纪阳拍了拍手，说：“没办法，只能委屈你一下了。”

他侧头看着程栀。

她的眼神没有半分退缩，甚至已经在思考要怎么翻过去了。

风吹着她别在耳后的长发，清秀的侧脸写满了坚定，她从来都不会为这种事犹豫。

天上的星星都没她耀眼。

祁纪阳一时间有些出神，直到程栀蹲下来把鞋脱了，直接扔了过去，从包里拿了头绳把头发随便束起来，虽然有几根细碎的没有被束进去。

“不委屈。”程栀说，“我从小翻墙长大的，倒是你……”

祁纪阳没说话，直接上前去，三两步踩着就上去了，一个眨眼之间，人就已经翻到对面。

他在那边说：“你过来，我接着你。”

程栀把外套和背包全部扔过去，动作也十分熟练，确实是个翻墙老手。

她准备直接跳下去的时候，看到祁纪阳站在下面，微微仰头，张开双臂。

“跳吧。”

时间不等人，程栀也没犹豫，直接就跳了下去。

原本也没想过祁纪阳还能接住自己的，她已经做好了准备，却没想到祁纪阳竟然真的稳稳地接住了她，一点差错都没有，他甚至没让她的脚落在地上。

“硌脚。”他的呼吸落在她耳边，她完全像是被抱住，“别踩在地上，先穿好鞋。”

“嗯。”

“你先用一只脚踩着我。”祁纪阳低声说，“别怕，我撑着你的。”

程栀十分切实地感觉到了一分力量感，比平时看到的要直观许多，祁纪阳这么撑着她，似乎都没费什么力气。

就这么穿好鞋，程栀捡起地上的东西随便穿戴好就往住院部跑。

祁纪阳腿长，在她身旁大步跟上。

程栀一边往那边走，一边给庄兰馨发语音：“我到了，你们等等我，我马上就来。”

祁纪阳走在一边，问她：“怎么回事？是你外婆的事情吗？”

虽然程栀没说，但祁纪阳隐约知道一些，上次陪她去派出所的时候，从她说的话里猜到了。

具体是怎么样的，他确实不知道，问了程栀，她也不愿意说。

再好的朋友都不能管家务事。

祁纪阳对她今天会不会告诉自己，也没抱什么希望，如果她不愿意的话，就等她愿意了再说。

“外婆的情况已经稳定了，现在只是在住院休养，之前的手术很成功。”程栀低着头说，“还是我那个舅舅。”

祁纪阳听到她开口，无人察觉间，眸光闪了一下。

“上次因为赌钱跟人打架进派出所的那个？”

“是。”程栀说，“他就是个烂人！”

“所以今天是他来闹事？”

“嗯，刚才我妈打电话给我，我听到他说要把我叫过来再说，我妈不让我来。”

祁纪阳听到这里，想起上次程栀毫不留情的那一巴掌，眉头微微一皱。

“那他现在应该是打算找你算账。”祁纪阳说着，声音压低了些。

程栀没否认。

她当然是知道的，来之前也做好了心理准备，上次在派出所外面那一巴掌她打得毫不留情，庄成君肯定会觉得面子上挂不住。

没当场还手大概是因为没想到她会直接一巴掌甩上去，被打蒙了。

程栀这段时间偶尔也会想起那件事，她就猜到庄成君不会善罢甘休，这件事一直拖着让程栀心里也觉得硌硬。

有的垃圾，就应该早点铲除干净的。

她继续往前走着，恍惚间听到身后的男人似乎很轻地舒了口气，十分小声地念了一句：“还好……”

程栀没听清，也没问，满脑子只有赶紧过去这一个念头。

到了外婆住院的楼层，程栀还没到达病房，就已经听见一阵吵闹的声音，路过护士台的时候，几个护士也站了起来。

“1511那老太太的家属又在闹了，这样会影响别的病人休息，叫保安来处理一下。”

“刚才不是都好了吗？”

两名护士也朝着那边走。

“制止了一下倒是好了一下，现在又吵起来。你先叫保安，不行就报警。”

“好。”

“真是，不知道什么人，这老太太之前病情严重的时候没见她这个儿子来过，都是两个闺女在这边照顾，好像外孙女给了不少钱呢。”

“我也是服了，每天在医院见识到的烂人比我以前好多年里见到的都多。”

医院是一个最能看到人类劣根性的地方，很多东西都会在这种时候暴露无遗。

程栀听着，十分抱歉地拦了一下，说：“不好意思，我是那边的家属。”

两名护士这才看清旁边的人是她。

程栀经常来看外婆，一来二去也是面熟的，偶尔还会聊一些关于外婆病情的事情。

“欸，程小姐，你怎么突然来了？”

“我家里的事情，我总要来处理一下的。”程栀抱歉地说，“不好意思，给你们添麻烦了，我会解决这件事的。还麻烦你们暂时不要报警，我家的家务事，暂时不要闹大了比较好。”

护士也有些不好再说，脚步顿了下，点点头。

“那行吧，你先过去看看，能压下来最好，要是不行的话……我们还是会叫人的。”

“谢谢，真的麻烦你们了。”

祁纪阳站在离程栀不远的位置，这一瞬间忽然觉得自己的心口有些酸酸的。

他认识的程栀，从来都不是这样的。

程栀是个很倔强的人，跟人争吵以后都不愿意道歉，不管怎么样好像都不愿意让步，眼睛里永远充满神采。

以前还有人开玩笑，说程栀这样有些烈的性子没人受得住。

那时候祁纪阳听完以后，只是无所谓地笑笑，说：“我觉得小橙子挺好的。”

可是现在，她几乎是低声下气地求人，放下自己曾经所有的倔强，一遍遍地道歉。

在派出所那一次也是这样。

鞠躬道歉。

祁纪阳从来没想过，自己竟然会看到程栀这样的一面。

程栀和护士说好以后，暂时没有叫保安上来，病房那边的吵闹依旧。

“庄成君！你到底要不要脸啊！”姨妈吼着。

姨妈的性子更烈，程栀在这方面跟她挺像。

庄兰馨在旁边劝着：“别人还要休息，你有什么话是不能好好说的？”

庄成君软硬都不吃，声音发狠：“老子不管！反正你们今天必须把程栀给老子叫来，我有笔账要跟她好好算算！”

话音刚落，程栀推开门。

“什么账？”程栀的声音很冷，“怎么，上次我给你的那一巴掌不够疼吗？”

病房里的人都看过来。

庄兰馨扶着姨妈，姨夫和程栀的爸爸程山正压着庄成君，只是庄成君还在发疯，完全就是一只疯狗。

“好啊，你这丫头终于来了。”庄成君冷哼。

程栀淡淡地扫了一眼：“爸，姨夫。你们先放开他。”

“小栀……”

“栀栀……”

“不用担心我。”程栀说，“只有我能治一下这只疯狗了。”

“你说什么！”庄成君听到程栀这么喊他，更忍不了了，“你把嘴给我放干净点！”

“我放干净点？”程栀冷笑了声，“这个家里，有你说话的资格吗？外婆住院你花了一分钱？现在还来医院闹事是吧？”

“怎么，难道我上次打得不好吗？”程栀垂眸，活动了一下手腕，“那你想再来一巴掌？”

所有人都没想到庄成君找程栀竟然是这件事，他们也不知道程栀竟然动手打过庄成君。

庄成君大概觉得面子上过不去，也没有主动说过，只是说要把程栀叫过来算账。

现在他找程栀算账不成，倒是被她先用这种口吻挑衅，他觉得面子上更加挂不住，觉得有些恼羞成怒，憋得脸都红了。

其他人一时间愣住，一个没注意让庄成君挣脱了控制。

他发了疯似的朝程栀这边扑过来，手上不知道拿着个什么东西砸过来，转瞬之间，场面就变得混乱起来。

程栀眯了下眼，她提前就有准备，反应很快，直接侧身飞快地躲过，随后抬腿，一脚踹在庄成君的膝盖上。

虽然不是要害，但也足够让庄成君吃痛站不稳。

她穿着高跟鞋，那一脚下去也是入骨的疼，毕竟她没有留半分情面。

庄成君当然也不是吃素的，他很快稳住身形，准备重新冲过来，抬手想要挥拳过来。程栀抬手准备拦，她还没出手，视线忽然被另外一双手挡住。

男人露出来的手臂肌肉线条流畅有力，干净的手腕刚好挡在她眼前。

程栀愣住，侧头看到他紧绷的下颌线，眉头紧皱着。

祁纪阳精准地抓住了庄成君挥过来的手，稍稍用力一拧，开口的声音跟程栀如出一辙——一样的冷，让人有些惧怕。

“怎么？”祁纪阳说，“上次找小姑娘要钱不成，现在又想当着所有人的面对她动手？”

祁纪阳没松手，依旧在暗暗用力，庄成君被他拧到五官都有些扭曲了。

年轻男人的力气和小姑娘是不一样的，祁纪阳常年锻炼，力气比其他人还要大些。

祁纪阳的声音里带着微微的怒意，他垂眸看着庄成君：“真当她身边没人了？”

程栀看了一眼局面，说：“祁纪阳，你先松手。”

庄成君这会儿估计也没什么力气反抗了。

程山他们也赶紧过来把庄成君控制住。

“你们俩先出去一下。”程山说，“你们在，更难处理。”

庄成君一见到程栀就开始发疯。

祁纪阳这才松了手，程栀拉着他一起出去。

他们俩缓了一会儿，场面忽然安静下来，程栀听到身侧的男人一声低叹。

和刚才在走廊上没听清的那声一样。

“还好。”

程栀困惑：“什么？”

祁纪阳侧头，垂眸看她，好几秒以后才松了口气，眼神一直在她身上没有挪开。

“还好我跟着你来了。”

程栀看着他的唇一张一合。

“至少，我在这里。

“可以保护你。”

空荡安静的走廊，只剩下了一些不大不小的脚步声，医院本来就是个很安静的地方，刚才的吵闹似乎只是梦。

程栀背靠着墙壁，冰凉的瓷砖隔着衣服都让人觉得有些冷。

她很长时间没说话，缓了好一会儿。

祁纪阳也没打扰她。

好几分钟以后，他们在外面听到病房里隐约传来说话的声音。

“庄成君。”外婆疲惫的声音响起，“你在闹腾什么呢？”

程栀的呼吸忽然就收紧，不知道下一秒外婆会说些什么，她只觉得有些难过。

外公去世以后，外婆没多久就患上了老年痴呆，她现在的记忆大概还停留在庄成君还在念书的那些年里。

那时候家里两个女儿都已经在工作，庄成君作为家里最受宠的小儿子，不仅有爸妈宠着，也被两个姐姐宠着，那时候的庄成君，也没有现在这么无赖。

外婆是不记得程栀这个人的存在的。

“你是不是又跟同学打架了？你为什么要跟刚才那个小姑娘动手？”老人说着，无奈地叹气，“那么漂亮的一个小姑娘噢。”

程栀的背僵了僵。

想起小的时候，外婆抱着她，温柔地这样哄：“我们栀栀真是个漂亮小姑娘，不愧是我外孙女！”

“人家男朋友还在那儿呢，你就跟人动手！当着人家男孩子的面欺负别人女朋友！爸爸妈妈平时是这么教你的吗？”

程栀和祁纪阳都稍微一愣。

程栀压低了声音，有些疲惫：“老年痴呆，她现在不记得我了。”所以会误会也是正常的。

她的声音听起来没有很低落，没有很惆怅，只是很平静地在叙述这件事。

祁纪阳“嗯”了一声，舔了舔唇，一时间也不知道要说些什么。

他想要安慰，但好像又显得有些矫情。

“我最近没什么办法，一会儿我跟你爸说说，你给我带着礼物去给人家小姑娘道歉去！”

庄成君一直没什么声音，像是发疯到了尽头，这会儿忽然就老实了。

“我去看看。”程栀深吸了一口气。

她刚刚转身，手还没握到门把手就被人挡住，祁纪阳先她一步握住了门把手，敛着眸。

“我进去。”祁纪阳说，“你过去可能又会重演刚才的混乱局面，现在好不容易平静下来了，你进去万一……”

“我也不能就这么走了。”程栀说。

“我替你去。”祁纪阳的态度越发强硬，“程栀，你相信我吗？”

他再一次问出这个问题。

程栀的眼神稍微凝了凝，抿着唇，呼吸不畅，胸口也有些起伏。

她沉默了很久，才开口：

“嗯。”

夜色越深，医院里越发安静，程栀站在外面等，能隐约听到里面的人在说话。

她没进去。

祁纪阳进去以后，她也没听清他们到底说了些什么，只能感觉到里面终于没有跟刚才一样吵闹。她站在外面，头顶的白炽灯大概刚换过，亮到有些刺眼。

程栀在外面来回踱步，完全不太清楚里面到底发生了些什么，说了些什么，情况怎么样。

她甚至不敢进去。

祁纪阳说得没错，她现在进去只会让场面变得更为混乱，庄成君看到她就开始发疯，她还是不要进去为好。

不过程栀还是担心，祁纪阳这样的人，到底能不能处理好这件事。

她印象中的祁纪阳，是个生活幸福美满的阔少，哪见过她这样的家庭矛盾。

正常的家庭也不会遇到这样的事情。

手机屏幕亮了又熄灭，随后又重新亮起。

也就短短的十几分钟，程栀却觉得好像过了很久很久。最后里面的人开门出来的时候，程栀忽然松了口气，差点腿软没站稳。

出来了三个人。

庄兰馨、程山，还有跟在最后的祁纪阳。

要不是程栀知道自己才是亲生女儿，她可能都会觉得这才是一家三口一起出来的画面。

她怎么反而像个外人？

程山也很高，他搭着祁纪阳的肩，语重心长地说：“今天真的谢谢你了，送我家栀栀过来，还有刚才要是你不在的话，估计已经出事了。”

庄兰馨也说：“是啊！程栀这小孩儿吧，平时哪儿都好，就是在遇到这种事情的时候稍微有些冲动。”

祁纪阳的眉梢微扬了一下，应了一声：“嗯。”

程栀看了他们三个一眼，往前走了两步：“所以现在什么情况，你们理我一下啊。”

庄兰馨把程栀拉到旁边，轻轻地拍了下她的手背，说：“现在没什么事了。你舅舅虽然是个混账东西，但是当着你外婆的面，还是不敢继续做什么的。”

庄成君一被外婆教育，倒是又老实了点。说到底，总还是有些顾忌的，也没到那种彻底疯魔的地步。

“以后怎么办？他继续发疯怎么办？”程栀问着，余光扫了一眼程山和祁纪阳。

不知道怎的，程栀总觉得这两个人有点要称兄道弟的迹象。

程山这个人本来就挺爱跟年轻人玩的。

“现在是没什么问题了，栀栀，这件事我们现在也没办法，暂时还很难商量出结果。”庄兰馨叹了口气，“你不要太操心，这是我们这一辈的事情，你不要卷进来。最后这些问题，还是应该由我们大人来解决的。”

“你啊，保证你自己不受到伤害就好了。”庄兰馨伸手替她捋了捋头发，“你那朋友，是高中与你玩得很好的那个男孩子？”

“嗯。”

“他人挺好的，看到你身边有这样的朋友，我和你爸都觉得挺开心的。”

程栀扯了下嘴角：“他把庄成君给解决了啊？你们突然对他这么夸？”

“当然不是。”庄兰馨拍了她一下，“你这小丫头，有些时候不要那么死脑筋。你现在就想着怎么把你舅舅给处理了，虽然他是有问题，但也不是马上能解决的事情。”

“这事没结果我不安心。”程栀皱眉。

“你啊，就是做什么事情都太想要个结果了，但是你要知道，这个世界上有些事情，本来就是看不到结果的。

“很多事啊，我们现在都只能走一步算一步的。

“有的事情，你要去做了才会知道结果是什么样的，所以现在你也别在这件事上纠结了。

“今天把你舅舅的情况控制下来了，一会儿我们几个大人也会再谈谈。”

程栀被教育，只能低着头听。

“我刚才也说你不用来的，既然你来了，妈妈就跟你说这么多了。”

庄兰馨说完，回头看了眼祁纪阳，唤了声：“欸，小祁！”

祁纪阳回应得很快：“阿姨，我在的。”

“可以麻烦你先送我们栀栀回去吗？”

程栀刚要开口反驳：“可是……”

“行了啊，我都在这儿，你说你担心你妈她们就算了，我跟你姨夫都在！”程山摆了摆手，“你这是不相信你爹呢？好歹我当年也是厂里摔跤比赛第一名！”

祁纪阳忽然笑了声，随后走过来，睨了她一眼：“我们走吧？我送你。”

祁纪阳怎么突然变成跟自己爸妈一伙了啊。

“相信他们。”祁纪阳说，“要真的有什么事，肯定会跟你说的。”

程山点头：“赶紧走，你待这儿不是捣乱吗？”

“我哪儿捣乱了？”程栀不服气。

“本来场面还能控制，你一来，你那舅舅跟疯了似的，那你还是别来了。”

“我……”

程栀的话还没说完，就被祁纪阳扯住衣服。

“好了。”祁纪阳似乎在哄她，“先回家。”

程栀也没继续说什么，只能先忍。

毕竟其实他们说的确实是事实。

第七章

考 虑 一 下 我

回家路上，车比来的时候开得平稳。

程栀没怎么说话，闭目养神，能感觉到有灯光从自己眼前扫过，她只是闭着眼感受。

也不知道走到哪里，她冷不丁地开口，原本安静的车内忽然响起她的声音，十分清晰。

“今天谢谢你。”程栀说，“这个人情挺难还的。”

祁纪阳顿了会儿，说：“我以为你睡了。”

“这还能睡得着我是不是太没心没肺了。”程栀嘲弄地轻笑一声。

刚才经历了那样的事，现在怎么可能平静。

“没什么好谢的。”祁纪阳看着前路，尽量开得平稳，“你总是这样很怕欠人人情，所以什么事都自己去做。”

“不然呢？”程栀缓缓睁开眼，“我希望任何关系都平等。”

朋友之间也是。

“想要对你好的人，是根本不求任何回报的。”

程栀还没说话，听到祁纪阳又懒懒地接了一句：“那我对你这么好，你还是没良心啊。”

程栀有些无语。

“那你欠我那么多，是不是得以身相许啊？”

程栀：“滚……”

不远的路，这次却走了很久，祁纪阳这次开得很慢很平稳。

到了小区门口，程栀熟练地松开安全带：“回家注意安全，开慢点。”

随后下车，她刚刚迈步下去，身后传来祁纪阳的声音，一句很轻的——

“晚安。”

程栀本来已经往前走了好几步，身后的车引擎似乎也响着。

她的脚步忽然顿住，在原地站了好几秒没动。

车里的男人手刚重新搭上方向盘，准备掉头，脚都踩在油门上。他的余光忽然扫到程栀的身影，车窗刚刚升上去，祁纪阳看着程栀往里面走着，跟之前每一次都一样。

下车以后毫无留恋，头也不回地直接走。

道完别就再也没有然后。

祁纪阳原本以为今天也和以前每次都一样，他正打算走，却突然看到那人倏然回头，几乎所有人都朝着小区门口走去，这时候只有程栀逆着人群掉头回来。

穿过那人潮，身后还有闪耀的光芒。

她径直走过来，微微屈膝半蹲下来，敲了一下车窗。

祁纪阳在里面看到她的唇一张一合的，目光怎么都挪不开，虽然什么都没听清。

车窗再次放下来。

程栀舔了舔唇，看着他："你还有别的事吗？"

"没有。"

程栀顿了半秒，外面路过的人嬉笑打闹着，却丝毫不影响她的声音清晰地落入他的耳里。

"那……去我家坐会儿？"

家里很少有男人来。

可以说几乎是没有。

除了上次沈嘉树突袭，程栀就没带男人回来过，所以什么都没有。

程栀看着自己鞋柜里的几双女士拖鞋，想了会儿，说："脱鞋，光脚吧。"

程栀关上鞋柜门："我家实在没有男士拖鞋。虽然天气有点冷，但我客厅那边铺了地毯，还行。"

祁纪阳没回答。

程栀继续说："我平时一个人住，不是很想经常打扫卫生，你就委屈一下，省得我还要重新打扫。"

她往里面走着。

身后的男人一直没什么动静，程栀以为他不情愿，回头看了一眼。

只是转过去瞄了一眼，看到祁纪阳微微低着头，不仅没有不情愿的意思，甚至嘴角还扬着。

也不知道这人在开心什么。

程栀看着他："你要喝点什么吗？"

"都行。"

"那你先坐会儿，我去给你拿。"

"嗯。"

程栀打开冰箱，她拿出了那瓶最为显眼的，漂亮的透明玻璃瓶。

苏打气泡水。

她又转身去柜子里拿了一袋小饼干，这才拿着东西去了客厅。

祁纪阳靠在沙发上，整个人懒洋洋的，长腿随意地交错着，他看到程栀从厨房出来，抬了下眸。

程栀把手上的东西放在茶几上，语气淡淡的，听不出任何特别的情绪。

"给你的。"

祁纪阳的目光忽然凝住，一时间，嘴角止不住地扬起来，他还愣着，就看着她摆上来的东西笑。

祁纪阳本人比任何人都要更清楚。

这个气泡水和小饼干，都是他喜欢的。

程栀给自己倒了杯热水养神，她在祁纪阳对面的懒人小沙发上坐下，看向外面。

祁纪阳看着她。

落地窗能采到所有光。

外面高楼的光洋洋洒洒地落在她脸上，星火点缀着这张素净白皙的脸。

她家不大，一个人住刚好，好像也挤不下什么多余的人。

布局简单温馨，家里铺了很多毛茸茸的小地毯，一串串星星小灯挂在墙上，还有许多洗出来的照片贴着。

程栀看着外面发呆，也不知道要说些什么，下意识地就叹了气。

"很辛苦吗？"祁纪阳忽然问了她一句。

"什么？"

"你好像很累。"祁纪阳的眉头稍微一蹙。

程栀挪了下身子，往下滑了点，说："是有点。"

程栀说："不过也还好。我每次觉得自己很辛苦的时候，想想阿离，就觉得生活还是挺好的。"

祁纪阳坐起来了些，说："你上次说，比起我这种人，是要辛苦一点。"

程栀愣了下，没否认："你还不好啊……"

祁纪阳仰头灌了一大口水，又往后一靠，语气淡淡地开口："那是因为你只看到这一面。"

程栀的手微微一僵，心跳却忽然加快了一下，一种很奇怪的感觉渐渐浮上来。

祁纪阳这人平时吊儿郎当的，说什么的时候都一副懒洋洋散漫随意的态度，时常尾音勾着，总有些缱绻。

她从未听过他如此平静、冷淡的语气。

"我也没多轻松。"祁纪阳说，"这么多年，你见我提起过我爸？"

程栀摇头。

"他跟我妈表面夫妻，早就貌合神离，我们这一家人也没什么密切的联系，三个人自己过自己的日子。”

“所以其实我还挺羡慕你的。”祁纪阳笑笑，“你跟你爸妈关系很好。”

程栀的手收紧了一点，眼神深了。

祁纪阳根本没有深入说，根本没说任何细节，但是她脑子里不知道为什么出现了一个画面。

他在空荡的空间里，一个人孤独地站着，周围什么都没有。

“所以，都会辛苦的。”祁纪阳站起来，看了眼时间，“我先回去了，你早点休息。”

程栀也跟着站起来，一时间不知道说什么。

祁纪阳看了她几秒，忽然一声轻笑：“你一副我很可怜的表情是怎么回事？”

程栀：“我有吗？”

“有的。”

程栀拍了拍自己的脸，差点伸手去拿镜子看看是不是真的。

“我送你下楼。”程栀抓起钥匙。

“不用。”祁纪阳说，“你送我下去，我不放心还得送你上来。”

“那你到了给我发个消息……”

“嗯。”

程栀只送他到门口，祁纪阳蹲在门口穿鞋。

她看着他的后背，即便是穿着外套，似乎都能感受到他的肌肉线条。

她一瞬间恍惚。

门口一阵穿堂风吹过来，带着他身上的味道，一起吹进了呼吸之间。

这会儿冷静下来，她终于想起今天晚上那个拥抱，他在墙那边接着自己的画面。

“小橙子。”祁纪阳忽然唤了她一声，程栀醒过来。

“啊？”

祁纪阳站在门外，跟她一道门之隔，他敛眸看着她，浓密的睫毛垂下来。

“你要开心点。”

“知道啦。”程栀无声地笑笑，“我挺开心的！”

人生没有完全一帆风顺的东西，偶尔有点小坎坷是没有关系的。

总体上，她觉得自己还是幸福的。

祁纪阳“嗯”了一声以后，站在原地好几秒没动，头顶的灯光照下来，把他照得影影绰绰的，看不太清。

程栀忍不住开口：“怎么了？”

她看到祁纪阳抬了些头，眸子里的光看不清，不知道是继续亮着还是暗淡的。

猜不到他真正的情绪。

祁纪阳忽然低叹，语气听着有点委屈：“但是我不太开心怎么办？”

程栀半天没反应过来。

男人的眉尾忽然扬了一下，他缓缓开口："那你抱我一下，安慰我一下。"

"我好可怜的。"祁纪阳拖着尾音，"很久都没人伸手抱抱我了，家里挺冷清的，平时只能跟朋友玩，都是些老爷们儿。作为朋友，你这会儿是不是得哄哄我？"

程栀一时噎住，还没来得及反驳，又听到他低低地喊了她一声，带着委屈的撒娇味道。

"小橙子。"

程栀真是受不了了，往前迈了一大步，直接伸手抱住了他，手在他的背上很轻地拍了一下。

到最后也一句话没说，松开手以后，她飞快地退回去。

"可以了吧！"

祁纪阳的嘴角一勾："嗯。"

"那你赶紧走——"

"知道了。"

"到家跟我说！"

"好。"

祁纪阳伸手关门，门彻底关上之前，程栀听到一句：

"好梦。"

今天，同时收到了晚安和好梦。

转眼到了周末，程栀跟沈嘉树约好去市中心那家卡丁车俱乐部玩玩车。

沈嘉树倒是喜欢得很，还没进去就兴奋得像个三岁小孩儿。

程栀看着那卡丁车，明明跟赛车差了很多，但她却突然想起了赛车在赛场上飞驰而过的样子。

每一个弯道，每一次加速，每一次超车。

都变成一帧帧画面在她的脑海里放起了幻灯片。

还有头名选手冲过终点，场上一片沸腾。

脑海里刚刚播放到冠军车手从车上下来，取下头盔的瞬间，程栀忽然被沈嘉树叫了回来。

"喂，程栀？"

程栀倏然回过神："什么？"

"我问你玩不玩呢，你怎么这都能发呆？"沈嘉树说，"最近心事很多啊？"

"没……"程栀说，"就是在想工作室的事情。"

"哎，别的人'恋爱脑'，你整个人'事业脑'。"沈嘉树戳了她一下，"我们程姐脑子里只有赚钱，只有暴富。"

程栀看了他一眼："那不然呢？"

"因为爱会消失，对象可能会背叛你，但是钱不会！"沈嘉树说，"不过，平时休息的时候就好好休息啊，玩一圈？"

"我不会。"程栀摇了下头。

"不会就学啊！跑个简单的。"沈嘉树说，"不会就后退，你这样不行的！"

沈嘉树拖着程栀走："走走走，冲！"

沈嘉树硬拉着程栀去玩卡丁车，程栀一点拒绝的机会都没有。

戴上头盔上车以后，程栀看着前面，有些紧张。

要是玩这个，对祁纪阳来说应该是得心应手吧。

程栀想着，手握紧了方向盘。

算了，都上车了，就好好享受一下。

虽然没体会到什么乐趣，但程栀还是坚持玩完了一轮。

她下车以后发现沈嘉树还在疯玩。

他是真的挺喜欢的。

程栀提前到旁边坐着等，忽然收到一条好友申请。

【程栀，我是方晓月。】

程栀愣了下，通过了好友申请，不过对方也没有很快发消息过来。

不知道是什么事。

方晓月是她高中同学，那会儿是他们班上的团支书，有什么活动都是方晓月来组织。

跟她也是很多年没联系了。

沈嘉树玩了很多圈才下车，他一下车就跟程栀说："哎，这里的纪录不知道是谁保持的，高手啊。"

"所以你玩了这么久是为了要破人纪录？"程栀放下手机看他，"怎么样？"

沈嘉树摇了摇头："破不了啊，这纪录保持者也太强了。"

程栀挑了下眉。

沈嘉树说："讲道理，我在业余卡丁车玩家里也算是顶尖啊，之前在云城的时候，好多纪录都是我保持的！怎么回了南城这么难啊？"

"这第一名的时间纪录，看着都得是职业车手了吧？"沈嘉树深吸了口气，"不过职业车手来刷这个纪录有点过分吧？图什么啊？名字好听？"

程栀低头笑："谁知道呢。"

她正说着，方晓月突然发了消息过来。

【方晓月：好久不见，我是方晓月，你还记得吧？】

【方晓月：是这样的，我和班长想着大家毕业这么多年也没聚过，正巧班上

有些同学从国外留学回来联系上了，所以想举办个同学聚会。】

程栀低头看着信息，而沈嘉树还在叨叨。

“欸，程栀，你说到底有没有可能是职业选手啊……”

程栀没应，沈嘉树这才问她：“你怎么了？”

程栀顺口回答：“高中班上的团支书突然加我，说要开同学会。”

她挺犹豫去不去的。

她也不是一个喜欢参加这种聚会的人。

沈嘉树听了，马上开始给程栀出主意：“去呗！

“不过呢，同学会这种东西就是，要么见老情人圆满一下，要么就是自己混得很好去炫耀的……

“你呢，这人也不是什么爱炫耀的性格，不然还犹豫什么啊？你说你现在这水平，拿了那么多摄影大奖，混得不错，找你约个片都得排队的，怎么也得算是混得不错的吧？”

沈嘉树还在分析着，程栀的眉头微微拧起，也在思考。

“那就只能见见老情人了……

“那去见见你的老情人啊！我记得你高中的时候有个喜欢的男孩子吧？”

程栀没回答。

沈嘉树自娱自乐地一直嘀咕。

她刚从跟方晓月的聊天框退出来，又马上飘上来一条另外一个人的信息。

【祁纪阳：收到同学会邀请了吗？】

【程栀：嗯。】

【祁纪阳：你去吗？】

程栀的手顿了一下，她想了会儿。

毕竟跟很多同学确实很久没见，也有些想要见面联络一下的。

程栀犹豫了片刻。

【程栀：可能会去。】

她说可能，就是很大的概率了。

程栀看到上面的“对方正在输入”发呆，对沈嘉树的废话左耳朵进右耳朵出。

沈嘉树说着说着还叹了口气：“但要是他不去，这同学会就没意思了啊……”

沈嘉树的话音刚落下，程栀的手机就振动了一下。

收到一条消息。

【祁纪阳：行，那我也去。】

一周后。

程栀总算是把手上的事情处理得差不多，她跟裴淮一起选了个好日子，最后决定那天正式签合同。

入职新公司，难免要跟朋友聚会。

程栀没叫太多人，只叫上了白离和喻初，三个人随随便便地进行了一次小聚会。

女孩子聚在一起也没什么特别的活动，她们就找了家甜品店坐着聊天。程栀一如既往地点了杯冰水，白离看到以后就开始调侃她。

“你啊，这么冷的天还喝冷的，也不怕自己生病？”白离看了她一眼，“想让自己的肠胃跟我一样啊？”

肠胃炎似乎已经成为年轻人的通病，白离以前经常因为这个住院，后来许让看着她，情况终于好了许多。

程栀笑嘻嘻地说：“没事，反正我也没人管，趁着现在还自由，再造作一下。”

白离轻嗤了一声，没太搭理她。

喻初搅着杯子里的水，说：“完全想不到程栀被人管着是什么样子的啊。”

一直都是程栀去督促别人，没见过谁能管到她的。

白离挑了下眉，没说话，眼神飘到程栀身上。

喻初看了以后，吸了口气，说：“所以我们小橙子什么时候谈恋爱啊？”

程栀的手稍微顿了一下，也没回答这个问题。

喻初说完，又问白离：“对了，你知不知道程栀高中的时候喜欢谁啊？”

白离看了程栀一眼，摇头：“不知道，程栀还有喜欢的人？”

她看起来可不像是。

“哈哈哈，你竟然不知道。我跟你讲，有一次我们聚会，程栀喝多了点，我们就玩‘真心话大冒险’。”

程栀没打断喻初，思绪飘得稍微有点远，根本没有太在意喻初在说什么。

“不得不说，程栀这人真是这游戏黑洞。”喻初无奈地摇头，“那次她连续输了好几轮‘真心话’，我们就硬套了个连环出来。”

白离听着挺感兴趣的，说：“怎么？”

“问了些关于恋爱的话题，总结来说呢，就是……”喻初喝了口水，“高中的时候有个喜欢的男孩子，但是出于很多考虑，再加上情窦初开不太懂把握机会，就错过了，一直到毕业都没表白。”

白离微微点头：“那倒是挺正常的。”

很多人的青春剧本都是这样写的，到最后也就是一场没有结局的故事。

白离也没有多在意。

她本身也不是很八卦的人，甚至没有去了解程栀高中时喜欢的那个人是谁。

喻初倒是越说越来劲，拍了下手，说：“这当然不是最刺激的！我跟你讲，我们在那儿套话的时候问了一句，程栀你要是跟那个人又遇见了要怎么样啊，这次抓紧机会表白吗？”

白离笑了，说："按照程栀这个性格，以前有顾虑，现在也一样会有顾虑的。"

所以她觉得结果不会改变。

"不不不。"喻初赶紧说，"当时程栀可牛了，醉醺醺的，跟我们口出狂言！"

程栀突然从发呆中回过神来，反应慢了好几拍，这时候才意识到喻初在说自己的糗事。

"她说……"喻初神神秘秘地压低了声音，"要是再遇到那个人，她就毫不犹豫地先把人睡了再说。"

程栀觉得自己现在可以走了。

这个地方没法待了。

白离听完以后愣了好几秒，随后笑出声，跟喻初两个人笑得前仰后合。

程栀觉得自己脸上一定写着"无语"两个大字。

缓了好一会儿，白离说："倒像是程栀说得出来的话，之前我纠结和阿让的关系的时候，程栀也是这么跟我说的。"

喻初和白离十分默契地挑了下眉，看着程栀。

"你真的敢吗？"

程栀戳了一块小蛋糕，脑子里闪过一些东西，随后说："纯属'口嗨'，不必当真。"

有很多事都是这样，没真正发生在自己身上的时候，道理一堆堆的，也以为自己一定能做好。

但是在真正面对的时候，做法就变得不一样了。

在工作室忙了好几天，程栀做事情很利落，在入职之前就已经有一套计划，现在做起来也挺得心应手的。

裴淮前两天还经常来，看到程栀做事这么让人放心，裴淮也就没怎么来过，对她倒是百分之百放心的样子。

白离画室那边最近刚好没什么事，她来程栀这边帮了几天忙，顺便还送了几幅画过来挂在工作室墙上。

她们俩之所以会是很好的朋友，有一部分原因也是她们怀揣着的目标是差不多的。

高中的时候虽然关系就不错，但白离毕竟算不上是个好学生，平时跟许让待在一起的时间也更多，程栀倒是每天都在认真学习。

很多很好的朋友，毕业以后便日渐生疏，但程栀和白离这么多年里都保持着联系。

白离是个画师，她的梦想是开一间属于自己的画室，这么多年来，终于存了不少钱，在南城开了个小画室。

总算是走上正轨。

在这方面，程栀就没有那么幸运了，资金并不足以撑起一家摄影工作室。

但是现在裴淮的突然出现，解决了这个难题。

不过这个计划是一直都在脑子里的，所以现在做起来就格外顺利流畅。

程栀天天泡在工作室，时间过得很快，一转眼就到了十二月，南城的冬天又长又冷。

已经到了要穿厚毛衣和大衣的季节。

最后总算是把工作室的前期准备工作全部做好，下一步就可以开始接单。工作室刚开始运行，也招了一些新人进来，不过程栀还是打算前面几个单子亲自来拍。

外面的狂风拍打着玻璃窗，和春秋的微风都不同，冬季的风吹着让人觉得脸上生疼。

程栀去关窗，目光一扫，看到停在路边的某辆车上有人下来，男人长腿一迈就下了车，穿着黑色的大衣，白色的高领毛衣。

她稍微愣了一下，眯着眼定了下神。

工作室在四楼，她确实没能看清停在路边的车，但这次祁纪阳开的车跟之前开的都不一样。

一点都不像他的风格。

程栀恍惚之间觉得自己是不是看错了人，直到几分钟后，祁纪阳从正门进来。

祁纪阳进来的时候，程栀稍微愣了一下。

最近脑子里有些东西好像不那么受自己的控制，老是到处飘，让她有些无法落脚。

程栀刚关好窗户，也没有风灌进来的声音，只有很轻的响动。她看了祁纪阳一眼，问："你怎么来了？"

"裴淮不是忙？"祁纪阳说，"我来帮他看看。"

"就你闲。"

"还行。"祁纪阳耸了耸肩，"赛车手的休赛期很长的，每年就只有半年在赛场上，现在的天气条件也不会训练。"

"你这人……"程栀"嘁"了一声，"就是来伤害我们这种普通'社畜'的是不是？"

祁纪阳笑了声，看了眼周围的照片。他看着那些陈列，转悠了一圈以后，突然回头。

"小橙子。"

"怎么？"程栀看向他。

"等工作室开了，我也来拍一套？"

"你不是很不爱拍照吗？"程栀说，"之前跟你们车队合作的时候，你可是一万个不愿意啊，那个时候不配合我工作，现在怎么突然转了性？”

祁纪阳被她说得噎了两秒。

随后他才说：“感觉不太一样。”

“哪儿不一样？”

“我看了你和裴淮开这个工作室的理念，觉得挺有意思的，我也想留下你们说的那种感觉。”

程栀一扬眉：“故事感？”

她轻笑，说：“祁少你有什么故事啊？”

程栀随口一问，转身去给祁纪阳倒了杯水。身后的人很久都没回答，她也没听到什么声音，接完水转身的时候却突然对上了他的眼神。

漆黑的眸深邃，他脸上似乎没什么表情，就像是在看着她的方向发呆。

但也不是在发呆。

程栀说不上来那是一种什么样的表情，她也从来没有在祁纪阳的脸上看到过这样的神情。

她也一时愣住，两个人就这么对视了好几秒，空气都在这一瞬间凝固。

仿佛过了一整个世纪。

祁纪阳终于缓缓开了口，说：“当然有故事。”

他在沙发上坐下，又恢复了那副吊儿郎当的样子，勾了勾手说：“不过可不能免费听啊，等你给我拍照了，我再讲。”

“行啊。”程栀说，“那就欢迎你。”

祁纪阳来的时间刚刚好，程栀刚好准备收拾东西回家。

程栀看到时间差不多，说：“我要下班了，你也下班吧。”

祁纪阳慢悠悠地站起来，忽然叫住她：“程栀。”

“嗯？”

“你没开车来吧。”

“你怎么知道？”

祁纪阳手上握着手机，语气懒懒的：“你爸跟我说的。”

程栀疑惑。

“你的车不是给他们开了？”

程栀微微蹙眉：“你……”

怎么什么都知道？

祁纪阳走到她旁边，滑开手机屏幕，第一条通话记录就是跟程山的。

程栀看得傻眼，一时间都不知道要说些什么。

“叔叔跟我说了，前段时间他的车跟人撞了，还没修好，你的车就给他开了。”

程栀看着祁纪阳，“你知道的是不是太多了点？”

“叔叔跟我说的。”祁纪阳垂眸看她，“叔叔话可比你多。”

程栀无语。

程山绝对算得上废话特别多的人，一跟人交朋友，什么事都跟人说，真是巴不得把自己从小到大的事情全部跟人说一遍。

别人没问，他也什么都说。

在厂里的时候，程山就是个话痨。程栀到现在都还记得，她很小的时候，那时候家里还没有厨房和浴室，洗澡都要去厂里的大澡堂。

程山每次出去洗澡，都要洗很久。

庄兰馨没少数落他，洗个澡就跟掉进澡里一样。

其实就是在澡堂子里跟人聊天，人都换了一批又一批，故事讲了一遍又一遍，最后没什么人了才走。

所以他现在会这样有什么事都跟祁纪阳说，其实也是可以料想到的事情。

程栀感觉自己的眉心跳动了一下，她问：“我爸还跟你说什么了？”

她有点不好的预感，总觉得程山会说点自己小时候的糗事。

“没什么。”祁纪阳说着，忽然笑了，“一会儿你坐我的车去吃饭。”

“吃什么饭？”

“叔叔没跟你说吗？”

祁纪阳又笑了一声，看着程栀有些呆的表情，没忍住揉了一下她的脑袋：“今晚一起吃饭啊。”

“我们俩跟你爸妈。”他补了句。

程栀一脸茫然，没问祁纪阳，她马上拿出手机给程山打了个电话，那边接得很快。

“喂？栀栀啊，你跟小祁过来了吗？他应该到了吧？”程山说着，“小祁说今天来接你，接到了吧？

“快来哈，我跟你妈已经出门了。你们俩慢慢来，叫小祁开车慢点！

“喂喂喂？怎么没声音？能听到吗？”

“……能。”程栀说着，没忍住直接喊了他的大名，“程山。”

“闺女这突然咋了？”

“闺女？”程栀一声冷笑，“你还知道我是你闺女啊？！”

“今晚要吃饭的事情，你也没跟我说过好吗？”程栀翻了个白眼，“听你的语气挺关心你的小祁的哦，看来他才是你亲生儿子吧？”

“不……不是。”程山也有点蒙了，“我没跟你说过今晚要一起吃饭的事？”

“没说，你跟我妈都没说过。”

“这……”程山叹气，“你看，我跟你妈这么大年纪了，我这天天厂里医院两头跑。你妈呢，也整天在医院照顾你外婆，理解一下我们中老年人记性不好……”

祁纪阳站在旁边，垂眸看着程栀有些奓毛的样子。

有点可爱。

自从重逢以后，他还没见过程栀这副样子，竟然有些怀念。

很多年前，程栀数落他不好好学习的时候，也是这样。

这两个多月以来，祁纪阳有时候会觉得程栀真的变了很多，比以前更加成熟更加冷静，但也没有了以前那份天真时的小脾气。

今天这么一看。

程栀还是程栀，其实跟以前相比一点都没变。

“知道啦，知道啦。”程栀看着气呼呼的，“我们马上过来，你们路上也慢点，别到时候你那车还没修好，我的又要进去了。”

程栀叮嘱完以后才挂了电话，她还没完全消气，抬眸看了祁纪阳一眼。

“走了。”

路上，程栀很长时间都没怎么说话，坐在副驾驶，手指飞快地在手机屏幕上点着。

在红绿灯路口等待的时候，祁纪阳斜着看了一眼，能大概看到她发出去的一大堆消息。

“跟朋友吐槽？”祁纪阳挑了下眉。

程栀：“泄愤。”

她继续发着消息，祁纪阳也没说什么，继续认真开车。

路程走了一大半，程栀终于长长地叹了口气，说：“真的离谱。”

“嗯？”祁纪阳应了一声，等她继续说下去。

“我爸妈主动约你吃饭？”程栀问。

“嗯，说是上次的事情想好好感谢我一下，前几天问我有没有空出来一起吃个饭。”

“难怪。”程栀说，“估计就只想你去了，我这顿饭就是沾你的光，不然也没我什么事。”

请祁纪阳吃饭，顺便把自己亲闺女叫上。

“你爸妈都挺可爱的。”祁纪阳笑着，“至少比我家好得多。”

“羡慕了？”程栀脑子一热，“那让你换来我家当我爸妈的儿子愿不愿意啊？”

程栀本来没什么别的意思，只是这句话落下以后好像就变了点味道。她说完自己都愣了一下，随后赶紧补了一句：“什么荣华富贵都不要，就在这样普普通通的家庭里享受这份家庭感。”

“这样就不能当阔少了哦。”程栀说。

祁纪阳沉默了很久，看起来没有回答这个问题的打算，程栀低着头开始刷新微博。

不知道过了多久，身旁的人忽然低声开口。

“可以啊。”

程栀和祁纪阳到饭店的时候，庄兰馨和程山已经点好菜在等他们俩了。

他们俩刚一起进去，两个人一起挥手招呼着祁纪阳：“小祁，这边这边。”

“叔叔阿姨好。”祁纪阳倒是很讲礼貌。

程栀没忍住又翻了个白眼。

不知道从什么时候开始，她怎么觉得在这个家里都没有自己什么事了，现在父母都要先招呼祁纪阳了。

她更不知道是从什么时候开始，祁纪阳跟程山关系就已经这么好了。

看起来他们背着她联系了不少。

吃饭的时候，庄兰馨和程山也很照顾祁纪阳，一直问他喜欢吃什么，一直往祁纪阳碗里夹菜。

程栀一边吃饭，一边在群里给她们报告。

【程栀：你们是没见到我爸妈对祁纪阳有多照顾，可能我才是外面捡的。】

【钱若霖：哈哈哈，我爸也很喜欢林灏呀。】

【程栀：……因为林灏是你男朋友！】

【白离：嗯，我和阿让都没见过家长，我也不知道我妈会不会喜欢阿让。】

【钱若霖：让祁纪阳当你家儿子，你以后就是他姐了，欺负死他。】

【程栀：……好主意。】

【陆遥：这样的法律程序很麻烦，毕竟祁纪阳也不是孤儿，你爸妈也不能直接领养。】

【程栀：这就是律师的职业病吗？】

【陆遥：要让祁纪阳成为你家孩子最简单的方式其实是……】

程栀感觉眉心跳了一下，还没收到陆遥的回复，祁纪阳忽然低头侧过来，唤了她一声：“小橙子，吃饭。”

与此同时，陆遥的信息发过来。

【你跟祁纪阳结婚。】

程栀吓得手机差点直接被她扔下去，赶紧摁熄了手机屏幕：“啊？嗯。”

她感觉自己心跳很快，就像是刚做了贼被抓了，缓了好一会儿。

“其实我们栀栀念高中的时候，我们就知道你了。”程山说着，“那会儿你们俩关系就挺好的吧？听她提起了你很多次！”

“是。”祁纪阳应着。

“哎呀，那时候我就跟小栀说，什么时候叫你那些朋友来家里做做客，我那会儿还没退休，工作也忙，平时跟她爸两个人都没什么时间管她。小栀念高中才开始第一次住校，那时候我们担心得不行。”庄兰馨回忆道。

“是啊，那会儿是真的担心栀栀不习惯，或者被人欺负了。”

程栀听到他们开始回忆以前的事情，压低了声音，跟祁纪阳说：“我爸妈是这样的，你随便听听就是了。”

“没事。”祁纪阳说，“我觉得挺有趣的。”

“所以这次啊，就连着你那些年照顾我们栀栀的，一起感谢了。”程山说着，忽然话锋一转，“对了，小祁有女朋友吗？”

程栀和祁纪阳的筷子同时顿了一下。

“没。”祁纪阳回答。

“你这么好的小伙子，估计喜欢你的小姑娘有点多哦。”

程栀笑了声：“是挺多的。”

“那怎么不谈恋爱呢？”

在饭桌上，被长辈问起这种话题就是最敏感的，程栀看到祁纪阳噎住，在心里偷笑了好一会儿，顺便煽风点火。

“哎，他不是没人追，就是眼光太高了呗。”程栀睨了祁纪阳一眼，“祁少，你这样不行啊，以后上年纪了，哪儿还有年轻漂亮妹妹追着你身后跑呀。”

程栀正说得来劲，等着看祁纪阳的好戏。

本来在喝汤的庄兰馨慢悠悠地抬眸，看了一眼程栀，说：“行了，你还好意思说人家小祁，你自己这边还没着落呢。”

战火也转移得太快了。

“追人家小祁的人多了去了，以后遇到合适的就谈了，你呢？”庄兰馨说，“你就这样一点苗头都不给啊？”

“追我的人也多……”程栀小声了点。

“那你倒是谈啊！”庄兰馨恨铁不成钢，“有合适的就试试，现在的男孩子也是，追人追不上就换目标了，别等到人家不喜欢你了，你才打算，那时候哪儿给你挑？”

她说完，看了祁纪阳一眼：“小祁，你说对吧！”

祁纪阳沉默了两秒：“我喜欢一个人都挺长久的。”

“哎哟，真好。”庄兰馨说，“看来是有喜欢的人了啊。”

“嗯。”

“看到没，程栀，你再不努力点，人家小祁都结婚了，你还没个着落怎么办？”庄兰馨说，“份子钱都赚不回来。”

程栀无语。

“对了，小时候住我家对面那个哥哥回国了。”庄兰馨说，“你之前自己答应你外婆的，跟人了解一下。

“一会儿我让他妈把微信发过来，你自己加个好友，回头约着吃个饭？”

庄兰馨看程栀不说话又补了一句，声音都提高了点分贝，生怕在场有人没听清：“你小时候可是吵着长大了要嫁给他当新娘子的哦。”

庄兰馨的话音落下。

安静的空气，“啪嗒”一声，有人的筷子突然就这么掉在了地上。

一顿奇怪的晚饭结束。

程栀只能顺着庄兰馨和程山的意思说，自从开启那个话题以后，程栀觉得自己就没抬起过头来。

今天外面的风显得格外冷，程栀拉了拉自己的外套，裹得更紧了点。

程山拍了拍祁纪阳的肩膀，语气轻松：“麻烦你了，平时照顾我家栀栀也辛苦了！”

“叔叔阿姨请我吃饭，我顺路给她当个司机而已。”祁纪阳笑笑，“应该的。”

“哈哈哈，行，那就拜托你了！”

程栀听着他们俩的寒暄，揉了揉自己的脖子，说：“爸，你的车什么时候修好啊？”

平时没车用挺麻烦的。

这会儿吃个饭还得祁纪阳接送，虽然平时搭祁纪阳车的次数也不少，但程栀觉得没太大必要的，也可以适量减少一点次数。

“你都修了大半个月了还没好啊？不就一点小剐擦？”程栀问，“家里少个车挺不方便的。”

程山还没回答，倒是庄兰馨无奈地叹了声气。

“你爸那性子，唉，真是不想说他！”庄兰馨戳了程山一下，“本来没多大点事，结果4S店那边报价有点什么问题，我也不懂……”

程山听到庄兰馨提起这事就来劲了，说：“本来就没什么，那4S店坑人呢，看我年纪大了以为我不懂行？”

“怎么回事？”程栀蹙了下眉。

“报价不对啊，本来一点小问题，收费不对劲！”程山说。

“叫你开车开慢点！你多大年纪了，以为自己开赛车呢？你看看人家隔壁老赵，那车开了五六年了跟新的一样，你再看看你那磨损……”

程栀笑了声，眉梢一扬，眼神示意了一下祁纪阳。

“这儿可是真的有个赛车手，人家玩赛车的。”程栀说，“老爸，你不会跟他比怎么玩车吧？”

程山的眸光一闪，以另外一种打量的眼神看着祁纪阳。

程栀一头问号——这个眼神，怎么感觉祁纪阳在程山心中的形象变得更加高大了？

“不错啊小祁，挺好的挺好的，年轻人，就是不一样。”程山对祁纪阳赞不绝口，“专业赛车手啊？”

“是。”祁纪阳微微颔首。

“可以，年轻人就是要坚持梦想嘛。”程山说，“以后让我们小栀给你拍大片！”

程栀“哧”了一声：“你倒是挺会帮我揽活儿啊。”

祁纪阳也跟着低笑，问了句：“这方面我比较熟，叔叔那边什么情况？”

“就碰了一下，有点刮擦，撞了一下。”

祁纪阳几乎没有犹豫，说：“那没什么，最多一千吧，花不了几个钱的。”

他的话音落下，却有好几秒都没人接话，程栀微微皱了下眉，感觉到不对劲，她赶紧开口：“有点冷，我们先走了啊，你们俩到家了给我发信息。”

“行，那你们先走吧！我跟你妈散步过去开车！”程山说。

程栀戳了祁纪阳一下：“走了。”

“那下次再见了，谢谢叔叔阿姨。”祁纪阳礼貌地道别。

祁纪阳的车停得近，走两步就到了。刚上车，程栀连安全带都还没扣上，听到耳边衣物摩擦的细碎声响，随后一件外套落在了自己腿上。

男人宽大的外套落在自己腿上的时候掀起了一阵很轻微的风。

伴随着他身上的气息和温度。

程栀侧头看了祁纪阳一眼，他身上只剩下了一件单薄的毛衣，路灯暖黄色的灯光透进来，落在他的脸上。

棱角分明的侧脸在这一时刻被衬得格外温柔，白色的高领毛衣，他穿着身上有一份干净的少年感。

祁纪阳比以前成熟了许多，有更多属于男人的荷尔蒙气息，但程栀的心中，他依旧还是那个有些纨绔但又干净的小少年。

她看了祁纪阳两秒，他的手握上控制杆，也没转头过来，低沉的声音在车内狭小的空间里回荡。

“不是冷？”祁纪阳说，“南城的冬天什么温度你都忘了？穿这么少就出门了。”

“以前念书的时候，冬天就从我身上扒衣服穿，这么多年过去了还是得我的给你穿？”

“我倒是不介意。”祁纪阳一边说着，一边启动车，“在学校的时候随时都在一起，你随时都能找到我，但是现在要是我不在，你不可能就这么冻着。”

程栀听着他说，她低着头没说话，手放在那件外套下面。

隐隐约约还有些他身上残留的温度。

暖暖的。

听祁纪阳这么教育了她好一阵子，程栀才一声无奈叹息，说：“我不冷。

“我刚才是在帮你解围。”

祁纪阳顿了一下：“什么？”

“你说的那句话啊。”程栀说，“最多一千块，花不了几个钱。”

祁纪阳没说话，倒是微微皱了下眉。

“可能你觉得没什么，”程栀说，“但是……”

程栀稍微顿了一下，微微侧头看了眼祁纪阳，吐了很长一口气。

“每个人对于钱的概念是不一样的，在你眼中一两千块，甚至一两万块都算不上什么钱。”程栀说，“你从小到大接触的人，大概都是跟你家庭条件差不多的。”

“我有时候经常开你玩笑，说你是不食人间烟火的阔少。”程栀笑了声，听不出什么情绪，“但事实上，认真来说也是这样的。”

“我爸呢，就是为了一两百块钱都会跟人拗的人。估计这次也差不多吧。”

这样一个小剐擦怎么可能花太多钱，程山一开口，程栀就差不多能猜到了。

“所以你当时那一句话，确实让场面挺尴尬的。”程栀看向前方，他们现在顺着河边走。

南城的繁华和落寞被这条河分得清晰。

程栀每次走这条路的时候都会想到一些事情。

她一直活得很清醒，从来没有去奢望过任何不属于自己世界的东西。

祁纪阳沉默了很久，最后才缓缓开口：“嗯，我知道了。”

只是这么一句，没有再多说什么。

这个话题戛然而止，两个人也没深入讨论。

只是很短的沉默后，祁纪阳问她：“对了，那个对门的哥哥？”

程栀被他这么一提醒才想起还有这档子事。她撑着脑袋，轻揉了一下自己的太阳穴，有些头疼。

“以前还在厂里老房子的时候，住我家对面的一个哥哥。”程栀回忆，“比我大四岁吧，那时候他家里很多玩具，我很爱过去玩。”

“你一小姑娘，跟男生一起玩？”

“对啊。”程栀点头，“不然你以为我高中的时候为什么跟你玩？我从小到大都跟男生玩得好，我妈还说我跟个男孩儿似的。”

祁纪阳沉默。

程栀的确从一开始就跟别的女生有点不一样，体育课上格外突出。

班上的女孩子都在一起踢毽子、翻皮绳的时候，程栀外套一脱就往他们男生堆里冲：“打球啊？带我一个！”

……

祁纪阳轻咳了一声，酝酿了好一会儿，又说：“那阿姨让你去跟他……”

他话还没说完，倒是程栀先头疼起来了。

“没办法啊，我答应好外婆的，那时候她还没得老年痴呆，就跟我说，她希望自己七十岁大寿的时候，能收到外孙女婿的祝贺。而且那会儿，她就老在我面前跟我念叨那个哥哥。”

虽然现在外婆什么都不记得了，但是她答应的事情，还是必须要去做。

这是怎么都避不开的。

“那是挺难办的。”祁纪阳接了句，“那么多追你的人里，你没有一个喜欢的？”

程栀开了些窗，感受到外面的寒风灌进来了一些，散开一些车内的热度。

“嗯。”她看着外面飞驰而过的高楼灯火，这么应了一声。

她倒是希望自己有个喜欢的。

如果能遇到一个很喜欢的人，能把曾经那份很喜欢的炙热感情给覆盖过去就好了。

要彻底忘记一个人，似乎需要另外一个人的出现。

回程栀家的那条路，祁纪阳已经开得轻车熟路，像个专属司机。

一如既往地将她送到家门口。

程栀伸手把腿上的外套拿起来，他的外套有些重，坐着的时候甚至不太好拿。

“你要穿上吗？”程栀问。

“不用，放在座位上就行。”

“好。”

程栀侧身解开安全带，右手刚刚碰到车门把手，身侧的男人忽然低声开口：“所以你还是要去跟那个什么哥哥吃饭见面？”

“嗯。”

就这么僵持了两秒，祁纪阳忽然往前凑了点。

倏然缩短的距离，程栀甚至能感觉到他温热的呼吸落在了自己脸上。

男人的眸色漆黑，狭长的眼睛微微一眯，语气难辨真假，在浓墨般的夜色之下，十分缱绻，萦绕在耳边：

“那我给你当男朋友？”

夜色浓到有些醉人。

这一句话在程栀脑海里回荡了很久。

明明祁纪阳只说了一次，她却觉得好像说了很多次，就在自己耳边不停地盘旋萦绕。

程栀愣了一瞬，随后下意识地往后闪躲了一下。

“不是差个男朋友？”祁纪阳说，“我觉得我条件还挺好的，至少带到你外婆面前去，她不会嫌弃我吧？”

程栀沉默。

“再说了，你爸妈不是也挺喜欢我的？”

程栀听着他这个语气，完全没敢把他的话当真。

她说：“你这自告奋勇为我解围的心意我心领了啊，没事就在外面给人当男朋友冲业绩呢？”

祁纪阳耸了耸肩：“谁叫我是个好人。”

应付家长最简单的方法就是叫最熟悉的朋友来配合自己演戏。

祁纪阳这自告奋勇，也真是挺够朋友的。

程栀轻声笑了笑，开门迈腿下车。她把祁纪阳的外套放在座位上，弯腰敲了下车窗，说：“不用了啊。”

“隔壁哥哥又不是什么吃人不眨眼的大魔王，叙叙旧也行，小时候人家也挺照顾我的。”程栀说着，又停顿了一下，补上句，“万一要是真的喜欢呢？试试看。”

祁纪阳没回答，程栀站在外面没看清他的神色，只能恍惚看到他似乎抿了一下唇。

“那我走了，下次见。”

祁纪阳应了一声：“嗯。”

等到程栀走远以后，他垂眸看着旁边那件躺在副驾驶座位上的外套，车里几种味道混合着。

祁纪阳还没适应这辆车上的味道。

换新车总是要适应一段时间，本来放在车库里一直没开，没想到这么快就到了要开的时候。

程栀说不想那么张扬，所以他换了辆普通家庭会开的车。

连自己都没习惯。

又是人走了以后，他在原地停了很久的一次。最后重新点火的时候，他一声闷笑，无奈又带着些嘲弄。

“那怎么不说跟我试试看？”

程栀随便挑了个日子跟隔壁哥哥见面，回家以后就加上了微信。两个人虽然很久没有联系过，但也没有拘谨。

毕竟是从小一起长大的，还有很多话可以说。

跟纪生见面那天，程栀想了会儿，还是十分认真地挑了一套新衣服，仔细化了个妆才去。

纪生十分尊重程栀的喜好，时间、地点都是让她来定的。

程栀想了很久，觉得自己还是想喝咖啡，最后定了那家咖啡店。

周末，咖啡店的客人很多，程栀刚到的时候没找到位置，在门口打量了好几圈都没看见。

就在程栀已经在想要不要换一家店的时候，服务员忽然看到她，走过来打了个招呼："这位小姐，您是在找位置吗？"

"是的。"程栀点头，"现在店里还有位置吗？"

"有的。"服务员热情地笑着，"您跟我来就可以了。"

突然的转变让程栀有些蒙，她跟在服务员后面走。

很奇怪。

都没问她是几个人就直接带着过来了？

服务员领着她去了二楼，一直往里面走，最后带她去了最里面的一间。

"您好，就在这里。请问要喝点什么呢？"

程栀的脚步定在原地，反应了好一会儿，她下意识地说："榛果拿铁，少加点糖，谢谢。"

"好的，请您稍等，我一会儿给您送上来。"服务员说。

服务员说完就掩上了门。

程栀站在原地很久，她站在门口的位置打量着里面，感觉自己脑子都有些晕晕的。

或许是巧合。

她很久没来这家咖啡店，更是很久没有进过这一间，脑子里忽然被回忆占满了。

以前，他们每次来这家咖啡店，好像都是在这个包间里，因为他们几个大少爷每次都会跟老板说要这间。

风景最好，最安静，最隐私。

跟外面零散的位置不是同一个世界，这里更像是他们的一个小天地。

后来因为经常来，这一间几乎被他们几个承包了，许让和祁纪阳出钱，换程栀教他们写作业。

十几岁的程栀从来都没搞明白，为什么那几个晚自习都不去上的人，偏要多出这么一点钱来请她给他们上课。

这不是拆东墙补西墙吗？

有免费的课不上，偏要来这小小的咖啡店里。

那时候许让和祁纪阳的理由也是蹩脚的，他们老是说："在学校被逼着学习的时候觉得没什么意思，外面舒服点，感觉就会想学习了。"

"在学校不是犯困吗？喝点咖啡好提神学习。"

后来。

二十几岁了，程栀才知道，他们只是给她找个理由。

祁纪阳吊儿郎当的，看着很不靠谱，但是程栀知道，他其实不是那样。

他说的有一些话倒是对的。

比如，如果他是她男朋友，家里一定会很满意的。

如果他是她男朋友，一定会做得很好，让人放心。

祁纪阳知道她喜欢喝这家店的咖啡，所以找了些蹩脚的理由搪塞过去，就只是为了让她喝到咖啡。

程栀发了会儿呆，就连身后有人开门都没注意到。门突然打开，程栀差点一个踉跄。

身后传来温润的男声，很轻地笑。

“怎么回事啊？”纪生低声说，“怎么二十几岁的大姑娘了还跟以前一样笨笨的？”

程栀这才回过神来，转身：“欸，你来了啊。”

“嗯。”纪生应着，“赴女孩子的约，总不能迟到。”

程栀笑了几声：“你要喝点什么？点了吗？”

“刚点了。”

两个人这才去坐下，面对面对视了几秒，场面竟然一点不局促。

按理来说，儿时的玩伴忽然变成要相亲接触的对象，是会有些尴尬的，但是纪生给人的感觉实在是太舒服了。

“温润如玉”四个字用在他身上显得刚刚好。

“叔叔阿姨最近怎么样？”纪生温柔地开口，“这次回来我还没见过他们。”

“挺好的。”

“叔叔最近可能会辛苦点吧，最近建卫生城市，对化工厂的管控挺严格的。”

“是呀，我爸前段时间因为这事忙得焦头烂额的。”

程山在厂里很多年，现在也算是个小领导。南城建卫生城市，对他们这个行业影响很大，程山倒不担心自己，整天就担心下面的人会被裁员。

“嗯，阿姨应该已经退休了吧？跟我妈应该一年的。”纪生说，“特殊工种，虽然年轻的时候辛苦点，但现在也算是能早点退休享福了。”

程栀应着：“是啊，不到五十岁就开始在家天天打麻将过休闲生活了。”

“还是因为女儿争气。”纪生弯了弯眉眼，“你现在发展得也不错吧，让家里省心了。”

程栀突然被夸，稍微愣了一下，不知道怎么接。

“小程栀也比以前漂亮多了。”纪生缓缓开口，“已经不是那个几岁的时候来我家抢卡布达玩具的小朋友了。”

“当然会长大的呀。”程栀说，“几岁的事情就别拿出来提啦！”

纪生不置可否地笑了笑。

这时候，服务员轻轻地敲了门。

“你好，你们点的接骨木气泡水和榛果拿铁。”

“谢谢。”两人同时开口。

几秒后，服务员退出去，轻轻关上门的时候一声“嘎吱”响。纪生忽然抬头看着程栀，声音还是温柔的，却又有些坚定。

“我今天见到你，觉得还挺喜欢的。”

程栀的手正在搅弄咖啡，忽然僵了一下，眨了好几下眼睛，什么都没问出口。

他们应该都对这次见面的目的心知肚明。

“小姑娘长大了。”纪生笑了声，“我说的喜欢，没什么歧义吧？”

程栀有些傻眼：“啊……没。”

她赶紧低头喝了一口咖啡，即便是这个天气，她也还在喝冰拿铁。

年上哥哥的“直球”来得猝不及防，一点弯都不转。

“你不用急着回应，愿不愿意都可以告诉我。”纪生又说。

他见程栀在发愣，问了一句：“是觉得有点突然吗？”

“一点点。”

“可以理解。”纪生笑了，“可能在你现在这个年纪，还会觉得谈恋爱是一件需要慎重考虑的事情，要想很多吧。”

程栀微微点头，被他说中。

她本来就是这么个性格，做一件事情前先把所有的东西都考虑清楚。

现在自己对纪生的了解也不多，突然被这么打直球，有些陷入了茫然。

“其实很多事情没有必要考虑那么多。”纪生说，“恋爱很多时候，其实是一瞬间的心动，可能我们的性格相反。”

他手中的气泡水往上冒着气泡。

“喜欢就去恋爱，不用考虑太多。”纪生笑了声，“没有不尊重你，我只是觉得，这其实是一件很简单的事。我喜欢你，会为你心动，所以想要跟你谈恋爱。”

程栀被他说得有些晕乎乎的。

纪生的性格确实跟自己完全相反，但是她又觉得纪生说得好像有点道理，现在的自己就被两种思想拉扯着。

“嗯……”程栀应了一声，“我知道了。”

“好，我也不给你压力，我们先聊聊其他的。”

跟纪生相处起来的确会很舒服，他做事的分寸和把握都十分成熟得体，勇敢地表达，但也会缓和气氛。

两个人又聊了很久，关于小时候的事情，关于工作的事情。

最后还一起吃了个晚饭才道别。

程栀到家以后，在沙发上躺了会儿才去卸妆，她一直没看手机上的信息。

她卸完妆泡了个澡出来，才发现有人发了好几条信息过来。

【祁纪阳：今天去店里了？】

【祁纪阳：上次我们一起去的，服务员刚好认识你。】

【祁纪阳：你们聊得怎么样？】

程栀坐在床边，有些犯困，不知道为什么，今天脑子一直有些晕乎乎的，好像有很多东西塞在了一起。

她现在没什么心思多想，只是懒洋洋地回着消息，泡了个澡出来以后更犯晕。

程栀看了眼祁纪阳发来的消息，面前闪过一些他吊儿郎当的样子。

她打了个哈欠，顺手随便回了两句。

【程栀：还行吧。】

【程栀：他说他喜欢我。】

第八章

热 闹 同 学 会

温度一天天降低，十二月中下旬就开始有些要下雪的趋势。

工作室迎来了第一个客人，是裴淮的一个朋友，说是想要结婚之前拍一套属于自己的照片留作纪念，刚好听说裴淮这边开了个工作室，于是马上就预约了。

邬白薇来的那天外面很冷，正下着雨夹雪。程栀在工作室里等人来，冲了一杯热茶。

穿着长大衣的女人走进来的时候，靴底还有些外面沾上的水渍，她站在门口犹豫了很久，程栀看到她就迎了上去。

“你好。”程栀微微一笑，“我是程栀。”

“你好，久仰大名，邬白薇。”女人落落大方地伸出手，打量了程栀两眼，“没想到你本人这么漂亮呀。”

程栀有些微微讶异：“你之前就认识我吗？”

邬白薇点头，先问：“有拖鞋可以换吗？里面挺干净的，外面下雨我的鞋底有些脏，不忍心踩。”

“有的，稍等一下。”程栀回头叫了助理一声，“小张，麻烦给邬小姐拿一双拖鞋！”

换好鞋以后，邬白薇才说：“我一直都知道你的呀，拿了不少国内的摄影大奖吧？对摄影这行稍微有点了解的人，应该都会知道你的名字。”

程栀抿唇笑了笑。

“程小姐你对自己的名气认知稍微有点不准确哦。”邬白薇调侃道，“你都是这么出名的人了，被认出来不是很正常？”

“我也就那样……”

“好了，别谦虚啦。”邬白薇说，“裴淮也是真有能耐，竟然能请到你来工作室当首席。”

程栀的确没想到邬白薇竟然会认识自己。

她好像比自己想象中的要出名一点。

邬白薇的要求很简单，可以说是没有要求，她只说想要留下一些关于“自己”

的照片。

整个交谈的过程中，程栀感觉邬白薇好像并不是很开心，但是临走之前，她又对程栀说：“我再过两个月就要订婚了，到时候让裴淮给你捎个请柬。”

程栀想到邬白薇不开心的样子，在邬白薇走之前，多嘴问了句：“邬小姐，我可以冒昧地问一些比较隐私的问题吗？”

“嗯？当然可以。”邬白薇说，“你要足够了解我这个人，才能拍出我们都满意的照片吧？”

程栀点了下头。

她不是个爱八卦的人，也不会去窥探别人的内心和生活。

只是这个工作室的理念就是这样，要拍出一个人独特的故事感，就需要去了解这个人，要拍一套图比其他的人像拍摄都要花费时间。

不是拍摄费时间，而是了解故事费时间。

“我只是觉得有些奇怪，邬小姐你说自己快结婚的时候好像是开心的，但我又感觉到你似乎不是那么开心。”程栀顿了一下，“是结婚对象的问题吗？”

邬白薇刚换好鞋，站在原地愣了会儿，眉头轻蹙，想了很久，反问程栀：“我刚才有表现得不开心吗？”甚至她自己都没注意到这个问题。

“是的。”程栀很确定，“我能感觉到你在纠结和犹豫一些事情。”

邬白薇被程栀说得有些蒙了，她的眉头没有舒展开，小声地说着：“快结婚了，我应该挺开心的呀，我跟我男朋友也挺不容易的。”

“他呀，家里条件比不上我家。”邬白薇说，“我爸妈一开始是很不支持的，虽然现在也不是那么支持，但还是拧不过我。

“我们俩大学的时候就在一起了，一直都很不容易，现在终于要订婚了，我怎么会不开心呢？”

程栀摇了下头：“关于这点我也不是很清楚，那或许是我感觉错误了。”

邬白薇笑了笑，也没多纠结这个问题。她说：“我觉得你观察人很敏锐的，我之前看过你一些作品，我一直觉得你是个心思很细腻的女生，所以啊，这次我也相信你。或许真的有什么事情，只是我自己还没有意识到吧。”

隐藏在内心深处的不适，需要花很长的时间才能慢慢浮现上来。

邬白薇走了以后，程栀回到办公室开始做企划。

外面的雨越来越大。

也不知道邬白薇那双干净漂亮的浅色雪地靴会不会被弄脏。

刚开始正式营业，店里的客人并不多，裴淮和程栀一开始也没打算接待那么多顾客。

对裴淮来说，现在赚多少钱不是最重要的，这个工作室就算前期赚不到钱要倒贴很多也没关系。

反正他最不缺的就是资金。

他想要的只是把这件事情做好。

邬白薇就是工作室最近唯一一个客人，程栀几乎把所有精力都放在了她身上，邬白薇每次有空的时候就会来工作室，跟程栀闲聊几句。

她本来就喜欢程栀，也经常来跟程栀交流一些关于摄影方面的事情。

除了邬白薇，最爱三天两头往工作室跑的就是祁纪阳。

他像是每天闲得无事可做，随时都往工作室跑。

降温了几天以后，这天忽然天气回暖了一下，室内开着暖气甚至有些热，程栀穿了件单薄的内搭毛衣，窝在沙发上翻看之前买的图册。

祁纪阳来的时候还给她带了一杯咖啡。

他把咖啡杯放下，很熟练地在程栀对面坐下，眉梢一扬："我给你带了你喜欢喝的。"

程栀抬眸看了一眼："热摩卡？"

"嗯。"祁纪阳应了声，"天气这么冷，你冬天不是爱喝热摩卡？"

程栀笑了声，没否认。

她伸手端起来，觉得手心暖暖的，温度传到每一根手指上。

"要是我口味变了呢？"程栀忽然开口。

"嗯？"祁纪阳似乎没听清，懒懒地眯了下眼。

"这么多年了，人也不可能会一直喜欢同一个口味的东西嘛。"程栀说，"你按照我以前的口味直接买过来，也不怕我已经不爱喝了？"

祁纪阳看着她。

外面的阳光刚好落在他身上，被冬日的阳光照着，像一只慵懒晒着太阳的小狮子。

他没回答程栀这个问题。

程栀继续翻动着手上的书页，小口地喝着咖啡，衣物摩擦窸窣作响。过了好一会儿，对面的男人忽然开口。

"那你口味变了吗？"

程栀的眉梢微微一扬，咖啡杯正贴在嘴角。

安静空荡的环境之下，角落里的音响播放着悠长的钢琴曲，程栀的手握着温暖的纸杯。

"没有。"

这么多年，她的口味依旧没有任何改变。

夜色悄然降临，月亮高悬。

程栀站在落地窗前发呆，微信上还有几条信息没回，现在她也没什么心思回复。

【纪生：最近工作顺利吗？有没有需要帮忙的地方？】

【祁纪阳：到家了？】

她过了好一会儿才回这两个人的信息，总有些提不起劲。

纪生各方面都很优秀，也很会照顾人，跟他相处起来也会很舒服，还是自己小时候就喜欢黏着的哥哥，但总是觉得不太对胃口。

祁纪阳最近几乎每天都会在她该到家的时间点问她是不是到家了。

也没有多余的话，好像只是一句简单的问候。

两边都随便回复了一下，程栀翻看着日历，发现下周就到了圣诞节。

她念书的时候最喜欢圣诞节了。

但毕竟不是传统的中国节日，倒也不会刻意去过这个节日，她只是很喜欢那种氛围。

夜空中的星星忽闪着，睡觉之前，程栀收到了一条信息。

【方晓月：同学会的时间定在平安夜哦，刚好是周末嘛，可以吗？】

程栀顿了两秒，回复。

【程栀：好。】

【方晓月：下周见。】

街上已经有很浓烈的圣诞气氛，购物广场前面立着十几米高的巨型圣诞树。

“你要买什么？选好了？”许让的语气懒洋洋的，“这个天气，你让我陪你出来买东西。”

祁纪阳靠在车边，低着头摁了下打火机，影子氤氲在光晕之下。

两个人站在路边十分显眼，有胆大的人过来小声问可不可以要个微信。

祁纪阳的神色冷淡，依旧在手机上翻看着要买什么东西，许让看着来要微信的小姑娘。

“我是妻管严。”许让丝毫没有觉得害臊，“至于这位……”许让睨了祁纪阳一眼，“还在给喜欢的女生买礼物。”

许让把人打发走，祁纪阳依旧没做出决定。

“你行不行啊？”许让看了一眼他的手机屏幕，“你这个时候买礼物干什么？挺突然的。”

“下周同学会。”祁纪阳应了一声，“圣诞节。”

“所以？”

“她喜欢圣诞节。”

祁纪阳回头看了一眼许让：“送个程栀喜欢的。”

许让被他逗笑，走上前来勾着他的肩膀：“这么努力，那你勾引到她了吗？”

“不勾引了。”祁纪阳说，“这方式行不通。”

浓郁夜色之下，彩灯斑驳的光闪着，男人修长的手指滑动着手机屏幕，周围的人潮来往似乎都与他无关。

许久之后，祁纪阳微微站直身子，长腿一迈，语气懒懒的，却很坚定：

“这事儿我得告诉她。”

越临近圣诞节，街上的节日氛围就越重，程栀的心情也跟着变好，整个人就像是挂在圣诞树上的彩灯，不停地闪着各种奇妙色彩。

同学会之前，喻初知道她要去以后还特地提了一句：“小橙子，少喝酒，少玩真心话大冒险，不然你怎么把自己赔进去了都不知道。”

程栀倒是应得好。

毕竟同学会其实确实是一个有些危险的聚会，可能会牵扯出很多乱七八糟的爱恨情仇。

程栀他们班这么多年也没聚过，倒是听说隔壁班在同学会的时候挖出许多猛料。

也不知道他们这次聚会会不会有什么猛料。

刚好是周末，晚上难免会喝点酒，方晓月把地点定在南城附近的某个度假村，大家都在这边住一晚才回去。

程栀刚到就被簇拥起来，她推开门都还没来得及打招呼，其他人看到以后倒是先起了身。

以前熟悉的、不熟悉的，全都围着她打转。

“现在混得不错呀程栀，现在也是知名摄影师了吧？”

“以前你学习成绩就很好呢！”

“程栀，你平时工作不忙吗？竟然还有时间来参加同学会欸！我还以为你这次肯定不会来呢。”

“是啊，完全没想到你竟然会来！”

“你大学的时候不是换了个手机号，还换了微信吗？大家都没你好友了，还以为这次多半也联系不上。”

“就是。我们之前还在群里说呢，无奖竞猜，这次同学会哪些人最不可能来。”

程栀忽然被围着，一时半会儿也不知道要怎么开口。他们的话题跳跃得实在是太快，她还没从上一个话题反应过来，他们就接上了下一个。

以前在学校的时候，她没有应对过这样的情况。

程栀跟大多数人一样，在班上有固定的朋友圈子，除此以外跟其他同学似乎就是点头之交。

她从来都不是那个被簇拥在人群中间的人。

程栀反应了好一会儿，笑了声，周围的人还在说着。

“对呀，当时我们就说，最不可能来的两个人，就是程栀和祁纪阳嘛……”

这人话音刚落，身后的门“嘎吱”一声响。

身形颀长的男人走进来，扫了众人一眼，最后目光落在程栀身上。

两个人对视了两秒。

程栀猛地眨了好几下眼向祁纪阳求救。

他靠在门口，慢悠悠地掀了下眼帘，发出一声笑：“都挤在这儿是开同学会还是追星？”

祁纪阳长腿一迈，站在程栀旁边。

两个人身高差得不算太多，他抬手，手肘搭在程栀肩膀上，依旧是那副散漫的样子。

“还挺热闹啊。”

方晓月这时候站起来招呼着人，说：“好了好了，大家先坐好啦，不是还有很长的时间可以叙旧嘛。”

“就是呀。”其他没起身的人应着，“怎么以前没见你们对程栀那么热情呀，都想沾点知名摄影师的光？”

这人直言不讳，但确实说得在理。

同学会，有的人是真的抱着叙旧的心情来的，但大部分的人其实都是一些其他的原因。

二十几岁刚大学毕业，正是生活工作最辛苦的时候，真的没几个人有闲情逸致来参加这种聚会，成年人的世界里，不做亏本买卖。

有些人以前跟程栀倒是话都没说过两句，现在却装得很熟悉的样子套近乎。

方晓月把场面稳定下来，程栀和祁纪阳十分默契地坐在了一起。

“你们俩关系还是那么好啊。”坐在对面的人笑着开口，“没想到这么多年过去了，你们俩之间还一点都没变过。”

程栀刚好接过祁纪阳递过来的水杯，手上动作顿了一下，还没回答，身旁的人缓缓开了口：“我们俩关系好不是应该的？”

完全没提到他们其实也有很多年没有联系，也没说现在其实也比不上当年的关系。

“真是令人羡慕呀！”那人感叹道。

同学会上都是各种寒暄，祁纪阳来了以后，他们俩就几乎没有怎么被打扰过，有些人想要开口，但是一看到祁纪阳坐在程栀旁边，一时间好像都不知道该如何开口了。

班上有些人，其实是惧怕祁纪阳的。

虽然现在看着一片和平，但在场也有些人是高中时期被祁纪阳揍过的，年轻气盛的时候难免会有些摩擦，男孩子有时候说着说着就动了手。

祁纪阳是他们会觉得害怕的一个存在，发起疯来的时候，没有人拦得住。

程栀也觉得自己似乎和世界隔开了，但她什么都没问，一直低头吃着饭，想要说话的人没坐在一桌。

她之所以想要来同学会，当然是有想见的人，不然也不会就这么来了。

周围吵吵闹闹的，祁纪阳忽然凑近跟她说话，程栀认真听了好一会儿才听清楚。

他很突然地问了一句：“你的邻家哥哥没约你出去约会啊？”

程栀咬着一块冬瓜，差点烫到嘴。

她含混不清地回答：“约了。”

男人的身形微微一僵。

微不可察，没人可以察觉到他的反应。

程栀继续夹菜：“他本来约我今天出去看电影，但今天不是没空……”

祁纪阳好一会儿没说话，过了好几分钟，一声低笑，语气难辨：“那这同学会还打扰你跟人约会了。”

程栀还没来得及回答，身后忽然有人喊了她一声：“程栀！”

都不用回头，程栀就知道是周清。

她这次来，最想见到的人就是周清，以前她们俩就是同桌，两人已经很久都没联系。

程栀赶紧转头，站起身来，眼神忽闪：“小清！”

“好久不见呀！”周清端着杯子过来，“好想你哦。”

程栀有些不好意思，低了下头：“这么久没联系，你不会怪我吧？”

“当然不会啊，哈哈哈。”周清笑了几声，挑眉示意程栀喝一杯，“毕竟大学毕业以后得有新的朋友圈子嘛，我知道你肯定会记得我的，这就够了！不需要强求一定要一直保持联系嘛，大家都忙呢。”

程栀笑了笑，伸手端起自己面前的酒杯跟周清碰了一下，也没客气，直接就给干了。

“一会儿吃完饭我过来找你。”程栀拉了一下周清的手。

“好呀，那我先回去吃饭！”

周清走了以后，程栀才重新坐下，她微微叹了口气，轻声说：“祁纪阳，你说，我跟小清这么多年没什么联系，是不是其实挺不对的……”

祁纪阳垂眸看了她一眼。

“有什么不对的。”祁纪阳看不下去，伸手扯了一下她的脸，“你怎么什么问题都往自己身上揽？她刚才明明都说了没关系。”

“我就是一件事总要花很长时间才说服自己嘛。”程栀无奈道。

“那你当时不联系我的时候，怎么挺理直气壮的？”

程栀无语。

“对我就挺狠心的啊。”

程栀翻了个白眼，伸手捏了一下他的手臂，恶狠狠道：“闭嘴吃饭！”

祁纪阳顺手给她夹了个菜。

“多吃点，冬天到了长胖点御寒。”

“谢谢您。”

一顿饭下来，程栀后半段基本就跟祁纪阳斗嘴去了，更是没参与这桌人的话题。

吃完饭，跟念书的时候一样，该分小团体的还是会分。

饭后的活动也变成了大家三三两两地组织着去玩，程栀约了周清他们几个，以前大家一个学习小组的，在学校的时候就是最熟的几个人。

祁纪阳算是赠品。

周清看到程栀带着祁纪阳一起，笑着说：“你们俩果然还是连体婴啊，我就猜到你肯定会带着他一起的。”

程栀看了祁纪阳一眼，眼神惋惜。

“没办法，他这个不学无术的，我不带着就只能被组织抛弃了。”程栀说，“做长辈的总要多担当点。”

祁纪阳无语。

“谁叫你是我儿子呢！”

“哈哈哈哈哈，你们俩真是跟以前一模一样。”周清说，“那我们去旁边的小酒吧喝两杯？刚才小陈订了个小包间。”

“行啊。”程栀应着。

周清跟其他人走在前面，程栀和祁纪阳跟在后面慢悠悠地走，她的眉眼一直弯着。

跟老同学聚会，好像心情、想法都会回到以前那个时候。

走了两步，她感觉有人从背后伸手，拧了她脸颊一下，祁纪阳的懒散低哑的声音从头顶上方传来。

“谁是你儿子？”

程栀往下一缩，躲开他，回头，眼睛弯弯的，周围的其他人跟他们俩擦肩而过。

程栀身后是空旷的草坪。

“你啊。”程栀笑着，“你别不承认！”

祁纪阳一下子被她逗笑了：“说什么呢。”

程栀转过身来，尾音上扬着：“说你是我儿子，你别不承认！”

不知道哪里的音响，忽然开始播放圣诞歌，“叮叮当当”的。程栀的嘴角微微上扬，笑意逐渐在脸上扩大。

记忆和思绪像是被拨回了高中的时候。

程栀看着他一副得意扬扬的样子。

祁纪阳眉梢一扬：“皮？”

他长腿一迈，伸手要挠程栀的痒痒。

程栀怕痒，祁纪阳的手一伸过来她就往后躲。

“就皮！”程栀说着，转身往前跑。

祁纪阳让了她几步，低头一声轻笑，很快长腿一迈就追了上去。

两个人在这边打打闹闹地跑着，跟小孩儿似的，最后程栀实在是跑不动，半蹲着，双臂抱在胸前。

“我认输！”程栀喘着气。

她的视线里，祁纪阳停在自己面前不远的地方，好几秒都没动。

程栀低着头，只能看到他的裤腿。

笔直干净。

她还没缓过神来，心都快要溢出嗓子眼，还没平复下来，整个人呼吸都还在收紧中。

恍惚之间她隐约听到衣物摩擦的窸窣声音，有什么小物件在盒子里“晄当”响动。

再次凝神，程栀看到祁纪阳迈步过来，她以为他要报复自己，赶紧说：“你别过来！”

祁纪阳压根没理她。

最后停在离她只有半米的位置，忽然蹲下来，比她的位置还要低。

视线里的东西忽然变多了。

程栀微微站直了一些，她的视线里出现男人骨节分明的手，还能看到他敛着眸，鸦羽般的睫毛垂着。

祁纪阳笑了一声：“你还真觉得我要欺负你？”

程栀看着祁纪阳，男人懒懒地抬了下眸，漆黑的瞳像无尽的黑洞，什么东西都会被吸附进去。

旁边的小音箱依旧播放着欢快的圣诞歌，他身后不远处的圣诞树上的小彩灯闪着，像一颗颗小星星，十分耀眼。

祁纪阳的手上拿着一个黑色的小盒子，他悠悠地把玩着。

打开以后，里面躺着一条精致的手链，吊着一片小雪花和小圣诞树。

程栀不知道是不是因为刚才的奔跑，心跳依旧很快。

祁纪阳敛着眸，唇微微勾起，伸手把那条手链拿出来放在她手腕上准备给她戴上，竟然有几分温柔。

“小橙子。圣诞快乐。”

原本空荡干净的手腕上，再一次被彩色填满。

程栀看着那条手链愣了很久，两个小吊坠碰撞在一起的时候有很轻的声响，比当年那个小铃铛要轻盈许多。

被这份彩色同时填满的，还有她这颗有些许空荡的心。

跟祁纪阳重逢那天，她把自己的心和那条手链一起，藏在了某个小角落里，但是祁纪阳今天又送了她一条新的。

为她戴上手链的动作甚至都要比当年的动作温柔许多。

程栀尽力让自己的心跳和呼吸平复下来，低着头许久，在这漆黑的夜色之下，没有人可以看清她在挣扎什么，只有她自己知道，她就这样缓了许久。

久到前面的周清转头回来叫她：“程栀……”

“怎么啦？”周清询问，“是有什么事吗？”

程栀转头：“没事，马上就来！”

她终于抬头，嘴角微扬，语气十分平静地调侃着说了句：“怎么这么多年过去了，你还是只会送人手链啊？”

祁纪阳一开始没说话，他也在这夜色之下看着程栀，似乎是想从她的神情中看出些什么。

但程栀的脸上什么都没有。

祁纪阳认真地看着她，声音低哑，没有半分玩笑的意思。

“因为你喜欢。”

程栀就这么僵了半拍。她的手垂下去，手上的小吊坠响了一声。她没回答祁纪阳的问题，不动声色地换了个话题。

“小清在催了，我们赶紧进去吧。”

“嗯。”

两个人一前一后地走，谁都没有再继续说话。

程栀三两步跟上前面的大部队，祁纪阳跟那群人不熟悉，一个人在后面慢悠悠地走。

前面的人走得快，他们进去以后就各自找位置坐下，祁纪阳稍微晚一些，也没什么位置可选。

周清招呼着他：“祁纪阳，你坐程栀右边呀。”

祁纪阳点了点头，径直走过去坐下。两个人的手臂碰了一下，明明隔着衣物，却忽然一阵僵硬。

气氛微妙。

程栀微微朝左边靠了点，她把菜单推过去："你要喝什么？"

祁纪阳随便点了一杯稍微有些烈的。

酒吧里的灯光更为昏暗，甚至有些许暧昧，一个适合谈情说爱和放纵的地点。

不过还是要喝几杯酒下去才有氛围，还没开始喝的时候，游戏也没什么意思，一群人开始八卦。

"程栀你之前是在安城念的大学吗？"

"对，安大。"

"不愧是你！我就记得当时你高考考得挺好的，为我们班争光了哈哈哈。对了，你大学学的什么专业啊？现在来做这行。"

"新闻。"

程栀回答完问题，喝了一口柠檬水。

她说："其实学什么专业倒是没那么重要，做自己想做的事情最重要。"

"那是因为你有这样的能力和底气。"周清笑了声，"我们大多数人还不是在努力工作生活而已呀，其实你现在这样真的挺好的，至少在做自己想做的事情，而且还能养活自己。"

"程栀就是做什么都做得很好呀。"

"对啊，以前大家都挺会做梦的，只是后来发现梦想没办法支撑生活，还是先活命吧。"

程栀勾了下唇，没否认。

她必须承认自己现在的状态跟大多数同龄人比起来要幸福一些。

"我在此之前也努力了很久呀。"程栀说，"你们也是，以后一定能做到的。"

聊着聊着，服务员把酒端上桌，终于等到酒，都有些迫不及待。

"我先跟程栀喝一杯！"周清说，"有一点真的要感谢你哦。"

"嗯？"程栀笑出声，"我做过什么事情要让你这么感谢啊？"

周清跟她碰了下杯子："你这个人啊，其实总是在帮我们，但是自己又不觉得。"

程栀有些疑惑，等着周清继续说下去。

"高三那会儿，我成绩忽上忽下的，考得好的时候超了一本线很多，不好的时候擦边上二本，那时候我们状态挺差的。"周清说，"大家都焦虑，我也不敢跟别人倾吐，怕把负能量传递给别人。"

程栀端着酒杯一口口地喝着。

她本来就挺爱喝酒的，或许跟"艺术"沾边的人，都喜欢喝两杯保持微醺的状态最有灵感。

听人说话，也没什么事可做，手边放着一杯酒就一直喝。

“那会儿大家都想着自己，哪有心思照顾别人，都自顾不暇了，所以我也不敢说，就自己憋着。”

程栀笑了声：“小心憋坏了。”

周清眼神一闪，又跟她碰了一下，又喝了一大口。

“你当年也是这么说的。”周清回忆起来，“在我最难受的时候，你是唯一一个主动对我伸出援手的人。”

“我当时……”程栀眯了眯眼，“就是看你状态好像不对劲，觉得应该帮帮忙。”

“只是举手之劳而已。”程栀说。

周清没说话，再一次端起酒杯：“所以我们更得喝两杯了。”

“什么？”

“说夸张点，你当时真的救了我一命。”周清说，“你这个人就是这样，每次都觉得只是自己随意的举手之劳，其实会产生很深远的影响呢。”

其他人也跟着附和。

“对，以前我跟我妈吵架，程栀跟我说了很多，我就觉得其实是这个理。”

“程栀就是我们组的小天使，哈哈哈！”

程栀被夸得有点晕乎乎的。

她觉得今天一整天自己都泡在大家的赞美中，她笑了声，声音很轻：“什么呀，这么多年没见，怎么大家都成‘彩虹屁’大师了？”

“哪有。”

“你本来就很好呀。”

大家说说笑笑的，突然眼前这杯酒就见了底，程栀换了杯新的。

她刚刚伸手去拿，右边传来一道声音。

“程栀。”祁纪阳叫了她一声。

“啊？”

“少喝点。”

“就一点点。”

程栀的酒量绝对算不上好，而且鸡尾酒的后劲大，她只是爱喝，但不是能喝。

祁纪阳深知这点。

但要阻止程栀喝酒也是件麻烦事，她喝起来也没几个人劝得住。

他也不是没有把醉酒的程栀扛回去过。

他只是不相信自己，能在今天这样的情况下，看到她那么可爱的样子还能忍住。

“光喝酒多没意思，我们也玩会儿游戏嘛？”周清提议，“看隔壁玩得挺嗨的。”

“一会儿输了的人先喝酒，累积输了三次就随机抽真心话和大冒险，扑克牌抽到数字的真心话，其他的大冒险，概率低点，毕竟大冒险比较刺激嘛。”

所有人都没有异议。

周清叫服务员拿了几个骰子来，玩最简单的喊数，在场六个人，从七个开始。

“那就程栀先来吧。”周清说，“你随便开一个。”

程栀撑着脑袋，随口：“那就十七个六吧。”

她随口一说，场面忽然沉默了两秒。

祁纪阳睨了程栀一眼：“确定？”

“确定呀，七个人我叫十七个六不过分吧！一个人就两……”

七乘以二等于十七？

他看了程栀两秒，怀疑这个人可能已经有点神志不清了。

祁纪阳是程栀上家，她这么一喊，他也没办法帮她。

“那……轮到李旭。”周清挑眉，“你要加要开？”

像程栀这样一开口就这样叫的，基本都会直接被开，李旭却犹豫了好几秒，最后说：“加。十八个四。”

“开开开！”对面的人直接要开，“你们这种学习好的是不是都不会玩这种酒桌游戏？”

以前在学习小组里，就数程栀和李旭成绩最好。

结果这两人玩这游戏都挺不讲道理的。

最后只数出来十五个四，至于上一轮程栀喊的十七个六其实也是没有的。

“你刚才直接开程栀的不就完事儿了嘛。”有人说，“这还往上加肯定危险了啊！”

“你是真不会玩，还是帮着程栀挡酒啊？”

随便的一句调侃，本来没有人在意，只有祁纪阳回了头，李旭刚好抬眸，往程栀这边看过来。

程栀没看李旭，倒是祁纪阳跟李旭对上了两秒眼神。

男人之间的神秘感应，祁纪阳眯了下眼，随后晃了晃手上的杯子，一声轻笑，似乎没把他放在心上。

游戏依旧继续着，后面几轮里，祁纪阳几乎都帮程栀把酒挡了下来，明显不能开的局，他都开了。

程栀坐在两个人中间，好几轮下来都没轮到她。

又是一局，上一局祁纪阳帮忙挡了以后，他随便喊了个，程栀也不知道怎么觉得气不过，直接喊：“二十个一！”

祁纪阳：真是白帮忙了。

程栀轻哼了一声，很不服气。

祁纪阳微微低头，声音压得很低：“别人都是怕自己输，你是怕自己赢了？”

程栀咬着一块薯片：“我一点游戏体验都没有！”

玩这种游戏就是心跳和刺激，每一步都是博弈。

“啧。”

祁纪阳的话音刚落，响起一道男声：“加一个。”

其他人纷纷抗议——

“不是吧，你这也加？”

“犯规了犯规了，这肯定是故意帮程栀挡的。”

周清轻咳了一声：“李旭，你累积三次了哦，抽一下真心话大冒险。”

他抽中了真心话。

其他人还没问问题，其实就已经很明显了。

无非也就是那些问题。

“以前高中的时候喜欢过我们班上哪个女生吗？”

“喜欢过。”

“她今天来了吗？”

“来了。”

“在我们这桌？”

李旭沉默了两秒，程栀刚好侧头看过去，她跟李旭的眼神对上，在他的眼睛里看到了一些其他的东西。

李旭就这么看着她，回答了那个问题。

“在。”

程栀觉得自己真的应该看看星座运势上是不是写着“命犯桃花”。

她并不傻，也没醉到连这点奇妙的气氛都感觉不到。

李旭说完以后，气氛忽然僵硬了几秒。

程栀没说话，回过头的时候肩膀上已经多了一双手。祁纪阳的手搭在她的肩上，语气懒懒的：“过来点。”

“干吗？”

祁纪阳微微低头，凑近了些：“有事跟你说。”

程栀这才往祁纪阳那边靠近了点。

但他什么都没说。

程栀本来刚好坐在两人中间，这么被祁纪阳一喊，顺势就靠到了他那边。他左手搭在程栀身后的沙发上，从远处看甚至像他把人揽在自己怀里。

新一轮游戏开始，场上其他人也坐不住了。

“都不许放水啊，我不管，反正今天谁放水谁直接干一杯。”

“就是，有没有点游戏精神啊！”

李旭没说什么。

祁纪阳笑了声："我就是菜，没给她放水。"

"算了吧，祁纪阳你混迹江湖多年，你跟我们说你不会玩这个？"

"继续放水被我们逮到，直接就退出这个游戏算了——"

程栀疯狂地点头，附和着："玩游戏就是要公平公正！不然有什么意思！"

祁纪阳垂眸看程栀，抬手轻轻地弹了一下她的脑门，他的声音很轻，只有他们俩能听到，他说："这时候在这儿犯蠢，卖自己比谁都快。"

程栀其实已经喝得有些上头，整个人处于兴奋状态，有些事好像也忘得干干净净，甚至忘了自己还在挣扎。

"不是还有你在嘛……"她随口一应。

之前是李旭和祁纪阳给程栀放水都过于明显，她这才侥幸逃过一劫。

现在不让放水以后，程栀就成了游戏黑洞。

她在这个游戏项目上面是真的玩得烂，不是自己故意输。

虽然之前喻初提醒过程栀要小心，但她还是在这上面栽了跟头。

程栀连输三局，三小杯酒下肚以后，耳朵都开始泛红，她恍恍惚惚地抽了选项。

"欸，抽到了大冒险？"周清说着，"你点一下，随机一下大冒险的内容。"

程栀倾身过去随便点了一下手机屏幕。

明明已经抽好，但是周清却沉默了许久，一直没说程栀抽到了什么。

程栀等得有些急，自己先开口问了，她的声音都开始有些飘忽："什么内容呀？要去隔壁要微信吗？还是去随机表白？"

她每次都好像输在这些内容上。

祁纪阳的脸黑了一下。

程栀每次玩这种游戏都输成这样，他真是难以想象这人之前做了多少离谱的事情。

周清扫了一眼祁纪阳，眼神玩味，把手机递给程栀："你自己看。"

"你就不能直接说吗？"程栀一边嘟囔着，一边接过来。

祁纪阳眉梢一扬，靠在一边，手上懒洋洋地把玩着一张扑克牌，随性慵懒的样子，仿佛这件事跟他没什么关系。

他就是个看戏的。

程栀垂眸看着，眼前有些花，一字一句地把上面的要求念出来：

"大冒险，亲吻，你右侧……的那个人。"

她念完，祁纪阳的身形倏然一顿。

桌上几个人的神色各异，昏暗灯光下也没人能猜得透。

"什么嘛。"程栀把手机还给周清，"我还以为是多困难的事情呢，就是亲一下祁纪阳对不对？"

她伸手拍了拍祁纪阳的肩膀。

“祁纪阳。”

祁纪阳侧头看着程栀。

虽然两个人离得很近，但要很认真才能看清，他看到程栀的眼睛里毫无波澜，她好像真的把这件事当作一件很轻易简单的事情。

除了一些酒意，眼里一些混沌，就没有其他的了。

两秒后，所有人都还没反应过来，包括祁纪阳本人都没有，程栀忽然就凑了过去，还没亲上去，但呼吸之间都是她呼出来的淡淡酒味。

明明很淡，却很醉人。

她柔软的唇似有若无地擦过他耳朵，像是蚂蚁爬过一般，痒意难耐。

她喝了酒，声音都变得娇软，在他耳边吐出温热的气息：“祁纪阳，看在我们多年的情面上，你忍忍……

“我也不是故意要吃你豆腐，不占你便宜。

“我只亲一下脸……”

祁纪阳还没应，程栀倒是毫不客气，直接就亲了上去，在他的侧脸上留下了一个鲜红的口红印。

“哇哦。”

“哈哈哈，祁少带着这个口红印还挺好看的。”

吃瓜群众看热闹不嫌事大。

“好了好了，下一轮！”

程栀亲完就跑，完全没有被这个大冒险影响心情，她继续跟人说说笑笑地开始新一轮游戏。

但十分不幸，她依旧是输得最惨的那一个。

再一次被连杀三局，程栀都不知道喝了多少酒下肚，更晕乎了。

祁纪阳看着她那醉醺醺的样子，皱了眉，先沉声开口：“这局结束就回去休息吧。她不能再继续喝了。”

大家也不是不讲道理的人，程栀现在确实看起来已经有些不太行了。

“好，那就把这轮的惩罚抽了吧。”

程栀蒙蒙的，想了好一会儿：“啊，我又输了吗？”

“对的，你再抽一张。”

程栀这才伸手去抽扑克，翻出来看到是数字。

她往后一靠：“问吧！”

周清往前倾了些，倒是问得温和。

“在场的男生里，你最喜欢谁呀？”

程栀几乎没有犹豫：“祁纪阳。”

“那……在场的选一个跟你谈恋爱，你选谁？”问题力度渐渐加大，真心话要是问不出什么东西，就没意思了。

程栀依旧没有犹豫，她抬手，轻轻地拍了一下祁纪阳，也不知道自己的手拍在哪儿，说：“那当然是祁纪阳啊——”

“哈哈哈哈哈哈，果然是祁纪阳！都不用猜！”

“祁纪阳简直就是程栀的挡箭牌嘛。”

“算了算了，你们俩好兄弟。”

也没人把程栀说的话当真。

最后一个问题。

“那要是……”问的人顿了一下，一声笑，“选一个人，今晚跟你过一夜？”

这个问题问出来，桌上的人发出几声惊呼。

太过直白，太过大胆了些。

“不是吧，这破路也能开车？”

“你问些什么问题啊！”

“刺激——”

“都是成年人了，得问点成年人问的话题，还在这儿装纯情高中生呢？”

这次程栀想了很久，她低着头似乎在认真思考，但是一直没回答出来，就这么安静了整整两分钟。

祁纪阳把手上的扑克牌一扔，站起来，一只手把程栀拎起来。

“可以结束了。”

祁纪阳一开口，也没人再继续坚持。

这个问题似乎再也得不到回答。

程栀连路都走得不太稳，摇摇晃晃的，祁纪阳扶着她走了一段路，也是忍无可忍，直接蹲下。

“过来，我背你。”

程栀倒也不跟他客气，一个飞扑就趴了上去：“我们小祁真是个好人！”

“是吗？也没对别人好。”

“我不管，反正……”程栀把脸放在他背上，“反正你对我好，就是好人。”

祁纪阳：怎么傻乎乎的。

以后自己在的时候，绝对不能让她再喝这么多酒。

不在的时候更得千叮咛万嘱咐。

“小祁送的手链真好看。”程栀忽然感叹。

“喜欢吗？”祁纪阳问。

“喜欢。”

“那你……”祁纪阳刚要问，忽然又收了回去。

算了，有的事情，还是得等她醒了再说。

“什么？”程栀问。

“说着喜欢，也没见你戴。”

“你怎么知道我没戴！”

程栀的房间就在祁纪阳房间对面，还好不算远。

祁纪阳把人放下来以后，确认了好几遍。

“有意识吗？”

“有。”

“能自己洗漱吗？”

“当然。”

程栀笑嘻嘻的，眼睛微弯：“我只是突然觉得有点开心，但是正常行动没问题！”

祁纪阳还是放心不下，看着她洗漱完乖乖躺下才走。

他的一只脚刚刚踏出门，程栀忽然叫住了他：“欸。”

祁纪阳回头：“怎么了？”

“我刚刚忘记回答问题了。”

这反射弧是不是太长了点？

祁纪阳依旧耐着性子跟她说话：“嗯，终于得到答案了？”

程栀点了点头，认真地回答：“我觉得……我会选你！赛车手嘛，体力好，嘻嘻——”

祁纪阳愣在原地。

他还没反应过来，程栀已经飞快地留下一句“晚安”就关了门。

她到底知不知道自己在说些什么？

程栀睡得迷迷糊糊，躺下以后觉得酒意闷得胸口难受，她把脸埋在枕头里，也不知道为什么自己竟然在傻笑。

她喜欢喝酒的原因其实很简单——

想要忘记一些烦恼，想要直面自己的内心。

清醒以后，自己绝对会用理智来掩盖一些事情，但喝醉了酒就可以勇敢坦诚一点，卸下伪装。

程栀正在犯晕的时候，安静的房间里，门铃骤响。

“谁呀——”程栀慢悠悠地坐起身来，下床往门口迈了两步。

男人低沉的声音传过来。

“是我。”

程栀微微凝神，一边过去，一边嘴里还念叨着：“你总不会还要来监督我睡觉吧……或者是不是有什么……”

是不是有什么东西落在了这边？

程栀这句话还没说完，她一边说话一边开门，打开门的一瞬间，还没来得及看清楚，她就被祁纪阳大力一揽，紧紧地扣住她的腰身，房门毫不留情地被关上。

转眼间，她被抵在房门后。

眼前的男人呼吸不稳且滚烫，头发还在滴落着水珠，身上也还有其他的水汽，显然是刚洗了澡。

却始终没能压下燥热不安。

高温下，似乎酒劲更足。

“祁……”

程栀一个音节刚发出来，唇就被堵住了。

程栀毫无还手之力，被压在角落。祁纪阳单手握住了她两只手的手腕，另一只手箍着她的腰，两个人在漆黑的房间里贴在一起。

呼吸都开始变得急促。

他带着浓烈酒味的炙热呼吸瞬间跟她的气息交织在了一起，不是浅尝辄止，而是猛烈的进攻。

像一阵夏季的狂风骤雨倾泻而来。

程栀完全没反应过来，只觉得自己整个人似乎在融化的边缘，被人抵着齿关，就快要冲破最后的防线。

她晕乎乎的，忽然腿软，差点往下跌，被人一把捞了起来。

程栀被吻得意识不清，只听到男人的声音低哑。

“张嘴。”

有些事情一旦开始，就像开了闸的洪水，瞬间倾泻而下。

欲念难平。

房间里的温度似乎越来越高，紧紧贴在一起的地方更甚，头顶上方落下一点点有些暗的光，让这里的气氛更加旖旎了起来。

祁纪阳身上还有很淡的沐浴露的香味，发尖上的水珠顺着往下落，落到了程栀的脖颈之间，滴入锁骨之间，越来越往里滑。她只穿了一件长款睡裙，并不能抵挡住什么东西。

酒意之下，一切都显得更为热烈。

程栀被死死地抵在门后，双手被禁锢，毫无反抗之力，身体发软，耳根也在升温。

祁纪阳一点道理都不讲，咬着她的下唇，把他所有的气息全部渡到她的呼吸里。

两个人的呼吸纠缠交融，程栀几乎连喘息的机会都没有，男人的力气很大，一只腿压住她。

她只是微微动了下唇，就被人长驱直入地攻略。

程栀本来就不胜酒力犯晕，这会儿被祁纪阳这么抵在门口深吻了几分钟，她更是头晕眼花的，整个人使不上力，身体软绵，一直往下滑。祁纪阳伸手卡着她的手臂，又把人抱了起来。

就这么半悬空着，她下意识地伸手勾钩住了祁纪阳的脖颈，腿也不知为何缠在了他身上。

她面色泛红，耳根滚烫，整个人像是被开水烫过的虾，翻着暧昧的红色，连体温都比平时高了几度。

一切都发生得太快，根本没有给程栀任何反应的时间，她好像就已经在跟着祁纪阳的步调走了，像是任人摆布的木偶。

趁醉装疯，是每个不坦诚的成年人都会的技能。

房间里有一面很大的镜子，程栀的余光睨到一眼，她看到自己整个人挂在祁纪阳身上，他只穿了一件十分单薄的上衣，身上的水都没擦干净，身后湿了一大片。

还能看到他紧实腰身的线条，微微一抬手都能看出的肌肉纹理。

只是很短的时间，世界天旋地转，程栀整个人陷入柔软的床榻之间，头发压在身下，扯着还有些不舒服，但已经没有任何精力和机会去整理。

就像此时此刻的心情也无法整理。

手一晃动，就会有手链吊坠碰撞的声音，像在心上猛地一撞。

理智和情绪的天秤失去控制。

所有的一切全都在这暧昧不堪的气氛之下暴露无遗。

祁纪阳双膝跪在程栀身侧，双手摁着她的手腕，垂着头，呼吸全部落在她的脸上。

他想在她的眼睛里，看到一些其他的东西。

现在他看到了。

程栀的眼神里，已经没有了冷静自知、理智清醒，仅仅剩下了混沌和某种渴求。她眨了几下眼，浓密的睫毛像一把小刷子，微微眯着眼的弧度勾人。

下一秒，祁纪阳手一伸，把灯关了。

房间变成一片漆黑的世界，什么都看不清，视线里的一切都是模糊的，只有身体的感觉最为真切，无法回避。

程栀能感觉到紧握着自己手腕的那双手，从手指到掌心都泛着灼人的温度。

肌肤相触都觉得滚烫。

关灯的前一秒，她看到祁纪阳的眼底充满了血烈的兽性。

男人滚烫的呼吸落在她的耳侧，一瞬间耳后的一大片全部濡湿，一阵战栗，她下意识地抓了一下床单。

程栀声音娇娇的："你吻得好差呀……"

"是吗？"他淡淡地应了一声，所有的情绪好像都压在了嗓间。

随后程栀被他轻捏住下巴，下巴被咬了一口。祁纪阳顺着她的下巴再一次吻上来，她这次背靠着床，只觉得好像越陷越深。

见不到底。

跟刚才突然袭来的暴风骤雨不同，这次更像是春日里连绵不停的细雨，黏着、长久、细碎。

程栀依旧没有主导权。

换了另一个地方，但她依旧被禁锢着，等到祁纪阳放开她的手的时候，她微微抬手，指尖碰到他的背，隔着那么一层薄薄的衣物，慢慢地上下滑动。

亲吻依旧没有停止，程栀却闭了眼，世界里，呼吸间，全都是关于祁纪阳一个人的。

很久之前，她做过一个梦，梦到自己跟祁纪阳接吻了。

醒来以后她缓了很久，朋友问她怎么了，她说，梦到跟喜欢的人接吻了，难舍难分，好像吻了一整夜都没停歇。

朋友调侃她，说这可是美梦。

程栀否认了。

因为这是她不可说的噩梦。

如果一样东西注定很难得到，那么在梦里实现了，也只会跟现实产生巨大的落差，只会觉得更难受。

在此之前，从来没有人跟程栀说过，只是接吻就能让整个世界都变成一团火簇，就算穿着厚实的衣服，也好像什么都没有做，只是两个人的唇齿紧紧地挨在一起，不管用什么样的方式，都会让人眩晕。

"这次吻得好了吗？"

程栀没说话，只是在轻轻地喘气。

这安静又暧昧的环境之下，她的每一次呼吸都显得格外有韵味。

她的胸口还在因为呼吸急促而上下起伏着，手搭在男人的腰上，祁纪阳的手指在她耳后轻轻摩挲，带着薄茧的指尖掠过。

气氛微妙又暧昧。

像是调得度数很高的酒，沉在杯底的最后一口。

不喝，还能保持一定的清醒。

喝了，那就只有眩晕。

祁纪阳感觉到自己的脑子"嗡嗡"作响，他暗暗地使了一下力，低头咬了一下她的耳垂。

"你现在要是清醒着。

“我一定……”

程栀醒来的时候觉得自己头痛到快要爆炸，她睁开眼以后很久都没反应过来，以至于没马上发现自己身侧还躺了个人。

如梦一般不真切，疯狂之后留下的余温似乎还残留在床上。

程栀醒来的第一时间皱了眉，回忆着昨晚在这个房间里发生的种种，抬手想要触碰一下自己的唇，感受一下那激烈的吻是不是真实发生过。

她刚刚抬手，突然碰到了旁边的人。

男人下意识地翻了个身，往她这边一靠，手臂一伸，分明还在睡梦中，就已经把她圈在了怀里。

衣物穿得整齐，一件都没少。

阳光透过窗帘的缝隙照进来，零星地落在柔软的地毯上，细碎的光点下，程栀微微抬头，看着近在咫尺的那张脸，祁纪阳的眼窝深邃，高挺的鼻子抵着她的头顶，唇差一点就要贴在她的额头上。

这个天气绝对算不上暖和。

祁纪阳的身上都在发烫，他这么把她圈在臂弯之间，身上的所有热度都传到她身上，温度就开始升高。祁纪阳的心跳强劲有力，在这个安静的早上，就连跳动的声音都十分明显。

程栀终于反应过来，也清醒地意识到昨晚发生的一切都不是梦。

她迷迷糊糊地给祁纪阳开了门，随后被人抵在门口，压在床上，进行了一次又一次的深吻，唇齿交融。

血液都在沸腾的感觉。

程栀甚至记得他们没有真正地做什么，只是一些边缘行为，都让人觉得脸红心跳。

她清醒过来，马上挣扎了一下。

祁纪阳却把她圈得更紧了，并且看起来没有任何要醒来的样子。

程栀深吸了一口气，直接抬腿一踹，喊了一声：“祁纪阳！”

程栀这么一喊，祁纪阳终于缓缓睁开眼，眸子微眯，跟她靠得极近。

“嗯？”他半梦半醒，懒懒地应了一声，“怎么？”

“放手。”程栀的声音听起来镇定自若，“我要起床。”

再一次陷入沉默，祁纪阳也刚醒，显然没有意识到现在的情况，他打了个哈欠，手倒是松开了。

程栀趁机赶紧从他的怀抱之中逃离，翻身下床，站在床边居高临下地看着他。

因为昨晚没有吹干，祁纪阳的头发微微翘起，看着有些许凌乱。

房间里的暧昧气息甚至还没完全散开。

程栀冷静地看着他，随手抓起旁边的外套搭上，随后开口：“醒了？”

祁纪阳默了几秒，终于缓缓坐起身来，整个人依旧一股懒意。

“嗯。”他应了一声。

“我们一起睡了。”程栀陈述着这个事实，“我可以假装什么都没有发生过，也不需要告诉别人我们之间到底发生了什么。”

很薄情，很冷静。

祁纪阳看着她的唇一张一合，眼神清明，跟昨晚的迷离混沌完全相反。

“我可以理解你在昨天那样的情况下失控，毕竟大家都是成年人，难免有些时候在这样的气氛和酒精作用下把持不住。

“但是……”

但是还是跟以前没有什么改变。

程栀的话还没说完，祁纪阳掀起眼皮看她，打断了她这一句。

“我不能。”

祁纪阳也翻身下了床，在旁边的衣架上拿了件睡袍随意地穿着，松松垮垮的，也没系上腰带。

“我无法忤逆自己的本能，当然更不可能违背我的内心。”

“想跟你睡觉是真的。”

祁纪阳顿了一下，走近了些，他垂眸看着程栀。

“想跟你谈恋爱也是真的。”

这一句话落下，再一次打破了某种平衡，他们之间作为朋友的羁绊和牵连，在这么一瞬间全部垮塌。

剩下的就只有爱恋。

程栀站在原地没动，僵了好一会儿。

她不笨，更不是傻子，有些事情不会感觉不到。

女生对百分之一的喜欢都是敏感的，特别是祁纪阳这样明显的偏爱。

她只是一直在装傻，只要假装一直是朋友，只要假装自己不知道，假装丝毫没有察觉到，就不会有任何问题。

“程栀。”祁纪阳喊了她。

“昨晚那样的事发生以后，我们就不可能继续做朋友。”

他恨不得把她融进自己的每一寸血脉里，怎么可能只做朋友。

“小橙子。”祁纪阳叫着她，舌尖微微卷起，亲昵暧昧。

他每次这么叫她，程栀都会微微愣怔。

祁纪阳侧了下身，背后的阳光肆意洒落，像是冲破云层的光亮，就这么直接地照了进来。

晃得她有几分恍惚。

他微微弯腰跟她平视着，一如当年那个少年站在她面前的模样。

“有一件事我必须确切地告诉你。”祁纪阳的眼神坚定，不容反驳和质疑，“从六年前开始，我就一直——”

程栀手上的吊坠再次碰撞，发生一道清脆的响声。

依旧跟心跳的声音几乎同步。

“很喜欢你。”

第九章

很 难 不 心 动

在程栀的世界里，谈恋爱从来都不是一件可以轻易做决定的事情。

她做什么事情都奢求结果，恋爱也一样。

如果一件事让她觉得很难有结果，她就会想去避免没有结果的选择，为了防止自己在陷入某件事的旋涡之中以后受伤，启动的自我保护机制。

元旦假期接踵而至，程栀自己在家待着无聊，约了喻初她们出来喝咖啡。

白离要忙自己画室的事情，也就没来。

程栀随便选了一家新开的店，喻初到了以后，第一时间调侃她：“怎么不去你最喜欢的那家店啦？”

程栀的手捧着杯子，依旧是热摩卡。

她的口味确实这么多年都没变，一如既往。

喻初随便点了一杯，随后往后一靠，说：“同学会怎么样？我之前提醒你别喝多了玩真心话大冒险啊，你不会翻车了吧？”

喻初看到程栀这副样子，就觉得这同学会肯定不简单。

“你不知道你喝醉酒那个狠劲儿，见到你的老情人了吗？”喻初还在笑她，“我猜一下，就你那样吧，你喝多了可能真的会把人睡了。”

清醒的时候是说说而已，“口嗨”王者。

但是醉酒以后，直面内心的所有欲望和念想，程栀整个人就像被施了奇妙的勇气魔法，说什么就做什么。

喻初端起杯子喝了一口，抬眸笑着看向程栀。

程栀沉默了几秒，随后十分冷静地缓缓开口：“祁纪阳跟我表白了……就我高中喜欢的那个人。”

喻初差点一口水直接喷出来。

喻初没忍住爆了粗口：“这么幸福？”

喻初问：“那你答应了吗？现在在谈了吗？什么时候结婚，份子钱可以少点吗？”

程栀看了她一眼：“我没答应。”

“嗯？”

“我们之间,也不是喜欢不喜欢这么简单的事情啊。”程栀说,“是合适不合适。”

爱情像夏日的暴风雨，激烈又突然，很容易冲昏人的头脑。

但是程栀一直靠理智控制着自己，她知道自己跟祁纪阳没有那么合适，他们之间横着的是家庭背景、成长环境、生活方式的差距。

十七岁的时候，她就已经明白了这个道理。

她本来一直都在逃避这个问题,但是现在祁纪阳打破了他们之间的这种平衡。

现在已经完全没有办法回避。

“什么？”喻初皱眉，“为什么不合适？因为不合适就要放弃吗？”

程栀看向窗外，回忆起这么几年里很多事情。

“我一直都在放弃。”程栀说，“我甚至清醒地知道，自己骨子里的敏感、自卑和懦弱。”

她知道自己的所有缺点，被束缚的脚步，无法朝他迈过去的那一步。

一直以来的冷静和不在意，其实也只是她保护自己的盔甲和伪装。

“可是有些事情你不去做是永远不知道结果的，你们还没在一起呢，你怎么就知道不合适了？”喻初表示对她这样的想法不理解。

“人之所以无法成为完美的人。”程栀无奈地笑笑，“就是因为无法忤逆自己的本能。”

很多事情是无法控制的，除了爱情，还有自己的所有缺点。

“如果现在我跟祁纪阳在一起，我依旧是现在这样，我依旧会因为这些事情感到不适。”程栀的手倏然收紧，“这是挡在我面前的，暂时还没翻过去的山。”

喻初忽然叹了口气：“那……你们这样很可惜啊。”

要两情相悦不是一件容易的事情，而且还喜欢了对方这么多年，坚持了这么久都没变心。

程栀很长时间没说话，她也陷入自己的思绪之中。

十七八岁的程栀已经放弃过祁纪阳一次了，到现在程栀都还记得那段时间自己每天醒来都感觉心口刺着痛。

她的清醒自知来得太快。

即便是过去了这么多年,程栀回想起自己做出决定的那一天,就会喉间泛酸。

五年前。

那年的高温来得格外早，一个炙热的夏天。

大二开学，大学的课程越来越多，被排得满满当当，程栀刚结束了一整天的课程回到宿舍。

还没来得及吃晚饭，她忽然收到了祁纪阳的信息。

【祁纪阳：下课了？】

【程栀：嗯。】

【祁纪阳：你这学期课很多啊，都没空找我说话了。】

程栀把自己的课表给他发了过去，回复：【嗯，很忙。】

那时候是真的很忙，平时除了上课还要忙着参加社团的活动，大二大三又是考证的高峰期。

程栀丝毫不敢松懈，给自己报名了很多考试。

就连舍友都说她："你也太拼了，你说这些证你都考着做什么呀？又用不上，挑一两个有用的就行呗。"

程栀觉得技多不压身。

大学的时候各种环境都很好，考证和学习也要方便许多。

【祁纪阳：月底我和许让他们要在南城聚会，你来吗？】

【程栀：我在学校来不了。】

程栀回完，顺手切到外卖软件点了个晚饭，随后起身接水。

两秒后，银行卡的扣款提示和祁纪阳的信息几乎同时弹了出来。

【祁纪阳：最近机票不贵。】

【95533：您尾号 0544 的储蓄卡 5 月 18 日 19 时 21 分消费支出人民币 19.80 元，活期余额 832.06 元。[建设银行]】

程栀手微微一晃，杯子里的水被她荡了出来。

她没回祁纪阳信息，但那边一直在发信息过来。

【祁纪阳：对了，我最近准备买辆车，你帮我看看哪个色好看？】

【祁纪阳：上次陪朋友去给女朋友挑礼物的时候看到个挂坠挺好看的，等你回来送你啊。】

程栀都点开看了。

十八九岁的祁纪阳，已经在挑两三百万的车了，他语气随意得却像是在买个两三百块的东西。

他给她选的那个吊坠，程栀点开以后，保存图片去百度识图搜了一下。

一万二百块。

她一瞬间觉得自己的眼睛都红了，一时间，所有的话都哽住，一句话都说不出来。

不知道要怎么回复。

其实在此之前，她就已经知道了，她和祁纪阳之间的差距是无法逾越的，所爱隔山海，山海不可平。

他们之间的山海，可能是她努力一辈子都无法跨过的。

每个女生都梦过嫁给一个富有的公子哥，但是真正遇到喜欢的人跟自己差得这么远的时候，只会觉得这个距离感像是做梦一样。

他在梦里面，而自己却在现实中站着。

程栀缓了好一会儿，坐在电脑前发呆，但还是下意识地搜了一下最近的往返特价机票。

最便宜的都要九百多。

九百多的确算不上贵，家里也不至于这点钱都拿不出来，也不会觉得有压力。

但是程栀一点都不想因为这种朋友聚会，找家里要一千来块往返跑，这本来就是可以不用支出的部分。

对她来说，这种没有必要的支出就是浪费。

她就是十分普通的家庭。

不用担心温饱，喜欢的新衣服也可以买，不用勒紧裤腰带过日子，但是……也绝对不是什么可以随意挥霍的家庭。

每个月拿一千五百块的生活费，自己在学校里花绰绰有余，程栀平时不出去逛，学校虽然在安城，但是其实在十分偏僻的郊区，物价也不算高。

舍友刚好回来，看到程栀在看机票。

“欸？你要回家吗？”

“九百多啊，哎，看起来不贵，但是下个月就放暑假了，你这会儿回去多亏啊。”

程栀看了好久，觉得自己的喉间一紧，她深吸了一口气，垂着眸咽下所有的情绪。

“不回，我随便看看。”

程栀说完，关了电脑爬上床，说：“我今天有点不舒服，先躺着休息了。”

“啊？这么早？”

“嗯。”

最后程栀点的那份外卖送过来，她也没吃，舍友在下面疑惑了许久，但也没打扰她。

明明已经有盛夏的气温，她却用被子盖过了头顶，整个人蜷缩在被子里，看着微博上的回复。

她之前匿名投稿了一个树洞：

【喜欢上了一个根本没什么结果的人怎么办？而且还越来越喜欢了。】

程栀本来想，大家分别到两个地方上大学，联系见面变少了，以后就不会那么喜欢了吧。

可是她越来越喜欢。

【啊，心疼稿主，但是这样的感情真的还是早点放弃吧……】

【狠心一点，长痛不如短痛。】

【现在不放弃的话，以后会越陷越深的。】

程栀把所有的回答全部看了好几遍，就清晰地记得——不能再继续联系了。

所以后来，程栀对自己狠心，让自己不要跟祁纪阳保持联络，这好像是她唯一可以抽身的办法。

只是在后来的很长时间里，她的梦里都有祁纪阳的影子，每一天醒来都觉得是噩梦。

半年后，她手机丢了，所有的账号都被冻结。

程山说长途也不方便，换个号码吧。

程栀换了所有的账号。

重新添加好友的时候，她没加祁纪阳。

反正，也正好很久都没有说过话，就趁此机会彻彻底底地清理掉。

程栀加完其他联系人，自己在操场上瞎逛，翻了好几遍，没在自己的通讯录看到"祁纪阳"这三个字。

程栀忽然清晰地意识到，她这一生，可能都不会再见到这个名字了。

明明这对她来说，可能才是最好的结局，但是她还是忍不住感到难过，眼睛很快就红了，鼻头一酸。

程栀走着走着，一阵风吹过来，把她眼里的水珠全部吹落下来，不受控制地，大颗大颗地往下掉。

可是……

可是，她真的好喜欢他。

放弃一个喜欢的人本身就是一件痛苦的事。

更何况，现在面临着的是第二次。

耳畔响起好几声呼喊，程栀终于从回忆中抽身回来，她讷讷地看着喻初。

"你想到什么事情这么出神？"喻初问，"跟他有关吧？"

"嗯。"程栀手捧着咖啡杯，没有否认，"抱歉。"

"哎，所以现在你还是打算放弃吗？这个机会摆在你们面前，已经非常难得了，隔了这么久他竟然还在喜欢你，你明明也喜欢他，就这么放弃了是不是对他也有点不公平？"

程栀往后靠了一下，陷入柔软的沙发之中。

她只觉得自己的脑袋"嗡嗡"作响，连自己也无法给出这个答案。

祁纪阳比她勇敢。

而她缺少的，也不仅仅是勇气那么简单，如果他们之间的差距没有那么大，或许现在她就能立刻奔赴祁纪阳身边。

可她现在还没有能站在他身侧的绝对自信和底气。

手上的咖啡已经见了底，程栀倾身把手上的咖啡杯放在桌上。

“喻初，现在的我，配不上他。”

元旦之后，邬白薇来店里准备拍摄，还把订婚宴的请柬带来了。

程栀接过来，笑着说了一句：“恭喜。”

邬白薇也笑了笑，但看起来有些疲惫。

“我们今天来确定最后一点，邬小姐你是因为什么想要来拍这样的一套片呢？”程栀一边拿相机，一边问她，“今天先试拍几张，可以的话再确定吧。”

“好。”邬白薇应了一声，随后撑着脑袋，闭上眼轻声重复着程栀刚才的问题，“为什么来拍这样的……”

“是呀。”程栀说，“之前跟你聊天的时候，你不是说喜欢跟男朋友一起拍照吗？你们俩在很多地方都留下了纪念的，现在快结婚了，我还以为你们感情那么好，一定会一起来拍呢。”

邬白薇没回答，唇微微抿着。

邬白薇很长时间都没有回答，程栀也不急，弄好相机参数以后才侧头看过去。邬白薇一直沉默着在思考，眉头微微蹙起，似乎这个问题对她来说十分困难。

“我知道你很喜欢他，在哪里都想留下你们俩的故事……”程栀说着，余光一瞥，忽然看到邬白薇的眼尾有两滴眼泪滑落下来。

程栀立马把手上的相机放下，扯了两张纸巾给邬白薇递过去。

“怎么了？”程栀关心道，她依旧冷静，没有慌张。

邬白薇缓了一会儿，终于慢慢睁开眼，眼泪一颗颗地往下掉，看着楚楚可怜得惹人怜爱。

程栀僵了一下，伸手替她擦了眼泪。

“突然想到什么不开心的事了吗？”程栀轻声问，“没关系的，要是今天觉得不那么开心，我们就聊聊天，不拍照了。”

邬白薇还没回答。

“化了这么漂亮的妆，哭花了就不好看了。”程栀继续哄着，“或者，你愿意跟我讲一下吗？”

邬白薇小声抽泣，最后没忍住捧着脸埋头哭了起来。

程栀轻拍她的背给她安抚。

工作室的助理听到动静看过来，程栀眼神示意她不要过来。

这样突然的失态和狼狈，大概没有人愿意被别人看到。

特别是邬白薇这样骄傲的名门小姐，平时都是温和地笑着，更不会在外人面前表现出自己这样的一面。

邬白薇哭了很久，最后抬起头来的时候，程栀微微弯腰，很轻地开口：“好点了吗？”

“嗯……”

看到邬白薇的妆有些花了，她又说：“你等我一下哦。”

程栀去外面拿了卸妆的和化妆品过来，顺便跟助理说了一声：“如果我没叫你，你今天就不要进来了，也不要让其他人进来。”

“啊？那如果是裴总……”

“也不要。”程栀说，“如果裴淮来了，你就跟他说我们女孩子要单独说点事，不方便，他会理解的。”

程栀这才拿着东西进去，顺便反锁上了门。

把东西摆在桌上，程栀声音依旧温柔，听着让人觉得很安心，说：“妆花了，卸掉重新化一个更漂亮的。”

邬白薇的声音有些哽咽，但是情绪已经平复了许多。她伸手拿过，敛着眸说：“谢谢。”

“那我去旁边等你，你好了再叫我。”

“嗯，谢谢。”

邬白薇每次来的时候都是光鲜亮丽的漂亮样子，但根本没有人可以永远是这样的，有时是伪装的。

程栀也知道对于邬白薇这样的人来说，很注重外在形象。

所以现在对邬白薇来说最重要的是卸妆后重新化个漂亮的妆。

程栀到旁边去等邬白薇化妆，顺便低头翻看着手机上的信息，有好几条祁纪阳发来的。

【祁纪阳：给你订了一束花。】

【祁纪阳：我有一场商务活动，最近要出门一段时间，不过有什么事你可以随时联系我。】

祁纪阳追人的方式没什么特别的，除了会给她送点花，没有做过什么很浮夸的事情。

以前程栀以为祁纪阳追人一定是很高调的，就跟他这个人一样，骄傲又不知道收敛。

但祁纪阳这次没有，格外低调，一样贵重的东西都没送，除了之前送她的圣诞节手链。

程栀去查了一下祁纪阳挑的这条手链的价格，本来已经做好了好几万的准备，但是一看，也才九百多块。

程栀平时忙着自己的工作，也没有什么时间跟祁纪阳瞎扯。祁纪阳也不急，每天都很乖地跟她汇报自己做了什么、会去做什么。

一副随叫随到的乖巧模样。

程栀并没有给他答复，现在并不是马上可以给出答复的时候，也不能随便就给人期待。程栀知道，在这件事上，她必须要有把握才能给出承诺。

但祁纪阳也没有任何逼她的意思，只是跟她说：

“你只需要知道我喜欢你，现在正在认真追你。

“至于什么时候你愿意跟我在一起，那是你的选择。”

半个小时后，邬白薇化好妆，转过头来，唤了一声。

“程栀。”

程栀马上收起手机转身过去，看着邬白薇的脸，笑道：“很好看。”

不用担心。

她依旧是那个漂亮的大小姐。

邬白薇深吸了一口气，说：“谢谢你啊。”

“不客气。”程栀说，“都是应该的。”

“你说得没错。”邬白薇突然说。

“嗯？”程栀缓缓踱步过去，她这时候只需要聆听。

“我第一次来的时候，你跟我说，我看起来好像不是那么开心。”邬白薇回忆道，“当时我觉得很奇怪，我为什么会觉得不开心呢，我明明好不容易才跟喜欢的人走到一起能够结婚，到底在不开心什么？我本来也没有那么在意，但渐渐地发现了不对劲。”

程栀在她旁边坐下，问了一句：“要喝点什么吗？我给你倒。”

“热牛奶就行。”

“好。”

程栀很贴心地给邬白薇准备了所有需要的东西，就只是为了让邬白薇能在一个最为舒服的环境下待着。

“所以，是怎么一回事呢？”程栀柔声询问。

“我跟他在一起确实很不容易，我也挺开心的。”邬白薇说，“你今天问我为什么拍这组照片时，我只自己一个人来，为什么我明明那么喜欢拍合照却没有带他来。

“我想，我好像得到了答案。

“因为这一次，我只是想留下属于自己的东西而已。”

程栀稍微一愣，皱了下眉：“是因为，跟他在一起找不到自己了吗？”

程栀对人的情绪观察十分敏锐，这是她的优点。

“是。”邬白薇说着，又闭了下眼，“现在快要临近结婚，可是我好像越来越找不到自己了。跟他在一起以后，我时常都在想自己是不是不够完美不够优秀。”

“你已经很优秀了。”程栀说，“这一点请你相信自己，要找出一个各方面都比你条件还好的，这可是很难的。”

邬白薇低头敛眸：“可是……

“可是他经常说，要是我家没那么有钱就好了，都怪我家里条件太好，才会造成那么困难的局面。”

邬白薇像是打开了所有的话匣子，一口气把自己憋了这么久的怨念全部倾诉了出来。

那些从来没有告诉过别人的秘密。

“说出来有些好笑，他说我是挺漂亮的，但素颜皮肤状态也就那样，于是我花了很多钱和精力去做皮肤管理。

“鼻子也是后来垫的，因为他说觉得我的鼻子不够小巧。”

“我就想啊，我怎么这么多缺点，我就想尽量让自己做到完美，让他挑不出任何缺点，这样他就会爱我多一点……”

“这些还不算什么，他还说……”

程栀目光一凝：“你要是不愿意说的话也没关系的。”

邬白薇有些嘲弄地笑了一声，喝了一口热牛奶，终于说了出来。

“说我在床上不够骚。”

程栀愣住，手指在杯壁上轻轻摩挲了好几遍。

“他想要的样子，现在我都有了。”邬白薇说，“可是，为什么我总觉得在他身上感觉不到什么浓烈的爱意？”

邬白薇越说情绪越激动，积攒着的情绪在这吐露的时刻全部爆发。

“我已经按照他理想的样子活着了，已经变成了他喜欢的样子，他不应该更喜欢我吗？”

“但是我感受不到……

“我是不是哪里做得不够好？难道现在的我还不够好吗？

“我已经为他牺牲了那么多，我甚至都快不知道自己到底是一个什么样的人了，都已经快忘记了……

“所以我才想来拍一套只有自己的照片，最近感觉很恍惚，自己好像有时候是清醒的，有时候却是混沌的。

“我好怕以后我继续迎合他的喜好，然后再也记不清自己的样子了。

“我相信你可以留下这样的照片的，对不对？

“你一定可以找到真实的我，一定可以记录下来，这样，我以后也不会忘记了。”

程栀先抬手轻轻地拍了一下邬白薇的后背，让她的情绪稍微平复一些，随后才缓缓开口：“对不起。

“如果就连你自己都不知道自己是怎么样的一个人了，我恐怕也无法做到。

“邬小姐，你必须要重新找回自己。”

程栀从未想过邬白薇竟然是这样的情况。

她年轻漂亮又出身名门，有很高的素养，但骨子里竟然如此不相信自己本身的优点。

邬白薇那天走了以后好几天都没有来工作室，裴淮问起过她们拍摄的情况，程栀为邬白薇保密，只是说出了点小岔子，还没确定最后到底要拍什么样的照片。

裴淮自然也不急，毕竟他求的从来都不是数量，而是很难求到的质量。

降温的一天，程栀一边在家里泡热水澡，一边跟喻初打着语音电话。

"对了，最近你们工作室顺利吗？"喻初关心道，"我们这儿最近又开始忙起来了，快年底了嘛，'后花园'每个分部都开始冲业绩。"

"嗯，挺好的，只是有点其他的事耽误了。"

"怎么了？"

"有个客人，很优秀的名媛小姐，"程栀往下滑了一点，水没过了她的胸口，"最后快要拍摄了，我们才发现问题。"

程栀叹了口气："她在那段恋爱关系中完全失去了自我，很想找我用相机把她自己找回来。"

程栀没详细说，只是大概提了一下情况，说她因为那个人改变了很多，但对方还是经常提出哪里不满意。

喻初听了，有些惊讶，说："那怎么可能呢？我们只是摄影师，但不是魔法师啊。"

"是啊，所以我跟她说，如果她没办法找回自己，这个拍摄也没办法继续进行。"程栀说，"我没想到她竟然会被 PUA。"

"这个女孩子好惨。"喻初说，"那她的对象什么样，你知道吗？"

"大概有些听闻吧。"

"怎么样？"

程栀回忆了一下，说："长得还行，放在人群里能称一声帅哥的水平。"

喻初笑出声，调侃她："有祁纪阳帅吗？"

程栀发出一声轻蔑的笑，几乎没有思考，脱口而出："不是一个水平。"

"哈哈哈哈哈哈哈哈哈哈哈哈哈哈！"

程栀听到喻初的笑声，才发现自己被她套路了。

"说正事呢，别扯这些有的没的。"程栀没好气地说。

"好啦好啦，知道了。"喻初笑笑，"其他的呢？家庭条件什么的？"

"其他各方面都只能说是普普通通吧，家境、成绩、实力，都是很一般的，跟这种名门世家的结婚，当然最重要的就是家庭背景。"程栀说，"男方家里挺普通的。”

喻初一声“哧”，说：“他明明那么普通，却那么自信，也不看看自己什么样，怎么就敢要求人家女孩子要怎么样了？”

“所以啊，家庭环境还是很重要的，这决定了很多。小橙子，不是我瞧不起穷人……”喻初说，“有时候，没钱的人眼界有限……”

程栀安静地听着。

“我前几天上班等红绿灯的时候，有个骑电瓶车的中年男人载着孩子呢，就逆行过来，而且还在机动车道上。我旁边那车主启动了一下，差点就跟那电瓶车撞上了。”

喻初继续说：“你猜怎么的？

“那个骑电瓶车的中年男人直接开始当街破口大骂，说人家司机不长眼没看到他还带着孩子呢，就在那边吵了好久。”

“我就觉得吧，这种人，这种素质，可能一辈子都没什么成就吧。

“有的人是真的没办法，但是这种人是真的活该啊。”

程栀起身，准备从浴室里出去，水荡在外面，湿漉漉的。

“嗯，以前觉得门当户对这种词是玩笑话，势利眼。”程栀淡淡地说，“现在觉得，什么样的出生决定什么样的生活方式，如果两个人的家庭条件差了很多，是很难相处到一起的吧。”

喻初本来打算回答，却觉得程栀的语气有些不对劲。

这在她这里，现在似乎算是个敏感的话题。

喻初赶紧说：“欸，你不一样！”

“嗯？”

“那个男的是什么都普通，他自己也普通啊，不仅仅是家庭的原因，但是我们小橙子是很厉害的人！”喻初说，“我都说了多少次啦，你对自己有信心一点。”

程栀沉默了半秒，敛眸：“我知道啦。”

积攒自信心是一个漫长的过程。

她曾经是一个不太自信的人，现在也没好到哪儿去，但是最近好像在慢慢地填着那块空缺。

喻初似乎是担心程栀还会有些不适，继续说着：“你看啊，虽然你们俩现在差距挺大的没错，但是至少你自己在努力跟他相配呀。而且，我们小橙子本来就是很厉害的人，你的未来会更加广阔的。”

程栀笑了声，说：“没事的，我没觉得不舒服。”

她只是在思考这个问题。

“最近听了太多夸奖，感觉自己好像真的变得自信了一点。”程栀笑着说，“谢啦。”

身边人的鼓励，也让她更能看清自己到底是什么样的人。

最近遇到的所有人，好像都在夸她，一开始她还有些不习惯，但是后来她开始渐渐意识到，或许这些本来就是她应该得到的。

“我先挂了，出去穿个衣服，一会儿给你打过来。”程栀擦干了身上的水，把头发裹了起来准备从浴室出去。

“行，一会儿聊呀。”

程栀伸手把电话挂断，出了浴室，手机随意地放在一边。

她没有在浴室里穿衣服的习惯，总是喜欢泡完澡以后出来再穿。程栀刚刚把衣服拿起来，准备穿上，手机微信忽然响起。

急促的铃声。

她没戴眼镜看不太清，再加上泡得有些晕乎，迷迷糊糊地晃了一眼。

喻初打来的？

这不是刚挂？

程栀顺手就把电话接了起来：“喂？小初，怎么这么快就打过来了？”

没有人回答，传到她耳里的是杯子掉在地上碎掉的声音。

程栀还没来得及开口问，话已经在嘴边呼之欲出，她猛然间听到一道低沉暗哑的男声：

“程栀，你穿好衣服。”

程栀的瞳孔猛地一震。

她侧头看过去，一眼看到小画面里的自己未着寸缕，完全暴露在摄像头里。

而大画面里的男人，低着头，修长的手指挡在眼前。

程栀赶紧蹲下，没让自己继续在那个画面里。

她的声音在颤：“你挂啊！”

祁纪阳显然也蒙了，没想到可以马上挂断视频电话，只是下意识地挡住了自己的视线。

程栀蜷缩在地上，听到电话挂断以后，还十分羞耻地保持了这个姿势很久，大脑里一片空白。

本来泡澡泡得晕乎乎的，她现在也清醒过来了，没有哪一刻比现在还要清醒。

效果比直接下肚十杯咖啡还要猛。

程栀缓了很久，才颤巍巍地伸手去拿衣服，飞快地穿上。她扑到床上，把脸埋了进去，整个耳根都已经红透。

怎么会是祁纪阳打过来的视频电话！

她现在觉得自己可以原地死亡了。

比跟祁纪阳发生了那些事情，在同一张床上醒来的感觉还要羞耻。

程栀就这么趴在床上十几分钟，像一具“尸体”，一点动静都没有，最后是喻初打来的电话唤醒了她。

她现在听到微信消息的提示音都觉得有些后怕。

程栀把手机从桌上拿过来，认真地看了好几遍，确定是喻初打过来的语音通话才接。

“喂？小橙子，你穿衣服怎么穿了这么久啊？”喻初说，“我还以为你出什么事了。”

程栀：确实出事了。

“洗完澡出来人就不见了。”喻初一声轻笑，带着调侃，“要不是我知道你是独居单身丽人，我都要以为你是不是洗完澡就去睡觉了！”

程栀一直沉默，喻初絮絮叨叨地说了好一阵子，发现自己跟程栀开这种黄色笑话程栀都没反应以后，喻初开始觉得有些不对劲。

喻初小心翼翼地开口：“你咋了？真出什么事了？”

程栀还是没回答，抬手摸了一下自己的耳根，依旧在发烫。她一边捂着自己的一边耳朵，一边轻声开口：“我没事……”

“你这像是没事的样子吗？”喻初听程栀这语气，忽然有些急了，“到底怎么了？不就出来穿个衣服的工夫吗，十几分钟，你怎么就不对劲了。”

程栀实在是无法开口把这件事说出去，她胡编乱造了一句：“没什么，就是出来突然困了，躺在床上睡着了。”

喻初半信半疑：“真的？”

“不然还能怎么样嘛。”程栀努力稳着自己的声音，“我刚才泡澡就有点困了，我本来说躺在床上歇一下，没想到就睡着了。”

“行吧。”喻初也没多跟她纠结，“那你今天早点睡，我就不打扰你睡觉了！”

程栀和喻初平时晚上没事的时候都会煲电话粥，两个单身人士都没有男朋友可以聊天，只能抱团取暖。

顺便会聊一些工作上的事情，最近“后花园”那边有什么事，都是喻初跟她说的。

“嗯，晚安！”

电话挂断，房间里再次陷入静谧，只有浴室里刚关上的水龙头还在滴水。

滴答滴答。

程栀咬了咬下唇，随后烦躁地捋了一下自己的头发。

刚才出来没开顶灯，只有边缘很昏暗的灯光亮着，程栀觉得自己抓心挠肺的，想问祁纪阳看到了什么，却又无法开口。

她看着自己跟祁纪阳的聊天框，心一狠，把他拉入了黑名单。

眼不见心不烦。

另一边，安城。

浴室里的水声“哗啦”，像连绵不绝的雨，一直都没有停。浴室里都是雾气氤氲着，只有十分模糊的人影。

所有的玻璃和镜面都被水汽覆盖。

祁纪阳从浴室出去以后，才发现自己手机上有无数个未接来电。他手上的水没擦干，伸手滑开屏幕。

有好几个电话都是孙宗打来的。

祁纪阳回拨了过去。

“什么事？刚才在洗澡。”

“你洗澡怎么洗这么久！进去两个小时了吧！”孙宗说，“我还以为你掉浴室里了。”

“没有。”

“你感冒了吗？怎么声音听着不对劲啊？最近降温这么狠，今年冬天挺冷的，你能多穿点吗，大少爷？”

孙宗一天到晚在俱乐部又当爹又当妈的，平时在比赛的时候就要格外关注他们的身体，现在休赛期了还是得操心。

“没有。”祁纪阳伸手扯了浴巾系上，“可能手机进水了听不清。”

“行。”

从浴室出去，暖气早就已经开好，倒也不会冷。落地窗前可以看到安城的江景，灯火闪烁，繁华的高楼纸醉金迷。

“那你现在好了吧？”孙宗问，“有些事情要跟你当面谈，我过会儿来你房间一趟。”

“嗯。”

祁纪阳应了一声，随后挂断了电话。

他先把其他人的信息挨个回了，最后才点开跟程栀的聊天界面，手指在屏幕上点了数次，信息输入了一遍又一遍，最后还是没能把消息发出去。

几分钟后，男人的眉头一皱，有些烦躁地把手机扔在了床上。

他起身站起来，从冰箱里拿了一瓶冰水灌下去。

天气绝对算不上热，但是祁纪阳却觉得今天燥热无比。

洗了两个小时澡都没能压下去的烦躁，不管是情绪上还是生理上，根本控制不住。

祁纪阳索性把地暖给关了，开了窗通风。

孙宗来的时候，进门的一瞬间差点被这屋子里的冷气给劝退。

酒店房间里都有中央空调和地暖，他刚从自己的房间里出来，只穿了一件单薄的睡衣，想到祁纪阳的房间温度肯定也是一样的，根本没想到进来以后冷得他想马上裹上羽绒服。

孙宗上下打量了祁纪阳好几遍。

眼前的男人只穿了一件简单的纯白T恤，休闲的运动裤，赤脚踩在地毯上。

如果房间里开着暖气，这样的穿着没有任何问题。

但是祁纪阳不仅把暖气关了，他还把窗户全部打开。

孙宗憋了很久，吼了一句："祁纪阳你是不是洗澡洗太久脑子进水了啊！这么冷的天，外面在下雪！你开着窗通风？你以为这是八月盛夏吗！"

"冷死我了。"孙宗把他往里推，找到暖气的开关，"刚刚问你是不是感冒了，你说没有，现在是想感冒吗？"

祁纪阳懒洋洋地靠在一边，也没阻止，他掀起眼帘："我觉得有点热。"

"我看你是脑子坏了才觉得热！"

孙宗把窗户全部重新关上，打开暖气，没好气地回头，刚想说祁纪阳两句，忽然发现他的耳根蔓延着红色。

"你的脸怎么那么红？"他问。

祁纪阳缓缓抬眸，漫不经心道："我说了我觉得有点热。"

孙宗走过去，抬手碰了一下他的额头，随后低头自言自语："没发烧啊，你的脸怎么这么红，真给热的啊？"

祁纪阳没回答，挑了下眉，随后又去冰箱里拿了一瓶冰水。

"你要吗？"祁纪阳问。

"你以为谁都跟你一样在这样的下雪天觉得热啊？"孙宗翻了个白眼，抽开凳子坐下，"好了，说正事。"

"嗯。"

"上面的老板联系我了，说如果你愿意的话，年后就能去F1试训。"孙宗说，"虽然现在我们队里你是主力，但是你如果能往F1走肯定是更好的。"

这件事已经谈了很久，从祁纪阳夺冠那天开始，F1的车队就在联系这边了。

"嗯，知道了。"祁纪阳的语气淡淡的，"你安排好，到时候告诉我就行。"

"我们Kingdom也算是有个有出息的人了。"孙宗叹息，"就是可惜了，以后你走了，谁来撑住我们车队哦？"

要从F3直接跨越到F1几乎是不可能发生的事情，但是祁纪阳在F3的表现实在太过突出，最为破格被"录取"的选手，就这么上了F1车队的筛选名单。

"不是还早？"祁纪阳轻笑了一声，"上F1还得先考超级驾照，下个赛季我还在呢。"

"要是真的成了，以后你可就是F1的车手了！"孙宗起身拍了拍祁纪阳的肩膀，"能拿到F1车手的资格证，可比在F3上夺冠好几次含金量都高。"

F1，一级方程式。

已经是方程式赛车的巅峰。

祁纪阳是孙宗带过的天赋最高的一个选手，从第一年开始就没有让人失望过。

“自从你加入 Kingdom 啊，很多人都在开玩笑，说我们车队，你就是 King，就应该把选手 ID 改成这个。”孙宗回忆道。

祁纪阳笑了笑，灌了口水，说：“我还是喜欢 Blume。”

“哈哈哈哈哈，你这个名字哦，你看人家 Reaper，ID 的意思是死神，你呢？”

“花。”

水很快喝完，塑料瓶在手上被捏着，“嘎吱”响，祁纪阳把塑料瓶扔进了垃圾桶，侧头看了一眼正在下落的雪。

“德语中，花的意思。”

栀子花的花。

是她的名字赋予的含义。

一整晚的梦境反复，程栀第二天醒来的时候坐在床上发了很久呆，累得感觉都快起不来床。

她好像一整晚都在做梦，梦到自己给祁纪阳发信息，问他看到了什么。每次消息发出去，对方刚刚回复，梦里的自己都还没看清，就会忽然惊醒。

过一会儿睡着又继续重复这样的梦。

程栀疲惫地起床洗漱，做了这种很累的梦以后，好像很久都回不到现实世界中。

她出门之前看了一眼手机时间，这才看到自己有数个未接来电，都是祁纪阳打来的。

程栀皱了下眉，完全忘记自己昨天晚上一时脑袋发热就把祁纪阳的微信给拉黑了。

程栀一边出门，一边回了信息。

不知道这个时候他有没有起床，还是暂时不要打电话过去好了。

【程栀：什么事？】

她昨晚睡得早，也没接到那几通电话，祁纪阳坚持不懈地打了两个小时，直到深夜十二点才停歇。

程栀当然没解释自己那时候睡了。

一大早到工作室，程栀一进门就看到邬白薇坐在那边，她正侧头看着外面。

工作室的位置很好，超大落地窗，外面的风景一览无遗，裴淮选地址的时候就说，摄影师这样的职业，需要在一个环境很好的地方进行工作。

程栀入职以来，每天心情都很好，整个人的状态跟在“后花园”的时候完全不太一样。

她甚至觉得，自己好像开始变得豁然起来了。

生活和工作环境真的会对一个人造成很大的影响。

程栀跟助理交换了一下眼神。

小张悄声走过来，压低了声音："邬小姐今天来得很早，我到的时候她已经在外面等了……"

"我知道了。"程栀说，"我们一会儿去二楼，还是跟上次一样，我没叫你的话你就别上来。"

"好的。"

程栀朝着邬白薇走过去，站在她面前，先没有说话，而是微微屈膝蹲下来，朝着她伸出了手。

邬白薇愣了好几秒，抬头站起来，下意识地就把手搭在了程栀手上。

"我们先上去休息吧？"程栀温柔地询问。

"嗯。"

程栀帮邬白薇把包拿起来，两个人一起上了楼，邬白薇一直安静地走在她身侧没有说话。

两个人面对面地坐下，程栀看着她。

邬白薇今天依旧化了很精致的眼妆，连睫毛都刷得根根分明。

即便是这样，也难以掩盖住她有些不安的情绪，眼睛失去了很多神采，一点都没有那种骄傲公主的感觉。

从见到邬白薇的第一眼，她在程栀心中的形象就是耀眼的。

但是现在这个漂亮的女孩失去了这份光。

程栀能猜到原因，但她也没有主动开口，一直在等着邬白薇缓过来。

两个人之间就这么安静了整整十分钟，程栀一直用温柔的眼神注视着她，没有做任何其他的事情。

"程栀……"邬白薇终于艰难地开口，她没有落泪，大概是已经没有可以流的眼泪，"我昨天想了一晚上你说的话。"

"嗯。"程栀应了一声，继续听着。

"你说得没错，我应该找到我自己的。"邬白薇说，"其实我早就感觉到了不对劲，我感觉到我跟他的感情是病态的，我只是一直不愿意面对这件事。"

"是。"程栀回答，"我知道你是个聪明的人，既然你来找我拍照，说想留下你自己，那就说明，至少你现在还有这份心。"

还没有完全泯灭属于自己的那份认知。

邬白薇的双手握得很紧："我不是不知道，我只是太喜欢他了……"

程栀打开手机，给她看了一条视频。

关于恋爱中的 PUA。

这是昨天晚上洗澡的时候，她一边跟喻初打着电话，一边找到的视频。

程栀在这方面毕竟不是专业的，但是她也想要救邬白薇，想要在这个时候伸出手拉她一把。她一直把这件事放在心上，回去以后就赶紧找了资料。

“别的话我也不会说……”程栀慢慢说着，“但我觉得你是个很优秀的女孩子，你不应该为了任何人改变的。

“你已经很优秀了，为什么还会有人来挑你的刺呢？

“人是不可能百分之百完美的。

“真正喜欢你的人，会喜欢你的一切，你的样子就是他喜欢的样子，而不是让你变成他喜欢的样子。

“人的欲望是个无底洞，你看，你一开始为了他改变了一次，就会有很多次。”

邬白薇一边看着视频，一边听着程栀说话，又开始哽咽了，气息不稳，胸口不断起伏。

程栀说完这些，又安静地等邬白薇看完视频。

最后她只问了邬白薇一个问题。

“那么，你还喜欢现在的自己吗？”

邬白薇的瞳孔微闪了好几下，很久以后才摇头。

不喜欢。

她一点都不喜欢现在的自己了。

自己整个人都被那个人的步调带着走，经常去想自己是不是哪里不好让他不喜欢了，经常去想自己是不是做得不够好。

她一次次地让步，一次次地改，现在连自己都不太认识自己了。

“我的拍摄永远为你留着。”程栀轻声说，“所以我们现在做个约定好吗？”

邬白薇看着她：“什么约定？”

“你一定要找回自己，趁着现在，你还有退路可言，不要逼得自己回不了头。”

程栀看着邬白薇，眼神真挚又诚恳，双手合十像是在虔诚地祈祷。

“在爱别人之前，我希望你先学会爱自己。”

邬白薇走的时候是程栀亲自送她上车的。

昨天晚上南城下了雨，今天路面上依旧还有积水，邬白薇依旧穿着那双漂亮干净的白色毛靴。

程栀以前总是想，这么干净的白色鞋子会不会被弄脏。

好像弄脏了就不会那么漂亮了。

但是她今天送邬白薇上车的时候，那双鞋踩在了一块有些松垮的地砖上，突然蹦出来的泥泞雨水全部溅在了鞋子上。

脏了一片。

程栀发现，即便是这样，她穿着的时候还是很漂亮。

邬白薇上车以后，握着程栀的手很久都没放开，最后才轻声开口：“程栀，你是我这么久以来认识的最优秀、最温柔的女孩儿。”

程栀笑了笑，说了一句：“谢谢。”

道别之后，程栀看着那辆豪车缓缓离开，看到天边阳光透过云层，落下来的点点光亮。

很难得昨天下雨今天就出了太阳。

是很好的一天。

程栀再次回到工作室，她在沙发上躺了会儿，整个人陷入柔软的沙发之中。

微风拂动着窗帘，发出细碎的沙沙响。

程栀闭上眼养了会儿神，脑子里很多东西在灌进来，她想起刚才邬白薇跟自己说那句话的时候的眼神。

邬白薇今天一直没什么精神，但是在说最后那句话的时候眼里确实发着光的。

邬白薇是十分真心地在说，说她是个温柔优秀的人。

没有人不喜欢被夸。

程栀的嘴角微微扬了一下，止不住地开心。

像邬白薇这样的人，她认识很多优秀的人，各个豪门世家的大小姐、上流社会的名媛，甚至包括一些明星。

但是，她还是对程栀说了“最”。

过了会儿，程栀终于起身，她去拿手机，看到祁纪阳又打了好几个电话来。

刚才程栀开了静音，跟邬白薇交流的过程中也几乎没怎么看手机。

祁纪阳打来的电话她又没接到。

这样看起来像是故意不接的。

程栀皱了下眉，刚刚准备回拨过去，这才发现祁纪阳还发了短信过来。

【祁纪阳：你怎么把我拉黑了？】

【祁纪阳：我真的没看到什么，你房间没开什么灯，看不清的。】

程栀本来满脑子都是邬白薇的事情了，现在看到祁纪阳的电话，昨晚的羞耻画面马上又出现在脑海里。

什么叫没看到什么！

那他马上叫她穿衣服怎么解释？

程栀强装镇定，回了两条：

【我把你拉黑了吗？可能按错了。】

【没什么，反正同学会那天都那样了，我也没在意。】

只要她不尴尬，尴尬的就是祁纪阳。

但是程栀整个人还是觉得尴尬得不行。

【祁纪阳：那你先把我从黑名单里放出来。】

【程栀：OK！】

程栀这才点开微信，终于把祁纪阳从自己的黑名单里放了出来，她马上就收到了祁纪阳的信息。

【祁纪阳：。】

好像只是在测试能不能发出消息。

程栀没回复。

这条消息也没有任何回复的必要。

她拿着手机走到窗边，看着外面的风景，深吸了一口气，还没反应过来，祁纪阳忽然又打了个电话过来。

程栀这次学聪明了，再三确认。

视频通话。

这个人到底有什么毛病！

怎么有事没事就给人打视频电话！

程栀想了会儿，最后还是接了起来，她直接把摄像头换了一边，对着外面。

她抬眸一看，发现祁纪阳那边也是后置摄像头的画面。

他站在某条街上，程栀一眼就认出了是哪里。

安城的冬天比南城冷，会下很大的雪，每次冬天的大雪过后，整个安城都会变成银装素裹的世界。

她很喜欢。

她大一刚到安城的时候，有一次跟祁纪阳说过，最喜欢下雪后的这条街了。

程栀有些出神，看着手机里的画面，男人的声音低沉轻缓。

“昨晚也只是想给你看雪。”

想给她一个惊喜，看看下雪的安城，所以直接打了视频电话过去。

叶子上的雪堆积太厚，撑不住落下来的一瞬间，她听到祁纪阳轻声的叹息，说着：

“我记得你喜欢。”

第十章

现在想见你

一周后，南城也下了一场雪。

程栀早上起来，拉开窗帘就看到外面的积雪，她住的楼层很高，能看到很远的地方。

她站在落地窗前发了很久呆。

忽然想起那天祁纪阳打来的视频电话，他给她看安城那条下雪的路。

程栀之前看了一眼朋友圈，记得他们这次住的酒店离这条路很远。

根本不在一个区。

后来镜头被翻转过来，镜头里的男人竟然是满身的少年气，一如当年他们还在一起念书的时候的样子。

外面天气冷，祁纪阳被冻得鼻头发红，却还是眸光亮着，问她好不好看。

那一刻，其他的事情全都被抛之脑后，她抿着唇轻笑，说：“嗯，好看。”

程栀穿好衣服出门，到工作室不久，她在办公室整理文件，也在思考着邬白薇的那组图要怎么拍，她现在脑子里已经有个大概的样子了。

现在只需要邬白薇给她一个完美的答复。

没过一会儿，办公室的门被人敲响，程栀隐约闻到空气中有一股很淡的，熟悉的香水味。

“进来。”程栀开口的同时，抬头看过去。

门口站着两个人，有说有笑的，祁纪阳第一个看过来，他笑着，什么都还没说。

裴淮抢先一步，说：“好久没来工作室了，最近怎么样？”

程栀放下手上的工作：“挺好的，一切顺利。”

“有你在真是不用操心啊。”裴淮说，“这事儿不管过了多久，我觉得都得感谢祁纪阳做出的贡献！”

裴淮拍了拍祁纪阳的肩膀，畅然地说：“要不是你介绍程栀给我，这边工作室不知道还要荒废多久，我自己肯定做不起来。”

程栀在这方面是很专业的，不管是管理还是个人能力。

更重要的是，她对工作室的发展有十分完整的规划，现在进行的工作，每一步都在跟着步调走。

程栀笑了，接了水给他们俩递过去。

“哪有这么夸张，你每次来工作室就是来吹‘彩虹屁’的？”程栀弯了弯眉眼，浅色毛衣下，更为温柔。

“就忍不住夸。”裴淮说。

祁纪阳站在一边，忽然掀了一下眼帘，薄薄的内双拉出一条线。

“你克制一点。”祁纪阳忽然开口，“欣赏可以，别的不行。”

“你这突然干什么呢？”裴淮有些困惑，“怎么突然管上这事了？”

祁纪阳的眼神落在程栀身上，微微一挑眉：“你没跟他说我在追你？”

裴淮刚刚喝了一口水，还没来得及咽下去，差点被呛死。

“咳咳咳——”裴淮看着祁纪阳，“什么？”

程栀没说话，祁纪阳的眼神收回来以后，十分认真地又说了一次：“我现在在追她。”

裴淮：怎么这才一个月没见，这两个人之间的感情就已经变质了？

虽然他早就感觉到祁纪阳对程栀的感情不是那么简单，但是现在这个突然的转变也来得太快。

这两人每次一起出现都好像什么事都没有。

久而久之，就连裴淮都要觉得他们俩真的是兄弟情的时候，却突然爆出猛料。

祁纪阳继续看着他：“所以你知道了？”

“OK，懂了。”

裴淮把杯子里的水一饮而尽，眼神在程栀和祁纪阳之间来回了几遍，随后把纸杯扔进垃圾桶。

“那我就不打扰你们俩了，我下去待会儿。”

裴淮倒是真的说到做到，话说完以后很快就不见了人影。

办公室里很快只剩下程栀和祁纪阳两个人，忽然之间就陷入沉寂。

祁纪阳在程栀对面的位置坐下，眼神灼灼地看着她，也不说话，就这么一直看着。

程栀下意识地拉了一下自己身上的衣服。

她明明穿得严严实实，但是被祁纪阳用这样的眼神看着以后，她总觉得自己现在跟没穿衣服没什么两样。

脑海里这个念头一出现，程栀就再一次想起了那天的事，耳根一热，就这么没有任何征兆地开始脸红。

随后，果不其然，男人吊儿郎当的声音响起，问她：“你脸红什么？”

程栀：“热的。”

“那要帮你开窗通风吗？”

“……不用了！”

程栀赶紧回到自己的工位上，说：“你别打扰我工作。”

“嗯。”祁纪阳低低地应着，“我不打扰你。”

“那你还待在这里？”

“我不说话。”祁纪阳说。

程栀微微抬眸，看到他的眼睛微微眯起，撑着下颌，认真地看着自己。

她被看得浑身不舒服，但好像又不能赶祁纪阳走。

他要是真的不说话的话，确实不怎么会打扰她的工作。

外面吹着风，拍打着窗户，偶尔会有很轻的响声。

这个冬天挺冷的。

祁纪阳果然一直都没有说话，他很安静，仿佛不在这里。

但程栀每一次抬头，还是会对上他热烈的眼神。

她从来都没想过，被人这么看着，原来是一件如此让人坐立难安的事情。

两个小时过去，程栀伸了个懒腰，祁纪阳终于开了口。

“饿了吗？”

“没。”

“嗯，我饿了。”祁纪阳说，“点个关东煮可以吗？”

“你想吃的话就点吧。”

“好。”

程栀起身接水喝，她转身的时候，却差点撞进祁纪阳的怀里。

祁纪阳垂眸看她，冷不丁地问了一句：“程栀，我听话吗？”

“挺……挺听话的。”程栀有点蒙，“怎么了？”

“那你……”祁纪阳顿了一下，“什么时候喜欢我啊？”

程栀喝了口水，压了下情绪，糊弄过去：“嗯……再说吧。”

她坐回去，终于反应过来祁纪阳忽然问这句话是什么意思。

或许，是因为她高中的时候开玩笑说过，喜欢很乖的，会听话的男孩子。

不会跟她进行没有意义的争吵，懂事一点。

连她自己都要忘了的随便糊弄人的玩笑话，祁纪阳却记得那么清楚。

程栀的心忽然猛地颤了一下。

大脑里在记数。

每一次她为他所做的事心动的时候，都会记数。

半个小时后，关东煮送过来。

祁纪阳给程栀推过去，她看到里面漂浮的小米辣，忽然愣了一下。

“你不是饿了吗？”程栀讷讷地问。

“嗯。”

“那你加小米辣干什么？”程栀抬眸，“你又不太能吃辣，是不是忘记给老板备注了？”

回忆如潮水袭来，程栀想起了很多事情。

“你以前就是这样，明明自己不吃辣，偏要加，每次都忘记跟老板说。

“高中的时候就这样，怎么现在还是这样？

“连自己的口味都记不清吗？”

祁纪阳安静地听程栀说完，懒洋洋地往后一靠，眉梢微扬：“你觉得我有这么笨吗？”

“正常人都不会这么笨。”

祁纪阳轻笑了一声，他的目光落在程栀面前那碗关东煮上，忽然站起来，倾身。

两个人之间的距离突然变短，程栀甚至能感觉到他的呼吸落在自己的脸上。

办公室明明开了暖气，但他呼出来的气息显然还要更烫一些。

程栀的余光里，还是那漂浮着的几颗红色的小米辣，像是红色的小星星，一直在脑子中闪动。

男人的睫毛盖下来，在下眼睑投出阴影，他敛着眸，语气悠悠道：

“所以啊——是你很笨。”

几个字落入耳里，程栀的瞳孔微缩了一下，所有曾经的画面全部灌入脑海。

“怎么会不记得自己什么口味？”

“只是因为这是你的口味。”

每年冬天，程栀课间的时候总是喜欢去买关东煮吃，捧在手里暖呼呼的。

但其实一杯十几块的关东煮，对她来说不是可以每天消费的项目，十几块在高中的时候都能抵得上一整天的饭钱了。

所以她总是每周三才奖励自己去买一杯。

祁纪阳就没有这样的烦恼，买什么东西都不用眨眼，这么点小钱对他来说都无关痛痒。

后来，他每天都会买一杯关东煮，几乎每次都会忘记自己不吃小米辣，每次拿回来的都是有小米辣的。

一开始程栀以为他也喜欢这样吃，直到后来某天，他没注意到，随口跟她说了一句：“我不爱吃辣。”

从此以后，程栀每次都会很困惑，为什么祁纪阳明明不吃，却要加小米辣，每次都是拿回来推给她：“又忘记跟老板说不加辣了，你帮我吃掉吧。”

“你怎么会每次都忘记啊！”十七岁的程栀恨铁不成钢，每次都会说他一顿，“虽然你是挺有钱的，但是不能浪费啊！”

“钱要花在刀刃上！”程栀严肃地说。

祁纪阳懒洋洋的，把围巾搭在脸上：“嗯，知道了，我眯一会儿。”

程栀一边教育他，一边默默地帮他把“买错”的关东煮吃掉。

只是那时候，她从来都没有注意到，每一次身旁少年的嘴角都会微微勾起来，一直笑着，偶尔会从围巾的缝隙里，偷瞄她两眼。

看到她认真地吃下每一块才会安心。

少年时的喜欢，总是隐藏在谎言里，藏在偷偷看过去，却又收回来的目光之中。

笨拙又不坦诚的喜欢。

下午，邬白薇突然造访。

裴淮上来敲门的时候都小心翼翼的，在外面轻咳了几声，小心地开口：“可以进来吧？”

程栀直接走过去把门打开：“怎么了？”

“有什么不能进的。”她笑了一声，微微侧身。

祁纪阳躺在沙发上在看 F1 比赛的视频，也坐起身来，看向裴淮。

裴淮整张脸上都写着“祁纪阳你到底行不行啊”，给了他们俩这么多时间独处，结果一点情况都没有？

不过有正事在身，裴淮也没有继续调侃什么。他看着程栀，说：“邬白薇来了，找你的。”

程栀眼神一凝：“好，我马上下来。”

“你们俩最近关系挺好的啊？”裴淮问了一句，他对邬白薇的事情其实不了解，“一进来她就直接找你，而且还直接不搭理我了。”裴淮感叹着，“她可是我介绍过来的人哦，怎么就被你捞走了啊？”

“女孩子之间的秘密，你们就别参与了。”

程栀赶紧下楼，刚刚走出去，祁纪阳忽然叫住她：“我等你一起吃晚饭。”

“噢。”程栀急着去找邬白薇，随便应了一声。

楼下会客室，邬白薇安静地坐在里面，程栀看到她的时候稍微愣了一会儿。

今天的邬白薇跟前几次来的时候都不一样。

她今天化了个烟熏妆，烈焰的红唇。

以前的邬白薇每次来的时候都像是冬日的雪精灵，今天却像是夏日里的灼灼烈日，让人看着都觉得有些灼烧。

程栀在她对面坐下，轻声打了招呼：“邬小姐？”

邬白薇转过头来，说：“都到现在了，你直接叫我名字，或者叫我白薇就可以。”

程栀点了点头。

“不用跟我那么客气。”邬白薇说，“你帮了我这么多次忙了，我想跟你交个朋友你不介意吧？”

今天邬白薇的状态很不错，看起来整个人挺豁然的。

程栀笑了：“当然可以啊。”

“跟你这样的人交朋友是我的福气。”程栀说着，“你这么优秀，能认识你我也很开心。”

邬白薇颔首，伸手从包里拿了一份合同出来，推给程栀。

程栀看着上面写的几个大字：股份转让书。

她的瞳孔缩了缩，有些困惑：“这是……”

“订婚取消了。”邬白薇说，“这个婚我不结了，我提了分手。”

“恭喜。”程栀突然松了口气，“你以后会遇到更好的人的。”

“是。”邬白薇说，“在跟你谈话之前，我的状态就一直很差，我爸妈其实也是看我状态恍惚才答应的这门婚事。

“第一次你告诉我的时候，我回家哭了一整晚没睡着，其实那时候我就已经知道自己可能需要放弃了。那一次你点醒了我，特别是问我为什么想要留下属于自己的时候……”

她心中，属于自己的东西还存在着。

所以在做斗争，在挣扎。

邬白薇那时候还在想要拯救自己，但是她自己的力量是不够的。

在悬崖边上的时候，程栀拉了她一把。

“人生就是断舍离，第二次来了以后，回家以后我就跟爸爸妈妈长谈了很久，但是我们这么多年的感情，我确实需要一些时间来消化。”

邬白薇说着说着，语气哽了一下，大概是想起了曾经的种种。

“我花了一周的时间来认真思考这个问题。”

程栀沉默着，伸手轻轻地抚了一下她的手背，随后说：“只用了一周已经很棒了。”

一段感情，要走出来花费的时间，比陷进去花费的时间更多。

“或许我现在也没有办法完全忘记。”邬白薇敛着眸，“但是我知道的，做出这个决定，我未来会更好的。”

“是的。”

“这个世界有那么多值得我去喜欢的人，会有人喜欢我的全部，我不需要做出任何改变，我也不会因为觉得自己不够完美而感觉到焦虑。”邬白薇说着，声音越来越哽咽。

“可是我偏偏喜欢了一个烂人。”

程栀起身，走到旁边，伸手抱了抱她。

“没关系，人这一生可能真的会爱错一些人吧。”程栀温柔地说着，“我们可能要这样才能找到一个真正合适的人。”

她也一样。

从喜欢祁纪阳那一刻开始，程栀觉得自己喜欢他，注定是一件错的事情。

邬白薇本来很冷静地跟她聊着天，却还是没忍住落了泪。

这场爱情故事，对她来说是很严重的伤害，需要很长一段时间去痊愈。

邬白薇调整好状态以后，终于想起正事，再一次把合同递到程栀面前。

“这是给你的。”

程栀僵住。

“本来结婚以后，这部分股份是要分给我的丈夫的。”邬白薇说，“但是目前，我不结婚了。”

“你以后还会嫁人的。”

“这份是给你的报酬。”邬白薇认真地说着，语气不容拒绝，“我和爸妈都觉得这是你应该得到的。”

她给出的这份股份值多少钱，程栀根本都不敢想。

邬白薇觉得自己跟程栀说不通，打了个视频电话给父母，对面很快就接了。

手机里传来两道关切的声音。

“薇薇？见到程小姐了吧？”

“她现在在吗？”

邬白薇点头：“在的。”

邬白薇把手机挪了一点位置，把自己和程栀都圈在摄像头里，对面画面里那张脸，程栀稍微有一点点印象。

以前好像在什么财经报刊上看到过。

“程小姐。”邬父缓缓开口，“你好，我是邬白薇的父亲。”

“叔叔您好。”

“我们知道，或许这份股份对你来说，是无法收下的东西。”邬父说道，“但这是我们的一份心意，也觉得是你应该得到的东西，怕你有压力，所以也没有太多。”

“我们还是希望你考虑一下，收下这些。”中年男人的声音铿锵有力，更是让人觉得无法反驳，“你可能觉得只是举手之劳的事，但是这件事对我们薇薇来说，是救命。

“像我们这样的家庭，要是办了订婚席，这门婚事就是板上钉钉的事情了。

“你保住的是我们薇薇的幸福和名声。

“我跟薇薇她妈妈，一直忙着公司的事情，对孩子的照顾还是少了点。”

所以邬白薇以前才会陷入那样甜蜜的陷阱之中。

“你是薇薇的救命恩人，我们家就这一个女儿。很多东西，是金钱都换不来的。”

程栀整个人都有点蒙，这比中了五百万彩票还来得突然。

“这些，都是你值得的价值。”

她的温柔、善良、冷静和细心，本来就值千金。

程栀没签那份合同，但是她也很清楚，如果自己强硬地拒绝，其实对邬白薇和她的家庭来说是一种不尊重。

所以程栀说自己会好好考虑一下。

毕竟这么多钱的事，她觉得自己还是需要缓缓再做决定。

邬白薇也没逼着程栀今天一定要同意，只是跟她说：“那你考虑好了以后，随时联系我。”

临走之前，她还给程栀发了个茶话会的邀请。

“下周我跟姐妹有个聚会，我希望大家都能认识认识你。”

程栀笑笑：“嗯。”

邬白薇走的时候是裴淮送的，两个人说笑着离开。

“哟，好多年没见邬大小姐化烟熏妆了啊，有点怀念，你未婚夫不管你了？”

“我分手了。”邬白薇淡淡地回了一句。

裴淮脚步忽然停住，连背都僵了一下。

裴淮走到门口，忽然回头对程栀说：“今天早点下班！关门了，关门了！”

“哪还有老板逼着人下班的？”程栀笑出声。

“你也是老板。”裴淮说，“工作室股东里写着你的名字啊，怎么把自己搞得跟打工仔似的，我不允许这种事发生！”

“行了，快点走啊，祁少都要无聊死了——”裴淮吼了一声，“我跟白薇先走了。”

程栀等他们俩走了以后才上楼，祁纪阳站在窗前接电话。

背影挺立，宽肩窄腰，长裤包裹着修长的双腿。

程栀听到一句，他说着：“行，F1 的实训我过段时间就去，到时候跟你联系。”

电话挂断以后，祁纪阳转身看到程栀站在那边，挑了下眉：“忙完了吗？”

“嗯。”

“那我们一起去吃饭？”祁纪阳走过来，“我刚才打电话问了，以前你爱吃的那家店还开着，不过生意有点好，我们得过去排队。”

“哪家？”

“就化工厂那条路上，不是有家血旺店吗？”

程栀睨了他一眼：“……你跟我去吃那个啊？”

“嫌弃了？”

“怎么可能。”程栀一声轻笑，“我是怕你吃不习惯。”

程栀从来没带祁纪阳去那家店吃过饭，她一直觉得祁纪阳这种高贵的小王子，应该都是去大酒店吃饭的，怎么会屈身去那种街边小店。

靠近工厂，整条路都算不上太干净，甚至有些城乡接合部的感觉。

“我有什么不习惯的。”祁纪阳的语气随意，“走吧，一会儿太晚了人更多。”

“噢。”

程栀有些陷入自己的思绪之中。

她还是无法想象祁纪阳坐在那种街边小店跟自己一起吃饭的样子。

程栀去办公室拿了个包出来，缓缓开口：“其实你也不用那么照顾我，要是你不喜欢，就算了……”

她还是觉得有点勉强。

祁纪阳这种一出生就在罗马的人，哪里经历过这样的生活啊。

程栀说完以后，没得到回答。

好几秒以后，她忽然感觉到自己脑袋上一阵温热，男人掌心的温度传来。

祁纪阳的声音有些无奈，尾音拖得很长：“小橙子啊……你不用想那么多，我要是真的不喜欢，就不会叫你去了。”

程栀这才没说什么。

两个人并肩走着，祁纪阳顺手接过她的包帮她拿着，冷不丁地问了一句。

“你换香水了？”

程栀摇头：“没啊。”

程栀抬手闻了一下自己袖口的香水味。

是刚才在邬白薇身上沾到的。

“这个味道。”程栀顿了一下，“刚才在下面跟白薇拥抱的时候留下的……”

拥抱的时候，身上会留下一些别人身上的香水味。

他们往前走了几步，程栀还在回味着自己袖口上的味道，身旁的男人脚步忽然顿住。

祁纪阳微微低头，看着她。

他身上若隐若现的香水味钻入程栀的鼻息之间，十分明显，无法避让。

气息浓烈。

程栀听到他一声轻叹，随后漫不经心地开口。

“那……小橙子你身上什么时候能染上我的味道啊——”

祁纪阳的问题并没有得到回答。

程栀手里的果汁还没喝完，她轻轻咬着吸管，甚至有些装傻的意思，祁纪阳也不逼问。

有些事情表达过后就算了，现在不太适合逼着她来回应什么。

从工作室出去，程栀晃着手上的车钥匙，挑眉问了句：“你开自己的车？”

“我没开车。”

程栀微愣：“啊？”

“太挤了不方便。”

“那你刚才怎么来的？裴淮接的你吗？”

“地铁。”

她有生之年竟然会听到祁纪阳说自己是坐的地铁！

程栀一脸错愕，祁纪阳垂眸看着她，从她的表情里读出了许多东西。

下午五点，街边的小店已经坐满了人。

老板一边忙着端菜，一边招呼着客人：“几位啊？”

程栀和祁纪阳站在门口一会儿才排到一个角落的小座位，周围都被其他人团团包围着，祁纪阳把点菜的本子递给她。

“你点。”

这种忙碌的街边小店，连点菜都要自己写菜单给老板。

程栀接过去，十分熟练地写好，随后环顾了一下四周。

店里依旧跟她上次来的时候一样，不大的店面，破破旧旧的，就连雨棚的边缘都有些小洞。

墙上贴着很陈旧的海报，是十年前正红的明星。

她下意识地呢喃了一声：“这么多年了都还是这样呢。”

祁纪阳也顺着她的目光看了一圈，旁边柱子上的红漆斑驳掉落。

程栀回过神来，问他：“你会不会不习惯……”

祁纪阳活了二十多年，可能都没在这样的店里吃过饭吧。

这种街边小店，对她这样的人来说简直是宝藏，便宜又好吃，上菜也很快，虽然一点格调都没有，但是这种店里的菜总是最好吃的。

祁纪阳轻笑了一声，端起旁边的杯子喝了口水，他说：“我觉得你对我有点误解。”

程栀有些不解。

“虽然我家条件是不错。”祁纪阳说，“但也只是到我爸妈这辈才好起来的，我外公外婆他们，也是农村里出来的，以前每次回老家，比这破旧的我都见过。”

程栀对祁纪阳家里具体的情况不是很了解，只知道他就是个有钱公子哥。

养尊处优，花钱不眨眼。

“不过我老家的房子很早之前就拆了，最后一次回去好像是五六岁的时候，现在已经记不太清是什么样了。”祁纪阳说，“不过，我真的不是什么一点人间烟火都不食的人啊。”

祁纪阳发现程栀对他的误解很深，在她的眼里，自己好像是真的住在云端。

"噢……"程栀低声应着，也没多深入地去问什么，她换了个话题，"对了，你知不知道那种名媛大小姐的下午茶都是玩些什么？"

"怎么了？"祁纪阳微微挑眉。

"白薇约我一起去喝下午茶，我没拒绝。"程栀舔了舔唇，稍微有些局促，"但是我也没参加过这样的聚会，怕到时候出了什么岔子。"

她倒是不怕自己丢人。

只是她是邬白薇带过去的人，要是自己哪里做得不好，邬白薇的面子上肯定也过不去。

"没什么特别的，就是随便聊聊天，以前陪裴淮去过邬白薇她们的聚会。"祁纪阳回忆道，"你不用那么紧张。"

程栀还是没太大的信心，已经在盘算着自己是不是得拿出家当去换个贵点的包。

吃完饭，祁纪阳坚持要送程栀回去。

虽然他没开车，但是他可以帮程栀开车，程栀把车钥匙递过去以后，小心翼翼地说了句："你……你对它好点啊。"

祁纪阳轻笑："怎么个好法？"

"我现在每公里油耗很低的。"程栀的语气里甚至透露出一点点骄傲，"说明我车开得不错吧？"

"嗯。"车钥匙在被祁纪阳拿在手里把玩着，"是挺好的。"

两个人说着，祁纪阳低头看了一眼腕表，时间还很早。

就这么送她回去了，总觉得有点可惜。

程栀刚刚往前走了两步，忽然听到祁纪阳叫住了自己。

他说："晚上你还有别的事情吗？"

程栀下意识地应了："没。"

"嗯，我们去玩卡丁车？"祁纪阳缓缓开口，"你刚才不是说自己车开得不错？"

程栀没回话。

"这不是还早嘛！"

她说："我不太会玩那个。"

祁纪阳看着她，语气忽然委屈，说："我陪了你一整天，你也陪我去玩两圈？"

程栀：又不是我逼着你来陪我的！

明明是你自己莫名其妙地在对面看了我一整天！

但她还是回答了："行。"

祁纪阳挑的地方跟上次沈嘉树挑的地方一样，上次跟沈嘉树来的时候，程栀就上去晕乎乎地玩了一圈，也没感觉到什么。

沈嘉树也就顾着自己玩了。

但是今天跟祁纪阳一起来的时候有些不一样，他自己还没上车，先帮她把装备套上。

他认真地检查了好几遍，声音很温柔，像春天的风。

“头盔压着头发了吗？

“你别动，我帮你弄。”

隔着厚重的头盔，程栀听不清他说了什么，但是整个脑子里，也只有祁纪阳一个人的声音。

过了一会儿，祁纪阳才去穿自己的装备，他的动作很熟练，飞快地给自己整理好。

修长的双腿被包裹着，往前一步步地迈向她。

程栀的余光扫到旁边有围观的小姑娘偷偷拿出手机拍照，祁纪阳连头都没偏一下。

她的心脏猛地跳动了一下。

好像每一次，祁纪阳走向她的步伐都是坚定的、毫不动摇。

从过去到现在。

不管是什么时候，不管是哪方面。

祁纪阳每一次都在坚定不移地走向她。

程栀站在原地愣了会儿神，祁纪阳都已经在她面前站着了，她都还没反应过来。

“弯道的时候稍微控制一下速度，不要太快，注意卡入弯的角度。

“刚开始玩不要想着开太快，先习惯跟车的配合。

“如果不会玩的话是体验不到的，我先教你。”

祁纪阳认真地说完，等到程栀上车以后自己才开始。

这一次，程栀忽然感受到了不同的东西。

终于感受到了卡丁车的乐趣。

程栀也没有玩太久，毕竟刚上了一天班，还有些累。从车上下来，她去前台取手机，马上就给沈嘉树发信息。

【程栀：你真不是个东西，玩卡丁车就顾着自己开心了！】

【程栀：都不认真跟我说怎么玩！】

【沈嘉树：你又去了？跟谁一起！哪来的野男人？！】

【程栀：关你什么事？】

【沈嘉树：呵呵，在我眼皮子底下拐走我程姐，也不问问我沈嘉树同不同意！】

程栀想起沈嘉树之前在自己面前夸祁纪阳的样子，忽然笑出声。

要是他知道自己是跟“Blume”一起来的话，会是什么样的呢。

【程栀：嗯……一个可以破纪录的人！】

【沈嘉树：我马上从海城原地闪现回来。】

沈嘉树的乐队最近有很多演出，前些日子就开始全国各地跑，也好久没见到他了。

程栀回头看过去，虽然车上的人都看不见，但是她一眼就能认出来哪个是祁纪阳。

他跟其他玩家完全不一样。

毕竟大家都是闹着玩，而他是职业赛车手。

程栀等了一会儿，祁纪阳终于从车上下来，他脱下头盔，头发有些凌乱，甚至还翘起来了几根。

她看着祁纪阳，他在那边脱装备，随便一个抬手动作都惹人心动。

祁纪阳弄好以后朝程栀小跑过来，抬头看了一眼时间，低念了一句："嗯，好像破纪录了。"

"对你来说破个纪录不是很简单的事吗？"程栀笑了笑，"你一个职业选手来破人家的纪录，挺不道德的。"

话音刚落，她忽然想起上次沈嘉树说，这里的纪录保持时间很短。

像是职业车手才能做到的事情。

程栀还没开口，转过去抬眸，男人扬起头，下巴微抬，下颌线紧绷。

祁纪阳看着那边的纪录时间，漫不经心地开口说了一句："是我的纪录。

"这里的纪录是我保持的。"

程栀有些无语。

祁纪阳忽然垂眸看她，嘴角微勾，说了句："你不知道吗？全市的纪录都是我保持的。"

这个熟悉的骄傲的语气。

她轻叹了一口气，说："是很像你会做的事情啊。我们现在走吗？"

程栀刚刚转身，忽然感觉到自己的衣服被人拉着。

祁纪阳没有直接拉她的手，小心翼翼地扯了一下她的袖子。

"怎么了？"

祁纪阳忽然蹲了一些，跟她平视着，瞳色如墨，和外面的天色一样浓郁。

他微微动唇。

"那你知道，所有纪录保持的名字，都写的是你的名字吗？"

——"我喜欢一个人不知道要怎么开口，怪矫情的。"

所以他一直都在做一些事情。

自顾自地买下快要倒闭的咖啡店，只因为程栀喜欢那家店，他也不知道以后程栀会不会再来。

但是祁纪阳希望她回来想要来的时候，店还在这里。
就像他也一直在这里。
程栀随时回头，随时过来都可以。
祁纪阳所有的一切都留给了程栀。
ID 是花。
她的校牌跟他所有的荣誉放在一起。
程栀也是他至高无上的荣耀。
也会傻乎乎地，在每一家卡丁车馆无聊地破了所有的纪录。
全部留她的名字。

回家的路上，祁纪阳开程栀的车，他说一会儿回家的时候自己回去就好了。
程栀很突然地接到了纪生的电话。
她看了一会儿来电提醒，随后接起来，下意识地把音量调低了点。
“喂？”纪生温润的声音传过来，“在忙吗？”
“没……刚跟朋友玩了会儿，现在在回家路上。”
“嗯，叔叔最近怎么样？”纪生问。
“我爸吗？他挺好的，没什么事。”
“那就好，我听我爸说最近在建立什么卫生城市，所以化工厂裁员挺严重的，感觉叔叔会很操心这件事。”纪生说，“怕你们觉得头疼，打电话问问。”
如果作为兄长，纪生绝对是非常好的。
“谢啦，不过应该没什么。”程栀笑了笑，“我爸那人就这样，自己都吃不饱饭还要关心别人的情况。”
“嗯，那你回家注意安全。”纪生也没多说。
电话挂了以后，祁纪阳侧头睨了程栀一眼，问了句：“是上次那个？”
“哪个？”
“你的邻家哥哥？”
程栀转头看了他一眼，就看到祁纪阳的唇轻轻抿着，手指在方向盘上不耐烦地点着。
他似乎对纪生的存在十分介意。
“啊……是。”程栀应了一声，继续观察祁纪阳。
他的唇抿得更紧了。
过了好一会儿，祁纪阳才缓缓开口，声音都绷着：“他是不是也在追你？”
“嗯？可能……也许算吧。”
程栀觉得自己可能有点恶趣味。
她明明知道祁纪阳肯定会不开心会吃醋，但她竟然还是很想看到。

“你的追求者挺多啊——”

男人的尾音拉得很长，前面是红绿灯，他猛地一踩刹车，程栀差点撞到前面，但被祁纪阳伸手挡了回去。

他早就知道这么急踩刹车一定会有很强的惯性。

祁纪阳靠着，斜睨了她一眼：“我排到多少号？”

“按什么排？”程栀问。

“你现在的好感程度。”

感情是不讲先来后到的，而是讲喜欢与否。

程栀没回答，感觉自己的眼皮跳了一下。

要是按照这个排序的话，那祁纪阳现在就是站在最前面的人。

“嗯……那我得想想。”程栀回避，“我给我爸打个电话。”

祁纪阳一声轻嗤：“要先问问叔叔阿姨吗？我觉得他们还挺喜欢我的。”

“他们也挺喜欢沈嘉树的。”程栀随口一答，脑子里还在想着要跟程山说的事情。

纪生突然打电话来，也提醒了程栀，她确实应该关心一下程山最近的情况。

平时一家人有事才会联系，其他时候都各自忙着自己的事情。

祁纪阳被她这个回答噎住，沉思了会儿，说：“和沈嘉树一样？”

程栀从小就跟男生玩得开，在程山他们的眼中，在程栀身边的男人分为两种：一种是可以考虑成为女婿的，另一种就是玩伴。

祁纪阳已经被他们分到了第二种。

程栀那边电话接通，她问：“爸，刚才纪生给我打电话说最近厂里情况不怎么好……我来问问你。”

“唉，是。”程山说，“不过这些事你没什么可操心的，你忙你自己的事情去。”

“家里有的事情我还是得问问嘛。”

“有啥好问的，你外婆那边快出院了，回头抽空去看看就成，我这边你就别管了。”

“我怎么能不管呀，我是你女儿欸。”程栀佯装赌气，“怎么，我不是你亲女儿了？我是外面捡的？”

祁纪阳听着都轻笑出声。

她家的家庭氛围，是他从来都不敢去奢求的东西。

程栀还在念叨：“你啊，都快退休了，厂里有的事情就别瞎操心了，自己该吃吃该喝喝，赶紧搬进大房子里去享福吧。”

末了，程栀还补了一句：“我养得起你们。”

“钱多得花不完是吧？”程山轻哼，“谈恋爱费钱，你赶紧谈恋爱去！你跟纪生聊得怎么样了啊？”

程栀没回答。

“反正我和你妈觉得纪生不错，从小就认识，跟咱家条件也差不多，门当户对。

“没感情就培养呗，不然你就自己找个让我们省心的。”

话题一到催谈恋爱，程栀就巴不得马上把电话挂断，她把手机拿远了一点。

“啊，我要到家了，不说了啊，拜拜！有什么事情记得打电话给我！”

程栀把电话挂了，长长地舒了一口气。

“怎么？”祁纪阳挑眉，“催你谈恋爱？”

程栀还没回答，祁纪阳懒懒地又说了句：“眼前不是有个合适的对象？我比其他很多人的条件都要好吧？”

以前程栀总是把祁纪阳说的这些话当作玩笑。

但是在表白那天，祁纪阳认真地跟她说：“我跟你说的每一句话都不是玩笑。”

所以她都必须认真对待。

程栀笑了一声，没回答，也没跟祁纪阳说，就是因为你条件太好了才不合适。

祁纪阳帮她把车停到地下停车场，递车钥匙给她的时候，问了句：“能去你家喝杯水吗？”

“可以。”程栀点头，随口说，“不过只能随便喝点了，我这次没买你爱喝的那种……”

她接过钥匙往前走，却没发现身后的男人脚步忽然顿了一下。

他似乎察觉到什么，唇边的笑意止不住地扩大。

程栀家里跟上次一样，只是冬天的时候多了几个玩偶摆在沙发上，天气一冷，程栀就爱在家抱着玩偶看电视。

家里依旧没有男式拖鞋，祁纪阳只是上来喝杯水，没打算久留，鞋都没换，只是在门口等。

程栀去给祁纪阳倒了杯水，站在门口看着他喝完。

男人的喉结上下滚动，几滴水珠从唇边滑落，流入脖颈。

带着几分别样的性感。

程栀看着他，忽然觉得自己的呼吸都紧了。

喜欢是一种根本藏不住的东西，她已经很努力了，每天都在给自己洗脑，劝说自己不要再喜欢祁纪阳了。

她劝了自己整整五年。

但是现在祁纪阳这么站在她面前的时候，程栀还是觉得自己好像无时无刻不在心动。

其实他说的每一句话，做的每一件事，都在她的心上重重一击。

一直在累积。

现在，心里的那杯水快要溢出来了。

祁纪阳仰头喝完，把水杯递还给她。程栀接过杯子的时候，手却突然被人握住了，男人指尖上的温度传到她的手背。

滚烫。

比任何时候都让她觉得烫。

“程栀。”祁纪阳忽然喊她。

“什么？”程栀强装镇定，其实心跳快得已经要溢出来。

“你上次是特地买给我的吧。”

她没回话。

“你还记得我喜欢吃的东西，我很开心。”

程栀的秘密忽然被戳穿，她猛地眨了好几下眼睛，但是没有说话。

眼前的男人忽然低头，凑近她。

两个人的眼神对上，程栀一点避让的机会都没有。

程栀知道，或许什么都藏不住了。

她看到祁纪阳的唇一张一合，耳边灌入他轻声的询问：

“你，喜欢我吗？”

程栀忽然噎住，却能感觉到自己的耳根在不断地升温。

一切都暴露无遗。

祁纪阳忽然轻声笑了笑，松开手指，程栀却感觉自己的心里怅然若失了一下。

“我知道你在顾虑什么。”祁纪阳说，“我都知道。”

她是可以嘴硬，可以强装镇定，可以逞强，但生理上的反应是无法抑制的。

“我不急，你还有很多时间来考虑，认真思考到底要不要迈出这一步。

“只要你不后悔，就好了。”

祁纪阳走后，程栀去泡了个澡，脑子里有些乱，可心跳的速度一直都没有压下去。

程栀也不知道今天自己到底怎么回事。

明明祁纪阳没有做什么特别的事，但今天的她好像格外心动。

程栀看着眼前腾升的雾气，跟喻初打语音电话。

当祁纪阳看透她的喜欢的那一刻，她就知道自己无处可逃了。

程栀以前很怕以后两个人都很努力，却因为一些现实原因只能无奈分开，那这段感情就不要开始为好。

可是这么久以来，她看到祁纪阳一直都在努力。

年少的喜欢热烈直接，只想把最好的一切都给她，却把她越推越远，但祁纪阳在成长的路上，最先学会的就是维护她的敏感。

喻初听到程栀在叹气，说：“有什么好纠结的呀，其实这事很简单的，你想得太复杂了，我就问你两个问题。”

喻初问：

“五年前你喜欢的是谁？”

是祁纪阳。

“那你现在喜欢的是谁？”

还是祁纪阳。

“怎么样，你知道是谁了吗？”

“嗯。”

“是他没错吧？”

“嗯。”

“你傻啊，过去的五年你都没能把他忘了，没能喜欢上别人，你还指望未来五年忘了？”

程栀沉默了很久，从浴缸里站起来，水声“哗啦”。

她拨弄了一下手上的链子。

“是啊——我忘不了。”

所以这一次，想要往前走一步。

她不能让祁纪阳一个人孤独地努力。

第二天，程栀请了个假没去工作室。

她给裴淮发信息的时候，裴淮有些诧异，毕竟程栀这个工作狂从来不请假的，甚至还经常奖励自己加个班。

“你终于舍得请假了？”裴淮说着，语气竟然有些轻松，“我还以为你的眼里只有工作呢！”

裴淮笑了笑：“行，工作室还有别的人在呢，你也是老板，去不去都无所谓。”

“那工作态度也要摆正的呀。”程栀说。

“你这样让我有点不好做人，我基本就没有去工作室，要不股份再重新划分一下？感觉你得多拿点啊。”

“那就先谢谢老板了。”

“那你快忙吧，下次不去工作室不需要跟我报备，你现在又不是打工仔了。”

“好的，知道啦。”

经历每一天都被裴淮他们洗脑的日子以后，程栀终于算是稍微认清一点自己在这个工作室的价值和意义了。

换作以前，要是裴淮说要再分点股份给她，她肯定会说自己又没做什么，担不起这么重的价值。

但是现在，她好像知道了自己的价值。

程栀一个人去商场逛了半天，上午的商城很安静，人烟稀少，所以出现一个顾客对柜姐来说都是宝。

她逛了几层楼，被好几十个柜姐招呼。

程栀忽然想起自己刚读大学的时候，那会儿还没什么钱，赚到自己第一桶金的时候想去给爸妈买点礼物，身上还穿着在淘宝买的几十块的衣服进了一家奢侈品店。

柜姐几乎都没正眼瞧她，有几个人在那边议论纷纷。

陪她一起来的朋友去卫生间的时候听到了那些议论。

程栀最后没选到心仪的东西，离开那家店的时候，朋友凑过来跟她说："程栀，你知道刚才那些柜姐说什么吗？"

程栀垂眸看了一眼自己的打扮，微微颔首："大概知道。"

"我刚才全都听到了。"朋友有些愤愤不平，"说我们这些穷学生一看就是买不起！"

"我们看起来确实像买不起。"程栀平静地说，"没事啦，不要在意。"

于是那天在给爸妈买礼物之前，她们先去买了一套新衣服，让自己看起来没有那么寒酸。

现在的程栀今非昔比，全身上下穿的也算是值几个钱，很多柜姐看到她就觉得是目标客户，十分热情。

程栀逛了很久，最后在某家店看到一条纯白色的围巾。

毛茸茸的，看起来清爽干净。

她眸光一亮，几乎没有犹豫，走进去就说："这条围巾帮我包起来可以吗？"

她想，祁纪阳戴这条围巾肯定很好看。

程栀买到想买的东西也没有多停留，刚刚开车从商场出去，她正在路口等红绿灯，忽然接到了祁纪阳的电话。

程栀光是看到他的名字，心跳都好像加速了一下。

"喂？"她接起来轻声开口。

"裴淮说你今天请假了，有点突然。"祁纪阳说着，"怎么了，身体不舒服吗？"

"没有。"

"要是哪里不舒服就告诉我，我最近都在，最近的商务活动也忙完了。"

程栀听着他有些担心的语气，笑了声："那你现在有空吗？"

"嗯？"祁纪阳显然愣了一下，"怎么？"

程栀的手指在方向盘上轻轻点了两下，尾音微微勾起。

"我想见你。

"就现在。"

半个小时后，程栀几乎用最快的速度开到了祁纪阳家，把车停在他的车库里。

程栀这还是第一次进祁纪阳的车库，虽然她早就知道祁纪阳车库里有很多跑车，但没想到竟然有这么多，她看得眼花缭乱的。

在心里盘算了一下这些车的价值，有些小小的震撼，但很不同的是，她的心间竟然没有泛酸。

以前的每一次，看到他们之间的这些差距，她都只会一步步地想要往后退。

但是这一次，她只是一笑了之。

当她决定要踏上奔赴祁纪阳的这条路的时候，就没想过要后退，就再也没有犹豫。

她已经考虑很多年了。

程栀这个人不喜欢做没有把握的事情，但是一旦做了什么事情，就一定会十分坚定，毫不动摇。

祁纪阳站在门口等她。

大门开着，远远地，程栀就看到他穿了件干净的白色毛衣站在门口，跟她今天买的那条白色的围巾一样。

很适合冬天，很适合他。

男人懒洋洋的，手上还夹着一支烟。

好像已经等了很久了。

程栀走近了一些，祁纪阳抬了下眸，把手上的烟给灭了，随后迈步出来。

目光相遇，两个人的距离越来越近。

程栀手上的牛皮纸袋“哗啦”作响，她一只手摸到自己衣兜里揣着的某个小东西，上面的小铃铛碰撞着，偶尔也会发出很轻的响声。

即便过去了这么多年，那两颗小铃铛碰撞的时候也依旧会回响。

程栀站在祁纪阳面前，还没来得及抬手把手上的牛皮纸袋递过去，倒是祁纪阳先伸了手。

“我帮你拿。”

程栀往后收了一下，说：“不行，这是我要主动给你的。”

祁纪阳的眉梢微微一扬，一声很低的轻叹，说：“嗯，我们先进去，外面冷。”

祁纪阳家依旧很空，感受不到什么人气。

也就只有家里开的暖气还稍微有点暖意。

祁纪阳从鞋柜里翻出来一双毛茸茸的女士拖鞋给她，说：“你的。”

“你还特地给我准备了拖鞋啊？”

祁纪阳站在玄关拐角，笑了：“万一你什么时候会来嘛。”

今天就是这个“万一”。

两个人一起往里走，祁纪阳说：“不仅有你的拖鞋，这个家里什么都有，你什么时候愿意住下来都不需要买东西。”

他随口一说，没想到身旁的人接了话。

“好啊。”程栀说，“我今晚就住下。”

程栀脚步顿了一下，跟祁纪阳拉开了很短的一段距离，她突然喊了一声：“祁纪阳。”

男人倏然回头，看向她。

程栀本来都已经准备好开口了，却在祁纪阳回头的这一瞬间愣住了。

好像每一次在这种时候，脑子里都会有突然席卷而来的很多回忆，她想起高三毕业之前，那时候基本已经确定他们俩根本不可能上同一个大学了。

她成绩好，肯定是要去安城最好的大学的，而祁纪阳似乎是要留在南城。

临近分别那一个月的时候，程栀就很喜欢在走在祁纪阳后面的时候突然喊他。

他高中的时候就已经比她高很多了，腿长，走得快，只要她放慢一点脚步就跟不上了。

就这么跟在后面。

“祁纪阳！”

祁纪阳每次都是同样耐心地回头，看着她，问：“怎么了？”

“没事，我就叫叫你。”

“叫着玩呢？”祁纪阳轻笑，“翻我牌子？”

“嗯。”

“我很贵的。”

“那以后不叫你了，我给不起这个钱。”

祁纪阳不仅会回头，甚至还会往回走，即便程栀一步都没走，他还是会折回来站在她旁边。

“算了，看在我们关系那么好的份上，我不收你钱。”

程栀拍拍他的肩膀就往前走：“那我以后就继续叫着玩了。”

祁纪阳明明知道她大多数的时候都是在叫着玩，但还是会回头，每一次都会。

后来，就再也没有后来了。

程栀甚至快忘了自己曾经还有这个爱好了。

她站在原地愣了会儿，直到祁纪阳再一次转身迈步，他再一次想要走过来。

程栀突然回过神，抬手：“你别动！”

祁纪阳一副投降的样子，眉梢微蹙。

“我过来。”程栀说，“你就站在那里，一步也不要走。”

每一次都是祁纪阳在努力走向她。

这一次，换她来。

程栀一步步地走过去，停在祁纪阳面前，把手上的袋子打开拿出围巾，抬手给他挂在脖子上。

白色的毛衣和白色的围巾同色，不是很好搭配。

但他戴着依旧好看。

“今年冬天挺冷的。”程栀冷不丁地说了一句。

“嗯。”

“冬天太冷了，要把手揣进喜欢的人的衣兜里才行。”程栀说。

祁纪阳的喉间忽然一紧，垂眸看着眼前的人。

“所以啊——”她微微弯着眉眼，眼神在闪烁。

“祁纪阳，你要不要跟我谈恋爱？”

第十一章

所 愿 皆 所 得

程栀没有马上得到肯定的、言语上的回答。

她只是在转眼之间，就感觉到自己脚下一轻，整个人被祁纪阳扛了起来，脱口而出一声惊呼。

没过几秒，她被放在沙发上，男人的双手撑在她身侧，把她圈在了那个小小的角落。

程栀微微抬眸，看到祁纪阳低着头，一直这么看着自己。

“程栀，你不能后悔的。”

祁纪阳的声音突然有些低哑：“你做好决定了吗？跟我在一起是要负责一辈子的。”

“嗯。”程栀笑了笑，“每年的冬天都会冷的呀。”

所以每一年冬天都要用祁纪阳来取暖。

程栀伸了下手，本来是想把自己的手放进一个温暖的衣兜里，但是祁纪阳在家只穿着一件薄薄的毛衣，根本没有衣兜给她放。

她的眼皮跳了一下，手悬在半空中，问了一句：“那你要不要？”

“你说呢。”祁纪阳的目光灼灼。

程栀像是得到许可，突然撩开了祁纪阳的毛衣，带着一些凉意的手指钻进去，直接感受他肌肤的温度。

她无数次想做这样的事情。

跟他只是朋友的时候，什么都不能做什么都不能想，她已经十分克制了才让自己不去理会那些。

可是日思夜想，即便白天压抑着自己的一切情感。

到了晚上的梦里，还是会全部爆发。

她好像梦到过很多次，这样那样的事情。

程栀笑得眉眼都弯着，声音很轻，听着还有几分娇。

“男朋友，给我暖暖手。”

程栀这个人胆大。

她的手不太安分，放进去以后就在他的腰身周围来回探索，摸到他后腰紧实的线条。

“身材挺好啊。”程栀一声感叹。

祁纪阳也没动，就这么让她摸。

程栀是知道祁纪阳身材好的，毕竟是常年在锻炼的赛车手，就连力气都比一般人要大些。

但不上手是不知道这种手感的。

她不想撒手了。

程栀摸了好一会儿，手放在他毛衣里，手心都开始有些细密的汗珠，她终于恋恋不舍地把自己的手抽出来。

刚刚把自己的手拿出来，突然被男人扣住了手腕，两只手都被制住，被他轻松地压过头顶。

“挺会摸啊——”祁纪阳一声轻哼，有些躁。

都是血气方刚的年纪，肖想了这么久的人，完全经不住撩。

程栀懒懒的，动了下唇：“还……”

还行吧。

她的话没能顺利说完，唇就被人堵住了，浓烈的气息突然盖下来，呼吸全部融合在一起。

程栀的脑子里响起那天祁纪阳在自己耳边的低吟。

叫她张嘴。

这次没等到祁纪阳开口,她已经乖乖张了嘴。祁纪阳抵着她的齿关一遍遍舔舐，牙齿轻咬，唇瓣厮磨。

祁纪阳似乎已经很熟悉怎么去吻她。

触电般地，从尾椎开始蹿起酥麻的感觉，一直延伸到头顶。

明明没有喝酒，程栀却觉得有些醉意。

上次那个吻混乱不堪，带着十足的醉酒后的模糊不清，但是今天清醒的状态之下，每一步都更加清晰。

程栀能清晰地感觉到，自己是怎么被祁纪阳一步步攻略的。

整个人都开始发软发烫，男人单手压着她，另一只捧着她的脸，碰到她滚烫的耳后。

程栀被吻得脑袋发晕，等到祁纪阳一松手，却不知道手往哪儿放，下意识地又往人腰上摸。

喘气时，祁纪阳睨了她一眼，笑道：“脸这么烫？”

她换着气，也没服输：“你还挺会的……”

祁纪阳一声轻笑，微微垂眸，笑她：“哦？接个吻就这样了？”

外面的天色还很亮，一切都是被照着的。

程栀就像被点燃的棉花，一秒之内，就燃烧成灰烬。

到最后祁纪阳问她还要不要，她整个人都晕乎乎的，完全忘了自己是怎么回答的了。

但她想，自己一定是给出了肯定的回答，不然不会马上被祁纪阳揽着腰抱起来，直接就往楼上房间里走。

已经不是第一次躺在这张床上了，上次是意外，但这次是蓄谋已久。

感觉也完全不一样了。

床垫很软，会让人陷进去。

男人修长的手指搭在她的领口处，语气悠悠道："我以前跟你说家里想要些什么东西，所以现在这个家里都实现了。"

只要是祁纪阳可以做到的事情，他一定会去做。

绝对不会食言。

"只是以前还有一件事没告诉你。"他说。

"什么？"程栀的声音也懒洋洋的。

祁纪阳手上的动作没停，他垂眸，浓密的睫毛覆盖下来，却掩不住眼中的深意。

"我的愿望清单里，除了有家里现在的东西，"祁纪阳看着她，"还有你。"

从十七八岁，一切都还没有定数的时候，他甚至不知道自己以后会搬去哪里，不知道自己会做什么工作，买什么样的房子。

未来对他来说全是未知数。

但是那个时候祁纪阳就想好了自己的家要装修成什么样子，已经想好了，希望这个家的女主人是程栀。

程栀显然一愣，伸手勾着祁纪阳的脖子，手在他的后背上来回轻抚。

"那你很幸运哦。"

所有的愿望都实现了。

祁纪阳低低地"嗯"了一声，随后拿过遥控器，把窗帘全部拉上。

窗帘很厚，能盖住百分之八九十的光亮，隐隐约约的一些零散的光亮没能被阻挡，依旧突破了层层的阻隔，落到房间的角落里。

不是一片漆黑，但这样不明不暗的光亮刚刚好。

缱绻又暧昧。

很适合谈恋爱。

祁纪阳房间里有他平时用的香水气息，淡淡的，跟他身上的味道一起钻入呼吸之间。

程栀从来没有哪一刻觉得柔软的床榻竟然可以陷入得这么深。

犹如她这么多年来对祁纪阳的感情一样。

不可自拔。

戴在右手上的手链不断在响动，和其他繁杂的声音交织在一起。

正常的呼吸变得越来越困难。

程栀完全被祁纪阳的步调带着走，他说什么自己都应着。

天气明明很冷，房间里却像是盛夏，有被太阳炙烤着的高温。

明明是二十几岁的他们，但有几个瞬间又像是十几岁。像是回到了十七岁的夏天。一场酣畅淋漓的梦醒来以后，只能久坐不起，完全无法回到现实。

梦境令人贪恋。

曾经梦境里的渴求和现实融为一体，在脑海里似电影片段来回闪动。

像困倦的午睡，让人沉醉，醒不来。

程栀以为到头的时候，却被男人堵住了唇。

“这么快就忘了？”祁纪阳闷闷的一声笑。

“什么呀……”

“上次我说，要是你清醒着——”

程栀的脑子里突然“轰”的一声，回忆起当时他咬牙切齿，难受得快要炸开的声音。

祁纪阳当时语气发狠，但还是什么也没做。

所以今天全部还给她了。

欠下的债总是要还的。

年轻气盛血气方刚。

被压抑了许久的念想和情感一瞬间爆发出来，好像怎么都消耗不光，不管多少次都难以平复。

前几天还冻得想飞去南方的海边过冬，今天就在寒冷的冬天流了很多汗。

太阳渐渐往西边落，房间里的光亮也越来越暗，最后两人躺在床上平复呼吸的时候，程栀懒懒地往他身上靠了一下。

“天黑了哦。”她说。

祁纪阳侧身看着她：“嗯，累了？”

“我早就快累死了！”

祁纪阳那会儿可能正在兴致上，都忘了她是怎么跟他说不要的。

程栀默默地翻了个白眼：“第一天谈恋爱你不知道对女朋友温柔一点吗？”

祁纪阳睨了她一眼，把人往自己怀里拉了一下，圈住她。

“是第一天谈恋爱，但是窥觊很多年了。”

早就对她起了贼心，这个许了很久的愿望终于得以实现，当然要一步到位。

把以前想过的，缺少的全部补回来。

沉默了一会儿，祁纪阳回想了自己的“暴行”。

“那下次温柔一点好不好？”他轻声开口。

“你最好是。”

“饿了吗？起来洗个澡吃饭？”

程栀抬眸看着他，唇微微一勾：“那我要吃蟹黄面、小笼包、糖醋里脊、回锅肉、辣子鸡丁、粉蒸排骨、鱼香肉丝、番茄炒蛋……”

她一口气报了一溜儿菜名。

祁纪阳蹭了蹭她的头：“嗯。”

程栀洗了很久澡，扫除身上所有的疲惫。

她去到楼下的时候，外卖已经送到，摆了满满一桌，祁纪阳在厨房里翻出碗筷。

“怎么点了那么多？”她问。

“你不是想吃？”祁纪阳回头，挑了下眉，“都点了。”

程栀微微动了下唇，一时间竟然不知道说什么好。

这人脑子真是一根筋吗？

她随便把自己心里想的菜名报了一次，结果他就全部点来了。

家里就他们俩，能吃完吗！

而且，祁纪阳到底是怎么做到听了一遍就把菜名全部背下来的，以前高中念书的时候可没见过他记忆力这么好。

程栀走过去，看着那堆菜发愣，说了一句：“那我们今晚肯定吃不完的，太浪费了。”

“嗯。”祁纪阳应了一声，“那就放冰箱明天继续吃。”

祁纪阳掀了下眼皮：“你住我这儿吧。”

程栀捶了捶自己发酸的腰腿，说：“住你这儿？我怕明天我直接二级残废坐轮椅上班。”

她皱眉看了会儿，又看了眼时间：“要不给阿离和小富婆她们打个电话，让他们几个也过来吃饭？”

祁纪阳点头：“也行。”

随后，他伸手钩了一下程栀的腰，语气中淡淡的骄傲：“正好，跟他们介绍一下我女朋友。”

程栀：用得着你介绍吗？

她没好气地看了祁纪阳一眼，示意他打电话问问。

祁纪阳笑了声，拿起手机翻着通讯录，电话还没拨出去，倒是一通电话突然打进来。

响了两声。

程栀斜过去瞄了一眼，看到上面显示着的三个大字——

关艺涵。

很久没看到这个名字，也很久没见到这个人，程栀差点忘了自己还有这么一号情敌。

跟以前每一次的淡然无所谓不同，程栀这次脸色肉眼可见地沉了一下，她看着祁纪阳，眉梢一挑。

她开口的语气很淡，但每一句话都透露着危险的气息：

“祁纪阳，我不喜欢她。

“你要是跟别的女人走得太近。

“我会吃醋的。”

关艺涵打来的电话，祁纪阳没接。

程栀亲眼看到他摁了静音键扔在一边没再管，她挑了下眉：“不接？”

“你不是不高兴？”

正牌女友站在旁边盯着，他哪敢接这种电话。

祁纪阳对关艺涵是什么样的人也很了解了，她很少打电话来，但是也经常发些莫名其妙的微信信息给他。

他也不傻，当然知道关艺涵是什么意思，甚至还跟她说过很多次，他不喜欢她。

祁纪阳这么多年，也只是把关艺涵当作父母朋友的孩子，客气对待。

在他眼里，她连朋友或者妹妹都算不上。

祁纪阳没接关艺涵这个电话，问了许让他们几个，今天都没时间过来，程栀和祁纪阳两个人看着那堆点多了的菜，只能慢慢吃。

他们坐下刚吃了几口，宋倩的电话就打过来了。

看到他眉头一皱，程栀放下筷子，问了一句：“怎么了？”

“我妈打来的，我去接一下电话。”祁纪阳起身，往客厅那边的阳台走。

刚刚没接关艺涵的电话，宋倩就打电话过来，完全可以猜到这通电话的意义。

程栀看着他的背影。

洗完澡换了件衣服，他套了一件宽松的卫衣，松松垮垮的，袖口有些长，还是她刚才帮他卷起来的。

男人靠在阳台的栏杆上，态度散漫。

这边，程栀能隐约听到祁纪阳在说话，但是听不清具体说了些什么。

不过大概能猜到一点。

毕竟横在他们之间的，最难过的还是家庭那关。

程栀也放下筷子，安静地等着祁纪阳回来，垂着眸翻着手机上的信息，看到一条邮件信息。

她很久没有参加摄影比赛了。

比赛还是高中和大学的时候参加得多，现在大多数时候都在忙着自己的工作。

她点开邮件，是主办方的邀请信。

希望她能寄一张照片过去参赛，这次比赛的主题是“光与暗”，人像摄影的项目。

程栀本来想回一封邮件拒绝，随后顿了一下，重新编辑了一次。

【程：好的，感谢邀请。】

看到人像摄影项目的时候，她便下意识地拒绝，前几年对这方面一点信心都没有，几乎没有参加过人像展，差点忘了自己现在其实已经能好好地去做这件事了。

她总是这样，有时候会忘记自己其实早就不是以前那个自己，这次跟祁纪阳的关系也是，她在迈出这一步的时候，下意识地把自己当作十几岁时一点能力都没有的程栀了。

发邮件来的展览，程栀运气好拿过一次奖，那是以前偶然参加的一次展，用的是偷拍的祁纪阳的照片。

她那时候还十分矫情地给照片取了个作品名，叫《暗恋》。

暗恋的少年，闪闪发光的样子。

多年以来，她一直以为自己和祁纪阳之间一定是单向箭头的暗恋，所以在那天，祁纪阳把她抵在门口深吻的时候，她完全沦陷了。

她摁熄屏幕，撑着下巴静静地看着祁纪阳。

他懒洋洋地靠在那儿，神色似乎有些不耐烦，偶尔回头跟她对视的时候，又会勾起唇微笑。

两种情绪在他的脸上来回反复。

自己的身体里似乎都还有他的温度，连感觉都残留着。

两个人下午折腾了那么多次，从生涩到步步熟悉，好像谁也没有叫停。

除了她有时候实在是受不了要娇斥几句。

第一天谈恋爱就直接做到底，他们也都只是在遵循自己的本心。

程栀垂眸看了一下自己，身上穿的是祁纪阳的毛衣，衣服上全部是祁纪阳的味道。

现在又会融合一些自己的味道进去了。

祁纪阳打完电话，回头看到程栀认真地看着他，眼神清澈干净，跟以往的每一次都不太一样。

男人长腿一迈走过去，目光也锁着她。

自己的毛衣穿在她身上有点大，只能勉强包住大腿根，她微微一抬腿或者稍微动一动，就一片白花花的在他眼前晃。

祁纪阳过去坐下，忽然说了句：“挺冷的，加件长款的衣服？”

“嗯？”程栀还是看着他。

“你这么穿……”男人舔了舔唇，“让人挺躁的。”

程栀笑出声，恶作剧地伸手，用指尖蜻蜓点水般地，在他嘴角处点了几下。

祁纪阳伸手抓住她的手腕：“别闹。”

“除非这顿饭你也不想吃了。”他挑了下眉，“从十八岁你出现在我梦里开始，这件事就注定了没什么节制可言。”

程栀不闹了。

她把手抽回来，给他夹了个菜，敛眸说：“你妈是不是打电话跟你说关艺涵的事情？”

“我会处理的。”祁纪阳没否认。

无非就是那些。

程栀早就知道，以前说的那些话也不是玩笑。

像他这样的人，很难去决定自己要跟谁谈恋爱，跟谁结婚成家。

虽然享受着雍容华贵的生活，却无法对自己的人生做主，或许家里也会放任一些事情，但在婚姻这种事情上，他们没有任何选择权。

正好，现在他妈妈挑的关艺涵也喜欢着祁纪阳。

程栀沉默了几秒，连手上的动作都停了一会儿。她一直没动，祁纪阳以为她在担心。

“不用在意。”祁纪阳安抚道，“这件事没有那么严重，你要相信我。”

相信他可以把这些事情处理好，不让她担心和顾虑。

程栀轻轻地叹了口气，抬头看着祁纪阳，说：“这不是你一个人的事，你妈妈怎么说的也不用瞒着我。”

再难听的话，她也不是没有听过。

关艺涵那个小妹妹说话就挺让人不舒服的。

而且程栀也相信，祁纪阳的母亲不会是那种随便说出恶毒话语的人。

“跟你在一起之前这些事情我就已经都想过了，我知道跟你在一起，我们俩很难走到最后……”

她的话还没说完，被祁纪阳伸手摁住唇。

他的眉头微微皱起，似乎是觉得程栀说这话不太好听。

热恋期的小情侣当然都喜欢跟对方长长久久，都是甜言蜜语和海誓山盟。

更何况他们今天才在一起。

程栀看着他，忽然张嘴咬了一下他的手指，她没怎么用力，轻咬着他的指尖，过了一会儿才放开。

“你以为我想分手吗？”程栀没好气地瞪了他一眼，“我们也不是十几岁的小孩子了，现在最先要考虑的当然就是这些现实问题。”

祁纪阳看着她：“我不想你费神。”

“可是我们到最后还是要面对，我们在一起，是我们两个人的事情，不是你一个人的事。”

程栀的眼神坚定又清澈。

祁纪阳总是在她身上看出一股清透感，不管时间过去多久，她一直很干净。

像是透亮的宝石。

像是清澈见底的湖泊，一点杂质都没有。

程栀的声音低低的，说：“决定跟你在一起之前，我就已经做好了准备。”

虽然她想得多，顾虑多。

但一旦决定去做这件事的时候，她一定会接受任何挑战。

最后那一整桌的菜也没吃完，两个人都笨手笨脚地收拾着。

还好祁纪阳家里的冰箱买得大。

程栀靠在冰箱旁边，挑眉：“祁纪阳，我们两个连家务活都做不好的废物，以后要是真的结婚了，家里怎么办啊——”

“我学？”

程栀笑出声：“那你还是好好开你的赛车吧。”

饭后在沙发上躺了会儿，他们依旧在闲聊着一些生活上的事情。

“你家是不是一直都有保姆把一切事情都做完了啊？”程栀问他。

“嗯。”祁纪阳的手搭在她的腰上，“煮饭阿姨和打扫阿姨是分开的，一开始请的打扫阿姨煮饭不好吃。”

“你现在自己搬出来住都住这么大的房子。”程栀顿了一下，“那你本家多大？”

“也还行，五层楼，有个院子。”

程栀往后仰了一下：“我什么时候能自己买得起那么贵的房子啊？”

“你把白薇给你的股份收了就能买了。”祁纪阳一声轻笑，“怎么不收？”

程栀刚躺下又坐起来，眨了下眼：“你怎么知道？”

“裴淮告诉我的。”祁纪阳说，“她跟裴淮说自己劝不动你，但这股份是一定要给你的，让裴淮来跟你说说。”

但实际上，裴淮也不知道这件事要怎么劝。

所以最后兜兜转转的，又把这件事扣到祁纪阳脑袋上了。

祁纪阳伸手勾了勾她的下巴，像是在逗一只猫，动作很轻，他微微眯了下眼。

“小橙子，这股份收了吧。”祁纪阳看着她说，“对她家来说，也只是一点皮毛无关痛痒，但你之前确实帮了很大的忙，算是救了人一命。”

程栀应了一声，说：“那过几天跟她们去喝下午茶，我再跟白薇聊聊。”

“好。”

刚说完，祁纪阳忽然凑近她耳畔，缓缓开口：“那你以后也是小富婆了——”

程栀一听到他那尾音拉得很长的语气，就知道大事不妙。

“什么时候养我啊？”

程栀一巴掌给他拍了上去。

“学什么不好？整天就知道跟着林灏学装穷让人家姑娘养！”

祁纪阳“嘁”了一声，伸手扣住程栀的腰，忽然用力一揽，程栀整个人往旁边倒了一下，随后发现自己被祁纪阳抱了起来，放在他腿上坐着。

程栀再一次没反应过来。

“那就用我自己的方式。”祁纪阳咬着她的耳朵低声说，带着一丝笑意。

“沙发有男朋友的腿坐着舒服吗？”

周末。

程栀在衣柜里挑了许久衣服，出门前看了一下天气预报，比前两天稍微暖和一点。

四五摄氏度。

她看了一眼邬白薇给的地址，确认了一下是室内的场所。

这么冷的天气，这些千金小姐也不会在室外受冻，室内的暖气要足够暖和，穿多单薄的衣物都行。

程栀对她们的圈子有一些了解，大冬天的时候都穿着秋装聚会。

她在行业里待了那么久，当然也认识一些大小姐，偶然问过一次为什么，对方告诉她，因为秋装穿着好看。

她们这个圈子，要么比钱，要么比美。

大家经常一起玩的，家境都是差不多的水平，也只能在打扮上多下点功夫了。

程栀最后也拿了一套秋装出来换上。

她换好衣服下楼的时候，只是随便拿了一件长款大衣披上。

小区外停着一辆跑车，程栀一出去，车窗就摇了下来。

车上的男人扬了扬下巴，下颌线绷着。

祁纪阳看着程栀走过来，她大衣的扣子没扣，单肩背着一款小巧的黑色菱格包，迎面一阵风吹过来，掀起了大衣的衣摆。

他看到程栀里面穿着件中短裙，露出了一截白皙的腿。

程栀几步小跑过来，十分熟练地拉开车门上车，正要伸手系安全带的时候，她的手忽然被人摁住。

祁纪阳侧头看着她，上下打量了几眼。

程栀里面只穿了两件单薄的衣服。

白衬衫外面一件黑色的不规则连衣短裙，两侧装饰的带子垂落着，最后套了一件休闲小西服。

下半身一双过膝的长靴，没穿打底袜。

中间那一截完全露了出来。

祁纪阳的手掀开她的衣服以后，手指碰到她露出来的肌肤上，一句话都还没来得及说，程栀抬手“啪”一下把他的手拍下去。

“你瞎摸什么呢！”

祁纪阳被她这么一拍，把原本要说的话收了回去，眉梢一扬，变本加厉，带着些薄茧的指尖覆盖在她的肌肤上轻轻摩挲。

程栀被他摸得有些痒，伸手拿开他的手，控诉：“不许摸了！”

“嗯。”祁纪阳嘴上应着，手倒是没从程栀的腿上拿开，“正牌男友都不能摸？”

程栀被他整得牙痒痒，倾身过去啃了他一口。

“我要迟到了！快点走了！”

祁纪阳没继续跟她开玩笑，又垂眸扫了她一眼，说：“上去换个衣服。”

程栀一脸“你在跟我开玩笑吗”的表情看着祁纪阳：“我在上面挑了好几个小时衣服，你让我现在上去换掉？”

程栀说：“一会儿到了地方会有暖气的，室内不会冷，我不是还穿了大衣外套嘛！”

“不够。”

“穿太厚就不好看了！”

“穿什么都一样。”

程栀觉得自己今天要是这么跟祁纪阳拧下去，一定会迟到，她看了一眼手机上的时间，作势要打开车门。

“那你走不走？不走的话，我自己打车去了。”

程栀也是个说到做到的人，祁纪阳知道她绝对不是在跟自己开玩笑。

他低低地叹了口气，让步道：“等等。”

“嗯？”

“我送你。”

“那你快点呀。”程栀弯了弯眉眼，“师傅，来不及了！”

还真把他当接送司机了。

祁纪阳的手垂下，放在右边的挡位杆上，眉梢微微一扬，语气里含笑：“你不相信我？”

赛车手在赶路这件事上从来都不服输。

本来程栀也是打算自己去这个聚会的，祁纪阳看了自己的安排以后确定这天没什么事，主动说要送程栀去。

“这种富家小姐的聚会，都是家里司机送过去的。

“你不是很担心自己融不进去吗？

“我给你当司机。”

反正他也不是第一次给程栀当司机了，前些日子她每次没开车的时候都是他送她回家的。

到程栀家的那条路，这么几个月他已经走得十分熟悉。

程栀到的时候几乎已经是卡点，出发之前跟祁纪阳在门口磨叽了太久，好在祁纪阳开车技术确实不错。

下车之前，程栀拍了拍祁纪阳的肩膀，表扬他：“嗯，看来有个赛车手男友还是挺有使用价值的。”

男人一声低笑：“我在你这儿就这点价值啊？”

“当然还有别的价值啦！”程栀伸手摁开安全带，准备下车，“那我先走了！谢谢祁司机今天的认真服务！”

“嗯。”祁纪阳应了一声，没留她，“记得给好评。”

“五星好评！”

程栀下了车，拉了拉自己的大衣，往里面走。

后方停的车上下来一个人，跟着程栀身后进去了。

祁纪阳从后视镜里瞄了一眼，有些面熟，大概是以前在哪个宴会上见过。

应该跟程栀去的是同一个聚会。

祁纪阳一直看着程栀拐进去往电梯间的方向走，这才给裴淮打了个电话。

“喂？周末了，不出来玩会儿？”

裴淮笑了声，说：“怎么，周末这么好的时候不陪女朋友啊？”

“她去参加邬白薇她们的下午茶聚会了。这会儿刚把人送到。”

“噢。”裴淮应声，“行。玩点什么？我一会儿到。”

“去击剑馆吧。”

“行。”

空中花园的下午茶庭院。

这是整个商圈里下午茶消费最贵的地方了。

玻璃的房子，装饰得很梦幻，像是迪士尼动画里的场景。

程栀找不到具体的地方，她站在门口一小会儿，身后响起几个人说笑的声音。

“啊，你们去看最近的秀了吗？我有点喜欢 A 牌这次新出的高定。”

“没呢，前段时间我被我妈拉去国外看那个百年音乐剧，到时候看看照片，随便挑两件吧。”

“快到新年了，是应该买点新衣服穿穿了。”

“先买新包吧，上次那个我不太喜欢了，变心了。”

几个女生说笑着走近，程栀微微侧身让她们过去，她正低着头给邬白薇发信息，问在哪个位置。

刚好垂眸，路过的女生穿着白色的短靴。

程栀只是这么瞄了一眼，从脑海里找出了那双鞋的信息。

有些小贵，十几万。

果然来这里喝下午茶聚会的都不是什么泛泛之辈，她想一会儿自己要见的人，也跟这几位差不多。

邬白薇收到程栀的信息以后马上就小跑着到门口来接她。

“程栀！”她隔着几米就唤了一声，“这边。”

邬白薇已经脱了外套，穿衣风格竟然和程栀有些相似。

两个人都是穿着干练又性感的不规则短裙。

按照喻初的话来说，就是“婊里婊气”的大姐姐，一双长腿就能魅惑众生。

程栀对她一笑，径直走过去。

“好几天没见你了。”邬白薇看着她，“怎么感觉你最近脸色变好了？感觉……”

程栀低声：“嗯？”

“感觉像是谈恋爱了的气息呀。”

女人的直觉是很敏锐的。

更何况，有没有谈恋爱，整个人展现出来的气质是完全不一样的。

程栀不置可否地暧昧一笑，她刚想开口承认自己跟祁纪阳的关系，突然被另外一道声音打断。

“白薇！”

程栀抬头看过去，正是刚才那个穿着白色短靴的女生，她刚才上楼的时候似乎就跟自己乘的同一部电梯。

两个人对视了两秒，随后微微颔首打了个招呼。

“这位是……”女生开口问。

邬白薇一只手挽着程栀的手臂，对女生说：“这是程栀，我之前在群里说了要带来介绍你们认识的。”

邬白薇说完，又给程栀介绍对方：“岑懿，我们平时都是直接叫她一一。”

程栀落落大方地伸出手，说：“你好。”

岑懿也伸手，回握的时候打量了她两秒，随后笑了笑，说：“怎么感觉你的名字好熟悉？”

“摄影师程栀。”邬白薇提醒了一句。

岑懿这才恍然大悟地点头：“啊，原来是你！久仰大名！我在展览上看过你的作品。”

程栀笑了：“谢谢。”

打完招呼，邬白薇带着她往里面走，亲昵地说：“你看，我都说了你之前太谦虚了，估计一会儿还有其他人认识你呢。”

邬白薇一带着程栀进去，坐着的几位投来目光。

“薇薇带新朋友来啦？”

“咦，你们俩好过分哦，是不是说好穿姐妹装的！”

“太不道德啦！都不告诉我们！”

邬白薇笑着摆手：“就是巧合啦。”

她扫了一圈，问：“欸，安安还没到吗？她平时不是最早来？”

“安安说今天也要带个朋友，说是从云城过来玩一段时间，今天就带来一起。”

“欸！这不是来了嘛。”

程栀和邬白薇同时回头。

邬白薇招呼着：“安安！你也带朋友来了呀？那我们一起介绍一下！”

程栀的目光却直接越过了前面那个人，落在了后面那个人身上。

依旧是那股香甜的香水味。

依旧是小洋裙。

依旧是……

那种让她觉得不舒服的感觉。

程栀看到关艺涵的唇动了动。

关艺涵的脸上闪过一丝诧异，眼神在程栀身上停留了几秒。两个人眼神对上的时候，空气中似乎都有些火药味。

程栀觉得最近可能会经常听到这个小妹妹的消息了。

她专程从云城到南城来待一段时间，多半是跟祁纪阳有关系的。

其他人当然不知道程栀和关艺涵的事。

邬白薇转身热情地拉着程栀，给人介绍：“这是程栀，我之前跟你们提到过的。”

叫安安的女生点了点头，眼神闪了一下，说：“啊，这样……”

安安说：“这是我朋友，从云城过来的，关艺涵。以后可能也会经常出来跟我们一起玩哦。”

邬白薇笑了声：“没问题。”

程栀微微抬眸，顺手把自己的名片递过去，说：“你们好，初次见面。”

关艺涵看着她，笑得很甜：“摄影师呀？”

“嗯。”程栀应了声。

“那真好，一会儿你能帮我们拍拍照吗？”关艺涵一脸真诚，“我还没有过摄影师朋友呢，好想知道你拍出来跟其他人有什么不一样。”

程栀没拒绝：“可以啊。”

岑懿在旁边听着，忽然调侃："安安，你带来这个朋友真会帮我们争取福利啊，竟然让程栀帮忙拍照？"

安安笑了："不就是拍个照嘛，这么夸张呀？"

"那当然。"岑懿抿了口茶，"你一般不关心这些当然不知道，程栀在业内可是很出名的摄影师，要约她拍一套图是很难的。"

"你们去百度搜搜就知道人家拿过多少国内外的大奖了。"岑懿说着，"知名摄影师给我们下午茶聚会拍照，说出去就觉得今天这下午茶又变贵了点。"

几个人介绍完以后过来坐下，程栀也笑得淡然。

"帮忙按一下快门而已。"程栀说。

岑懿没接话，只是对她笑了笑。

短短的几句话，程栀几乎就能看出这几个人对自己是什么态度。

虽然确实是姐妹聚会，但是就这么几个人，也是要分出阵营的，关系网十分复杂，看起来是好姐妹一起，但其实处处都是火药味。

虚情假意也融在里面了。

岑懿显然跟那个安安关系不怎么好，所以对她带来的关艺涵也不怎么客气，刚才说那些话其实也有些怼关艺涵的成分在。

程栀和岑懿还有郇白薇坐在一起，她刚好在两个人中间，而关艺涵正巧坐在她对面。

所有人一坐下，就开始聊最近的一些事情和八卦。

"哎呀，大家有什么推荐的跑车吗？"关艺涵突然开口。

"艺涵你突然问跑车干什么？"安安戳了一小块蛋糕，"你不是有个哥哥就是玩这个的？"

程栀眼皮一跳，微微抬了下眸。

啊，原来关艺涵平时跟别人说祁纪阳是自己"哥哥"。

她跟关艺涵的眼神不动声色地交汇了。

"嗯，但这次我想买跑车送给他嘛。"关艺涵说着，还有些不好意思地低了下头，"要送人礼物还去问本人不太好吧？"

程栀默默地喝着茶，低着头顺手给祁纪阳发了个微信信息。

【程栀：在干什么？】

【祁纪阳：等女朋友聚会结束接她回家。】

【程栀：哦。】

【祁纪阳：怎么？】

【程栀：查下岗。】

【程栀：你要习惯一下，女朋友会经常查岗的。】

【祁纪阳：随便检查，检查哪儿都行，衣服脱了给你看。】

这人不说点骚话会死吗？

程栀的脑海中浮现出祁纪阳那副欠揍的样子，忽然笑出声。

邬白薇神秘地侧过身来：“笑什么？”

“没什么，跟男朋友开玩笑。”程栀没说是祁纪阳。

岑懿说：“啊，刚才在楼下碰到你，是你男朋友送你来的吧？开的车看起来挺贵的，哪家的公子哥啊？”

程栀还没回答，对面的关艺涵先开了口。

“哎呀，程栀，你谈恋爱了？”关艺涵开口就一副很熟悉的样子，“我就说嘛，前两次见到你，跟今天不太一样呢。”

程栀看关艺涵那忽然闪亮的眼神，似乎从来都没有考虑过她的男朋友会是祁纪阳。

关艺涵看了一眼程栀今天的装扮。

第一次见程栀的时候，她穿着不知道哪里买的连衣裙，反正看起来就一股廉价感。

第二次见程栀的时候，她穿了一件修身的工作工装裤，也不怎么值钱的样子。

但是现在，程栀今天穿的这一身还挺值钱的。

原来是谈了个富二代男朋友。

程栀当然听懂了关艺涵话中的意思，但是她没有否认，甚至顺着关艺涵的话说下去。

“是呀，男朋友宠我嘛，挺爱买东西给我的。”

其实全身上下，就只有手上那条便宜手链是祁纪阳送的。

“原来你们认识啊？”安安有些诧异。

“不算认识。”关艺涵觉得认识程栀这样的人挺对不起自己身份的，“就是祁纪阳的高中同学啦。”

“哦，这样。”安安接了话，“你是要给祁少买车吧？这次来南城是不是也是为了他呀？”

关艺涵低着头抿唇笑：“嗯。”

“但是哥哥的车库里已经有很多车了。”关艺涵有些为难的样子，“不知道买什么样的车送给他……”

随后，关艺涵向程栀投来眼神。

程栀耸了耸肩：“我也不知道他喜欢什么，毕竟那么贵的跑车我也不会买来送给祁纪阳。”

“啊，那挺可惜的呢。”关艺涵说，“唉，只能问问宋倩阿姨了。”

关艺涵的每一句话都是挑衅，她可以买很贵的跑车送给祁纪阳，可以跟他门当户对，甚至可以得到他妈妈的喜欢。

程栀觉得她一定想在自己脸上看到很失落的表情。

程栀也真的很配合，敛眸，一副暗自神伤的样子，专门演给关艺涵看，但其实还在手机上给祁纪阳发信息。

【程栀：如果女生要送你跑车，你会喜欢吗？】

【祁纪阳：那我可能会非她不娶了。】

【程栀：想分手是吧？】

祁纪阳没回信息，马上打了个电话过来准备哄她。

程栀直接给挂了。

祁纪阳慌了，连续给程栀打了好几个电话都被挂了，最后发消息来解释。

【祁纪阳：我以为是你要买。】

【祁纪阳：别人买的我看都不看一眼就会退回去。】

关艺涵还在跟她们聊着关于买车的事情，说得热火朝天的，一副胜券在握的模样。

程栀一直没怎么说话，忙着跟祁纪阳“吵架”，但外人看起来就觉得她有些不舒服的小情绪。

【程栀：你也不用脑子想想我买得起吗！】

【祁纪阳：买模型。】

【祁纪阳：路边小摊两块钱的那种。】

祁纪阳消息回得很快，程栀几乎都可以猜到他在那边着急的样子。

耳里钻入关艺涵跟安安她们聊天的声音。

“我觉得这个不错，两三百万？出手阔绰呀，涵涵。”

“给哥哥买车是要舍得一点嘛。”

“不过这种两三百万的会不会有点便宜？我怕他看不上，毕竟他车库里的车都挺贵的……”

这边在商量，说两三百万的车祁纪阳会不会看不上。

程栀低头又看了一眼手机上的信息。

其实祁纪阳本人正在为两块钱的玩具模型开心。

邬白薇见程栀一直不说话，给她戳了一小块蛋糕，说：“不太舒服吗？”

“没有。”程栀摇头，“刚跟男朋友斗嘴呢，没事。”

毕竟她是邬白薇叫来的，要是自己不参与点话题，邬白薇也会觉得愧疚，她没继续跟祁纪阳聊，开始融入她们的聊天。

下午四五点，快要散场的时间。

“晚上家里还有点事，今天就先到这里吧？”有人提出来。

“好烦哦，一会儿还要回去见相亲对象，看了照片，不是我的菜欸。”

“能怎么办呀，先接触着呗。”

几个人说着就起身开始收拾东西，关艺涵朝着程栀勾了勾手，说：“那就让摄影师帮我们拍一下合照吧！”

关艺涵来了一次，就跟几位大小姐聊得火热。

“程栀是我朋友，也要参与合照的呀。”郄白薇的语气稍微有些不悦，“还是叫服务员拍吧，都一样的。”

程栀笑笑：“也没事，我可以先帮你们拍两张。”

岑懿插了一句：“让程栀拍呀？可以啊，只是人家按一下快门挺贵的，我们也不能白嫖嘛。”

关艺涵突然被怼，面子有些挂不住，半开玩笑地说了句：“哎呀，请摄影师拍照挺不容易的，多少钱呀，要不我们一会儿微信转你？”

岑懿摇了下头：“转账可能不行。

“这事儿得开支票。”

程栀和郄白薇同时笑出声。

关艺涵被她说得有些认真了，问：“要多少？”

“开个两百万的支票吧。”岑懿说，“差不多。”

关艺涵瞳孔一震：“不就是随便拍个照片吗……不拍就不拍嘛，干吗一开口就故意这样啊。”

火药味四起，渐渐卸下友善的伪装。

关艺涵又小声嘀咕了一句：“随便按个快门能有多厉害啊？”

别人把程栀说得再厉害，在关艺涵眼里也只是一个按快门的而已。

程栀脸色忽然一沉。

别的她都可以陪这个大小姐闹着玩，但对于摄影这件事来说不可以。

“既然你觉得没什么特别的，”程栀淡淡地说，“那我也不用帮忙拍了，毕竟——”她笑了笑，“我拍的照片确实挺值钱的。”

程栀的手机振动了一下，她看了眼手机上的信息，是祁纪阳发来的。

【祁纪阳：在楼下等你了。】

“关小姐，你对我的职业没有基本的尊重哦。”程栀语气温和，听着却十分严肃，“如果是这样，我也没有任何要尊重你的必要。”

关艺涵依旧嘴硬：“我又没说什么，而且按个快门这种事不是有手就行吗？”

“最近刚好有个比赛。”程栀说，“要是你真的觉得摄影是有手就行，那你自己报个名看看能不能获奖？嗯？”

程栀说完，也懒得跟关艺涵继续争论。

“我男朋友到了，那就先这样啦。”程栀拿起自己的包，没打算继续停留多久。

关艺涵一听，又说了句：“那你男朋友都到了，也不介绍给大家认识认识？叫上来嘛。”

关艺涵摆明了就是想看到那个人不如祁纪阳，好满足自己的虚荣心。

程栀也不想演下去了。

陪关艺涵演了几个小时，已经是给足了她面子。

程栀看着关艺涵，微微一挑眉，一字一句认真地问：

“你，确定吗？”

第十二章

永 远 有 回 音

三楼的露天停车场，不断响起跑车引擎的巨大声响，下面路口的行人频频抬头看过来。

南城市中心最为繁华的步行街，核心位置的国际金融中心上方有一个露天的停车场，只有在这里消费百万以上的人才能在这里停车。

停在这里的，几乎都是价值不菲的跑车。

祁纪阳开着车门，一条腿随意地放在外面，修长的手指点着车门。

“今晚要一起吃饭吗？”裴淮突然走过来问。

“怎么？”祁纪阳侧头看他，“你平时不是下午结束以后就直接溜了？”

“我那时候是给你和程栀留点两个人相处的时间。”

祁纪阳沉默了半拍，忽然笑了，说：“那我们现在更需要独处的时间。”

“谈恋爱呢——”他的语气里有藏不住的骄傲欢愉。

裴淮的神色稍微闪过一丝不自然，手搭在祁纪阳的车门上，说：“反正一会儿你们一定会带个电灯泡的。”

“嗯？”

“白薇肯定要叫程栀一起吃饭的。”裴淮垂眸看他，“带一个电灯泡挺尴尬的。”

祁纪阳“嘁”了声：“所以带两个？你们俩还能搭个伴？”

他话音刚落，手机忽然响了。

程栀打来的电话。

祁纪阳接得快，应着：“嗯？下来了吗？晚上想吃什么？”

裴淮在旁边听着都低笑出声。

祁纪阳以前约人吃饭从来都是他做主，他本来就是一个极具主导性的人，但是一遇到程栀就完全不一样了。

自己想吃什么不重要，女朋友喜欢什么最重要。

电话那边的女声语气听起来跟平时有些不一样，多了几分娇意。

“你能上来一下吗？”

像是在撒娇，听得祁纪阳心里痒痒的。

男人也不问原因，只道：

“可以。”

本来应该散场，却因为关艺涵突然叫程栀把她男朋友喊上来没散成。

程栀问了关艺涵确不确定以后，关艺涵说：“既然大家都是朋友，有什么藏着掖着见不了人的嘛。

“虽然你也是第一次来跟大家一起玩，但也不能不把人放在眼里对不对？”

程栀没说什么，只是勾了下唇。

“好啊。”

只怕到时候，不是她觉得见不了人，而是关艺涵没什么脸见人。

几个人站在旁边闲聊，因为关艺涵和程栀之间的火药味，原本是一群人，现在也分成了两个小团体。

划分得比刚才更加明显。

邬白薇压低了声音，问程栀：“这个大小姐不是很喜欢你啊？”

“嗯。”程栀应了声，“她一直不太喜欢我。”

稍微有点眼力见的人都能看出来关艺涵对程栀的针对挺明显的。

邬白薇倒是不急，慢悠悠地又端起杯子抿了口茶，发出一声有些轻蔑的笑。

“趾高气扬的样子做给谁看呢。”邬白薇说，“在场的哪一个人家里没点家底啊？她这个态度搞得好像是首富的千金似的。”

岑懿在旁边扫了关艺涵两眼，打了个哈欠：“半桶水响叮当，我认识的首富千金可不是她这个怪脾气。”

程栀勾了下嘴角，说：“没事，她不喜欢我肯定会有点情绪。”

“怎么回事？”邬白薇问。

“我跟祁纪阳关系好。”程栀耸了耸肩，“很多年前我们就见过了，那会儿关艺涵就不喜欢我，觉得我不配站在祁纪阳旁边。”

岑懿一声冷哼：“她就配了？”

“祁少也不是那么好接近的人啊。”邬白薇说，“不过我还是头一次听说这个姑娘竟然认识祁纪阳。”

这个圈子也算不上大。

兜兜转转都是认识的人，有时候朋友刚刚介绍完，回头家里聚会可能就见到哪个叔叔阿姨带着人来了。

不过，邬白薇竟然从来没有听说过关艺涵，更没有从祁纪阳的嘴里听说过这个人。

“就因为你跟祁纪阳关系好，她就这么讨厌你啊？”邬白薇又睨了关艺涵一眼，更加鄙弃了。

程栀刚刚“嗯”了一声，余光忽然扫到门口有两个人走过来。

男人迈着修长的双腿，每一步都走得很快。

程栀回头看过去，看到祁纪阳脖子上的那条白色围巾。

程栀一声轻叹，但没有任何为难的样子，甚至声音带着笑：“她会更讨厌我的。”

祁纪阳跟裴淮一起走过来。

两个人十分引人注目。

邬白薇一看程栀的眼神就知道一定是她男朋友过来了。

走过来的只有那两个人。

邬白薇开口，若有所思：“啊，你跟裴淮在一起了？”

程栀侧头看了邬白薇一眼，看到她的神色没有半分玩笑的意思。

“难怪你刚才一直不说呢，是不是觉得不太好说，哈哈哈？你们这算不算办公室恋情呀？”邬白薇继续说着，“不过你们还挺配的。

“至少在很多理念上都一样，裴淮也跟我说，在做这个工作室之前没想过会遇到像你这样跟他合拍的人。

“嗯……你应该也确实是裴淮喜欢的类型欸，没想到这么多年还能见到裴淮铁树开花……”

连邬白薇都会这么认为。

其他人也一样。

关艺涵在看到祁纪阳的第一眼，眼睛里就开始闪光。

“祁纪阳！”隔得远远的，关艺涵喊了一声。

两个人越走越近，目光也是朝着她们这边投来的。

“欸，你跟祁少说了我们在这儿？还是说是碰巧？”安安开口说，“哎哟，那你一会儿可以跟你的祁纪阳哥哥一起走啦。”

关艺涵有些羞涩地敛了下眸，小声说：“不知道呀……我只是跟阿姨说过我要来南城了。”

“那他怎么会无缘无故地上来？是不是听阿姨说了你要来？”安安用手肘碰了一下关艺涵，“祁少很疼你啊。”

程栀听着都觉得脑瓜子疼。

不知道是关艺涵给这个安安灌输了一些祁纪阳挺喜欢她的思想，还是说这个安安就是为了让自己姐妹开心故意说的那种话。

程栀继续听关艺涵她们聊天，连眼神都从祁纪阳身上收了回来。

“嗯……”关艺涵给自己留了点退路，“可能是跟朋友一起上来的嘛。”她眼神示意了一下，随后看向程栀。

“刚刚不是让程栀叫男朋友上来嘛……”

程栀没有否认，在关艺涵的眼里看起来更确定了。

关艺涵没继续说下去，因为祁纪阳已经走到离她们只有几米的位置，她迎了上去，声音甜甜的。

“祁纪阳——”

祁纪阳睨了她一眼，眸光如外面的寒风一样充满凉意。

男人长腿一迈，面对关艺涵，微微侧身：“麻烦让一下。”

关艺涵愣在原地，在跟祁纪阳擦肩而过后的两秒猛然转头，看到他站在程栀面前，随后，把自己脖子上的围巾取下来，搭在程栀的脖子上。

“叫你多穿点。

“这里面也没多暖和。”

程栀微微抬眸看着祁纪阳，眨了好几下眼：“知道啦。”

其他人还在错愣没反应过来的时候，祁纪阳突然敛眸，这个高傲散漫的阔少当着众人的面，伸手握住了程栀的手，把她的整只手都包在自己的掌心。

“手怎么这么凉？”祁纪阳问。

程栀的余光扫到站在祁纪阳身后的关艺涵。

小姑娘已经不知道要做何反应，估计还没接受眼前的事实。

程栀勾起唇，语气有些委屈巴巴：“到了冬天就是会凉嘛。”

祁纪阳垂着头，掰开程栀的手指，跟她十指紧扣着。

他漫不经心地开口：“那男朋友给你暖暖。”

“那真是谢谢你了。”

“跟我客气什么？”

祁纪阳也没在意旁边其他人的目光，紧握着程栀的手，转身，问了一句：“你们散会了吗？”

“啊……差不多了。”有人回答。

“那我接小橙子走了。”祁纪阳顿了一下，“谢谢你们照顾我女朋友。”

除了岑懿还在淡然悠闲地吃着小蛋糕，其他人都有些愣神。

特别是关艺涵，已经保持同一个姿势很久了。

邬白薇最先开口，她看着裴淮：“我还以为你是程栀的男朋友，祁纪阳陪你一起来的。”

“你想什么呢。”裴淮笑，“祁纪阳跟程栀不明显？”

邬白薇没说话，只是看着他们俩。

祁纪阳还在低声哄程栀，说：“什么时候给我买两块钱的玩具车？”

“不买，两块钱不是钱？”程栀拒绝。

“还生气呢？那我给你买。”

“看不起你买的东西。”

两个人拌着嘴，祁纪阳帮程栀把围巾戴好，还夸了一句："其实挺舍不得给你戴的。"

程栀疑惑。

"毕竟是你送我的围巾，我想天天戴着。"

难怪以前大冬天都在穿破洞牛仔裤的祁纪阳这几天竟然老实戴上了围巾。

难怪他把这条围巾当作宝贝一样。

裴淮轻叹，都差点笑出声。他压低了声音对邬白薇说："祁纪阳谈恋爱有够腻的。"

邬白薇不置可否地点了点头："嗯。"

"不过……"邬白薇顿了一下，声音还故意提高了几个分贝，"他们俩好甜啊——"

岑懿放下手上的杯子，站起来，扫了一眼还僵在旁边的关艺涵，轻咳一声："祁少，谈恋爱了，挺恩爱的啊，能别在单身人士面前秀吗？"

祁纪阳懒懒地挑了下眉："女朋友叫我上来接，我总不能不来。"

程栀这才看向关艺涵，脸上挑衅的表情再也不用掩饰，她缓缓开口："我男朋友，祁纪阳。还有哪里需要介绍吗？"

关艺涵的脸色一下子就沉了下去。

但她依旧强颜欢笑着，这么多人看着，也不好跟程栀撕破脸皮。

关艺涵扯出一个有些勉强的笑容，唤了一声："祁纪阳……"

祁纪阳的眉头微微一蹙："你怎么来南城了？"

关艺涵总不能当着这么多人的面再说自己是来找他的，毕竟现在人家的正牌女友正站在旁边。

两个人十指紧扣。

"嗯，阿姨叫我过来玩一阵子。"关艺涵开脱道，"之前本来就要来的，但是有点其他的事情耽误了……现在终于有时间了。"

"你家里最近事情挺多的吧。"祁纪阳淡淡地说了句，距离不远不近，"帮我跟叔叔问个好。"

"好。"

祁纪阳说完，又把手收紧了点，说："那我们先走了。"

程栀回头，对其他人点了点头，道别："不好意思，今天麻烦大家了。下次有什么需要拍摄的内容可以找我。"

裴淮喊了一下在旁边的邬白薇："一起走？"

邬白薇稍微愣了一下："嗯？"

"一起吃晚饭。"

“噢。”

邬白薇跟家里的司机打了个电话说不用来接，坐了裴淮的车一起去吃饭。

从楼里一出去，程栀就感觉到一阵冷风扑面而来，她拢了一下自己身上的衣服，终于把大衣外套穿上。

刚上车，祁纪阳就侧身从后座拿了一条毛毯扔给她。

“怎么样，聚会开心吗？”

程栀抿了下唇：“本来应该挺开心的。”

“本来？”祁纪阳启动车子。

“因为关艺涵在就不那么开心了呀。”

祁纪阳闷闷地笑了声：“吃醋了？”

说完，他又补了一句：“我都没理她，哪来的飞醋？”

程栀摇头，随意地往后靠了一下。

“当然没有。”程栀说，“我知道你不理她，不过关小姐今天可是挑了我一下午的刺。”

祁纪阳皱了下眉。

有点见不得自己女朋友被人这么欺负。

程栀微侧头，看着他：“你妈是不是挺喜欢关艺涵的？”

“还行。”祁纪阳的手指在方向盘上点了两下，“她在我妈面前挺乖的。”

“那要是你妈不让我们在一起，逼着你跟她结婚怎么办？”

祁纪阳看了她一眼：“我来搞定我妈。”

程栀“哧”了一声，没继续说，开始闭目养神。

她今天确实是当场打了关艺涵的脸，让关艺涵面子上有些挂不住，爽了一时但是后患无穷。

毕竟现在关艺涵确实跟祁纪阳的妈妈关系很要好。

关艺涵是个记仇的人，自己今天这样招惹了关艺涵一番，也不知道这小姑娘会不会去祁纪阳妈妈那里说些什么。

表面上云淡风轻，但程栀还是很在意这一点的，在这场比赛中，她暂时没有占优势。

只能说赢了这么一小局而已。

最后他们挑了一家西餐厅。

邬白薇刚下车就来挨着程栀，神色有些担心，说：“今天这个聚会我是不是不应该叫你来的……”

很显然，邬白薇在路上也想了很多。

程栀伸手弹了一下她的额头：“怎么又往自己身上揽锅啊？”

“平时大家之间的气氛也没那么尴尬，倒是挺和谐的，今天看起来有点……”

感觉都挺势利眼的。

程栀笑了："有人际关系的地方就是复杂的，要是今天只是我一个人去了还好，但是今天安安也带了关艺涵来，这也不是你能料想到的事情呀。"

如果今天关艺涵不在，可能场面上的火药味也不会那么重。

"一开始关艺涵提祁纪阳的时候你也没说什么。"邬白薇轻声叹气，"是那小姑娘自己缠着你不放。"

要不是关艺涵一直吵着说要让程栀把男朋友叫上来，最后的场面也不会那么尴尬。

程栀沉吟了会儿，随后说："其实我有点后悔，不应该跟她对着干的。"

"怎么说？"

"感觉没什么意思，我跟人家小姑娘闹什么脾气呢。"程栀微微一笑，"其实我本来也没那么在意的，不知道怎么的就被她惹火了，没忍住就挑衅了一下。"

程栀现在回想起自己最后那句趾高气扬的话都觉得有点羞耻。

怎么就这么幼稚。

"不过啊。"邬白薇说，"看关小姐刁难你那么久，突然被这么打脸还是挺爽的。"

她们俩黏着聊天，后面两个男人慢慢地迈着步子跟在后面走。

祁纪阳拍了一下裴淮的肩膀，说："你跟着来还是有点作用的。"

他跟着来当然是有点作用的，不过没想到竟然是陪祁纪阳这个作用。

原本以为祁纪阳跟程栀一定会黏在一起，没想到竟然是两个女生黏在一起。

一顿饭吃了很久，几人一边聊着天，一边缓慢吃饭。

最后道别之前，程栀再三跟邬白薇强调了好几遍："你啊，以后别什么事情都反思是不是自己做得不好。"

所以才会在谈恋爱的时候被人 PUA。

"你以后就积极地暗示自己，我做的就是对的，我不可能错。

"自私一点，也比你现在这样什么都怪自己来得好。"

邬白薇应了声："谨听教诲！所以啊，你什么时候愿意拿走属于你的股份？"

程栀稍微一愣，还是说："再等等吧，我还没完全准备好呢。"

"行，但是你必须要的哦。"

程栀也没把话说绝，她没直接拒绝，只是说自己还不知道用什么样的心情去接受这份礼物。

但是已经比第一次看到那份合同的时候要好了很多。

对程栀来说，很多事情都要慢慢过渡，等到她内心告诉自己可以去做这件事，她就会迈出那一步了。

到家后，祁纪阳十分自然地跟在程栀后面。

程栀回头：“怎么，想上楼啊？”

祁纪阳看着她，眉梢一扬：“没在一起的时候都能上楼，怎么现在谈恋爱了反而不能上去了？”

程栀翻了个白眼：“随便你。”

她往前走了两步，忽然顿了一下，又回头戳了一下祁纪阳的脸，警告：“但是我明天要上班的，嗯？懂吧？”

祁纪阳抬手投降，说：“嗯，一定让你明天能正常上班。”

程栀看了他好几秒：“你发誓。”

“明天要是程栀不能正常去上班，我就……”

“就怎么样？”

“给你发一天工资。”

这还是祁纪阳第一次最为光明正大地上楼到程栀家，不过依旧跟前两次一样。

程栀看了一眼家里刚刚打扫干净的地板，说：“你赤脚进来吧。”

“这么冷的天，你忍心让你男朋友不穿鞋进去？”祁纪阳靠在一边，懒洋洋的，“小橙子，你怎么还是那么没良心啊——”

程栀抬眸：“嫌冷是吧？”

“是挺冷的。”祁纪阳的语气听起来有些可怜，“我怕你冷着都把衣服脱给你穿。”

程栀上下打量了他几秒，伸手作势要把人往门外推。

“那你就别进来了，自己家有地暖有中央空调什么都有，干吗来我这儿啊？”

祁纪阳被她推了一下，却反而往前倾。

他手一伸，把程栀抱在怀里，随后用下巴蹭了蹭她的头顶，像一只大狗狗。

“那你跟我去我家也可以。”

程栀被他抱着，本来想跟他闹腾一下，却被这么压下来了。

沉默了几秒，程栀抬手，手环在祁纪阳的腰上。

她忽然一声轻叹，说：“祁纪阳啊。”

“嗯。”

“要是以后我跟你闹脾气，生气了的话，我教你一个哄我的办法。”

“什么？”

“你就这么抱抱我就好了。”程栀的声音放柔了些。

被喜欢的人拥抱着，会有一种十分奇妙的化学反应，不管是什么不开心的情绪，不管是什么小脾气，马上都会融化在这一个拥抱之中。

头顶上传来男人一声低笑，他说：“好。”

“那现在就哄哄。”祁纪阳说。

程栀的身高在女生中绝对算不上矮，一米七三，双腿修长。

但是每次在面对祁纪阳的时候，她就觉得自己仿佛只是一个不到一米五手无缚鸡之力的小软妹。

祁纪阳蹲下一些，手往下放，很轻松地就把她抱了起来。

程栀被他吓了一跳。

自己像个单薄的纸片人一样挂在祁纪阳身上，她捶了一下祁纪阳的背，说：“你放我下来！”

“不是说抱抱就好了？”

“不是这样抱！”

“那要怎么样？”祁纪阳一声笑，步子迈得大，三两步就走到沙发边。

他的动作算不上很温柔。

程栀觉得自己是被扔在沙发上的。

她的头发本来松松垮垮地束着，现在突然散开，落在两边，短裙也因为跟沙发的猛然接触，往上滑了一点。

祁纪阳一迈腿，压着她，声音含笑。

“怎么抱？”

明明只是非常纯洁的拥抱，怎么被祁纪阳说出来的时候就完全变了味？

她拉了拉裙子：“干吗呀？”

“都到女朋友家里了，不能白来吧？”

程栀差点想踹他一脚：“刚在楼下你怎么答应我的？”

“我会克制点的。”祁纪阳埋头蹭了蹭她颈窝，痒痒的，“好几天没见了。”

平时程栀忙工作，有时候祁纪阳也会有其他的商务活动，全国到处飞。

上周刚开始谈恋爱，结果两个人就开始各自忙工作，原本计划好的事情全都没做成，硬生生给逼成了异地恋。

程栀忽然就心软了，问了句：“那你这几天想我了吗？”

“问的什么问题？”祁纪阳轻笑，伸手一件件地剥去她的衣服。

她本来就穿得少，衣服被轻易地脱了下来。

他指尖温热，轻轻地捏着她腰间的软肉，有些奇异的痒，她被他挠得不行，微微偏了下头，随后被人咬住耳朵。

此时此刻，就连灯都没关。

程栀抓了他一下，低吟：“关灯——”

“嗯。”

祁纪阳伸手摸到遥控器，把客厅的灯关了，但窗帘并没有拉上，落地窗外的世界满是星火。

还没来得及继续，程栀的手机突然响了。

几条连续的消息灌进来。

祁纪阳的动作停了停，微微皱眉，声音很低：“谁？”

程栀：“纪生。”

“你没跟他说我们在谈恋爱？”

祁纪阳的声音听着有些不悦。

“他没问我就没说呀……”

祁纪阳埋头咬了程栀的唇。

“现在，发朋友圈公开。”

程栀起身披了件外套在身上。

身上的衣服都快被扒拉干净了，这会儿突然被祁纪阳叫起来发朋友圈。

她想了很久文案，手指在手机屏幕上点了几下，犹豫不决。

“有公开恋情的文案可以抄抄吗？”程栀侧头看向祁纪阳。

程栀还在想怎么发的时候，祁纪阳已经把朋友圈发了出去，男人修长的手指上夹着几张小巧的照片。祁纪阳发了几张图片，把手上那几张全部拍下发了上去。

第一张是高中的时候，还穿着校服，刚刚赢了篮球比赛，回头去找程栀的时候她拍下的。

这一张一直放在他的钱包里没有动过。

第二张稍微有些模糊，明显是拍摄的人手抖了一下。

但他看向她的眼神一如既往，也是赢了比赛后回头。

每一张照片的背面都写着字。

第一张的背面写着“程”，是程栀当年亲手签上去的；第二张的背面写着“祁”，是祁纪阳自己写的。

两个人的姓氏挨在一起。

文案只有三个字：【还是你。】

程栀看着他的朋友圈笑，靠在祁纪阳怀里，低声说：“要是朋友圈能直接转发就好了。”

“可以截图。”祁纪阳说。

“对哦。”程栀应答完以后就马上截了图，她上传到自己的朋友圈以后，也是简单地配了几个字。

她写——

【永远有回音。】

程栀的嘴角微微扬了起来，反反复复看了好多次祁纪阳发的照片，随后伸手拿起那张老照片。

背后都有些泛黄了。

她忽然想起祁纪阳对她说喜欢的那天，说的就是很多年前就喜欢她。

程栀的指尖在自己的名字上轻轻摩挲，垂眸说：“所以那个时候你已经喜欢我了？”

祁纪阳轻笑，凑过来，含着她的耳垂，动作温柔又暧昧，手掌的温度传到她的腿上。

在这个寒冷冬夜里让人格外想要靠近。

天气冷的时候总是舍不得这样的滚烫温度。

“我很早就喜欢你了，还不知道？”祁纪阳的手渐渐往上移了点。

程栀伸手抓住他的手：“你干什么——”

“嗯？”祁纪阳动作没停，“不明显？”

祁纪阳说完，手上的力道稍微重了点，他说：“那你再感受一下我在干什么？”

程栀被撩拨得浑身发软，但理智尚存。

程栀忽然问他：“那……是……什么时候……”

她被他挠得话都说得断断续续的。

祁纪阳还没回答，程栀自己补了一句：“嗯？日久生情？”

毕竟她觉得祁纪阳没有半分对自己一见钟情的可能性。

祁纪阳被她逗笑了：“这个答案对你来说很重要吗？”

“嗯……”

程栀其实一直都还没告诉祁纪阳，其实她也喜欢了他很久很久。

从重逢开始她就一直在隐藏自己的感情，一直埋在心里。

如果不是祁纪阳的勇敢，可能他们的故事就会成为遗憾。

告诉祁纪阳自己心意的那天，原本已经准备好坦白自己的心情，没想到这人根本没给自己什么机会说明。

先把她扛回房间不知节制地把她弄到犯晕。

从此以后程栀再也没找到机会说，她也不急，觉得找到合适的机会，在合适的情况下告诉他。

本来现在也是个好时机，但……

祁纪阳一如既往。

他伸手勾了勾她的下巴，“我们先继续？”

程栀拉了拉自己身上的大衣，里面已经没剩下什么了，空荡荡的。

“哪有这种时候叫人发朋友圈的，那现在怎么继续……”程栀说。

“从头再来一遍。”

话刚刚说完，程栀又被人压在沙发上。

祁纪阳轻咬着她的唇，十分轻松地撬开她的齿关，两个人的唇舌缠绕着，怎么都分不开。

男人带着些余温的手指从她的大衣外套里探进去。

被他触碰的地方都像是被点燃的火簇，不管怎么样都难以去熄灭。

祁纪阳的手指在她耳根后面轻轻摩挲，感觉到那份烫人的温度，低笑：“你怎么老是这么烫？”

程栀没回答，总不能说是因为每次被他摸着就觉得脑子升温。

祁纪阳也没逼着她回答，把她所有的低声呜咽都当作是答案。

屋子里的空气都变得黏稠起来，浓烈的气氛会盖过一切，不断被放大的感官和情感似乎都快要满溢。

程栀抓紧他，脑子里一帧帧的画面来回闪动。

理智和深陷就在那么一根弦上绷着。

“……你怎么这么熟练啊？”程栀忍不住出声，呼吸有些缓不过来。

“梦里做过太多次了。”

程栀无语。

“以至于现在跟你在一起就想把梦里的事情全部做一遍。”

程栀忽然抬头，狠狠地咬了一口他的肩膀，说：“那你没跟我确定关系的时候也天天想呢？”

祁纪阳的动作顿了一下，语气听着还有几分委屈：“嗯？不可以想？”

“可……以。”

“嗯，那我们现在就实践一下。”

屋子里开了空调，但原本绝对算不上热，但他们像是在往地心走，越是深入越是温度滚烫。

程栀被祁纪阳弄得没有还手之力，好几次跟他强调明天还要去工作室，但祁纪阳的精力好像没有边界。

她每一次说话都会被男人堵住唇。

到了程栀觉得快要结束的时候，她忽然被抱起，贴在冰凉的落地窗上，后背凉凉的。

窗帘只拉了一半，外面的灯光也是若隐若现。

在自己的脚边落下点点星光。

程栀有些犯困，感觉眼前的世界都有些花，用手指仔细描摹他的轮廓。

她打了个哈欠，懒洋洋道：“你一点都不困？”

“嗯？你不是说赛车手体力好嘛。”

程栀：祸从口出。

祁纪阳的体力确实好得惊人。

好到她都不知道自己要怎么去消化了。

她后背紧紧贴着那冰凉的窗。

住这种有大落地窗的房子，她原本是想用来看风景的，却没想到现在多了另外的一份作用。

不知道自己醒来还能不能以正常的心情来面对这偌大的落地窗。

程栀整个犯困，睡眼蒙眬之间还在感受着他，她被人抱起来，只能下意识地勾着他的腰让自己不要坠落。

男人脖颈上的汗珠缓缓滴落，落入性感漂亮的锁骨之间，脖颈上的青筋微微凸起，看得程栀晕乎乎的，想凑过去轻咬。

祁纪阳的皮肤比以前黑了一点，看起来更加充满荷尔蒙的气息。

高中的时候，他是个清秀小少年，后来天天和许让去打篮球也没晒黑多少。

那时候班上女生就很羡慕。

也包括程栀。

十七八岁正是爱美的年纪，偏偏祁纪阳皮肤就是比她还好。

他们俩十分默契，在各方面都是。

少年的时候就很默契，现在竟然在这件事上也十分契合。

屋子里只剩下淡淡的香味,和两个人交叠着的呼吸声音,终于等到这一次结束，程栀微微抬眸看了一眼挂在旁边的时钟。

她趴在祁纪阳的肩膀上，在他停歇的时候说：“我困了，睡觉了好不好？”

“嗯。”

程栀完全没了力气，她抱着祁纪阳撒娇：“那你抱我去洗澡。”

“一起洗？”

“我走不动路啦，既然你体力好，就抱着我回去睡觉。”程栀继续说着，还轻轻地啃了一口他的脖颈。

“好。”

祁纪阳应了声，随后抱着她一步步稳稳地走过去。他笑着，唇贴在程栀的耳边，说：“怎么感觉你比以前爱撒娇了？”

程栀一直很冷静，很自制。

别的小姑娘都会撒娇的年纪她都不。

“对别人当然不能乱撒娇。”程栀轻声说，勾着他的脖子，“但是对男朋友撒娇是可以的。”

程栀微微挑了下眉：“怎么，你不喜欢呀？”

“喜欢。”祁纪阳笑，“那以后多撒娇，我爱听。”

程栀低头，把脑袋埋在他颈间，蹭了几下：“好哦。”

继续往前走着，程栀明知道祁纪阳答应自己的什么都不再做，就真的什么都不会再做。

但她此时此刻还是恶作剧般地，伸出舌头轻轻舔了一下他的脖子。

祁纪阳的脚步忽然顿住，明显僵了一下。

“别闹。”

程栀笑了几声，随后乖乖应了一声。

“嗯。”

只是偶尔的恶作剧，也遭了报应。

程栀第二天醒来迷迷糊糊地记起，好像祁纪阳在她耳边说了一句：“自己惹的事，可是要负责到底的。”

记忆有些模糊，跟梦境重叠交织着。

程栀第二天感觉自己端相机的时候手都在抖，右手有些使不上力，去接水的时候还手抖洒了一地。

助理看到以后还来关心她。

“怎么了，不太舒服吗？”小张问道，“要不你还是回去休息吧，工作室有我们看着呢。”

程栀脑海里闪过自己辛苦的画面，继续保持着脸上的笑容，说：“没事，就是今天手有点酸。”

小张看了看她的右手，微微皱眉：“上周还好好的，怎么突然手酸呀？”

有些事情，真的不必问得这么深入。

程栀说：“今天睡醒后突然就有点，具体什么原因我也不是很清楚。”

“是不是前几天搬重物了？”小张说，“一般这种时候就会抽筋的。”

程栀没想到她还帮自己想好了理由，赶紧应着：“啊对，是搬了一下行李箱。”

“啊，那你要不还是先休息吧，今天就让实习生拍摄就行了。”

程栀点了点头。

工作室招了一批实习生，一直都是程栀手把手地教，平时程栀手上没有其他工作的时候就会去督促那些实习生拍摄。

毕竟一个那么大的工作室，也不会只有程栀一个摄影师。

她在这里的职位依旧是摄影总监。

等工作室慢慢上了正轨以后，很多拍摄根本就不要程栀亲自动手了。

不过这是个有些漫长的，需要慢慢积累的过程。

下午，程栀在办公室里跟郇白薇通电话，聊关于拍摄的事情。

她们把时间定在农历新年前，虽然现在很多年轻人都把元旦节那天当作新的一年开始。

但程栀还是喜欢浓郁的中国传统新年气氛。

所以她定在新年之前，在跨年那天把这套图送给邬白薇当新年礼物。

让邬白薇迎接一个崭新的自己。

自信的，有勇气去面对一切的邬白薇。

聊完拍摄的事以后，她们又闲聊了几句其他的事情。

邬白薇只有在单独面对程栀的时候会展现出真实的想法，她说："其实前几天他来找过我。"

邬白薇的声音听着有些低落。

她还没有完全从那段感情里抽身出来，前些日子也是在强颜欢笑。

毕竟生活还要继续往前走，不能一直被这件事束缚住。

"嗯。"程栀应着。

"我这次是知道自己绝对不能回头的，我真的清醒了。"邬白薇叹了口气，"只是在提起这段感情的时候，提起这个人的时候，我还是有点难过。"

"告别一段感情是需要一些时间去消化的。"程栀安慰道，"不要急，要是难过的话你可以告诉我，我会陪着你的。"

"还好我还有你们。"邬白薇轻笑了一声，"你跟裴淮真的很像啊，你说这些话，他也这么跟我说。"

程栀稍微反应了一下："嗯？"

裴淮跟她确实很像，不过一般来说，也不会像到跟邬白薇说的话都是一样的。

其实女生跟女生之间会有更多惺惺相惜的感觉。

"上次从你们那里走的时候，我跟裴淮说我分手了。"邬白薇的语气很轻，"我那天走的时候看起来很难过吗？"

"没有。"程栀回忆了一下，"那天你的状态看起来挺好的。"

至少是那段时间里最好的一天，那时候邬白薇已经分手，不再纠结这件事。

"那他怎么看出来的？"

程栀又想到裴淮那天顿了一下的身影。

挺明显的。

正常人也不会在听到别人分手以后是这个反应。

程栀依旧没挑明说，只是笑了笑，说："可能是朋友之间的心灵感应，你们关系很好吧。"

"是，毕竟认识那么多年了，我谈恋爱的过程他都看到的呢，这样，就算我不说，他大概也知道我会难过吧。"

程栀在心里默默给裴淮点了根蜡烛。

估计不仅是知道邬白薇难过，他自己心里也没好受到哪儿去。

程栀"嗯"了一声，随后说："你看呀，身边还有这么多人陪着你，你明明值得大家这样爱你的。”

邬白薇沉默了好几秒。

等她再次开口的时候，程栀隔着手机，都觉得邬白薇的语气变得轻松了一点。

程栀抬头，撑着下巴看着外面落进来的阳光。

邬白薇轻笑，说了一句：

“你也是。”

下班时间，依旧是祁纪阳来接的，这个专职司机倒是真的挺负责。

程栀刚刚上车，侧头随口问了一句：“晚上吃什么？”

“你想吃什么我们就去吃什么。”

本来挺正常的一句回答，却让程栀的动作忽然顿了一下，她吸了口气：“祁纪阳。”

“嗯？”

“你不觉得我们俩这样有点不行吗？”

“哪里不行？”

“别人谈恋爱也是天天在外面吃饭吗？我们这样每天都在外面鬼混，能不能持家一点？”

祁纪阳转过头来。

两个人的眼神对上。

可是他们俩就没有一个人是持家的，他们俩都不会做饭。

沉默了一会儿，程栀往后一靠，说：“算了，世界毁灭吧。”

在外面简单地吃了饭以后，回家之前，他们去了一趟超市，买了些生活必需品。

祁纪阳今天看起来依旧没打算回自己家，他已经死皮赖脸地在程栀家住下了。

理由是，不能两个人明明都在南城却搞得像在异地恋。

祁纪阳去了她家很多次，每次都没有男式拖鞋，每次程栀都叫他光着脚进去。

大冬天其实还是挺凉的。

最后结账排队的时候，货架上一排排的避孕套，程栀看着这个东西就想起自己家里垃圾桶里的一片狼藉，感觉自己下一秒就累到可以马上睡着。

跟祁纪阳谈恋爱之前她想了很多年，跟祁纪阳谈恋爱会是一种什么样的感觉。

跟祁纪阳谈恋爱以后程栀才发现，原来就是每天腰酸腿痛。

程栀感觉自己的眉心抽了一下，随后果然看到男人伸手，从架子上拿了好几盒扔进购物车。

“祁纪阳……”

“怎么？”

“你能少拿点吗？”程栀看了他一眼，“你这样，显得我们俩都挺饥渴的。”

祁纪阳眉梢微微一扬："难道不是吗？"

"你喜欢哪种？"祁纪阳认真地问她。

程栀随便指了一个。

这人怎么还挑得这么认真！

她根本没注意自己指了什么。

回家以后开始整理买的东西，程栀把东西收拾整理好，最后只剩下那几盒没收的时候。

祁纪阳站在旁边，手上拿着一个橙色小盒子。

程栀下意识地问了句："什么东西，要收起来吗？"

"你选的。"祁纪阳将它拿在手上把玩，"小橙子——你喜欢这种？"

程栀："什么？"

祁纪阳靠在沙发椅背，看向她，声音带着笑，一字一句地慢悠悠地念出来。

"添加热感，涂点螺旋套身？"

程栀一时噎住，不知道怎么回答。

手机突然响起，缓解了这让她不知道要怎么开口的气氛。

"我妈打来的。"程栀说。

"嗯，接吧。"

程栀拿了洗好的草莓，冬季的草莓倒是还挺甜的，她走到沙发那边坐下，眼神示意祁纪阳也过来。

两个人坐在一起，程栀顺手接起电话。

开着免提。

"喂？"程栀咬着草莓，含糊地说，"怎么了？"

"你怎么突然想起来说一定要学做饭了？这个觉悟……"庄兰馨顿了一下，"谈恋爱了吧？"

程栀一口呛到："啊……"

"上次是小祁生病，你帮忙熬粥。这次是怎么回事？小祁又生病了啊？"

"没……"

程栀侧头，看见祁纪阳手上正拿着一颗草莓往她嘴里塞。

她下意识地咬下去，还在应付着庄兰馨，也没注意那么多，一口咬到祁纪阳的手指。

他吸了口气。

声音不大，但足够电话那端的人听清楚。

庄兰馨的声音都提高了几个分贝："是不是你男朋友？"

程栀匆匆忙忙地说："妈，我这边突然有点急事，我得下楼一趟，回头再说啊。"

她马上挂断了电话。

祁纪阳看着她，在这暖黄色的灯光下，看起来有些危险的气息，他抬手舔了一下刚才被程栀咬过的地方。

“你发朋友圈屏蔽叔叔阿姨了？”祁纪阳慢慢开口。

“你没有？”

“我朋友圈本来就没对我爸妈开放。”祁纪阳又拿了一颗草莓，塞给她，“你忘了？我们关系不怎么好。”

祁纪阳说：“当时决定玩赛车的时候他们也不支持，我朋友圈没什么别的东西，怕他们看了也不舒服。”

关上以后就再也没打开过。

“那现在呢？”

“在赛车上做出一番成绩，也没什么可说的了。”祁纪阳说，“我妈不是那么顽固的人，她只是觉得如果要做一件事就要做到彻底，一开始我说要玩赛车，她以为我真的是玩玩而已。”

“一直没问你，怎么走上这条路的啊？”程栀一声轻嗤，“我都完全没想到你竟然会去当赛车手。”

祁纪阳微微扬眉：“那你以前觉得我会做什么？”

程栀想了想，说：“不知道，感觉可能就是继承家里的巨额财产吧，年纪轻轻的就开始被人叫——”

她顿了一下，学着样子，十分小心翼翼地鞠了个躬：“祁总好。”

祁纪阳笑出声，伸手揽了她一下：“祁总今晚翻你的牌子。”

程栀靠在他怀里，认认真真地吃着草莓，自己吃一颗，再抬头往他嘴里塞一颗。

“所以啊，到底是为什么？”还是回到了最初的问题。

“因为你。”

“嗯？”程栀愣了一下，“因为我什么？”

她又不喜欢赛车，跟她能有什么关系？

祁纪阳蹭着她的脑袋，轻声说：“毕业的时候，大家不是都在交换小字条？”

“嗯。”

“你当时给我写了什么还记得吗？”

程栀毫不犹豫地点了头，她当然记得，毕竟给祁纪阳写的那张字条，她反反复复地写了很多次。

当时撕掉了很多个版本，最后才定了那一个。

她写过很长的废话，上面写着：

以后没有人借作业给你抄了，也没有人在你去打篮球的时候还吵着嚷着让你回去上课了，你上课打瞌睡也没人让你起来听课。

每次秋冬季的时候你都不注意加衣服，每年都会感冒，还不吃药，麻烦你稍微认真照顾自己一点！

实在不行找个女朋友来照顾你！反正到了大学就可以光明正大地谈恋爱了！

大学也该过了叛逆的年纪了，虽然现在还不知道你会去哪里念书，但是希望你能好好学习一次，虽然我觉得这对你来说还挺困难的哈哈。

好好学习，好好生活，好好享受。

以后我就不在你身边叨叨了，也不知道以后还能不能像现在这样保持联络，但是我想，我们会一直是好朋友。

程栀至今还记得，当时的自己边写边掉眼泪，旁边的书本都被浸湿了几页，起了褶子，就跟她的心情一样，皱巴巴的。

不知道以后祁纪阳会在哪里念大学，不知道他以后会离自己多远，会认识什么样的人。

更不知道以后的他们会走向哪里。

她什么都不知道。

只是知道，以后祁纪阳的人生里，一定没有她。

本来只是一张简单的祝福小字条，被她小心翼翼地写满了一整张方形的纸，排得密密麻麻的，根本没什么空隙。

但是她当时还有好多好多话想说。

想说，她其实喜欢他，想说自己想要跟他站在同一个高度，能足够配得上他。

还想自私地说，你能不能不要接别的女孩子递过去的水。

可不可以只看我一个人。

可那些都只是少女时代的程栀内心的臆想。

她连这点臆想都没给自己留，最后靠清醒和理智全部扼杀在摇篮里。

那张字条写完以后，她反复看了几遍，之后还写过一些其他乱七八糟的。

——祁纪阳，前程似锦。

——要永远闪着光。

但最后都不是。

她给祁纪阳的那张字条写着这么一句话：

“不要迷茫徘徊，坚持去做你喜欢做的事情，然后做到最好吧。”

程栀陷入那段回忆里，忽然感觉自己的喉间都酸了一下。她发着愣，忽然被祁纪阳的声音唤醒。

“怎么了？”祁纪阳轻声问她，“怎么开始发呆了？”

程栀回过神来，笑笑：“没事，就是在想当时给你写了什么。”

“你想起来了吗？”

“嗯。”

其实在这么一千多个日日夜夜里，她从来都没有忘记过。

祁纪阳的手收紧了一点，抱着她，说：“我第一次看到你那张字条的时候还挺失望的……”

“都快毕业了，我以为你会写一句——”祁纪阳顿了一下，“其实我喜欢你。”

程栀伸手狠狠地捏了他一下：“你做什么梦呢！”

“是啊，那时候我做梦都想听到你跟我说喜欢我。”

祁纪阳一声低笑，随后语气认真地继续说着：“那时候我好像比现在还要狂妄一点。”

程栀冷哼：“何止一点。”

不得不承认，现在的祁纪阳成长了许多，他不再像少年时那么爱表现一些东西，而是小心翼翼地开始保护她。

这也是程栀愿意迈出这么一步的原因之一。

如果祁纪阳还是跟当年一样，他依旧会把她越推越远。

“所以啊，我那时候觉得自己的家庭、出身背景都挺好的，这个世界上好像没有什么事情会让我觉得迷茫。”祁纪阳一声轻叹，“但是我妈开始让我去公司帮忙的时候，我突然在想，自己这一生是不是就是这样被安排好的。

“毕业以后去公司帮忙，以后继承家里的资产，听从所有的安排，包括我的婚姻。”

听从父母的安排，跟一个根本不会相爱的人结婚生子。

所以他开始感到迷茫。

“后来有一次，我在家里的杂志上看到了你的摄影作品获奖的事情。”

程栀“嗯”了一声，安静地听着他继续说。

这些事情，都是她决定不跟祁纪阳联系以后才发生的。

“我突然就想起你跟我说，去做喜欢的事，做到最好。”

程栀听完他说，伸手轻轻地扯了一下他的脸，说：“这么听话呀？”

“那当然要听女朋友的教诲。”

“那你这算不算‘恋爱脑’？”

“当然不算。”

程栀轻笑，往他怀里钻，说：“的确不是。”

她也不是。

恋爱应该是一件美好的，会让两个人都进步的事情，而不是一个人为了另外一个人妥协太多。

十几岁的时候就见到了太多因为喜欢一个人，去选择自己根本不擅长的科目，只是为了让青春期的悸动能再靠近一点。

为了喜欢而放弃一些自己努力得到的东西，为了喜欢失去了自己的优势和成绩。

青春期的悸动总是来势汹汹，经常让人疯狂，冲昏人头脑。

程栀一直保持理智，她知道哪些是自己应该做的，哪些是自己不应该做的。

这样的妥协和改变对程栀来说算不上是爱情。

她想要的，是大家能一起闪耀，一起进步，一起站在顶峰。

美好的爱情应该让人进步，而不是退步。

盆里的草莓吃完了，祁纪阳把最后一颗拿给她吃了，她吃完以后还意犹未尽地舔了舔唇。

“今天的草莓好甜呀。”

“还想吃点？”祁纪阳的尾音微微拖着。

不过程栀还沉浸在对美食的回味之中，暂时没有听出祁纪阳的语气里有些其他的味道。

她刚应了一声，随后祁纪阳起身，去桌上拿了一个小盒子，修长的手指夹着一片东西。

“草莓味的，应该也挺甜。要试试吗？”

第十三章

努 力 地 靠 近

晚上程栀有些犯困，合上眼睡了过去，迷迷糊糊之间，她听到自己手机响了。

她翻了个身，但是没醒来。

朦朦胧胧之间，她听到男人的声音响起，是祁纪阳帮她接了电话。

“喂？”

“她睡了。”

听到这句话，程栀又安心地睡了过去，还是梦境比较吸引人。

第二天早上醒来，程栀本来还有些记不清，不太确定是不是真的，直到她看到沈嘉树的消息轰炸。

【你跟哪儿来的男人混在一起！】

【程栀！好啊你！出息了是吧！这事儿我得跟叔叔阿姨汇报！不能让你误入歧途！】

程栀突然想起，自己屏蔽人的时候，沈嘉树在“家人”这个分类里，顺手也屏蔽了。

程栀感觉自己的眉心跳了一下，消息往下拉。

【庄兰馨：把那臭小子带回来给我们看看。】

【程山：哪家养的猪敢拱我辛苦拉扯长大的漂亮小白菜？】

程栀抬眸，看了一眼在自己旁边熟睡的男人。

他感觉到程栀醒来的动静，也缓缓睁开眼，清早醒来，声音还很哑：“醒了？”

程栀的表情严肃。

“祁纪阳，我爸妈说要见你。”

祁纪阳懒洋洋的：“叔叔阿姨不是认识我吗？他们挺喜欢我的。”

“这不一样。”程栀伸手掀开被子，让冷风灌进来。

祁纪阳立马就清醒了。

“你是我朋友和是我男朋友，是两回事。”

男人慢悠悠地坐起来：“他们怎么突然知道了？”

“沈嘉树告的状。”程栀顿了一下，“他以为我在外面跟那种人睡了。”

祁纪阳：把他当成什么了？

祁纪阳还没完全缓过神，动了动唇准备开口的时候，忽然听到程栀十分严肃地说了一句：

“你表现不好的话，我爸妈会逼我们分手的。”

这天下班，是程栀最不想下班的一天。

被沈嘉树告密以后，程栀不得不打个电话过去坦白自己的恋爱对象就是祁纪阳。

电话那头的两个人明显愣了一下，最后程山语气严肃地说：“那你们俩晚上一起回家一趟，我跟你妈有点话要跟你们说。”

恐怖程度不亚于考试考砸了要回家让家长在试卷上签字。

平时都是念叨着什么时候才能下班，今天却希望时间可以过得慢一点。

程栀已经好几年没听到程山用那样的语气跟她说话了，上一次大概要追溯到高中那次分班考试，她考砸了后被程山教育了很久。

今天估计也不是什么马上就能解决的事。

回家的路上，程栀一直有些紧张，不停地翻看着手机上的信息，却什么都没有往脑子里去。

新买的房子还在装修，这次回去还是回厂里的家属区。

程栀的手攥成拳头，侧头问祁纪阳：“你紧张吗？”

祁纪阳的眉头微微皱起，看起来也不是很轻松的样子，但是他说：“我要是紧张的话，你不是更紧张了？”

早上程栀都那么跟他说了，他怎么可能不紧张。

他跟程栀的父母还留有联系方式，一整天也是什么事都没认真做下去，就看着手机，看有没有新的消息进来。

程山一整天都没联系过祁纪阳。

上次的聊天记录还停留在之前，程山十分热情地跟他说：【谢谢你啊，你在我们栀栀身边，我还是放心多了，那就麻烦你照顾我们栀栀了。】

他现在确实把程栀照顾得挺好的，程山那边却反而不太高兴。

车子继续往前行驶着，祁纪阳伸手握住程栀的手。

“没关系。”

“我们一定能处理好的。”

程栀垂眸看着自己跟祁纪阳紧扣在一起的手，忽然一阵安心。

反正，在一起之前她就已经考虑到这些了。

现在只是提前把那些挑战过一遍。

她伸手在祁纪阳的手背上轻轻摩挲了一下，声音很轻，但很坚定：

“嗯。”

南化集团外面那条路稍显陈旧，进家属区的路口也有些窄，院子里还停了很多车，要找个车位都不太轻松。

“我也好久没有回这边了。”程栀忽然说，“怎么现在这么多车？”

上一次回来的时候还没有这么拥挤，本来家属区一开始设置的停车位就不多，只有新修的那几栋一楼修了几个车库。

其他的车都是停在院子里的路两边。

祁纪阳刚刚把车开进去，门口坐着喝茶的大爷大妈就已经回头看过来了。

这车看起来挺贵的，也不知道是哪家的孩子出息了。

门卫弯下腰，敲了敲窗：“你好，你找哪位？”

家属区里住着的都是熟人，门卫几乎认识所有的住户，都能背出来哪一户住在哪里。

程栀赶紧把车窗放下来，笑盈盈地道：“周大爷，是我。”

“噢，程栀啊！好久没见你回来了！今天来你爸妈这边吃饭啊？”

“嗯，有点事。”

“好，那你们快进去找个位置停车吧。”

程栀熟练地给祁纪阳指了个方向，说：“你从这个花坛绕过去，看看里面应该还有可以停车的地方。”

老小区只有一些象征性的绿化，到了这个季节都光秃秃的，留下零星三两片枯叶挂在上面。

停好车，程栀下来深吸了一口气。

祁纪阳站在车旁，问她：“我们现在上去？”

程栀看着前面的一块空地发呆，旁边有个很小的喷泉水池，很明显已经是很多年前修建的老水池，已经生了苔藓。

喷泉也没有再用。

一切都显得有些陈旧。

居民楼外墙连漆都没刷，糊了一层灰色的水泥，看着坑坑洼洼的。

程栀看了一圈，忽然回头，问了祁纪阳一句：“你第一次来这样的地方吧？”

祁纪阳没马上回答，他靠在车门上，跟着程栀的眼神一起环顾了一下四周。

陈旧、破烂、年久失修。

一眼看过去好像是这种感觉。

如果是以前的祁纪阳，甚至可能会问，这种地方竟然还有人在住？

但是现在的祁纪阳不会。

他抿了下唇，含混不清地“嗯”了一声。

程栀一步步地往空地上走，前几天下过雨，还有些泥泞。

她低着头，看到自己的鞋尖沾上了泥也丝毫不在意，她一声轻笑，说：“这就是我从小到大生活长大的地方呀。”

程栀抬手指了指前面废弃的喷泉，说：“这里，以前我小时候还在用的时候，我和沈嘉树最喜欢来这里玩水了，院子里其他孩子也会一起。”

脚下的泥地上堆积着之前的落叶，在慢慢地融进去。

“小时候还挺好玩的，从小我爸妈就把我丢到男生堆里，楼下的女生去学民族舞的时候，我在这里跟沈嘉树玩泥巴。

“对面的女生去学钢琴的时候，我和沈嘉树在小区车棚背后的秘密基地烤红薯。

“隔壁的女生学画画的时候，我和沈嘉树捡了几根树枝在院子里疯跑打架。”

程栀说着，抬头去看祁纪阳。

男人微眯了下眼，冷不丁地说了一句：“我怎么那么嫉妒沈嘉树呢？”

“他可是参与了你有趣的童年啊。”祁纪阳顿了一下，“我好嫉妒。”

程栀看了他几秒，笑出声。

“你怎么什么事情都要嫉妒一下啊？”

“嗯。”

程栀走回来，在台阶上蹭了一下鞋底的泥。

在祁纪阳完全没反应过来的时候，她忽然伸手拉了一下他的衣领，用力往下一扯。

祁纪阳被迫低下头，下一秒，女人温热柔软的唇盖上来。

只是轻轻触碰了一下，随后程栀伸出舌头，舔了一下他的唇瓣。

“嫉妒什么？”程栀挑眉，踮脚贴着他耳侧，轻轻吹气，“我会这么亲他？”

祁纪阳特别好哄，这就被程栀哄好，嘴角微微扬起来。

在楼下待了一小会儿，他们准备上楼。

一说到要上去，程栀觉得自己的心跳速度又开始变快了。

两个人十指紧扣。

程栀侧头看了祁纪阳一眼，说：“没电梯的哦，我家住六楼，爬上去会有点累。”

祁纪阳“嘁”了一声：“你在质疑我的体力？”

程栀马上闭了嘴。

老小区没有单元门，直接进去上楼就可以，他们俩刚刚进去，一楼的住户忽然开门，人还在门口穿鞋，中年男人回头看着家里的方向。

“老婆，一会儿还是在老张那里买半只鸭子？还要买什么菜吗？”

“你儿子今天回来，给他买个卤猪蹄！”

“哦哦，行。”

“这点事都记不住，今天跟你说了多少次了！一点都不上心！一天到晚就知道在沙发上看手机！”

两口子吵吵闹闹的。

程栀和祁纪阳侧身过去，走了两步，门口的中年男人突然回头。

“哟，小栀？”

程栀的脚步停住，点了点头：“何叔叔。”

“回家啦？好久没见你了，怎么都这么漂亮了！”

屋里的女人拿着锅铲出来，嘴上说着：“谁呀？”

她探出个脑袋，看见是程栀，眼神一闪：“哎呀，小栀啊！原来是你要回来，我就说今早去买菜的时候，碰到你妈一个人买了好多菜。”

说完他们才注意到程栀跟人紧握着的手，旁边的男人样貌气质出众。

“男朋友呀？”女人笑盈盈地开口。

程栀应着：“嗯。”

“不错不错，小伙子挺帅的哈，我们小栀眼光真好。”女人说着顿了一下，拍了下自家老公的后背，“你赶紧买猪蹄去，一会儿儿子到家了！”

她继续说着：“小栀有时间来阿姨家里玩啊，还有你喜欢吃的水果呢！”

程栀赶紧点头，说：“好的，那我们先上去了。”

“欸，要不你拿个水果再走？等等，阿姨给你拿去！”

“不用啦！”程栀笑着，“谢谢阿姨！小时候在你家蹭吃蹭喝的还少吗，哈哈哈。”

程栀这么说着，对方也没强留，挥了挥手：“那行，一会儿你妈等急了，那你们先去吧，记得来阿姨家玩啊！”

“好。”

打完招呼他们才继续往上走，从一楼到六楼本来没多远，但正好是饭点，有些吃饭早的已经准备出门散步了，有些刚刚出去买下酒菜。

上楼的时候遇到好几家人刚好出门。

每个人见到程栀都要热情地招呼好一阵子，恨不得把程栀往自己家里塞。

最后终于站在自家门前的时候，程栀拍了拍自己的胸口缓了口气。

祁纪阳睨了她一眼：“你们这儿都是这样吗？”

程栀点了点头，解释道：“因为都是从小看着长大的叔叔阿姨，大家都是一个厂里出来的，平时也是同事，我们院子里的小孩儿就很爱串门嘛。

“有时候自己爸妈加班，就去楼上楼下家里蹭饭吃，虽然没有血缘关系，但是都很亲近。”

“那挺好的。”祁纪阳舔了舔唇。

程栀看着他，感觉到他情绪不是很高的样子，她轻轻地挠了一下他的手心。

“怎么了？”

祁纪阳低笑了声：“没事。”他顿了一下，还是跟她好好解释，“只是想到了我家里的事情。”

这个破旧的小楼里，依旧住满了住户，几乎没有几家人搬走，都几乎是退休人员或者四五十岁的中年人，小区里没有什么年轻人在。

站在程栀家门口。

他明明没有在这里生活过，也没有见过那样的画面，现在却像是有电影在自己的脑海里闪过。

一家三口住在这个面积并不大的家里。

早上妈妈会跟院子的邻居一起说说笑笑地去附近的菜市场买菜，下午再跟邻居嗑着瓜子聊会儿天，等孩子放学老公下班回来之前去做一桌好菜。

路过别人家闻到饭香的时候，敲开门问问做了些什么好吃的。

祁纪阳想着想着，自己笑出声。

他忽然一声轻叹，抬手揉了揉程栀的头发。

“你们这样，也挺幸福的。”

跟他所感受到的家完全不一样。

程栀：“嗯？”

她偏了下头，不知道祁纪阳突然说这个做什么。

两个人在门口站了好几分钟没敲门，窃窃私语，完全就是一副考试考砸了不敢敲门的样子。

程栀定了定神，听到里面有人走动的动静，她压低了声音，说：“那……我现在敲门了哦。”

“嗯。”

程栀深吸了一口气，抬手敲响了家门。

“爸，开门——”

随后响起程山应答的声音：“来了。”

门缓缓打开，程栀脸上挂着笑意，只有她自己知道，是强行挤出来的。

其实紧张得不行。

以前每一次回来，程栀还是挺开心的，因为庄兰馨做饭很好吃，她每次回来都会恨不得把家里所有的剩菜全部打包装回自己那边去。

前些日子因为外婆一直住院，她也忙工作，很久没回来了。

还是那种熟悉的感觉，跟这么多年来都一样，程栀现在都还记得，自己每一次回来都是开开心心地取下包，然后冲着里面的人笑，说：“我回来了。”

但是这次不一样，程栀站在门口，虽然脸上依旧挂着笑容，但跟以前相比有些变化。

她笑着，一字一句地认真地开口说道：
“我们回来了。”

程山和庄兰馨对祁纪阳现在有再多的意见，还是要先认真吃饭。
程栀和祁纪阳坐在他们俩对面，四个人大眼瞪小眼的，程栀连给祁纪阳夹菜的动作都小心翼翼的。
“你吃个这个。”程栀一边给他夹菜，一边看对面两人的表情，“我妈做的菜超好吃！”
祁纪阳咬了一口，也说：“嗯，阿姨手艺真的很好。”
他们俩跟之前对祁纪阳的态度完全是天差地别，之前热情得差点把祁纪阳当自家孩子，现在的眼神好像恨不得把人赶出去。
气氛有些尴尬，只有程栀一个人在表演独角戏。
后来程山和庄兰馨都忍不住了。
程山先开口：“先认真吃饭，一会儿吃完饭，小祁你跟我来书房，我有话跟你说。”
“好的，叔叔。”
庄兰馨好几次想开口，最后都收了回去，说：“算了，吃饭吃饭！”
一顿饭吃下来，程栀虽然整个人处于有些紧张的状态，但她还是不负众望地吃得感觉自己的胃都快被撑开了。
刚刚放下筷子，程栀被叫去跟庄兰馨一起洗碗。
程山看了祁纪阳一眼，无奈地叹气，说：“你跟我过来一下。”
“好。”
祁纪阳刚刚起身，程栀就下意识地扯了一下他的袖子，却一时不知道要说些什么。
感觉男朋友马上要被自己亲爹训了，程栀还是有点慌张担心的。
她抬眸，用一种求饶的眼神看着程山。
程山平时对程栀很好，几乎不会跟她生气。他们家很少出现家庭矛盾，程栀一直比较懂事，父母也开明，三个人相处得很和谐。
从小到大，他们在这个院子里就是十分模范的家庭。
程栀几乎还是第一次看见程山用这样的眼神看着她，程栀下意识地往后一缩，站在祁纪阳身后。
他转过头来，声音很轻，说：“没事，这件事我能处理，你不要担心。”
本来就该是他解决的时候，也不应该让程栀来帮他出头。
一边是程山在催，一边是庄兰馨在催。
程栀和祁纪阳不得不分开行动。
程栀一直在外面收拾碗筷，看到祁纪阳进去，程山直接把门反锁了不让其他人进去。

门关了以后，程栀还盯着那个方向。

庄兰馨从厨房出来，拍了她一下："你还发什么呆呢，就这么关心人家？"

程栀："……那是我男朋友，我能不关心吗？"

"赶紧把碗拿进来洗。"

"哦。"

洗碗池里的泡泡都快要溢出来，程栀心不在焉地洗着碗，庄兰馨叫了她好几声她都没听到。

"程栀！"庄兰馨提高了点分贝。

程栀终于回过神来，还有些讷讷的："啊？"

"还在想？"庄兰馨说，"你担心我们不同意，逼着你们俩分手？"

程栀沉默了会儿，随后小声说："你们早上那个语气，难道不是嘛……"

一家人，太了解对方了。

程栀一看他们那个态度就知道，他们可能不会同意自己跟祁纪阳谈恋爱。

"你们俩怎么开始谈恋爱了？"庄兰馨问，"我们一直以为你跟他的关系，跟你和沈嘉树的关系是一样的，所以我们才完全没对他见外。"

程栀撇了撇嘴，说："本来就是不一样的，我们俩本来就互相喜欢。"她顿了一下，又补了句，"之前不喜欢是装的。"

"我和你爸确实有那个想法。"庄兰馨突然接上说，"但也不是逼着你们分手，我们什么时候逼你做什么事了？

"只是栀栀，这是一件很重要的事情，你也知道，我们希望你谈恋爱能对一段感情认真点，不要玩玩而已，如果能奔着结婚去就是最好的。"

程栀小声地说："我跟他不是玩玩而已。"

他们一直都很认真，一直都是朝着那个方向去努力的。

这次换庄兰馨沉默了几秒。

碗筷清理干净以后，她抬手把碗放在上面的柜子里，缓缓开口："你跟别人结婚可以，但是跟祁纪阳不行。"

"为什么？"

"小栀，他什么出身什么家庭，我们什么家庭？"庄兰馨看着她，余光扫了一眼书房的方向，"他从小到大接触的一切，跟我们这种平民老百姓都是不一样的。

"你看上次，你爸修车那件事，本来几百块你爸都觉得心疼，祁纪阳轻飘飘地那么一句……我和你爸都挺喜欢他的，这孩子人是不错，我们当然知道。

"我们不希望你受任何委屈，他注定住在金字塔的顶端，你们在一起以后会有很多困难，你甚至会发现他的生活你根本都融不进去……"

程栀听她说着，忽然开口打断，说："妈。"

“这些我都知道，我们在一起之前我就已经想过了。”程栀说着，不知道怎么的鼻尖一酸。

又想起以前自己犹豫纠结，胆小懦弱不敢靠近的时候了。

“所以我们现在都在努力，他不会因为我的出身普普通通就嫌弃，也愿意照顾我所有的小情绪。”

专门买便宜的车开也好，专门陪她去街边小店吃饭也罢。

都是祁纪阳在做出的努力。

“我也在努力，我知道他从小的经历和生活都跟我不一样，我不能决定自己的出身，但是至少我自己会努力往上爬。

“你看啊，再早几年你和爸爸会想到我大学的时候就能有几十万的存款吗？

“我继续努力，以后会更好的，不管是几十万还是几百万，这些差距，我们都是可以去努力缩小的。”

程栀正说着，书房门突然开了，那边传来程山有些沉的声音。

“程栀，你也过来一下。”

程栀“嗯”了一声，赶紧擦干了手上的水过去。她感觉自己的喉间一直有些酸涩，想到很多事情。

她和祁纪阳本来就已经很难很难才能在一起，现在却依旧要面对现实。

现实永远横在这里。

程栀垂着眸，乖乖地站在程山面前。

程山手上夹着一支烟，不断地吐出缭绕的烟雾。

整个书房里都是烟味。

“也没什么要多说的，你们都这么大了，应该都懂，所以我也只是简单地跟小祁说了一下。”

程栀侧过头去看祁纪阳的表情，他的唇轻轻抿着，绷出一条线。

沉默了几秒，程山直截了当地问了一句：“程栀，你很喜欢他吗？一定要跟他在一起？”

程栀几乎没有犹豫。

头顶上的灯光投下来，她浓密的睫毛覆盖出一层阴影，看不出程栀的眼尾其实有些泛红。

她只是跟祁纪阳说自己喜欢他，但从未多说过一句。

但是今天，程栀异常坚定地说：“是。我一直喜欢他。”

程栀的话音落下，余光扫到祁纪阳的身影忽然僵了僵。

“如果你们不让我们在一起的话，以后我可能也不会喜欢上别人。”

程栀从来都是个听话的孩子，从来没有过这么倔强的叛逆。

“我就是要跟祁纪阳在一起。”

旧小区的灯光不太明亮，楼下那条路甚至是靠着单元楼里的灯光照着。

程栀下楼，走到单元楼门口，她看着站在那边的男人。

没有灯，只有模糊的人影，他手上猩红的烟头闪着，像是给她指路的灯，只能看清他的轮廓，影影绰绰的，不太清晰。

程栀在原地站了一会儿，祁纪阳正低着头，似乎是在看脚下的那片落叶。

她站在离祁纪阳几米远的位置，不知道怎的，眼睛就酸了。

程栀是个很少哭的人，但是在遇到关于祁纪阳的事情的时候，泪腺好像就会有点不受控制。

程山和庄兰馨没有留他们。

他们叫祁纪阳先走，最后留下程栀，没有任何隐瞒，把刚才跟祁纪阳说的话重新跟程栀说了一次。

“栀栀，除了阶层差距以外，爸爸还有个很担心的事情。

“你知道我们家一直很和谐很民主，你在这个家里可以说是没受到过什么委屈吧，原生家庭是很重要的东西。

“你从小生活在什么样的环境里决定了你以后会成长成什么样的人。

“我和你妈都觉得有钱没钱有时候其实没那么重要，只要我们生活得满足就行了，不需要去过什么多奢侈的生活。

“但是我们希望至少以后你的家庭也能这样，和谐美满，就足够了。

“你在这样的环境长大，所以知道要怎么去做。

“但是小祁呢……

“他家里是很有钱，但是这样的家庭大多亲情淡薄，他在这样的家庭环境里长大，我们害怕他根本不知道要怎么去维系一个家庭的关系，结婚是柴米油盐的平淡日子，你跟他处下去，以后只会更辛苦的。

“我们从来不逼着你做任何事情，你自己再好好想想吧。”

手上的烟燃尽，祁纪阳刚刚抬头准备把烟扔进垃圾桶，一眼就看到单元门口一动不动站着的程栀。

两个人对视了几秒，都没有说话。

来之前就知道这不是一件轻松的事情，但毕竟没有挑破，现在所有的事实摆在他们面前，完全无法避让。

祁纪阳过去把烟扔了。

程栀还是站在那里没动，她头顶上的灯光很暗，已经是很陈旧的灯罩，连光都开始变得昏沉。

大概因为很久没有换过新灯泡，灯丝有些坏了，时不时还要闪一下。

祁纪阳站在离她很近的地方，他抬眸看着她。

程栀整个人都被光亮照着，站在那里就算没动，祁纪阳也能感觉到自己的心跳快了一些。

跟她待在一起的每时每刻，心跳会比其他任何时候都要快。

灯光明明很暗，但是祁纪阳的心绪微微动了一下。

是光。

是她朝自己走来的时候身上带着的光。

没过几秒，祁纪阳朝程栀伸出手，唇微动，虽然声音里有几分疲惫，但依旧十分温柔。

“小橙子，过来。”

程栀还感觉自己心里在泛酸，她在寒风中吸了吸鼻子，才发现天气很冷，冻得她鼻子都僵了。

祁纪阳站在那边，程栀还没动，又听到他缓缓开口。

许是为了不让她担心，祁纪阳的语气里多了几分吊儿郎当的味道。

“抱一下。”

程栀也没说话，径直快步走过去，鞋跟踏在水泥地上“嗒嗒”响。

在她刚刚迈步的时候，祁纪阳就已经对她敞开了怀抱，双臂张开，迎接着她。

程栀一走近，就被祁纪阳一把揽进怀里。

他身上很暖和，隔着毛衣都能感觉到的温度，程栀的手本来冰凉，在抱着他的时候好像马上就开始变暖。

程栀的脸靠在他的肩膀上，闻到他身上的味道。

和自己身上的气息有几分相似。

最近偶尔抬手的时候，程栀会闻到自己袖口的香水味变了，杂糅着她和祁纪阳两个人的味道。

竟然分外好闻。

祁纪阳抱着她，身后是忽闪忽闪的楼道灯光，两个人站在光秃秃的树下，什么都挡不住，脚下的影子被拉得很长。

两道影子肆意纠缠着，怎么都分不开。

过了好几分钟，程栀才闷闷地开口，她听起来有些不太开心，但还是一如既往地那么坚定。

“祁纪阳，我们不要分开，不管怎么样，我们都要一直坚持走下去好不好？”

祁纪阳用下巴轻轻地蹭了一下她的头顶。

“嗯。”

他们说回家。

没有回程栀那边，她在出发之前就说："只是暂时住的地方，算不上家。"随后侧头微微一笑，对祁纪阳说，"我们回你家。"

毕竟是祁纪阳自己买下来的房子，所有的一切都是按照他理想中的家的样子做的。

程栀说这句话的时候，祁纪阳握着方向盘的手忽然收紧了一下。

他抿唇，说："我家，会有点冷清。"

最有生气的时候大概就是程栀来的时候。

他一个人住在那个房子里，平时也不会有其他人来，就连父母几乎都没有来过，两个人工作都忙。

要回忆起来，祁纪阳忽然发现自己已经快一整年没有跟祁城见过面了，上一次还是去年新年，祁城回来"例行公事"般地，过了个年。

其他时候，祁城一直都是几个城市反复待。

唯独不待在南城。

宋倩和祁城的关系，很多年前就已经这样了，他们的夫妻关系也是名存实亡。

祁纪阳搬出来以后，宋倩只在装修好的时候来看了一眼，后来也没有再管，平时也不管祁纪阳自己在做什么，只会在有事情的时候叫他回一趟本家。

祁纪阳说完，程栀微微愣了一下。

以前祁纪阳从来不会说自己家里有点冷清这种话，今天程山说的那些话，祁纪阳显然是会在意的。

程栀伸手戳了一下他的脸："以后我们住在一起的话就不会冷清了。"

"好。"

他的确从来都没有感受过像程栀家里那样的氛围。

但是，也想努力抓住。

车一如既往地停在祁纪阳家里负一层的地下车库，他最近很多车都没动，以前总是喜欢出去一次换一辆开。

跟换衣服似的。

该轮到哪辆或者看心情想开哪辆就开哪辆。

祁纪阳最近几乎都是开的同一辆车，在他的车库里算不上贵，但是很好开，车座也会稍微宽敞一点点。

停稳以后，程栀伸手去开门，上方的灯亮起，一只脚刚刚迈下去，她忽然又收了回来。

程栀转头，忽然认真地看着祁纪阳，偏了一下头，朝他伸出手。

"我们回家。"

祁纪阳的目光在她的手腕处停留了几秒，随后握住她的手腕，在她的手腕和手链上轻轻摩挲，让人感觉痒痒的。

手腕内侧的肌肤很薄，连接着经络血脉。

他轻轻摁着的时候，还能感觉到一下下的脉搏跳动。

祁纪阳突然问她："手链呢？"

"什么？"程栀没反应过来，"我不是戴着……"

"以前那条。"

程栀愣了一下，想起自己今晚说的话。

事实已经隐瞒不住了。

"在我那边的小盒子里放着。"程栀垂眸，"我一直都戴着没有取下来。"她说着，末了补了一句，"在跟你重逢之前。"

所以，其实这么多年她一直都是喜欢着的。

祁纪阳忽然拉着她的手，修长的手指摩挲着她的手腕，随后拉过来，唇贴上去。

他认真地亲吻了她戴着手链的右手，用舌尖抵了抵她手腕内侧。

"少的那条，下次帮你重新戴上。"

程栀以前没想过，竟然会有人吻她这个地方，感觉有些奇怪但是好像又无法拒绝，甚至会觉得更加动容。

从未尝试过的新奇感，所有的感受都在全部放大。

程栀轻轻地在他的耳侧吐息，软乎乎地叫他名字："祁纪阳……"

像一只被遗弃了很久的小猫，突然被人捡了回去。

害怕再次失去，所以要不断地抱紧眼前的人，用自己摇晃的小尾巴蹭蹭他。

"我最爱你了。"

上楼以后。

程栀的脑海里闪过庄兰馨和程山那严肃的表情。

自己的爸妈都要花很多功夫才能搞定，不知道祁纪阳的爸妈是不是会更难办。

她这么想着，轻轻地叹了口气，起身擦了擦镜子上的水汽，看到自己脖子上的痕迹。

很暧昧。

但也让她觉得很甜。

跟祁纪阳谈恋爱其实没什么特别的，跟普通的小情侣一样，俗气又老套。

可是她真的好喜欢跟祁纪阳在一起的每时每刻。

就算只是在这寒冷冬日里，把手揣进他的衣兜里，跟他的手紧紧相扣着散步也很好。

程栀洗完澡穿好睡衣出去的时候，祁纪阳正在窗口打电话。

他侧着身敛眸，手上把玩着家里的一个小摆件，说话依旧是那种懒散漫不经心的样子。

“你还担心我不行？明年的比赛，我也能很有把握地拿下。”

“刚出道的时候，媒体怎么说的？”

“Blume，天才赛车手。”

程栀听着笑出声。

估计也只有祁纪阳这么自恋的人会完全不觉得羞耻地说出这种话了。

不过，这也是她喜欢他的地方——

永远骄傲，永远自信。

程栀轻手轻脚地走过去，从后面抱住他，环着他的腰，趁祁纪阳接电话的时候，在他左耳边吹气。

祁纪阳侧头睨了她一眼，手在她的腰上捏了一下以示警告。

程栀不仅没有停下动作，甚至还把手放在他的小腹上，指尖轻轻点了好几下。

祁纪阳直接抓住了她的手。

“嗯，知道了，后天的活动我会准时来。

“那先挂了。”

祁纪阳的电话挂得很快，他把手机扔在一边，转身过来扣住程栀的手。

他不由分说地把人压在墙上，低头吻她。

亲吻之后，祁纪阳咬着她的唇，尾音上挑，充满着警告的意味。

“别乱摸。

“除非你明天也不想上班了。”

程栀当然是想正常上班的，伸手勾着祁纪阳的脖子，亲了他一下。

“祁纪阳，我刚刚在想，我们俩是不是之后还有很长的路要走？”

程栀的情绪已经恢复，虽然刚才被程山他们那么说的时候稍微有些泛酸，但是现在已经冷静下来。

只有去面对它，才能好好解决。

祁纪阳摸着她的脸，应了声：“嗯，会辛苦一点。”

“我没关系。”程栀说，“反正跟你在一起之前我就知道了。”

祁纪阳看着她，问：“你之前故意隐瞒我，是因为这个？”

程栀：真是被他看得很透啊。

“是啊。”程栀说，“特别是以前，高中那会儿，都还不知道未来会是什么样子的。”

“我自己都没有底气和勇气，要怎么承认呀。”她说。

“还挺可惜的。”祁纪阳懒懒地说了句，“不然我们很早之前就能在一起了。”

程栀回想了一下他们恋爱第一天发生的事情，微微皱了下眉，说：“我觉得不行。而且啊，我觉得要是我们那时候就在一起了的话，肯定会分手的。”

“嗯？”

“十几岁的程栀啊。”程栀自己回忆着，“比现在要敏感多了，我们之间的任何一点点差距，估计都会让我觉得很难受。所以呢，要是你跟那样的我在一起了，肯定会受不了的。”

祁纪阳看着程栀那副认真想着的样子，和以前一样。

程栀就是这种，做什么事情之前先去盘算结果的人。

程栀还在继续说：“现在的我会勇敢地跟你一起去面对，但是那时候的程栀可能只会难过，并且把负能量灌输给你。”

她正在认真地分析着，却忽然感觉到自己头顶上一阵温热。

祁纪阳的手搭在她的脑袋上，随后把她揽进怀里，暖暖的。

他的声音缓缓响起，在这个安静的夜里格外清晰。

祁纪阳说这个家里冷冰冰的，但是程栀觉得只要有他在的地方都是温暖的。

“想那么多做什么。

“如果我们那时候在一起了，也会有那时候的应对的方式。

“我一个人勇敢就够了。

“你每次都要强调自己敏感矫情，总觉得你在怪自己。”

程栀稍微愣了一下。

她确实一直觉得自己不够勇敢，太敏感。

祁纪阳一声笑，放开手，微微蹲下来跟她平视。

身后的玻璃窗倒映着灯光和人影，祁纪阳明明还是那副吊儿郎当的样子，但是他的眉眼看起来十分温柔。

他认真地对她说：

“敏感矫情又不是罪。”

天气一天比一天冷。

这是一个很冷的冬天，但又好像是一个不怎么冷的冬天。

程栀看了几天南城的小公寓，她这边的房子马上就要到期了，本来还在犹豫要不要续租。

祁纪阳让程栀直接搬到他那边去。

反正对祁纪阳来说，他的东西就是程栀的东西。

他人都是她的，还有什么不是她的？

住在祁纪阳家确实挺方便的，他那里什么都有。

其实程栀很少去祁纪阳那边住，她现在住的地方离工作室要稍微近一点，通常都是祁纪阳死皮赖脸地去她那边跟她挤一张床。

家里再大，有再多的房间都没用。

反正两个人随时都是黏在一起的，只会睡在一张床上。

即便是这样，祁纪阳还是把什么东西都给程栀准备好了，第一次去她那边住了以后就记下了她喜欢用的洗发水、沐浴露之类的生活用品，然后全部买了一套放在自己家里。

所有的东西都有，甚至还给她准备了几套内衣放在衣柜。

程栀第一次看到这些的时候，转头看着祁纪阳："这些东西你都买？"

"刚需。"祁纪阳面不改色地说。

随后男人缓缓走过来，伸手拿了一件出来在她身上比画了一下，眉梢微微一扬。

"试试合不合尺寸？"

很奇怪的是，祁纪阳买的真的很合她的尺寸。

于是后来程栀偶尔去祁纪阳家的时候，就跟回自己家是一样的，什么都不需要带。

所以这次直接住下，也没有什么地方不适。

第二天早上程栀起床准备去上班，祁纪阳还没起来，他躺在床上睡眼惺忪地看着她，慢悠悠地支起身子。

他声音懒懒的，有些干涩："要出门了？"

程栀刚刚扣好大衣扣子，回头看了他一眼："我要出去赚钱养家呀，哪能像你这样每天在家玩。"

"嗯，以后我在家带孩子。"祁纪阳笑了笑，有些认真。

"孩子给你带不知道会变成什么样子。"

"不相信我？"

程栀十分鄙弃地看了他一眼，"哧"了一声："天天不好好学习，逃课到处玩。"

祁纪阳不知怎么没反驳。

"也就庆幸一下你在赛车这方面还有点天分。"

除了程栀，从来没有人这么嘲讽过他。

祁纪阳懒懒地打了个哈欠："那我们早点生孩子，还是实践出真知。"

前一天晚上是坐祁纪阳的车来的，今天也只能开着祁纪阳的车走。

这次从祁纪阳的车库里挑车的时候，程栀倒是没有客气，只是在拿钥匙的时候看到某把车钥匙的时候稍微愣了愣。

程栀现在感觉自己有点无法直视这辆车，会想起昨天在车上发生的一切。

很奇怪的是，昨天晚上的记忆比之前的每一次都要清晰深刻，每个细节都会在她的脑子里反复。

程栀随手拿了一把车钥匙，最后还不忘回头看了一眼祁纪阳，轻咳了一声："昨天那车……"

祁纪阳半眯着眼，看着她。

眼神总让程栀觉得这个人有点其他意思。

“一会儿我知道清理。”

程栀点了下头，准备出门，突然被祁纪阳叫住，他没穿衣服，掀开被子从床上下来。

“抱一下再走。”

她沉默半秒，最后一声笑，伸手：“你怎么这么黏啊。”

祁纪阳没否认。

临走之前，祁纪阳在她身后意味深长地说了一句：

“要不那辆车留着给我们俩搞点情趣？”

程栀差点把车钥匙砸在他脸上，转头瞪了他一眼。

祁纪阳笑着，吊儿郎当的，语气悠悠：

“你不是也很喜欢吗？”

第十四章

特 别 的 浪 漫

临近年关，工作室的客人也开始变多了。

不过很多人是其他人接待的，程栀只需要负责统筹管理，她负责的客人就只有邬白薇一个。

程栀也算是渐渐明白，为什么自己接手这边以后，第一个客人会是邬白薇了。

某人的私心还是挺明显的。

今天邬白薇过来进行第一次的拍摄，准备了这么久，现在终于要开始。

邬白薇出发之前就发信息问程栀，她要穿什么衣服过来。程栀也只是跟她说，因为这个主题，她只需要做自己，穿自己喜欢的风格来就可以了。

不过最后她来的时候，程栀还是有些惊讶。

十分亚文化的装扮，不知道什么时候打的好几个耳洞和在脖子上做的文身。

“原来你是这种风格呀？”程栀轻笑，“第一次见呢。”

邬白薇还有些不适应，压低了声音说：“会不会有点奇怪？”

“没有，很适合你。”程栀笑，“跟之前认识的你完全不一样。”

“以后就这样了，再也不为了任何一个人改变了。”邬白薇指着自己脖子上的文身，“文这里很疼的，但是以前跟那个烂人在一起的时候，我把文身洗了。”

程栀皱眉。

她知道文身很疼，也知道洗文身更疼。

“我前段时间觉得挺难过的，经常在想，喜欢一个人的时候很痛苦，放弃喜欢的时候更痛苦，就跟洗文身的感觉一样。”

邬白薇垂下眸，随后朝程栀一笑。

“我重新文上去，就是为了告诉自己，如果是一样的事情，那么我依旧可以去很热烈地爱一个人。

“爱一个好人。”

程栀点了点头，伸手摸了摸她的耳钉：“都很好看啊。”

“我现在知道了，无论如何都要做自己，所以我现在还是觉得挺开心的。”邬白薇说。

“那就好。”

两个人交谈着，程栀最后开始调整相机的参数，带着她进了摄影间。

场景的布置是程栀自己设计的，根据邬白薇的喜好，做了好长一段时间，甚至很多东西都是程栀亲手搭上去的。

为了这次的拍摄，她花了不少心思。

开门进去，邬白薇眼睛一亮：“程栀，这全都是你设计的吗？”

“是呀，怎么了？”

邬白薇认真地多看了几眼，忍不住感叹道：“你比我想象中的还要厉害。”

程栀笑了笑，也没谦虚。

跟邬白薇相处的这些时间里，虽然邬白薇一直都在说感谢她的话，但其实她也很感谢邬白薇。

邬白薇做的有些事情，说的有些话，经常会让程栀觉得，自己好像真的是一个很厉害的人，有时候根本不需要谦虚。

她也要承认自己真的很优秀。

之前有时候看到邬白薇不太自信的样子，程栀觉得仿佛看到了自己，看到了很多女孩子的样子。

她们有时候或许都不太自信。

当局者迷，旁观者清。程栀看着邬白薇的时候觉得自己好像在照镜子，所以在每次对邬白薇说要自信的时候，其实她也是在告诉自己要自信。

不管是邬白薇，还是她自己。

都一定是足够优秀，足够配得上任何人的喜欢。

邬白薇问：“你怎么会这么多东西呀，还有什么事情是你不会的？”

程栀沉吟着，想了会儿，承认：“我好像确实会的东西还挺多的。”

大学的那四年过得很充实，原本的课程不多，但是程栀把能选修的课全部修了，有时候感觉自己或许需要某个技能，就回去钻研和学习。

令她感到开心的是，她的学习能力确实不错，在学每一个东西的时候都学得挺快的。

最后大学毕业的时候，程栀评为学院优秀毕业生，并且作为毕业生代表上台讲了话，大学几年没给自己留下遗憾。

有些人的遗憾，是大学的时候没有谈过轰轰烈烈的恋爱，有些人的遗憾是觉得自己没有抓紧大学的学习机会。

程栀从来都不后悔，她的大学生活是足够充实的。

最后毕业搬东西回家的时候，连证书都是一本本堆起来的，比班上所有人加起来拿到的资格证书还要多。

程栀也是第一次这么认真地拍人像，她几乎是拍几张就跟邬白薇讨论一下。

每一张照片都让邬白薇觉得惊艳，对程栀赞不绝口：

“你真的太厉害了！”

“之后这些照片我一定要裱起来放在房间里最显眼的位置！”

“原来能拍出故事感的照片是这样的！”

“虽然以前就知道你很厉害啦，但是现在自己亲身经历一下感觉更惊艳了。”

一整套拍摄下来，几乎是拍了一整天，中午的时候两个人都有些废寝忘食，随便吃了点助理送上来的小蛋糕。

等到她们忙完，已经是下午四点。

程栀终于抽空看了一下手机上的信息，大部分是祁纪阳发来的。

【祁纪阳：小橙子，晚上想吃什么？】

【祁纪阳：要我来接你吗？】

【祁纪阳：不理我？】

【祁纪阳：对了，我明天要去一趟江城，在那边有个小的娱乐比赛。】

【祁纪阳：好几天不能见面了。】

【祁纪阳：最近工作忙吗？】

【祁纪阳：马上 2 月 13 日了。】

虽然程栀没回他的信息，但是祁纪阳十分坚持不懈地给她发了很多信息，即便是没有收到回复。

祁纪阳应该知道程栀一直在忙工作，知道她忙着的时候甚至不会看信息，但还是乖乖地汇报着自己在做什么。

让人很安心。

2 月 13 日，是她的生日。

程栀自己都差点把这件事情给忘记了，她对生日这样的日子不是那么敏感，祁纪阳这么一说，她忽然想起，以前其实每年都是祁纪阳第一个准时给她送上生日祝福，仿佛是守在时钟前，提前准备好祝福，在秒表跳过去的那一瞬间发送出来。

【程栀：嗯，都可以呀，你来接我的话，我们一起开车回去？】

【程栀：不知道今年能不能请假好好过个生日。】

【祁纪阳：不能请假我就把裴淮手上的股份买了。】

【祁纪阳：天天给你放假。】

你们富二代的玩法，我是真的惹不起。

这时候邬白薇收拾好东西，走过来，问她：“我能先要两张原图吗？”

“嗯？怎么？”程栀反问。

“我太喜欢了，所以迫不及待地想要跟家里人分享一下。”

“那可以呀，我传给你。”

程栀点开照片，说：“不过等我修好以后，应该会更好的。”

“我爸妈肯定也会很喜欢的！”邬白薇笑得很开心，是找回自己以后发自内心的愉快，“对了，我今天来之前，我爸又催我了。”

程栀的手稍微顿了一下，这次没有拒绝。

想了这么久，她确实也有答案了。

看到邬白薇现在这样的变化，她也很开心，虽然觉得这些事情都是微不足道的，但她也开始意识到，自己确实做了一件很有意义的事情。

就算是奖励自己。

“好。”程栀应了声，“那等我修好这套图再来签可以吗？”

邬白薇尾音扬着：“你答应啦？”

“嗯。”

也是第一次见，把自家公司的股份送一点给别人都这么开心的。

那份合同程栀认真看过，那么一点，对他们来说确实是无关痛痒，但对她来说确实是一笔很大的财富了。

程栀笑着，说：“等我修好，把原来的你还给你，才算是任务完成。”

“那这就算我完成任务的奖励金？”程栀微微偏头说着，有几分俏皮的可爱。

“好呀！”

“那我身价还挺高的。”程栀自己调侃起来，“拍个照这么贵。”

“你值得！”

程栀点了下头，在心里默默地重复念了一遍：

“是啊，我值得。”

邬白薇先离开，程栀还要再收尾一下工作，结束以后去看了一下实习生的工作情况，顺便指导了一番，随后去了趟人事部。

“小李，你帮我注意一下最近投的简历。”程栀叮嘱道，“年前可能需要招一批新人。”

“好的。”小李应着，还是有些疑惑，“不过，其他公司都是年后招人，我们怎么要年前呀？”

程栀笑了笑，说：“也没办法，估计年后开始营业的时候客人会有点多，年后再招就来不及了，我之后会做好资料，提前给他们培训一下。”

“好的，没问题。”

程栀还在人事部交代着事情，助理小张突然推门进来，附在她耳边，声音压得很低。

“程姐，外面有人找你。”

“嗯？”程栀眉梢微微一扬，“是谁？”

“不太清楚。”小张皱了下眉，“但是看起来不是什么好惹的人，一小姑娘，有些趾高气扬的，刚才进来就……”

“就怎么？”

“就站在门口瞄了我一眼，说——”小张顿了下，“叫程栀出来一下。”

程栀顿了一下，一声轻笑：“这么狂？”

她又回头叮嘱了人事一句：“记得多留意哦，有过经验的是最好的，如果带了作品你就发邮件给我。”

程栀说完，这才跟着助理一起出去。

她脚步迈得快，助理跟在后面看着她。

前面的女人一身干练的西装，高跟鞋踩在地板上“嗒嗒”响，袖口微微挽起来，露出来的手腕干净又白皙。

程栀的手腕纤细，却充满了力量感，扛着很重的相机长镜头再久也没见她喊过重。

背脊挺直，每一步都走得很坚定又自信。

温和与凛冽两种截然相反的气质在她的身上十分完美地融合着，冷静理智但又很有人情味。

转过拐角，会客间沙发上坐着的女人姿势懒懒的，跟程栀的干练完全相反，明明看起来年纪相仿，却感觉一个是成熟的精英，一个是幼稚的公主。

程栀的脚步停了一下，回头：“是我认识的人，我跟她谈谈。”

小张看了一眼那边坐着的女人，她看到程栀过来，眼神也扫了过来，一看就不是什么泛泛之辈。

“好的。”小张应着，“有什么事情的话你随时叫我。”

她就觉得这个女人可能是来找事儿的。

程栀温和地笑笑：“没关系，我能应付的，你先出去。”

程栀把助理打发走，这才走过去。

她顺手把外套脱了搭在旁边，缓缓开口：“关小姐。”

“你来工作室，是有什么事吗？”程栀先说，“如果要预约拍摄的项目，需要先到前台登记哦，到时候会有工作人员帮你安排的。”

既然是在工作地点，该怎么做就怎么做。

程栀一边说着，一边还帮她把水杯里重新加满水，笑脸盈盈。

关艺涵看着程栀，好几秒没说话，就等程栀给自己倒完水，似乎是在享受程栀对她这个大小姐的服务。

程栀抽开椅子，在关艺涵对面坐下，脸上依旧挂着笑，她问：“所以需要预约吗？我可以叫人过来。”

“不用。”关艺涵往前倾身，“我就要你给我拍。”

“不好意思。”程栀说，“我档期很满，如果关小姐你不介意可以试试排个号，不过……”

程栀的眼神凝了凝：“我不是很建议你排在我的拍摄名额下。”

“怎么？”关艺涵说，“你拍照不就是贵嘛，我倒要看看你拍的什么东西要这么贵，也让我看看你值多少钱啊。”

程栀不是没听懂她最后那句话的意思，但依旧十分平静耐心地解释：“我在这个工作室的职务并不是职业拍摄的，平时还有很多其他的工作要处理，每年只接一个单。”

程栀说着，摁了一下呼叫铃，用内线给前台打了个电话：“麻烦让管理办公室的经理过来一下，这边有个小姐想排单。”

人来得很快。

经理把资料摆在关艺涵面前，问：“请问小姐您想排谁的拍摄呢？”

“程栀。”关艺涵的眼神锁在程栀身上。

“程总监啊。”经理顿了一下，往后翻了一下，“这是我们工作室的约拍详情，麻烦您也了解一下。”

程栀那一栏的介绍里，好几页的获奖详情，再往后翻，约拍须知里写着：程栀的拍摄和客户是双向选择。

经理开口介绍着：“其实我不是很建议小姐您排程总监的单，毕竟这排上个几年也不一定排得上呀。”

工作室的底牌和门面，哪能是那么轻易出手的。

关艺涵看了程栀一眼，看到她一脸悠闲的样子，忽然站起来：“算了，我今天来也不是跟你谈工作的。”

“那你是……”程栀明知故问。

“我找你能有什么事，你自己能不知道吗？”

程栀轻声笑了笑，挥了挥手对经理说：“麻烦你来了，她目前应该暂时不需要约单，你先回去继续工作吧。”

“好的。”

程栀说完，也起身，她垂眸把挽起来的袖口放了下去。

“私事？”程栀声音变冷了些，“那我们去外面谈。”

关艺涵嘀咕了一句：“瞎讲究。”但最后还是跟程栀一起出去了。

两个人一起路过门口前台的时候，助理投来了一个有些担忧的眼神，但看到程栀完全没有任何慌乱的样子，悬着的那颗心又放了一些下来。

如果是程栀的话，应该没问题。

门口稍微要冷一些，程栀走之前拿了自己的大衣外套穿上，衣服上还有祁纪阳的香水味。

关艺涵闻到这熟悉的味道，心里更不是滋味。

她看着程栀，也不继续卖关子：“你说的那个摄影比赛是什么？”

“嗯？”程栀应了一声。

“我到现在也不知道你哪里比我好，不就是会摄影嘛，这种事情做起来还不轻松？既然你觉得这是自己的优势，那我们就光明正大地比一场。”

程栀忽然笑了，说：“用我擅长的事情来比赛，是不是稍微有点不道德？”

关艺涵要是真的跟她比这个，说不定她都拿金奖了，关艺涵的作品都还没入围。

她是真的不想欺负关艺涵。

如果关艺涵执意要跟她比赛来证明自己的话，那她也不想占这个便宜。

程栀靠在门边，说：“你可以选一个其他的，如果要公平，就让别人选吧。”

“我们也就是比比，谁更适合祁纪阳而已。”关艺涵说，“既然是这个目的，那我们不如让宋倩阿姨来当裁判。”

程栀挑了下眉，似乎没有被关艺涵这句话影响到。

关艺涵见程栀一点反应都没有，自然是有些不爽的，她其实能感觉到，程栀对她的出现越来越平静，越来越不在意。

甚至，比上次还要冷静得多。

程栀越是冷静，就让她越不是滋味。

关艺涵咬了咬牙，继续说：“程小姐，你也二十几岁了，别傻了，对于祁纪阳而言，你们是不是互相喜欢没有那么重要，宋阿姨是个商人。

“祁纪阳的伴侣，是要给他们整个家族带来利益的。

“你这样的家庭背景，到底能给他带来什么利益和好处？我们两家人已经合作很多年了，我爸爸跟宋阿姨在生意上有很多合作，我们的结合是会让双方都受益的！”

程栀冷静地看着关艺涵，突然觉得她有些可怜。

“你真的有那么喜欢祁纪阳吗？”程栀突然问，“还是说，你从小都知道，自己以后一定会嫁给一个对自己家族有用的对象，所以从里面选到了祁纪阳。”

不得不承认，在一众豪门公子哥里，祁纪阳确实有很特别的魅力。

他的身上有一种没有被驯服的野性。

好像所有在这个牢笼里渴望自由的人，都会不自觉地被他吸引。

关艺涵稍微顿了一下：“我喜不喜欢他不需要你说！”

程栀无奈地抬头，揉了揉自己的太阳穴，开口说：“好，那就按照你的标准，来看看到底我们谁更适合他。”

程栀自然是知道自己的家庭背景无法与祁纪阳相配，但是要证明自己适合他也不是只有这么一个方式。

她相信自己还有别的可以让人信服的方式。

这么多年来的努力，没有一个会是白费的，她所拥有的一切都是底气。

程栀站得很直，背脊一下都没弯，十分自信，唇微微勾着。

“那就让别人来评判吧。”

下班以后，程栀去停车场开车，她刚刚走到门口就给祁纪阳发信息问他在哪里。

关于关艺涵再次找上门，并且明确发出挑战这件事，程栀没有告诉他。她其实也在思考，这件事要怎么告诉祁纪阳比较好。

要是祁纪阳知道了，他一定会想要插手的，但是这件事程栀本来就没想让他管。

她低着头，手指飞快地在屏幕上点着。

车门打开，程栀坐进去，手机上收到祁纪阳的回复。

【祁纪阳：在前面那个路口，你开车出来，我们一起走。】

以前放学要一起走路回家，现在还要一起开车回家。

程栀回了个好，刚刚抬头，忽然一道强光照过来，停在她对面的那辆车突然打开远光灯，十分晃眼，一瞬间照得她眼睛都有点疼。

对面那辆车是什么时候上的人？

她刚才下来的时候，分明一个人都没有，自己上车的时候，也没看到有人走过去。

程栀伸手挡了一下光。

只觉得车里的人，似乎想透过这光亮，把她车内照得明亮。

把她看得清清楚楚又透彻。

灯光终于熄下来，程栀伸手启动车辆火，直接拐了出去。她从后视镜里看了一眼，那辆车关了灯以后，就那么停在了原地没动。

停在原地没动的车子里，后排坐着的女人翻看着手上的资料，好一会儿以后缓缓抬头。

“走了？”

“是的，宋总。”

宋倩放下手上的东西，声音比较轻：“这小姑娘还开着我儿子的车。”

“要跟上去看看吗？”前面的人问道。

宋倩摆了摆手，说：“不用跟了。”

“把她的所有资料再发我一份。”

天黑得很早，程栀从停车场出去的时候，天色已经有些暗了。

祁纪阳的车停在前面的路口，她拐出去的第一眼就看到，连喇叭都不用摁，刚刚要开着车靠近的时候，她就注意到祁纪阳启动了车。

两个人都把车窗放下来，并行的时候给了对方一个眼神。

似乎要在这个时候来一场比赛。

程栀的手握紧了方向盘，跃跃欲试，眼神有些认真。

下班的路上并不是很通畅，跑车的引擎声在这条路上格外清晰，他们俩过了好几个路口，引得旁边其他的人频频回头。

毕竟还是安全第一。

两个人没有在路上飙车，只是依靠技巧把回家的时间压缩到最短。

祁纪阳这个人一如既往地不会让着程栀，等到程栀把车开回去的时候，他已经站在旁边，懒洋洋地靠着车门等她了。

胜利者的姿态。

程栀轻“哧”了一声，随后下车。

她穿上外套，说了句：“真不知道你这种人怎么谈到女朋友的啊。”

“嗯？”祁纪阳应了声，“那这事儿得问你。”

“玩什么都不知道让我一下的。”程栀开玩笑地控诉着他，“回去把‘怜香惜玉’这几个字抄五百遍。”

祁纪阳微微皱了下眉。

程栀还以为他终于意识到自己在这种方面从来都不知道让一下人有点问题，没想到下一秒就听见他说——

“五百遍挺多的。

“除了签名的时候，我很多年没怎么写过字了。”

就这？

程栀看了他一眼：“你啊，真是教不会吗？”

“比赛这种事情就要公平，竞技类的游戏没有放水的。”祁纪阳严肃地说。

这是他作为一个赛车手的基本素养。

程栀笑了声，也没继续跟他纠结这件事。

祁纪阳忽然挑了下眉，说：“你把车开到前面花园那边。”

“怎么了？”

“开过去就行。”祁纪阳说，又补了一句，“不要下车。”

祁纪阳没告诉程栀理由，她也不知道他在耍什么花样，但还是把车开了过去。

程栀停好车，看到祁纪阳也把自己那辆开了出来，在这个小花园里转悠了一小圈，随后突然加了些速，直端端地朝着程栀这个方向开来。

如果开车的人不是祁纪阳的话，这看起来是一场谋杀。

程栀眼睛都没有眨一下，看到面前离自己距离很近但直端端冲过来的跑车，心里竟然没有丝毫的慌张。

有一种很奇妙的感觉在心里开始蔓延，明明是一辆车飞驰而来，却感觉像是恋人在靠近自己而心跳加速。

就在离程栀很近的位置的时候，祁纪阳又突然踩了刹车，在她的视角里，两辆车几乎都已经碰到了一起。

但事实上没有任何碰撞。

祁纪阳停稳车，修长的双腿一迈，下了车。

程栀坐在驾驶座看着他，看到他朝自己走过来，随后拉开她的车门。

“好了。”

程栀没说话，看了他几秒。

“吓到了？”祁纪阳问。

程栀摇头，说：“感觉挺想投稿给迷惑行为大赏的，你在干什么？”

“你下车看看就知道了。”

程栀有些疑惑，但还是把手搭到了祁纪阳的手上。他用力一拽，就把人拉了起来，程栀差点直接撞到他的怀里。

视线里，两辆车之间的距离只有几厘米远。

但凡祁纪阳有一个细节没有控制好，大概就已经撞上来了。

程栀蹲下用手指测量了一下大概的距离，有些愣。

虽然知道自己男朋友是职业赛车手，也知道他在这方面很厉害，但是没想到他连这个都可以把握得这么好。

“怎么做到的？”程栀回头看他，眼神有些惊喜，“难度这么高的事情，你也不怕把自己的车撞坏了吗？”

祁纪阳轻笑了一声，尾音微微扬起，说：“车吻。”

程栀笑了：“你自己取的？”

“嗯。”

程栀继续看着，想到刚才的场景，确实跟要接吻的时候差不多，一样的让人心跳加速。

和爱人落下的吻一样浪漫。

程栀起身，揉了揉自己有些酸的小臂，说：“这就是属于赛车手特别的浪漫吗？”

她第一次去看赛车比赛的时候，也是第一次知道原来看人开赛车也是一件这么有性张力的事情，现在也才发觉，这原来还是一件有些浪漫的事情。

祁纪阳看她揉着手，问：“今天拍了很久？”

“嗯。”

祁纪阳伸手，把她的手拉过来，给她轻轻地捏着，认真又细致。

“那你喜欢这样的浪漫吗？”祁纪阳轻声问她。

“喜欢。”

祁纪阳手上的动作稍微顿了一下，随后“嗯”了一声，对她说：“那以后，你还会收到更多赛车手的浪漫。”

吃过晚饭,程栀在书房整理收拾照片的时候,忽然想起还有些事没跟祁纪阳说。

祁纪阳明天要去江城比赛，这会儿正在房间收拾行李。

江城的地理位置靠南，是现在国内最暖和的地方，天气冷了以后大部分的地方都不适合比赛。

赛车手都有很长的休赛期。

但是偶尔的一些小活动，在地理环境允许的条件下还是可以的。

程栀过去的时候，祁纪阳东西才收了一点。

她看了一眼祁纪阳的行李箱。

“要不要我帮你收？”程栀有些无奈，“你怎么连收拾衣服和生活用品都这么慢。”

她说着，就开始帮祁纪阳收拾东西，一边帮忙一边跟他说：“对了，今天郚白薇又跟我说股份的事情了，我没拒绝。”

“接受了吗？”祁纪阳问。

“我说等我交完这套图,就去签字。”程栀回头,微微一笑,“我今天就突然觉得,好像我们之间的距离又变近了一点。”

祁纪阳看着她，眼神往下瞥了一下。

“我们的距离还不近？”

都近到为负数了。

程栀没好气地看了他一眼，把手上的衣服扔他身上：“你们男的脑子里是不是都是这些乱七八糟的东西——”

祁纪阳笑了声，把衣服塞进行李箱。

“我一直没觉得我们之间的差距很大。”祁纪阳说，“我一直都觉得，你一定是能站在那个高度的人。”

有的人出身好，一出生就拥有很多东西。

祁纪阳承认自己就是这样的人，生来条件就比大多数的人要好，他也曾经有过把这当作骄傲的年纪。

后来，他看到了程栀眼里的倔强。

从此渐渐明白和坚信，不管是什么样的出身，最后都是只能靠自己才能抓住自己的命运。

程栀会一直往上爬，直到站到她的巅峰。

或许对她来说，永远都没有顶点。

程栀帮他收好东西，扣箱子的时候，问了他一句：“这次去几天？”

“三天。”

“周五、周六、周日？”程栀低喃着，“这个周末不能跟男朋友一起过了，有点可惜呀。”

祁纪阳现在休赛期还算是比较闲，他们几乎每天都在一起，程栀每天一下班就能见到他。

一想到要几天见不到，忽然觉得心里有点痒痒的。

程栀正在想着，还没等到祁纪阳的回答，他那边突然来了个电话。

祁纪阳一看来电提示，微微皱了下眉。

程栀没看是谁，但能猜到是谁。

“你妈？”

“嗯。”

“那你赶快接吧。”程栀挥了挥手，让祁纪阳去旁边。

也不知道现在宋倩到底知不知道他们俩在一起的事情，本来以为按照关艺涵那个性子，早就已经告诉祁纪阳的妈妈了。

但是这么久，好像也没有什么情况发生。

程栀看着祁纪阳的背影，陷入思考。她还在犹豫要不要告诉祁纪阳自己接受了关艺涵挑战的事。

其实程栀也没有那么多精力去搭理关艺涵，更没有想过一定要跟她争个输赢。

只是，程栀知道，关艺涵下午说那些话不是没有道理的，祁纪阳的家庭一定会选一个对他有用的人。

跟关艺涵争个输赢不是重点。

重要的是，程栀需要向“别人”证明，她除了家底没有关艺涵殷实，其他的方方面面都比关艺涵要优秀。

要成为祁纪阳的选择。

一定是要真正有用的人才行，而不是一具空壳。

她抬眸看着祁纪阳，也不知道他们在电话里聊了些什么内容。

但她没有慌张。

她相信自己，一定可以依靠自己的能力赢得这场比赛。

窗台前，男人靠在旁边，垂眸跟电话里的人说着话。

“最近你爸估计会回国。”宋倩说，“你在家？等他回来的时候，我们来你家看看。”

祁纪阳皱了下眉：“别来了，我最近活动多，经常不在家，有什么事我回去就行。”

宋倩没坚持，语气有些意味深长：“你这小孩儿还挺奇怪的，你都能回来，我就不能过去了？”

祁纪阳没说话。

现在这个家算是他和程栀的小天地，他不希望有任何人来干扰。

“你这样，我都怀疑你是不是金屋藏娇了。”

祁纪阳没回话。

“行了，最近有没有接触到还行的女孩子？你艺涵妹妹来南城了，这次你也还是不见别人，她都来我面前哭诉好几次了。”

祁纪阳听到这个名字就有些不耐烦。

关艺涵缠着他这么多年本来就让他觉得不太舒服了，她还每一次都搬出宋倩来帮忙。

“我一定要跟她接触？”祁纪阳说，“这个世界上比关艺涵优秀的女孩子一抓一大把，怎么就轮到她了？”

祁纪阳到目前为止，没有在关艺涵身上找到任何值得他喜欢的地方。

但是程栀不一样。

如果她身上的一个优点是一颗闪耀的小星星，那么她就是一条璀璨绚烂的银河。

“行啊，那你就带一个比关艺涵优秀的，能让我们信服的人回来。”

祁纪阳听着冰冷的“嘟嘟”声，回味了很久宋倩的语气。

明明是亲生母子，他却好像怎么都没有读透宋倩最后那句话的意味。

不知道是好还是坏。

周末。

程栀起得晚，她醒来的时候下意识地伸手碰了一下自己旁边，空荡荡的。

她忽然清醒过来。

祁纪阳去江城比赛了。

因为祁纪阳离开家里，所以程栀也回了自己那边住着，正好回去收拾些东西。

刚起床就看到一条快递发来的信息。

有新到的快递存放在了小区的快递点，程栀眼皮跳了一下，点开自己的淘宝看了一眼是什么东西。

——粉色豹纹情趣睡衣，性感可爱。

程栀看了一眼，第一件事不是起身去拿快递，而是点开某航空公司的 APP，查了查去江城的机票。

她醒来的时候就觉得怅然若失，很想见他。

特别是这样美好的周末。

看到这条快递信息的时候更想见他。

是时候带着自己又纯又欲的可爱小粉豹去找男朋友了。

程栀毫不犹豫地订了机票，眼睛都没眨一下。

她起床飞快地洗漱，刚刚刷完牙就接到了喻初的电话。

“小橙子！周末了，出来逛街啊，最近天气好冷，买点冬装。”

“我来不了了。”程栀说，“我下午的飞机去江城。”

“什么？你去江城干什么？过冬吗？那边确实挺暖和的，呜呜呜，南城真的冷死了，夏天热冬天冷，什么鬼城市！”

程栀笑了一声，说：“我去找男朋友。”

“一股恋爱的酸臭味！”喻初说，“不过你家那位怎么跑到那边去了？”

“周末有个娱乐比赛，算是工作出差，去两三天。”

“两三天你都忍不了，啧啧啧，不愧是热恋期的小情侣呀。”喻初说，“就因为想见面就飞过去？机票不要钱啊？”

“又没几个钱。”程栀随口一说，“我先收拾东西了，还要下去拿个快递，下次再陪你逛啦。”

“知道了知道了，你谈你的恋爱去，我找别人逛街！”

“嗯。”

电话挂断，程栀拿着手机稍微愣了两秒，脑子里闪过一道声音。

像是上帝的视角，不是她自己的声音，也不属于任何一个熟悉的人。

那个人对她说：

你看啊，以前的你觉得一张机票很贵，现在的你也可以轻松地说出没几个钱。

这是改变。

程栀握着手机的手稍微收紧了一点，嘴角开始上扬。

在成长的过程中，她有时候很难突然看到哪个方面的改变，但总会在后来的某个瞬间意识到——

原来自己已经成长成这个样子了。

以前的程栀会很在意这一点，会觉得很难过，甚至会觉得自己跟祁纪阳完全不是同一个世界的。

但是他们现在至少差距真的没有那么大了。

程栀简单地带了些东西，打算明天跟祁纪阳一起回来，只是过去一天，不需要带什么东西。

主要是想过去跟男朋友一起睡觉了。

她没有告诉祁纪阳自己要过去，这会儿这个时候他应该正在比赛，她直接给孙宗发了条信息。

【程栀：孙经理，我订了机票过来，你们住在哪个酒店呀？能不能悄悄告诉我祁纪阳的房间号？】

她这么一说，孙宗当然会明白程栀肯定是准备给祁纪阳一个惊喜。

【孙宗：/ 偷笑，我发定位给你，祁纪阳住在 1842。】

【程栀：谢啦！】

下午，程栀一个人前往机场。

这么多年里，坐飞机都快要腻了，之前经常出差，有时候工作多的时候每周要来回坐五六次飞机，已是家常便饭。

每次到机场都没有什么特别的心情，甚至感觉自己闭着眼都能找到登机口的位置，但是今天程栀感觉格外开心。

这场旅途，因为要去见祁纪阳开始变得绚烂起来。

起飞之前，程栀突然收到沈嘉树的微信消息，她看着这个名字弹出来的时候眉心跳了一下。

沈嘉树告状以后，就再也没胆子发信息给她。

大概也是知道自己告密不好。

现在竟然还敢找她说话，看来确实是有些欠教训了。

【沈嘉树：咳，我亲爱的程姐，您不会还在生我的气吧？】

【沈嘉树：之前那件事呢，确实是我冲动了，但是你想想，我那个时候给你打电话，一男人接的，说你睡了！你说你要是谈恋爱了，我怎么会不知道呢！】

【沈嘉树：所以我就觉得这事不对，为了保护我亲爱的程姐不误入歧途，所以我赶紧将这件事告诉了叔叔阿姨。】

程栀：倒还说得有理有据的。

【程栀：是我男朋友。】

【沈嘉树：我现在知道是你男朋友了！虽然我到现在还不知道对方是谁，但是！我觉得我们程姐的眼光一定不会差，看上的男人至少都是 Blume 那个水平的！】

【程栀：嗯？】

【沈嘉树：哦，不好意思，正在看 Blume 的比赛直播。】

【沈嘉树：他好强啊！虽然这次只是娱乐赛，对全年积分没什么用，但是我觉得 Blume 肯定又会夺冠！】

程栀看着他在夸祁纪阳，突然对他心生怜悯。

到现在他还被蒙在鼓里。

她之前瞒着沈嘉树是因为不想麻烦祁纪阳，后来也没找到合适的机会开口。

沈嘉树高中的时候没在南城念书，因为爸妈的工作原因，那会儿都搬到另一个城市去了，他自然也不了解程栀高中圈子里的朋友是什么样的。

那会儿程栀也不爱发动态，一张照片都没往朋友圈发过。

此时，空乘轻声提示着：“各位旅客，我们的飞机即将起飞，请您将手机关机或是调至飞行模式。”

程栀在关机之前，给沈嘉树发了两条消息。

【程栀：之前一直没告诉你，其实，我跟 Blume 很熟。】

【程栀：他就是我男朋友。】

江城。

一场紧张刺激的赛车比赛正在进行着，第一名的车手遥遥领先，把其他选手全部甩在身后。

几乎没有什么悬念地第一个冲过终点线。

在现场此起彼伏的欢呼声中，男人从车上下来，身材比例极好，一米八八的个子，一双腿修长。

他取下头盔，随意地甩了下头发，漫不经心地转头看了一眼后面。

祁纪阳转过头的一瞬间，意料之内地没看到某个人，却忽然觉得心里有些空落。

其实从他踏入这个行业开始，每一次获得胜利的时候，他都想看到程栀，但每次都像是一场梦境。

有时候恍惚觉得自己好像看到了她，实际上并没有。

终于，后来有一次真的看到了她。

那一瞬间，他的心跳好像比自己冲过终点线的时候还要热烈。

到了现在他还是想看到。

比赛结束以后，祁纪阳第一时间给程栀发了信息汇报工作。

【祁纪阳：比赛结束了，轻松夺冠。】

【祁纪阳：还不夸夸你男朋友？】

等了好久程栀都没回，最后回到酒店的时候，他给程栀打了个电话，显示电话关机。

祁纪阳皱着眉，在房间里来回踱步，感觉有些慌乱烦躁，正打算给别的人打电话问问情况，房间门突然被敲响。

是孙宗。

他站在门口，说：“哦，你在就好。”

“怎么？”

“一会儿有个采访。”孙宗看了眼时间，“估计快到了，你先去洗澡换个衣服。”

“什么采访？”祁纪阳眉头紧皱，“我怎么不知道这件事？”

“临时加的嘛，你今天表现那么好！”

“等一会儿，我要找一下程栀。”祁纪阳说，“现在联系不上。”

孙宗一看时间就知道程栀现在在飞机上，赶紧说：“哦，你说程栀啊，你比赛那会儿我还在跟她聊天。

“就之前我们合作得不是挺好的嘛，但是她从‘后花园’离职以后就没合作了，上面让我找她交涉一下，看能不能再合作点商业拍摄。”

孙宗看着祁纪阳的表情，继续编：“说是跟朋友玩沉浸式密室去了，手机关机锁柜子里了。”

祁纪阳似乎没怎么怀疑。

他“哧”了一声：“怎么现在又会玩了。”

不会是趁他不在家的时候自己偷练，等下次去的时候，就不用他带着赢了。

毕竟程栀的胜负欲是很强的。

“现在不用担心了吧？晚点就联系上了，那你现在快去洗澡换个衣服，一会儿采访的人就到了。”

祁纪阳也没有再说什么。

洗了个澡出来，祁纪阳就在房间里等着，孙宗甚至都不让他离开，晚饭都是叫前台送上来的。

天色渐渐暗下去，祁纪阳看着外面的夜色，连高楼的灯火都开始亮起。

什么采访要等到这个时候？

正等得有些不耐烦的时候，门铃响了，祁纪阳起身去开门，看了一眼时间，已经是晚上八九点。

他一边开门，一边有些不耐烦地说：“你们什么采访要拖到这个时间点？”

祁纪阳刚开口说了这一句，鼻息之间钻入了一股有些熟悉的香气，但还没有马上确定答案。

站在门口的女人捂得严严实实的，酒店走廊的灯光不太明亮，看得不太清晰。

忽然，他被一道力往里狠狠一推。

猝不及防的。

对方很用力，他都往后退了两步，随后那人马上就着缝隙挤了进来。

她最外面的那件外套脱下来落在地上，伸手摁着祁纪阳的胸口，努力把他抵在墙上，伸腿把门关严实了。

房间里只开了一盏夜灯，本来天色就已经晚了，虽说什么都看不清，但就只是这么几秒的动作，祁纪阳认出了程栀。

程栀抬头，伸手扯住他的领子，踮脚吻他。

“这个时间点采访什么呀。”程栀在他耳边轻轻吐息。

她的声音勾人得很。

“天黑了。

“适合睡觉。”

程栀来之前提前在祁纪阳对面开了一间房，孙宗帮忙跟前台说的，一定要祁纪阳对面的那间，再等到这个时候，敲响他的门突袭。

不过突袭男朋友的下场可想而知——

就是疲惫。

早上一睁开眼，程栀就往祁纪阳怀里钻，懒洋洋地靠着他，眼睛还没完全睁开，声音懒洋洋的。

“好困……”

祁纪阳揽着她，也醒了，这时候才想起来问：“怎么突然过来？”

“想你了。”程栀很诚实地回答，“因为想你了所以就直接来了。”

“不嫌麻烦？”

“坐个飞机的事，比在家待着舒服点。”

程栀慢慢缓过神来，动了下腿，感觉到一阵酸痛，下意识地倒吸了一口凉气。

她抬头咬了一下祁纪阳的下巴，算是惩罚，说：“你昨晚是不是太狠了点？”

回忆起来，好像确实是他们在一起这么久以来最激烈的一次。

好在周日下午才有一个简短的活动，不是比赛。

赛车手这个职业，程栀有时候觉得他们跟明星似的，走到哪儿都会有人上来要签名。

也会有很多品牌找赛车手代言和合作。

下午是个手表品牌举办的时尚活动，Kingdom 跟他们也算是合作了很久，程栀有些印象，因为上次那组图还是她拍的。

两个人收拾了一下才出门，下楼到大厅的时候，车队其他人都已经在等了。

看到祁纪阳和程栀两个人走过来，十指紧扣着。

孙宗第一个开口，说：“没想到还能看到 Blume 在我们面前谈恋爱啊，也算是有生之年系列。”

其他人也接着附和：

“我就说你这人绝对不对劲，人家程栀小姐姐第一次来的时候，我就你知道你肯定别有企图了。”

“哦，原来钱包里放着的那张写着‘程’的摄影作品就是程栀拍的啊。”

祁纪阳笑了笑，没否认。

他对程栀的偏爱实在太过明显，稍微有些眼力见的人都早就看出来了。

程栀下午没什么事，她跟着他们一群人一起去了活动现场，顺手拍了几张发给沈嘉树。

【程栀：你偶像的生图，没 P 的。】

昨天一下飞机就收到沈嘉树轰炸的消息。

【沈嘉树：啊啊啊？】

【沈嘉树：我听叔叔阿姨说他是你高中同学，我的天。】

【沈嘉树：好啊，程栀，你竟然骗我！】

【沈嘉树：你怎么还跟 Blume 谈恋爱了？】

程栀当时忙着去见祁纪阳，没怎么认真跟他说，随便回了一句要不要签名，沈嘉树马上就老实了。

【沈嘉树：要的要的！谢谢程姐！作为亲友团，我是有资格见见你男朋友的吧？】

沈嘉树这个人特别好哄，小时候跟程栀打闹，小男孩长得慢，那会儿经常被程栀摁在地上揍，哭着回家说再也不要跟程栀一起玩了。

当天，程栀买了根棒棒糖给他。

在沈嘉树眼里，程栀就是全世界最好的程姐了。

活动现场很热闹，程栀在旁边安静地等，期间听到主持人在念着祁纪阳获得的那些荣誉。

从他出道开始，就一路过关斩将。

一匹突然杀出来的黑马，仿佛拿了小说的大男主爽文剧本。

祁纪阳几乎从来没有在赛场上有过很大失利，连续拿了很多场冠军，出道这么几年里，每次都能依靠着全年的总积分拿到个人冠军。

程栀抬头看着他，忽然就笑了。

现在，他们好像都找到了属于自己的，喜欢做的，并且能做得很好的事情。

跟她当年的期许一样。

活动结束以后，一行人一起回去，因为不太方便自己开车，车队包了一辆豪华大巴。

回酒店的路上，孙宗突然清了清嗓，站在前面说：

“朋友们，有一件事我一直没说哈。

“去年的比赛结束以后，一队的老板就联系我了，说是希望 Blume 直接到一级的车队去。

“所以以后 Blume 应该就会去一队了，现在大家都不能否认，Kingdom 这么几年里的荣誉很多都是依靠祁纪阳的个人积分撑着。”

“你们啊，以后要更努力才行了，总不能 Blume 以后去了一队以后，我们就直接成为二三流车队。”

孙宗这么一说，很多人回头过来看着祁纪阳。

“你真要走啊？”

“唉，不过也是，要是我有机会去一队，我也不会再留的。”

人都是朝着高处爬的，都是朝着更高的荣誉去的。

祁纪阳点了点头。

“哇，那以后我们压力真的大了哦，Kingdom 的王牌要走了啊。”

说着，前面的人突然朝程栀挑了下眉，说：“说到这个，你知道我们车队有个梗吗？”

“嗯？”程栀应了一声。

“Kingdom，其实 Blume 就是我们的 King。”

程栀忽然笑出声，眉眼弯弯的，说：“还有这回事呀？”

“当然，毕竟 Blume 确实是我们团队的顶梁柱。”

说完这件事，程栀脸上的笑意一直没收回去。

祁纪阳睨了她一眼：“怎么？”他伸手轻轻地扯了一下她的脸，“一副不怎么相信我的意思？”

“我哪有。”程栀笑，声音放轻，她的指尖在男人宽厚的手掌心上打转，认真地写下了每个字母。

写了一遍 Blume，又写了一遍 King。

前面还在吵闹着，他们俩坐在后排窃窃私语，就像在教室的后排偷偷谈恋爱一样。

过了一会儿，程栀忽然很轻地开口：“也是我的。”

祁纪阳没反应过来：“什么？”

程栀没有说第二遍，自己偷偷地弯着唇。

也是她的 King。

她的爱人，她的国王，她的小王子。

下午，程栀跟祁纪阳一起回南城，两个人坐在一起。

“要是我不来的话，你会不会想下飞机第一个看到的人就是我？”程栀偏头问他，“那我肯定必须要飞快地扑进你的怀里。”

祁纪阳看着她：“但是你来了。”

“是啊。”程栀感叹着，“长大了的恋爱真好。”

想见他的时候，就可以马上到他的身边。

程栀翻着手机上的备忘录，忽然想起一件事。

“祁纪阳。”程栀转头看着他，“你妈昨天打电话来，有没有说什么？”

“怎么突然问这个？”

程栀的手在手机屏幕上点了点，她想了很久，觉得这件事还是不要隐瞒祁纪阳比较好。

很多事情，她确实有自己的打算和决定，但毕竟感情是两个人的。

程栀放下手机，说：“前段时间，关艺涵来工作室找过我。”

祁纪阳一听，眉头就皱了起来。

程栀伸手戳了戳他的眉心，笑着：“别皱眉，多大点事。”

祁纪阳伸手握住她的手：“她找你干什么？”

“关小姐知道我们在谈恋爱，对我很不满，觉得我配不上你。”

祁纪阳“嘁”了一声，没说话。

显然，他觉得关艺涵才不配。

程栀继续说：“不过她说的那些话根本威胁不到我，只是……我答应了她一件事。”

“什么？”

“关艺涵似乎很努力地想证明，她比我优秀比我有用，所以向我发出了挑战。”程栀顿了一下，“一开始她说要跟我参加同一个摄影展，这是我很擅长的事情，不公平。”

程栀笑了，语气挺自信。

“在关艺涵觉得自己很厉害的方面打败她，这才算是我的胜利。”

祁纪阳勾了勾她的下巴，微微眯了下眼：“我的小橙子果然还是那么厉害。”

迎接挑战，不再往后退。

祁纪阳顿了一下，说：“这件事我们也不能再逃避了，既然已经到了这个程度，我这次回去就告诉他们，你是我女朋友。”

之前两个人都瞒着家长不说，算是还没找到办法的回避。

但是现在，这个责任必须要担起来了。

不管现在大人怎么看，但至少他们俩现在是坚定不移地选择对方，在为了未来一起努力着。

程栀“嗯”了一声。

她靠在祁纪阳的肩膀上，转头看了一眼外面的天色，刚好是日落的时刻。

跟祁纪阳紧紧相扣着的手好像怎么都不会松开。

“我相信我们不会那么轻易被拆散的。”程栀忽然说了一句。

一场得之不易的感情，在不断的猜疑、后退、徘徊之中成长和改变。

终于才能这样拥抱和紧握着对方的手。

他们都不想再放开。

不管前面的路有多难走，都要坚定地迈过去。

二月初。

祁城回到南城。

一年一度，快要到农历新年的时候就回来。

不管家里关系再怎么淡薄，还是要回来一起过年的，就算只是走个形式。

这一年的除夕在二月底，时间比较晚，祁城通常都是提前一个月回来，好跟这边的亲朋好友联系。

祁城回到南城那天，祁纪阳十分少见地也回家了。

每年只有在这个时候，他们一家三口才会一起坐在同一张桌子上吃饭。

偌大的房子，三个人住十分空旷，这个家平时几乎都是空置的，祁城和祁纪阳长期不住在家里，宋倩其实也没好到哪儿去，她工作忙，到处飞，住酒店的日子都要比在家里待的时间多。

今天三个人都在家里，总算是有了点活人的气息。

家里的一切都没有改变，什么都不用添置，就算平时没人住，管家和保姆都会把这个家打理得很好。

说是让他们三个人，随时回来的时候都有回家的感觉。

其实这么多年里，祁纪阳从来都没有觉得回到这个家有回家的感觉，这里似乎才是让他觉得最陌生的地方。

一顿饭吃得很安静，三个人各自都做着自己的事情。

过了很久，宋倩率先开了口。

"祁纪阳。"宋倩唤道，"你是不是有什么事情想说？"

不管怎么样都是母子，什么事情其实都是逃不过宋倩的眼睛。

或者说，其实她早就知道了，只是一直没说，两个人都没有捅破那件事而已。

祁纪阳"嗯"了一声，放下筷子。

"我谈恋爱了。"

饭桌上继续陷入沉默，坐在对面的祁城微微抬眸看了他一眼，眸中的情绪无人可以猜测。

宋倩也没说话，跟没听到似的，继续正常吃饭，还说了一句："家里阿姨最近做饭的水平似乎又提高了点。"宋倩看着祁城，"你觉得呢？"

祁城的情绪很淡："没什么感觉。"

常年不在家，根本吃不出来有没有改变。

两个人都对祁纪阳说自己恋爱了毫无反应，祁纪阳起了身，又说："认真在谈。我会跟她结婚。"

不是想结婚。

是一定会。

宋倩夹菜的手终于顿了一下，抿唇，神色看不出什么情绪："是叫程栀对吧。"

祁城喝了口茶："你怎么知道？"

宋倩笑了："我能有什么不知道的。"

"关艺涵告诉你的？"祁纪阳猜测。

既然关艺涵都去找程栀当面挑战了，那当然有可能是她说的。

宋倩神色自若，点头：“是，艺涵确实跟我说了这件事，不过……”

“就算艺涵没告诉我，我也会知道的。”宋倩扬了扬下巴，转头，看向后面某处，“二楼那个书房，你放奖章和奖杯、奖状的房间。”

“在一排排的，你自己夺得的荣誉里，掺杂了一个有着人家姑娘名字的校牌。”

这点小心思，是个人都会看出来。

宋倩垂下眸：“那次我就已经调查过这个姑娘了，这次又把她的资料看了一遍，看看是什么样的人，能把你迷成这样？”

祁纪阳还没说话，倒是祁城缓缓开了口。

“那这件事你看着，关艺涵也好，还是别的名媛也罢。”祁城说，“你心里自然有数。”

家里大大小小的这种琐事，都是宋倩一个人在管。

宋倩看着祁纪阳，甚至能把程栀的资料背出来：“程栀，南城人，出生于普通的工薪家庭，高中就读于南城一中，大学在安城大学读新闻，但毕业后转行当了摄影师，之前在国内知名摄影工作室‘后花园’担任南城分部的摄影总监……”

宋倩还没说完，后面的那部分被突然打进来的电话给打断。

她垂眸看了一眼：“老关打来的。”

关艺涵的父亲。

他们两家生意上的来往一直很多，也算是有十几年的交情。

所以宋倩才会对关艺涵的事情那么上心。

宋倩起身去旁边接电话，她站起来之前看了祁纪阳一眼。

没走很远，祁纪阳都能听见她在说什么。

“我知道艺涵在南城的呀，我当然会照顾好她的，之前我跟艺涵说了，有什么事情直接打电话给我，阿姨知道帮她解决的。”

“哦，这样。”

“小孩儿谈恋爱玩玩而已。”

祁纪阳皱了下眉，几乎可以猜到他们在聊着什么。

“嗯，下周有个晚宴，到时候我带艺涵过去。”

宋倩还在打着电话，祁纪阳手机上的消息也刚好弹出来，程栀发了几张图片过来。

【程栀：今天喻初她们出去吃的家常菜，我们什么时候才能自己在家做这种菜呀。】

【程栀：本来之前说找我妈学的，现在没办法，我爸妈还没完全松口呢。】

上次见过程栀的父母以后，他们俩的态度一直不是那么明确，虽然是希望两个人最好不要在一起，但是在这样的爱情面前，就没有那么多道理和理智可言了。

他们也知道程栀和祁纪阳依旧在谈恋爱，但也拿他俩一点办法没有，现在也只能走一步算一步。

因为知道程栀倔，知道程栀一定会选择祁纪阳，所以不再明确反对，但也没完全支持。

程栀说，以后他们慢慢了解他以后，就会松口的。

他一边看着程栀发来的信息，一边听着宋倩那边的通话，这个电话聊了很久。

不知怎的，说着说着，宋倩的语气就开始变得有些严肃了。

“老关，我们这都合作了十几年了，我知道，今年市场确实不好，但这件事上我们确实也没有办法做出让步。

“这已经是对我们双方受益平均的方案了，如果要让我们再做出让步，这就很难。

“我们的确是因为生意上的来往才有了交情，但有些事情不能反着来，这些交情，在这种时候最好还是不要带到生意场上。

“你是个明白人，我也不想多说，回头我让助理再发一份企划书给你。”

最后电话挂断的时候，祁纪阳能听出来，宋倩的语气并不是那么好。

她打完电话回来坐下，一开始没说话，喝了一杯水以后才向祁纪阳看过来。

“抽空带你女朋友来见我。”

宋倩顿了一下，末了又补上一句：

“把关艺涵也叫上。”

第十五章

超 级 喜 欢 你

晚饭过后，祁纪阳没打算久留。

他随便找了个理由打算直接回去。

宋倩当然听出来祁纪阳其实是在撒谎，只是不想继续待在这里而已。

如果要说家庭关系，他们家的关系确实是很失败。

宋倩也没有一定要祁纪阳在家里过夜，但她见祁纪阳要走，唤了一声：“祁纪阳。”

宋倩看着他。

不知不觉，自己生出来的小东西已经长成这样的大人了，他的眉眼很像她。

宋倩有时候看到那双熟悉的眼，却又觉得很陌生。

明明是自己的亲生儿子，明明他跟自己长得如此像。

但不亲近就是陌生的，甚至还没有一直在她身边的助理熟悉。

祁纪阳脚步顿了一下：“妈。”

宋倩微微叹了口气：“你跟我来一下，我有些事想跟你谈谈。”

祁纪阳没说什么，只是点了点头。

祁城吃过晚饭就去了自己的那间书房，说是有个视频会议，有些工作需要处理一下。

这个家是很大，实际上是被分为三个区域的，他们三个人的房间、书房、休息室都是各自用各自的，就像只是在路边随便搭伙住在一起的。

祁纪阳跟着宋倩进了她的书房，随便找了个地方坐下。

宋倩背对着他，在书柜里找着东西。

两个人心思各异，好几分钟都没说话。

最后，宋倩从书柜里抽出了一张很老的照片，二十几年前的胶片相机拍摄的，照片有些泛黄。

她把那张照片摆在桌上，垂眸看了一会儿，随后发出一声轻笑。

“我记得你刚出生的时候，我还跟你外公外婆说，这孩子怎么这么瘦弱，以后到底能不能养活啊。”

祁纪阳早产，宋倩的身体本来也算不上很好。

所以祁纪阳刚刚出生的时候很小只，很瘦，比隔壁床一起出生的小姑娘还要小。

“我那时候就想，我得把这个孩子好好养大。”

祁纪阳愣了一会儿。

宋倩抬头，无奈地笑笑：“但实际上，我在这件事上好像做得并不好。你看我们现在这个家，你甚至都不想多待。”

祁纪阳敛下眸：“没，我只是习惯了。”

祁纪阳从小学的时候就开始读寄宿学校，因为父母工作忙。

从小学到大学，他就很少在家里住。大学毕业以后，他也没有这个习惯，要住在家里，要跟家人住在一起。

对他来说，跟朋友待在一起要更加自在。

宋倩笑了笑：“我们好像很少关心对方的事情了，我也没有什么奢求，或许这件事已经成为闭环。”

这个家会变成这样，已经是难以挽回的事情。

祁纪阳没说话。

“我们对你的关心可能确实不够，但……”宋倩顿了一下，“你在我心中其实一直都是令我骄傲的孩子。”

不然也不会家里来了客人，第一件事就是带他们去看祁纪阳的奖杯奖牌，她会为祁纪阳感到骄傲。

祁纪阳抿了抿唇，说：“我知道。”

他什么都知道，只是什么都不说。

“你小时候有一次生病，那会儿妈妈在美国，接到学校老师的电话说你病了，赶紧签完合同买最近的航班赶回来。”

祁纪阳也记得那次，不过也是很少才会出现的情况，大多数的时候，他病了，宋倩都是叫他在医务室随便看看，或者就是叫别人带去医院。

那一次确实是个意外，祁纪阳能感觉到宋倩其实也是在意他的，说起爱的话，宋倩对他的爱其实也不少。

“我以前想，要把我家祁纪阳培养成独立又坚强的男子汉。”

说到这里，宋倩有些自嘲地笑了笑。

“但是，其实你是不是怪过我？”

宋倩看得太明白了，有些事情，她甚至都不用问祁纪阳，其实就已经知道了。

祁纪阳没否认，就算是默认。

毕竟谁都是从敏感脆弱的小孩儿成长成大人的，小时候的祁纪阳也会因为想家偷偷躲在被子里掉眼泪。

看到别人的爸妈来接，一家人甜甜蜜蜜地一起去玩，他也是会羡慕的。

祁纪阳没说什么，眼神很淡，喉结上下滚了一下。

“都是过去的事情了，没必要再提。”他说。

不管是伤害还是其他，都不重要了。

以前的选择已经造成了现在这样的结果。

宋倩看着他，沉默了好几秒。

祁纪阳也不说话，尴尬的气氛开始蔓延。

“所以我不想让我们之间的关系更僵硬。”宋倩叹了口气，“谈恋爱的事，我也不会逼着你一定要跟关艺涵或者谁在一起，只是你之前单身，妈妈只是看着有合适的，你能接触就接触一下。”

她的手在老照片上轻轻摩挲，说：“不过你这个女朋友，我现在也不能支持。”

他们之间的差距还是很大，在彻底了解这个姑娘之前，宋倩也要对自己儿子的择偶负责。

不过，这样的态度，对祁纪阳来说已经是最好的了。

他相信程栀。

祁纪阳“嗯”了一声，提起程栀的时候声音都带着笑：“我女朋友很厉害的。”

“那也要我看了才算。”

祁纪阳到家的时候，程栀正窝在沙发上钩东西。

她前段时间在小红书上看到别的女生给男朋友用钩针钩了一个耳机套，她看着教程简单，自己也想做一个送给祁纪阳。

平时都是祁纪阳送她礼物比较多，很多都价值不菲。

程栀知道像祁纪阳这样的人，自然也不会缺什么东西，她要送给祁纪阳的，当然是花钱都买不到的东西。

这样对他来说才有特别的意义。

程栀听到祁纪阳回来，转头笑着说：“你回来啦？”

就像这里就是他们俩的家。

这里才像是家。

什么都不需要，只要有程栀在的地方就是家。

再宽敞的房子，再昂贵的家具，都比不上程栀这个人。

祁纪阳“嗯”了一声，走过去，把她圈在怀里，抱得很紧，像是要把程栀整个人都融到自己的身体里去。

他贪婪地汲取着这份温暖和气息。

程栀察觉到祁纪阳不开心，也没问他怎么了，只是说：“我在给你做可爱的耳机套，你要不要先看看？”

“嗯。”祁纪阳的声音闷闷的，“先抱会儿。”

“好哦。”

落地窗外的花园，月光透过窗帘铺在小石子路上，微风轻拂着小院子里的湖面。

很安静。

只有呼吸声和心跳声最为清晰。

程栀的手上还拿着没做完的手工，她感觉到男人抱着自己的手越来越紧，就像是很害怕失去她的拥抱。

程栀抬手，轻轻地拍了一下祁纪阳的背，温热的唇贴着男人的耳郭，声音轻轻的。

“祁纪阳。”

“我喜欢你，好喜欢你，超级喜欢你。”

一字一句吐词清晰，一遍遍地敲击着他的心。

祁纪阳就这样抱了她很久。

松开手的时候，程栀抬眸去看他，两个人靠得很近，鼻尖都抵在一起。

程栀看到祁纪阳的眼底有些红。

他大多数时候是骄傲坚强的，偶尔的软弱也不会让别人看到。

程栀抬头，小心翼翼地去吻他。

祁纪阳回家大概遇到了什么不开心的事情，所以回来的时候情绪才会这么低落。

程栀沉默地看了他许久，给祁纪阳很长的时间来缓和。

几分钟后，他终于轻声开口：“我妈今天找我谈话了。”

“嗯。”程栀回答得很轻松，“她逼着我们分手了吗？”

她故意有些有些玩笑的意思，为了让祁纪阳的情绪不那么低沉。

“没有。”祁纪阳说。

他垂眸，看着程栀手上的毛线团，说：“今天我回去了一趟，忽然觉得你爸妈的担心是有道理的。”

程栀愣了一下。

“我妈今天跟我说起了小时候的事情，我知道她其实还是对我好的。”

可是，这么多年在这样的环境下成长，他几乎没有感受到过家庭的温暖，有过怨恨吗？

当然。

但是因为知道了宋倩其实这么多年来的努力，一直在努力工作赚钱，很多时候做的事情，本质上其实是因为爱他。

她的心，一定是为了他好。

但他那些年里因为没有被爱着，受到的伤害也是不能抹去的。

“我甚至不能怪她。

“因为我知道她爱我。”

程栀轻轻地抚摩着他的手，安静地聆听。

程山说，祁纪阳这样的家庭出来的，大概没有什么家庭的概念，就算以后他们结了婚有了孩子，或许祁纪阳都不知道要怎么去维系家庭。

但是程栀相信祁纪阳不会的。

“你都知道的。”程栀轻声说，“所以，这些错误的事情，我们以后就不要再做好吗？”

虽然祁纪阳没有在一个温暖的环境下长大，但是程栀知道，他一直在渴望温暖，他所渴望的那些东西，以后都会寄托在自己的小家庭里。

所以，他一定会把自己没有感受过的温暖和爱意，全部给这个家。

程栀弯了弯眉眼，很温柔：“爸爸妈妈也是第一次当父母呀，可是我们的人生只有一次，没有预先的练习和重复。”

有的事情选择错了，就不要再回头去惦记了。

以后会做得更好的。

“你看我外公外婆，其实他们也很恩爱的，教育孩子也挺努力的，他们会教出我妈和我姨妈那种温柔的人，也会教出庄成君那种蛮不讲理的人。”

庄成君真的是这个家里的唯一败笔，不过最近他稍微老实了一些，从外婆出院以后再没有做过什么大动作。

程栀也没有闲心去关心这个烂人舅舅现在到底怎么样了。

只是听说，庄成君之前一起玩的有两个人牵扯到一起刑事案件中，情节严重被判了刑。

这件事对庄成君的打击似乎挺大。

他烂是烂，但还不至于犯法，也不想让自己有那样的结局。

程栀看着祁纪阳，认真地说着：

“原生家庭是很重要，但也不是全部。

“祁纪阳，你现在不也成长成了很优秀的人，分辨是非的能力不仅仅来源于家庭。

“我相信你，也相信自己。

“我们一定能做到最好的。”

程栀把手上的毛线团拿起来给他看，笑盈盈的。

“未来在我们自己手里呀。”

去见宋倩那天，程栀从自己电脑上拷了很多文件放在U盘里，穿了一套休闲西装罩上大衣外套。

这还是程栀第一次去祁纪阳本家，站在门口的时候，她愣了一下。

比她想象中的还要大些。

程栀站在门口发愣，却不是因为感受到了经济实力上的差距而感到胆怯或者觉得心里不是滋味。

她只是在想，祁纪阳还很小的时候是不是也一个人孤独地住在这样的房子里。

那他一定很孤单。

想到这些，她就很想伸手抱抱他。

程栀和祁纪阳前脚刚到，关艺涵后脚就到了。关艺涵是司机送来的，程栀回头看了她一眼。

大小姐依旧是大小姐的模样，趾高气扬。

大概是为了这次见面，关艺涵连指甲都是刚做的，程栀都看到她指甲上贴的小蝴蝶在发光了。

关艺涵没再像以前那样喊祁纪阳，稍微收敛了点。

大概也是知道现在祁纪阳名草有主，她能去程栀面前提出要比赛一较高下，但是也没蠢到这个时候在祁纪阳面前不知收敛。

关艺涵看了祁纪阳一眼，微微点头算是打了招呼。

宋倩今天要单独见关艺涵和程栀，她知道祁纪阳一定会送程栀来，毕竟害怕女朋友被刁难。

宋倩提前跟祁纪阳说了，让他在外面等。

关艺涵来的次数多，轻车熟路的。

程栀一进来就晕了，还是管家带着上去的。

宋倩这次找她们俩，没有什么别的目的，不过她是分开见的她俩，先叫了关艺涵进去。

祁纪阳在一楼客厅等，程栀在三楼外面的书房等，一边等一边发信息给他。

【程栀：怎么来你家见家长搞得跟面试一样？还一个个谈话？】

【祁纪阳：我妈做事是这样的。】

【程栀：哈哈，没事儿，其实还挺有意思的，挑儿媳妇这样挑，感觉讲给别人听的话也算是比较传奇的事情了。】

【程栀：对了，你房间在哪里？你家太大了！】

【祁纪阳：二楼是我的区域，三楼是我妈的，四楼归我爸。】

【程栀：讲究！】

【祁纪阳：我们一直都是这样分开住的，我爸妈也是。】

【程栀：那以后我们买房子的时候，还是得多买两个房间的。】

【祁纪阳：嗯？】

【程栀：万一我们俩吵架了，你就去隔壁睡——】

【祁纪阳：嗯？】

【程栀：好像有点太早了！我得先通过你妈妈的面试考核啊！】

程栀跟祁纪阳聊着天，丝毫不紧张。

关艺涵进去了半个小时还没出来，在等待的期间，程栀还看了几份人事部小李发过来的简历。

人事部稍微筛选了一下，觉得还不错的就会发给程栀亲自审批。

程栀认真地看着那些作品和介绍，在翻到某一份简历后的作品的时候，程栀皱了下眉。

这个很熟悉的风格，似乎在哪里见过。

程栀看了两眼认出来了，但又觉得不太可能。

她翻出那张简历。

左上角照片上，有张熟悉的脸，再一看名字。

陈妮。

程栀眉心接连着跳了好几下。

陈妮怎么会给这边投简历？她不是很宝贝自己在“后花园”的那个职位吗？

程栀还没得到答案，甚至还没来得及告诉别人，关艺涵就开门出来了，她居高临下地看了程栀一眼。

“宋阿姨叫你进去。”

听关艺涵的语气，好像已经胜券在握了。

程栀站起来，轻声说：“好，谢谢。”

随后她摁熄手机屏幕，挺直了背脊走进去。

跟里面的女人对上眼神的那一刻，程栀愣了一会儿。

是在摄影展上遇到过的那个女人。

宋倩看着程栀，眉梢微微一扬：“程小姐，初次见面……”

宋倩才刚说完，又自己纠正：“不对，我应该说，好久不见？”宋倩笑了笑，“虽然我们也不算认识，但好歹有过一面之缘。”

程栀微微点头：“是。”

“上次的话还没说完，不知道今天还有没有机会继续说。”宋倩收回笑意，语气严肃认真起来，“随便坐吧。”

程栀在她对面坐下。

果然就跟面试一样。

宋倩翻着手上的资料，敛着眸说：“你还拿了挺多摄影大奖的，听说现在找你拍一套图很不容易？”

“是。”

“在裴淮那个工作室是吧。”宋倩的双手交错着，“祁纪阳介绍你去的？”

程栀微微眯了一下眼。

宋倩的意思其实挺明显的，她大概是觉得，自己现在的成就、工作的机会，都是祁纪阳给予的。

其实也不能怪宋倩会这么想。

要是不了解情况的话，都会这样认为的，甚至就连程栀自己一开始都觉得这是祁纪阳给自己的机会。

但是那会儿祁纪阳和裴淮都一遍遍地跟她强调说，不是。

程栀坐得很直，说："是。不过这是我自己的能力带来的机会，不是依靠人情。"

宋倩微微勾了下唇，也没想到程栀竟然会马上反驳自己。

"你知道我今天为什么找你和艺涵来吗？"宋倩问。

"阿姨，您是个成功的商人，做任何事情，包括在您儿子伴侣的选择上，肯定都要择优。"程栀说，"如果我没猜错的话，您今天是想比较比较我和关艺涵，到底谁更适合。"

宋倩没否认，往后靠了一下，随意地翻着文件。

"你既然知道，那么你觉得自己现在哪里比关艺涵更值得让我选择？"宋倩懒懒地问，语气竟然和祁纪阳有几分相似，"关小姐家里跟我家也算是世交了，如果我们两家联姻，能让我们双方获得的利益都最大化。"

程栀听着，脸上依旧从容。

"关小姐的出身，以后我们也拿得出手，你说，我们这样的家庭，儿子娶了个再普通不过的小姑娘……"宋倩看着她。

程栀忽然低头笑了。

"阿姨，人家英国王子都能娶普通姑娘当王妃，我怎么就不能跟你儿子结婚了呢？"

程栀步步紧逼。

两个人都没有做出让步。

宋倩忽然坐直身子，又听到程栀说了一句：

"而且，我觉得我也不是什么普通人吧。"

宋倩听着，挑了下眉，看着程栀。

程栀把自己提前准备好的U盘拿出来，放在桌上，说："里面有我所有的资料，应该比您调查的还要清楚详细。

"虽然我是出身于一个普通的工薪家庭，但这不能证明我就是个普通平庸的人。"

宋倩把U盘插进电脑，点开文件夹。

"这些全部是我大学考的证书，不管是金融还是法律，设计还是建筑，再小到是导游。"程栀的下巴微微扬着，"全都有。"

她花了几年的时间，把能考到的证书全部考了。

“全国英语口译大赛一等奖，安大辩论队主辩，参加过联合国青年大会。”

“阿姨，一个普通人，能做到这些吗？”

宋倩随便翻阅了一下，竟然无法在这么短的时间内把程栀获得的奖项和证书看完。

很难想象，四年的大学时间里，程栀竟然做了这么多事。

“所以，这样的水平的我能够配得上您儿子吗？”

宋倩顺手把程栀带来的这些资料拷贝了一份放在自己的电脑上，然后把U盘还给程栀。

“你是在质疑我吗？”宋倩抬头。

“不是。”程栀说，“我只是在证明，就算我出身平平，但能做到很多别人做不到的事。”

宋倩确实是个商人。

所以程栀很清楚，宋倩这个人的标准是什么。

讲一些花里胡哨的东西是没用的，她需要用一些真材实料的东西告诉宋倩自己的价值。

宋倩忽然笑了。

“你说得没错。”宋倩说，“的确有很多事情，不是出身决定的。”

宋倩也不是出身名门贵族，她当年也是靠着自己打拼出来的，跟祁城结婚算是一个意外，她年轻的时候在祁城的父亲手下工作。

因为工作能力太过于出色，被介绍给了祁城。

老爷子还在的时候很喜欢她。

宋倩没有马上松口，她的手指在桌面上轻轻地敲打了两下，敛着眸思考着。

“你是个很聪明的人，也知道我想要什么。”宋倩说，“那你继续说，我听听。”

程栀凝了凝神，随后继续开口。

“阿姨，按照您的想法，假如以后要让祁纪阳继承家里的企业，那么，您觉得在公司管理和专业能力上，我和关艺涵谁更胜一筹呢？”

宋倩笑了笑。

“我可以找别的人帮忙，”宋倩向她发难，“不一定要关艺涵来做这件事，她只需要做好自己的事情就行了。我们跟关家的利益牵扯，是最大的利益。”

即便是程栀给出那样的资本，宋倩依旧对那份利益不忘。

程栀忽然倾身，凑近了些。

“阿姨，生意场上，哪有永远的朋友呢？

“不管你是选择关艺涵，还是别的跟家里有利益关系的家庭，只要扯上生意和利益，就不可能永恒的。

“这是无法掌控的事情。”程栀说，“如果是这样的话……您为什么不选择一个根本没有利益牵扯，根本不会翻车的家庭呢？”

宋倩看着她，沉默了好几秒，随后往后一靠，笑了几声。

“你这小姑娘。

“果然，跟第一次见你的时候一模一样。”

很聪明，看事情很通透，并且还能用自己的道理说服别人。

本来在宋倩眼里，程栀的出身背景不好是缺点，结果一到她自己的嘴里，反而成了优点。

刚才见关艺涵的时候，宋倩问她能给祁纪阳什么。

关艺涵说：“我会对祁纪阳一辈子好的！”

宋倩本来以为程栀会说一些关于爱情的话，以为她会说：

“你要为了自己的利益而放弃自己儿子的幸福吗？

“可是他爱我。”

但是，程栀没有这么说。

人生走了一半，宋倩眼里最无用的东西大概就是爱情，看看她自己和祁城就知道了。

她是个很彻底的实干家。

程栀说得很诱人，不过宋倩自然不会那么容易妥协的。

目前看来，这还不够。

宋倩翻看了一下手机上助理发来的行程。

“行。

“你下周五空出来，跟我一起去个商业晚宴。”

看看她的能力，到底几斤几两。

程栀从楼上下去的时候，祁纪阳还在刚才那地方等。

祁纪阳看到她下来，又看了一眼她身后，宋倩并没有跟着出来。

“我妈为难你了吗？”祁纪阳伸手握住她的手，“有什么不舒服的地方，就跟我说。”

本来祁纪阳是打算跟程栀一起去的，但是程栀很倔强。

她觉得这是她自己的战争。

不让祁纪阳跟着去，也不让他插手。

程栀笑了下：“没有。”

其实宋倩比她想象中的要温和，提出来的问题也不是那么尖锐。

在程栀的猜想中，或许宋倩会先给她一个下马威，说她这样的人根本配不上自己儿子，但宋倩还是给她留了很多回转的余地和机会。

祁纪阳“嗯”了一声：“那就好。”

“我下周五要跟你妈妈一起去个商业晚宴，那你一会儿陪我去买新衣服呀。”

祁纪阳一听，眉头就皱了起来。

“去这个做什么？”

“大概是想要考验一下我的能力，看看我到底能不能成为她心中的儿媳人选。”程栀轻松地说着，却没注意到旁边那人的脸慢慢黑了。

程栀抬头，正想开口说话的时候，她这才注意到，祁纪阳抿着唇，神色有些晦暗不明。

紧锁着的眉能看出他不太开心的样子。

祁纪阳看了一眼空荡荡的楼上，忽然垂眸对程栀说：“稍微等我一下，我上去一趟。”

“嗯？怎么了……”

“没事。”祁纪阳轻声说着，揉了揉她的头发，“我很快就回来。”

程栀还没反应过来，祁纪阳长腿一迈就往楼上走了，三两步就上去了。

祁纪阳开门的时候，宋倩正背对着门在打电话。

“老关，孩子的事情我觉得……”

她的话还没说完，就被身后开门的声音打断。

宋倩回头看到祁纪阳站在外面，半明半暗，脸上的表情看不太清楚。

宋倩大概猜到了几分。

他一定是为了程栀的事情上来的。

她回头对电话那头的人说：“抱歉，我现在有点急事，回头再给你回电话。”

宋倩挂断电话，回头，把手机放在桌上，抬眸问：“怎么了，什么事这么急匆匆的？”

祁纪阳进来，顺手把门关了。

“你让程栀跟你一起去商业晚宴？”

“是。”

“凭什么？”祁纪阳的声音有些冷，“我带她来见你，不是为了让她成为一个工具人。”

宋倩稍微愣了一下：“你说什么？”

即便两人现在没有很亲近的感觉，但毕竟是母子，祁纪阳依旧了解宋倩做事情的方式和风格。

“你说不想让我们的关系再疏远下去，可你现在是怎么对我女朋友的？”祁纪阳步步紧逼。

宋倩顿了下："纪阳，我没有为难她。"

"你或许是没有。"祁纪阳走近了一些，手撑在桌面上，"一开始你说要让关艺涵和程栀都来见你的时候我就知道，你是想比较她们两个谁更有价值。"

祁纪阳沉默了半秒，喉结滚了滚，继续说："我尊重你的认知和处事方式，所以没有干扰，没有说我们一定要像别人见家长那样，一家人和和美美地坐在饭桌上吃饭。"

就连他们原本有亲属关系的三个人都做不到。

更别说这件事了。

宋倩被他说中，也没否认。

她说："我的确是这么想的，但我也没有为难程栀，也没有说什么重话。"

"你在不断地测试她的使用价值，如果她没有用，是不是就会被你当作没有用的人赶出去。"祁纪阳冷声说。

"纪阳，虽说谈恋爱是你们两个人的事，但婚姻是两个家庭的事。"宋倩叹了口气，"妈妈也只是……希望你能够选择最好的。"

宋倩的思维已经完全固定在了商业上。

对人对事都这样。

她下意识地会去衡量价值。

祁纪阳在听到宋倩要带程栀去晚宴的时候，他就知道，宋倩也只是在衡量程栀的价值。

祁纪阳想起前些日子在家里，宋倩跟他说的那些话。

她爱着他，但一直以来都不知道用正确的方式去表达，这二十几年来给他留下的伤害和阴影并不少。

但就是因为这份"爱"，他无时无刻不觉得自己好像被绑架了，因为知道宋倩所做的一切都是因为爱着他，所以他不能恨。

不能逃离。

这里再冰冷，也还是他的家。

被禁锢在这个冰冷的牢笼里，怎么都逃不出去。

可是，程栀是他爱着的，想要守护的人。

"选择最好的。"祁纪阳的声音有些嘲弄，手指倏然收紧，"程栀就是最好的。"

宋倩哑住，正打算开口继续解释，却怎么都没说出口。

祁纪阳抬头看着宋倩，是宋倩这么多年来，见到的他最冰冷的眼神，好像下一秒就要彻底离开自己。

宋倩自然知道这个家的失败，但大家都还在表面维系着。

祁纪阳像是要在此刻打破这个表面。

男人低下头，声音里有可悲、可笑还有几分怒意。

“妈。”他唤了声。

“你习惯把什么都当作商品，什么都要去衡量价值，让一切都要最大利益化。

“但你好像忘了。

“我们是活生生的人。”

夜色渐渐降临，外面的树影摇曳，几分寂寥。

一场雨骤然袭来，从窗台落了进来，雨点落在大理石的地砖上，细碎地响着。

今天的月光似乎是冷的。

程栀在厨房冲了热牛奶端出来，推过去放在祁纪阳面前，她垂眸看他。

从祁家回来以后，祁纪阳就一直不太对劲，特别是他上去找了宋倩以后，两个人似乎吵了一架，祁纪阳下来的时候眼尾都是红的。

她坐到祁纪阳旁边，伸手抱了抱他，还没来得及说话，他手臂收紧，额头放在她的肩膀上。

“对不起。小橙子，对不起。”

祁纪阳轻声地说着，卸下一身的骄傲和不逊。

在程栀眼里，曾经的祁纪阳是对什么事情都漫不经心的人，他一直散漫又不羁，但现在的程栀才渐渐明白，他只是在伪装。

如果对一切都不在意，或许他就真的不会觉得难过了。

掩藏在那样骄傲外表下的，也是一颗伤痕累累的心。

“说什么对不起啊。”程栀轻叹，“我没有觉得哪里不舒服。”

祁纪阳没说话。

程栀抱着他，轻轻地拍着他的后背，说：“你是不是跟阿姨吵架了？”

祁纪阳“嗯”了一声。

虽然没有很大声的争吵，但祁纪阳最后把话说得很绝。他还说：“你的眼里只有利益，把所有的东西都当作商品，可这个世界上有很多东西都不是这样衡量的。

“你不是很清楚吗？

“这么多年，这个家没有一丝人情味，全像是冷冰冰的石头，这个家里有谁还有感情吗？”

宋倩最后问他的时候，声音都有些颤：“纪阳，你是不是觉得我是个很失败的母亲？”

祁纪阳没有肯定地回答她，但其实大家都心知肚明了。

她从来都没有找到过正确的方式。

……

程栀哄着祁纪阳：“我没关系的，真的。”

祁纪阳的声音有些闷：“不用。”

他说："你不用管这些，我妈的事情。"

程栀一声轻叹，声音依旧温柔："我不是很久之前就说过了吗，我接受每一个挑战，并且已经做好了准备，我知道我们俩要长久地在一起一定要面对这些问题。

"祁纪阳，这就是现实呀。

"如果我只是一个普普通通的人，什么都不会，就只揣着一颗热烈的、爱着你的心，那我自己也会觉得自己没有什么资格站在你身旁。

"阿姨的想法是没错的，你家这样的情况，确实不能随随便便的呀。

"你这么想，她会这样考验我，其实是因为……"程栀顿了一下，笑了声，"是因为她内心也是希望我们能结婚的，不然真的是玩玩而已，她连考验我的心都没有呢。"

程栀终于把祁纪阳哄好了些，这才认真地跟祁纪阳解释。

"你是不是觉得阿姨这样做，有点没有人情味……"程栀能猜到，"但这是她做事的方式，我也想要尊重。"

"而且其实阿姨要带我去晚宴这件事，我觉得挺好的。"程栀顿了一下，"这是属于我的机会呀，正好，我也可以证明一下自己。

"虽说恋爱是我们俩的事，但如果阿姨想要的是一个有用的儿媳，那我也可以去的，毕竟嘛……

"谁也不希望自己拥有一段父母不祝福的感情嘛。"

她有这个底气，所以不会惧怕挑战。

程栀永远都是这样面对难题，能给他无限的力量。

从一开始到现在，程栀永远都是这样积极又向上。

十七岁的程栀，站在校友表彰墙前，转头对他说：

"祁纪阳，我以后一定要成为一个有用的人，让每个看不起我的人都为之震惊和感叹。"

在这个世界见过太多不公，程栀也知道自己无法改变的事情有很多。

但她可以改变自己，成为更有用的人。

让所有对自己诟病的人都不再有异议。

现在，她终于站在这个位置。

不再害怕，不再彷徨，不再犹豫。

天气依旧冷。

每周一的时候裴淮都会来工作室开个会，今天也不例外。

程栀继续忙着工作，手上给邬白薇的那套图，每个细节都是她亲自精修的。

裴淮专门来看了一下，站在旁边看程栀修图，像班主任在守着学生写作业，看了很久，他说了一句："这套挺好看的。"

程栀笑了声：“也不看看是谁拍的。”

“不愧是我们工作室的首席啊。”裴淮也不吝啬夸奖，随后感叹，“好久没见到这样的白薇了。”

程栀修图的手稍微顿了一下：“你们认识很久了吧，比她之前交往的那个人都要早？”

“嗯。”

程栀完全停下手上的动作，转过身去：“那你怎么被别人抢先了？”

裴淮没反应过来。

程栀一挑眉：“这么多年的感情，你都没下手，就眼睁睁地看着邬白薇跟别人谈恋爱啊？”

裴淮沉默了几秒。

“你什么时候看出来的？”裴淮问。

“很早。”程栀说，“白薇跟你说她分手的时候，我看到你整个人好像都开始发光了。”

裴淮之所以之前能一眼看穿祁纪阳，也是因为自己也陷入了同样的僵局。

“看着她谈恋爱的时候，会很难受吗？”程栀问他。

裴淮勾了勾唇，无奈地道：“她分手以后那段时间，其实我更难受。”

刚分手的邬白薇整个人状态低迷。

裴淮不是因为她不喜欢自己而难过，他也没有奢求过自己能走入她的心。

只是看到她不开心，他就会觉得难受。

程栀点了点头，想着要是自己跟祁纪阳也这么错过，多年以后看到对方带着自己的对象出现，估计心里也不是滋味吧。

好在，她喜欢的人也还在等她。

这就是最幸福的事情了。

程栀刚想继续说点什么，门忽然被敲响。

“进来。”

助理开门，打了招呼：“程姐，裴总。”

“怎么了？”程栀问。

“邬小姐和她爸妈都来了，现在在 VIP 休息室等你……”

程栀愣了一下，随后说：“好的，我马上来。”

也不知道他们为什么突然造访，程栀和裴淮是一起去的，刚刚进去，邬白薇的爸妈一看到裴淮就热情地招呼。

“小裴！你今天也在啊？”

裴淮点了点头：“叔叔阿姨好久不见。”

程栀伸出手打招呼：“叔叔阿姨好，我是程栀。”

“你好，久仰。”邬父缓缓开口，“之前的事情谢谢你了。”

程栀自然知道是什么事，说：“没什么。”

“我和白薇的妈妈这次刚好有事要回南城，所以来亲自见见你。”邬父说，“也是为了再跟你说说之前提的那件事。”

程栀点头。

“白薇说，你是想这套照片拍完以后再来签字。”邬父转头看了一眼邬白薇，“不过其实我和她妈妈的想法是……”

“这是上次的报酬，至于拍照的这部分，是另外的。”邬父说。

旁边的人拿出一份合同递给程栀。

“这么多次了，还是希望程栀小姐你能收下我们这份心意。”

程栀在原地站了会儿，知道自己这次再拒绝，就对对方有些不尊重了。

已经提了这么多次，他们确实是觉得这件事对邬白薇影响很大很重要，明明工作已经很忙，但还是一直把这件事放在心上。

他们真的很在意这件事。

拖了这么久，这次人家亲自拜访，程栀再拒绝就不好了。

程栀抿了下唇，随后说：“好。”

她拿过旁边的笔，在合同书上签下了自己的名字，抬头笑了笑。

“谢谢。”

邬父摆了摆手：“我们才要谢谢你之前为我们白薇做的那些事。以后还有什么需要帮忙的地方，你尽管说就好了。”

程栀应了声：“好的，那就先说麻烦你们了。”

“客气什么，我们还觉得给你的回报不够呢。”

邬父说完，看了一眼裴淮，笑盈盈道：“小裴，一会儿一起吃个饭？叔叔好久没见你了，谈恋爱了吗？”

裴淮的眼神落在邬白薇身上，扯出一个笑容。

“没有。”

“你这孩子！怎么还不谈呢？”邬父说，“这都什么时候了，抓紧哦。”

裴淮“嗯”了一声，声音放轻了点：“我还在等。”

邬白薇看了他一眼，说：“还在等心动嘉宾出现啊？别等了，赶紧的。别到时候祁纪阳都结婚了，你还单着啊。”

裴淮耸了耸肩：“说不定。”

几个人聊了会儿，也没久留，他们这次来就只是为了让程栀把合同签了。

签完那份合同，程栀忽然想起来一件事，发信息问祁纪阳。

【程栀：邬白薇家的公司股份……值钱吗……】

【祁纪阳：给了你多少？】

【程栀：不多呀，百分之一。】

【祁纪阳：上市公司百分之一也不少了。】

程栀眼皮一跳，忽然觉得自己口袋沉甸甸的。

不过，她好像看到自己跟祁纪阳又靠近了一步。

两颗心的靠近是不够的。

其他的各方面实力上，也要慢慢靠近。

工作日忙碌着，时间转眼即逝。

周五，程栀只去上了半天，因为之前说好要跟宋倩一起去晚宴，程栀结束了上午的工作以后就先回家收拾了。

前两天，宋倩给她打了个电话，语气跟上次比稍微有些变化，大概是因为祁纪阳。

宋倩对她说："你要是不想去的话，也不用勉强。"

程栀态度很坚决："我去。"

衣服是祁纪阳帮程栀选的，两个人一起去店里买了一套新衣服，穿在程栀身上干练漂亮。

她换好衣服，在祁纪阳面前晃了两圈。

"怎么样？"程栀微微挑眉，"不愧是我男朋友的眼光。"

祁纪阳"嗯"了一声，张开双臂："过来。"

他总是这样让她过去抱一下。

程栀迈了两步，被男人一把揽进怀里。

祁纪阳的下巴放在她的头顶轻轻摩挲："辛苦了，小橙子。"

"不辛苦。"程栀说，"跟以前比起来，这一点都不辛苦。"

最辛苦的时候，应该是自己还没有底气能配得上他，自己一边想着他，又不得不逼着自己离开他的时候。

"等我凯旋！"程栀捧着他的脸，亲了一口。

"我一会儿送你。"祁纪阳说。

"不用啦，阿姨说会来接我一起去。"程栀笑着说。

话音刚落，程栀的电话就响了。

宋倩打来的。

"我在门口了。"宋倩对程栀住在祁纪阳这里，也没有感觉到很意外，"你收拾好了就出来吧。"

"好。"

程栀确认自己穿得整整齐齐的，她看着祁纪阳，说："不要生气，不要再去想阿姨做这样的事情到底是不是对的。”

“她有自己的理由。”程栀握着他的手，挠了挠，“可能现在的我们还不能完全理解，但至少我们现在要尊重她。”

祁纪阳抬手，替她理了一下头发。

“知道了。”

再大的火气都会被程栀平息下来。

程栀从家里出去就看到了停在外面的车，她刚走过去，司机就下来帮她开了车门。

“阿姨好。”程栀钻进车里。

除了司机，车里就只有她和宋倩两个人在。

车里有很长时间的安静，没有人开口打破僵局，宋倩合着眼轻轻地揉着自己的太阳穴。

小姑娘上来的时候，身上的味道和祁纪阳身上的一样。

要是她不知道旁边的人是谁，或许已经在喊纪阳了。

宋倩一直没说话，程栀也不找话题。

车子行驶着，宋倩的手机屏幕亮了一下，来了一条信息。

【祁城：听说你带那个小丫头一起去晚宴了？之前不是说好带关艺涵？】

【宋倩：这事你不用管。】

【祁城：知道了，你自己看着办。】

【祁城：不过，看现在这样子，你还挺欣赏祁纪阳这个女朋友的？还亲自带她出席晚宴。】

多年的夫妻，即便现在没有什么感情了，这点了解还是有的。

程栀跟宋倩一起出席晚宴。

这么多年里，能被宋倩亲自带过去的人不多。

基本上，别人也会猜到几分程栀的身份。

毕竟带去这样的场合，算是一种承认。

【宋倩：之前我们说好，儿子找对象的事情你不管，我一个人看着就是了。】

【祁城：是。】

【宋倩：所以你也不要插手。】

【祁城：那天你跟儿子吵架了吧，因为这个女生的事。】

【宋倩：这个家里的家务事，你什么时候这么上心了？】

宋倩被他问得有些烦，瞬间觉得又被揭开伤疤。

她习惯用自己的方式去做事情，包括之前见程栀的时候也一样。她说不想跟祁纪阳的关系继续这么僵持下去，但也不能马上就随随便便地答应。

作为长辈，作为母亲，她想，自己一定要摆出自己的姿态。

但没想到，那孩子竟然是这么想的。

说她把任何事情和人都当作没有生命的商品。

旁边的程栀一直没说话，她垂着眸回复着自己的信息，似乎也没有因为上次的谈话感到不开心。

宋倩转过头，睨了她一眼。

“程栀。”

程栀应得很快，把手机放下：“怎么了，阿姨？”

宋倩本来想问自己那天是不是真的很过分，想了想，现在也不是能跟程栀敞开心扉的时候。

“没事。”宋倩说，“你今晚自己看着好好做。”

“好的。”

再次无言。

前面的路还很长，一眼望不到尽头，程栀微微侧头，看了宋倩一眼。

她看起来很疲惫。

程栀忽然在想。

那么，宋倩这样冰冷的外表下，到底又隐藏着什么呢。

夜色之下，高楼灯光如火树银花。

晚宴上都是谈笑风生和觥筹交错，程栀一直站在宋倩旁边，一步也没有走开。

今年的市场行情不如那些年，这次的晚宴在南城举行，很多人从其他城市赶过来，也就是为了看看有没有合适的合作对象。

在这样的环境之下，很多人表面上在笑着的，其实都暗藏玄机。

宋倩做事很干练，她跟每个人说话都没有任何拖泥带水，每个人都对程栀的身份很好奇。

“这位是？”来人疑惑地看着程栀，这么多年来，还是第一次见宋倩带人一起来。

宋倩这人做事雷厉风行的，别人都带着特助来，只有宋倩一直都是一个人来，什么事情她都要亲力亲为才放心。

宋倩还没开口，程栀先微微一笑，自我介绍道：“您好，我是程栀。这次跟宋总来学习的。”

程栀也不说自己是祁纪阳的女朋友，毕竟如果宋倩真的要考验她合格以后才承认，自己现在也不好这么急着承认。

程栀回答以后，宋倩侧头睨了她一眼，神色难辨。

周旋了一圈以后，两个人站在旁边喝了口酒。

宋倩环顾了一圈，这才缓缓开口：“我今天晚上来，确实是有目标。”

宋倩说着，眼神在会场中搜寻着。

今晚人很多，如果不刻意去找，有的人大概真的很难碰面。

程栀顺着她的目光看过去，有些面庞是熟悉的，以前在财经杂志上看到过，也就稍微有一些了解。

“你很聪明。”宋倩没有吝啬她的夸奖，“比我想象中的还要聪明和细致一点。”

程栀做事情其实跟她有些像，直截了当，干净利落。

包括那天她叫程栀来见她，这小姑娘直接把自己所有的优势条件全部摆在了她面前，几乎没有给她任何反驳的机会。

气势汹汹的。

一副胜券在握的样子。

其实程栀应该很清楚，关艺涵跟她比起来，除了有钱、出身豪门家庭，就没有任何优势了。

宋倩凝了凝神，不知怎的又想起那天祁纪阳对她说的那些话。

“一会儿你跟我一起去谈一下。”宋倩说，“我准备拿下一个新合作。”

“好。”程栀应了声。

距离结束还有些时间，程栀又跟着宋倩去招呼了几圈以后，自己先去了趟洗手间。

她刚从洗手间出来，洗完手，手上的水还没擦干净，忽然碰到一个熟人。

两个人在转角处相遇，差点撞上。

程栀赶紧说：“不好意思。”

那人脚步停住，声音有些惊喜：“程栀？”

程栀这才抬头看过去，发现竟然是岑懿。

“你怎么在这儿？”岑懿眉梢一挑，“跟着祁少出来的？”

“没。”程栀回答，“跟他妈妈一起来的。”

岑懿没想那么多，拍了下程栀的肩膀，说：“欸？你这就通过儿媳认证了啊？”

程栀否认：“不是，是为了看我到底有没有实干的用处，要嫁进这种家庭可真是不容易啊。”

她开着玩笑。

岑懿嗤笑了一声，随后说：“你等我一下，我们一会儿一起走，正好跟你说点事。”

程栀应了，靠在外面的栏杆上等，侧着身子看下面。

洗手间在二楼，站在这里刚好可以看到下面的一切，她只是晃了一眼，目光被一道身影吸引了过去。

即便是在这么多人里，但她还是一眼捕捉到了关艺涵。

讨厌的人和喜欢的人一样，好像都会让人格外注意，像是开了人体雷达一样。

程栀转过去，默默地看着下面。

关艺涵一路小跑，最后站在宋倩身旁，她对着宋倩笑，也不知道说了些什么。

宋倩的神情一如既往，看起来也没对关艺涵有多热情。

关艺涵跟个跟屁虫似的，宋倩走到哪儿，她就跟到哪儿。

程栀的目光也一直看着，最后宋倩站在两个人面前，碰了碰杯子，脸上终于挂上了笑意。

程栀一凝神。

这大概就是宋倩说的，今晚来的目的。

那两个人刚好背对着程栀，她没办法看清，但总觉得这两人的背影有些熟悉。

还没得到答案，也没等到那两个人转过来，岑懿从身后拍了拍程栀的肩膀：“看什么呢？”

她顺着程栀的目光看过去。

“关艺涵啊？”岑懿有点无语，“正好，我就是有点她的事情要跟你说。”

“嗯？”

“这次晚宴，你应该知道，是商业性质的。”岑懿说。

“当然。”

“那么今晚在这里，可能一不留神就会丢掉上千万甚至上亿的交易，当然不能随随便便地来。”岑懿趴在程栀旁边，下巴微微扬起，“所以我才会说你通过了儿媳认证啊。”

程栀皱了下眉。

“这其中的一些事情你大概不了解，毕竟说错一句话都有可能毁掉一个大单子，基本上来的人都是抱着目的，想要谈成某个合作。”

岑懿继续说着：“所以，要是真的只是考验你的能力，可以有很多其他的方式，宋总没必要刀尖舔血。”

带程栀来看似是考验，但其实如果没有认定的话，是不可能的。

程栀忽然被点醒，垂眸往下看：“那关艺涵？”

“啧，别说了。”岑懿笑了，有些瞧不起关艺涵的样子，“这大小姐今天自己来的，我听人说，本来她家这次是没打算参与的，可关小姐硬要来，家里才给她想办法搞的邀请函。”

“她来做什么？”程栀“喊”了一声，懒懒的，“难道就只是为了站在宋阿姨身边？”

“差不多吧。”岑懿说，“我这次来，是跟我爸一起，让我参与了解一下。你看这场上来的，带了年轻人来的，基本不是自家孩子就是未来的联姻对象。”

那么，关艺涵的目的就很清晰了。

“很显然，宋总并没有邀请关艺涵，但关艺涵还是急于站在那里了。”岑懿嘲讽地笑，“也太过心急了，难道不知道自己这样做很掉价吗？”

程栀收回眼神，转过身来：“她似乎很急于证明自己。”

大概是之前关艺涵跟自己说要发起挑战，她接受了以后两个人一直没有什么交集，也不知道到底要怎么比，程栀也没什么闲心管她。

程栀很清楚自己的底气，所以沉稳不慌张。

但关艺涵就稍显狼狈了。

自己没有真材实料的话，再好的出身都只是一具空壳。

“刚才我不在，我爸跟我说今天宋总带了个小姑娘来，我还以为是谁呢。”岑懿说，“结果是你，那我就放心了。”

“这么说来，你一直都对我挺好的啊。”程栀看着她，“上次下午茶的时候也是，一直帮我怼关艺涵。”

“你看，我喜欢你，邬白薇喜欢你，裴淮欣赏你，祁纪阳爱你。”岑懿又看了一眼关艺涵，“虽然这么说有点厚脸皮，但我们几家人，都是从小接受良好教育的。”

“至于关艺涵嘛。”岑懿笑，“暴发户罢了。”

程栀第一次听说，挑了下眉，不过也觉得确实有迹可循，关艺涵有时候做事情确实不像真正的名门大小姐，也难怪邬白薇和岑懿会对她这么排斥。

也不是歧视，只是瞧不起关艺涵那一副没什么素质的样子。

“有钱人之所以有钱，是有原因和传承的，如果后辈没有什么资本，家里再多钱也不够败家的，大家都想往高处走，而不是就那样把钱败了。”

程栀想起关艺涵说给祁纪阳买跑车的时候那种轻飘飘的语气。

祁纪阳虽然也是富二代，车库里一堆昂贵的跑车，但他所得到的一切也是通过自己的努力获取的，虽然是继承了家里不少资产，但买车买房的那些钱，都是他这些年当赛车手获得的奖金和工资。

程栀再一次朝着宋倩和关艺涵看过去，她问：“那宋阿姨一开始为什么会选择关艺涵？”

“有一种东西叫作表面。”岑懿说，“至少他们两家人之前合作愉快，宋总平时管着公司的事情，哪有精力去研究关艺涵到底是什么样的为人？”

都是误解。

不过……

程栀看了一眼宋倩的表情，看起来好像有些不适，而旁边的关艺涵还在眉飞色舞地讲着。

“净添乱。”程栀低念了一句，随后说，“我去救场。”

岑懿眉梢一扬：“去吧。”

程栀说完就快步往下面走。

岑懿站在原处没动，看着程栀下楼的背影，忽然笑了。

本来程栀和关艺涵的事情可能还需要一些时间才能解决，但这一次关艺涵急着为自己正名，反而让自己跟程栀之间的差距更大。

高下立见。

这场戏，也差不多是时候落幕了。

程栀下去的时候，他们几个人还在原地没有走动，她还没走过去就听到那边的交谈声。

“好了，艺涵。”宋倩还是给足了面子，“阿姨自己知道谈，你去旁边休息。”

“没事阿姨！”关艺涵依旧没觉得有什么不对劲，“我们的关系，这些本来就是我应该做的呀。”

宋倩根本没办法发火。

隔了几个人的距离，程栀都能猜到宋倩的表情应该不是很好看了。

这么重要的场合，被关艺涵这么一搅和，没几个人会有好脸色。

程栀赶紧迈步过去，站在宋倩旁边，说了句：“不好意思，肠胃有点不舒服去久了点。”

话音落下，几个人都回头看着程栀，神色各异。

宋倩的脸上竟闪过片刻的轻松，关艺涵的表情，程栀不用看都能猜到。

她抬头，准备打招呼。

“你们好，我是……”

自我介绍还没说完，对上那两个人的眼神的时候，程栀忽然凝住，嘴角下意识地就扬了起来。

对方向程栀投来赞许的目光，跟刚才面对着关艺涵的神态完全不同。

程栀微微颔首，声音柔柔地唤了一声：

“邬叔叔好。”

第十六章

给 他 一 个 家

一见到程栀，刚才准备离开的邬氏夫妇又突然顿住了脚步，场上的氛围忽然轻松。

邬父看着程栀，这才说：“程小姐，你也来了啊。”

程栀点了点头：“是，我是跟宋阿姨一起来的，看看有没有能帮忙的地方。”

之前介绍的时候，程栀都在刻意拉开距离，在别人面前叫宋倩“宋总”。

但是这次她没有，似乎是在故意拉近两个人之间的关系。

这个时候，是应该表示亲密的。

邬父点了点头，有些意味深长地说：“原来是你跟宋总一起来的。”

那么关艺涵的出现到底是为什么，大家都能猜到。

在利益面前，宋倩不可能再继续维护关艺涵，刚才那么一小会儿，这个单子还没谈差点就被关艺涵搅黄了。

宋倩见状，微微一笑，说：“邬总，那我们去旁边谈谈？”

“行。”

邬父在程栀来了以后，态度突然一百八十度急转。

“程小姐，没想到你能参与商业上的事情，让我更对你刮目相看了。”邬父笑着。

“那还是因为邬叔叔您给面子呀。”程栀说，“要不是您给我这个面子，今天都不知道要怎么开始谈。”

“哈哈哈，谦虚了。”

程栀来了以后，这里似乎就没有什么关艺涵的事情了，就连平时最为疼爱她的宋倩也没给她什么关怀。

在这几个人里面，她像是个格格不入的旁观者。

程栀走在邬父旁边，笑脸盈盈地跟他聊天：“原来叔叔你们这次回来是为了这件事。”

“是，没想到你竟然也在，早知道呀，我们也应该把薇薇叫上也来学习学习。”邬父说着，“刚刚还见到岑懿跟她爸一起来了。”

“不急嘛，以后还有很多机会的。”程栀笑着，“白薇现在还需要再休息一下。”

也不用多说。

自然知道是因为什么事情要休息。

邬父敛了下情绪，说：“是啊。”

他说：“不过还好，至少她从那段感情里走出来了。”

程栀点了点头，说：“以后一定会好的呀，白薇这么好的姑娘，以后一定会遇到一个很爱她的好人。”

“那就借你吉言了。”

他们走到旁边的休息区，坐下来准备开始认真谈，宋倩终于得到了好好说话的机会。

但是，关艺涵也跟着来了。

宋倩看了关艺涵一眼，还没说什么，倒是关艺涵看似小心翼翼地开了口：“阿姨……我来帮帮忙。”

“艺涵。”宋倩依旧给足了面子，“这事你就不要插手了，我和程栀会好好谈的。”

“可是阿姨，刚才都是我在跟叔叔讲呀……”关艺涵觉得程栀似乎要抢走她的功劳。

宋倩抬手揉了揉眉心，有些无奈，一时也无法说出重话。

以前跟关艺涵没有那么深入熟悉，觉得这小姑娘挺乖巧人不错，至少在她这里是这样。

宋倩实在是不好直接说关艺涵什么不是，程栀也知道这件事应该由她来解围，来当这个坏人。

“关小姐。”程栀微微一笑，“可以麻烦你先离开一下吗？”

“为什么？”明明是她先来的。

“首先，今天这个宴会，本来就是我陪同阿姨出席的，你在这边的话，搞得我稍微有些尴尬。”程栀扯了下嘴角，“好像是我很没用，才会让你来帮忙。”

关艺涵偷偷翻了个白眼。

程栀顿了一下：“其次，我在商业上的了解，应该会比你熟悉一些。”

刚才要不是程栀突然来救场，估计关艺涵都已经把邬家两位气走了，也不知道她存的是什么心。

关艺涵正欲开口继续反驳，宋倩突然神色严肃地说：“程栀说得没错，所以艺涵，这里不是你应该待的地方。”

她并没有邀请关艺涵，也没有要关艺涵来帮忙，关艺涵自己贴上来就怎么都赶不走了。

邬父邬母跟程栀聊得开心，两个人的脸上都又重新挂上了笑意。

关艺涵还没走。

邬母开始调侃："宋总，你选儿媳的眼光真不错呀。"

几个人同时一愣。

宋倩没回答，邬母继续说："好啦，这种场合带着来，不是儿媳人选还能是什么？之前也听我们家白薇提起过，说程小姐在跟纪阳谈恋爱。"

宋倩笑了笑，也没回答。

邬父也开始应和着："我之前还想把程小姐介绍给我侄子，这么好的一姑娘让给别人可真是可惜啊，没想到这就被你儿子拐走了。"

宋倩没想到程栀竟然跟他们关系这么好，也有些愣神，不过她并没有表现出来。

很显然，邬家人现在愿意跟她开始谈话，也是因为卖程栀一个面子。

想不到有一天，她生意上的事情，还要靠一个被她怀疑过的小姑娘的脸面。

他们几个人聊着，完全无心去搭理关艺涵。

她僵硬地站在旁边，听着他们谈笑风生，说程栀是宋倩钦点的儿媳。

宋倩让她离开以后，就基本没回头看过她。

"那我们现在可以开始谈了吧。"宋倩说着，准备开始。

邬父睨了一眼关艺涵。

"可以，不过毕竟商业上的事情比较隐私，无关的人……"

宋倩又看了关艺涵一眼。

这次宋倩皱了眉，厉声道："艺涵。"

关艺涵站不住，每个人都在赶她走，但是每个人都在认可程栀。

"那好吧。"关艺涵不得不妥协，"阿姨，我回头再来找你。"

关艺涵十分不情愿地离开这块区域。

谈到生意的事，就不是什么轻松的场面了。

邬父认真地听着宋倩提出的条件，听完以后问了一句："据我所知，你们家一直都是跟关家合作的。"

邬家所涉及的领域和关家很相似，他们两家一直都是竞争对手，宋倩这次来找邬家谈合作，程栀基本可以猜到，她肯定是跟关家的合作出现了些问题。

关艺涵在那边帮忙，也不知道到底是真的蠢，还是要从中作梗。

不管是哪一个，都显得愚蠢至极。

"是。"宋倩很诚实，"但最近的合作不是那么理想，毕竟生意上的事情，我觉得还是要双方受益。"

"那倒是没错。"邬父看了一眼程栀。

程栀这才缓缓开口："具体的细节宋阿姨已经说过了，所以呢，我也希望叔叔您可以考虑一下。"

"条件是挺不错的。"邬父说，"我们以前从来没有过合作，现在也不能马上下定论，不过呢，程小姐对我家有很重的恩情，这事我会再仔细考虑考虑的。"

生意场上，除了利益，终究还是要考虑一些人情。

人缘好当然就更吃得开。

同样的条件下，也会被优先选择。

其实程栀怎么都没想到，宋倩这次想要拿下的合作是跟邬家的。

邬父这么卖程栀人情，其实程栀也有些不好意思的，但她自然也清楚，这其中的利益牵扯，不是一个人情就说得清的。

宋倩给出的方案就足够好和诱人。

人情和利益两个缺一不可，程栀一个人谈不下来，宋倩一个人也谈不下来。

最后邬父开玩笑，说：“程小姐，你也是我们公司的股东啊，也有发言资格的。”

“我那点小股份就算啦！”程栀笑，“要深入讨论这些，我还是太嫩了点，现在也最多能帮宋阿姨打打下手。”

程栀说这话的时候，宋倩看了她一眼。

程栀太清醒了。

明明自己有骄傲的资本，但在自己不熟悉的地方也不会夸大其词，不会为了证明自己做些浮夸的事情。

“那，这事暂时这么定下来吧。”邬父说，看着宋倩，“希望我们能合作愉快。”

宋倩笑：“邬总，合作愉快。”

宴会结束以后，宋倩依旧送程栀回去。

出门的时候，关艺涵再一次跟了上来，在后面小心翼翼地喊：“阿姨……”

宋倩顿住脚步，认真地看着关艺涵，没有留太多的情面。

如果不把话说绝，关艺涵大概不会死心。

以前就算是祁纪阳不喜欢她，但至少宋倩是支持的，她就觉得自己一定有机会。

“艺涵，我知道你喜欢纪阳这么多年，但感情的事情，阿姨也不能替他做主。我一会儿帮你订回去的机票。”

今晚这么一搅和，关艺涵原本以为自己一定会赢，却没想到输得彻彻底底，就连宋倩对她的那么一点喜欢也输掉了。

终于上了车，宋倩侧过来看了程栀一眼。

“回哪里？”

“祁纪阳那里。”

宋倩没说什么，倾身跟司机说：“临江公馆。”

回去的路上，气氛稍微轻松了一些，程栀忽然开口叫了宋倩。

“宋阿姨。”

“怎么？”宋倩脸上依旧没什么表情，她好像一直都是这样。

是一个看起来冷冰冰的，生人勿近的女强人。

但是，程栀突然明白了些什么。

宋倩其实也只是一个普通的母亲，跟很多父母一样，爱着孩子，默默地做一些事情。

方式不一定对，她只是按照自己的想法在对孩子好，但无法否认她的爱。

“我有些话想说。”程栀微微侧身，手搭在腿上，坐得规规矩矩的。

“你说。”

“在见您之前，我从没想过见家长原来可以搞得跟严肃的面试一样，我必须通过您的层层考验，从理论到实践，每一个都要做到最好才会让你喜欢。”

宋倩眉梢扬了一下，示意她继续说。

“我尊重您所有的处事方式，也知道或许您是因为习惯了这样去评判一件事一个人的价值，所以我从来没有提出过任何异议。”

程栀的表情认真严肃。

“但，我尊重您并不代表我会喜欢这种方式。”程栀说，“您这样的考验方式，从我的内心深处来讲，其实是觉得不妥的。

“我不是商品，不能用这样的考验来衡量价值，虽然我一开始接受您的提议和要求的时候并没有表现出不愉快，也接受尊重了您的方式。”

宋倩听着，忽然生出几分恍惚。

她仿佛看到祁纪阳在自己面前说那些话的样子。

“我希望您能喜欢我。

“不是因为我这个人的使用价值是什么。

“而是……

“发自内心地喜欢。”

程栀不知道自己这样算不算把宋倩怼了一顿。

但这些话她觉得自己是必须要说的。

现在她是以祁纪阳女朋友的身份在跟宋倩交流，她其实本来不需要通过任何宋倩的考核，自己谈恋爱的对象是祁纪阳。

宋倩一直没说话。

这么多年里，程栀好像还是第一个会这么跟她说话的人。

沉默了很久，宋倩不知道在想着什么。

车都拐进临江公馆的大门，她才缓缓开口，问：“那你那天把自己所有的资本摆在我的面前，是为了什么？”

“也是尊重您的方式。”程栀说，“也需要让您了解一下我到底是怎么样的一个人，可以做到什么事。”

程栀顿了一下，看着宋倩在车内半明半暗的侧脸。

祁纪阳真的跟宋倩长得很像，宋倩现在四十几岁了也依旧是个气质美人。

“但是我能做到的这些事情，我大学四年那么刻苦努力，所有的一切都是为了我自己争取的，是因为我自己想要成为一个优秀有用的人，而不是专门去做什么来取悦别人。”

这是属于她自己的价值。

不是为了某个人去做的，更不是为了让宋倩把自己当作一个有价值的东西去使用。

宋倩合了一下眼，车速在小区里很缓慢，她把窗子降了一些下来。

“所以，你们其实还是觉得我做那件事的方式不对，是吗？”

“是。”

程栀倒是回答得干脆。

“这的确就是我做事的方式。”宋倩想起祁纪阳，一声轻叹，“纪阳那天跟我发了火，说我没有把你当作活人来对待，他很生气。”

别人说什么，宋倩大概很难听进去，但是自己亲儿子说的每一句话都像是针扎，会反反复复地在脑海里回荡。

程栀舔了舔唇。

祁纪阳这人真是……

“今天你也这么说，所以我也开始想，有些事情是不是我真的做错了很多？”

宋倩说这话的时候，车刚好停稳。

程栀看着宋倩，从宋倩的眼底看到了无尽的疲惫和倦意。

她大概也很累，也在努力地想要做好，却好心办坏事。

刀子嘴豆腐心。

她嘴上说着要考验程栀，其实早就帮程栀找好了位置。

她对程栀肯定是有些许不放心，作为长辈，也想好好地帮儿子把把关，摆出自己的架子。

就算已经有些认可，也要做出一副不满意的样子。

这是她在生意场上积累下来的经验，所有的合作也是这样，就算自己已经觉得很不错了，也要跟对方说自己再考虑一下。

但没想到，这些方式根本不能用到生活上。

“阿姨。”程栀放轻了声音，“您还记得我们第一次见面，我说这人生，有得到就有失去吗？”

“记得。”

“所以，您得到了很多，也会失去一部分。”程栀说。

宋倩有些嘲讽地勾了勾唇，说：“所以我失去的是这份亲情的维系。”

程栀一时不知道说什么。

她沉默了会儿，宋倩对她说："到了，你下车吧。"

宋倩透着车窗看过去。

家里的灯开着，祁纪阳在家里等程栀回去。

这样的画面，好像是她这么几十年里没有看到过的光景。

现在，至少祁纪阳也会在属于他们的家里等一个人回去了。

宋倩别回头。

程栀应了一声，随后下车，关车门之前，她轻声说了一句。

"晚安。"

温柔得像风拂过。

穿着干练西装的年轻女人下车以后，宋倩看着那边离开的背影，久久没有回神。

程栀的步伐欢快。

因为要奔向祁纪阳。

因为爱人在等她。

宋倩看了许久。

最后司机问她："宋总，要走吗？"

她这才终于回神。

"回趟老宅吧。"

"我回来了！"程栀开门以后，就朝着那边喊了一句。

祁纪阳早就站在玄关等她，眉梢一扬。

"欢迎回家。"

程栀脱了鞋以后直接扑过去，挂在祁纪阳身上。

"想我了吗？"程栀笑盈盈的，"晚上吃了什么？"

"随便点了个外卖。"

"……我觉得我们俩学做饭这件事果然刻不容缓！"

"好。"祁纪阳笑着，"感觉可能家里一个厨房不够我们炸的。"

祁纪阳抱着程栀走到客厅，两个人在沙发上坐下，一人坐了一边。程栀的腿搭在祁纪阳的腿上，他伸手帮她摁着小腿肚。

今天晚上站了那么久，大概也会有点腿酸。

"今晚怎么样？"祁纪阳转头看着程栀，"觉得不舒服的话，以后就不要答应了。"

"嗯，我表现得还挺好的，哈哈哈。"程栀说，"帮你妈妈谈了个大单子。"

"嗯？"

"没想到对象刚好是邬叔叔，他们给我卖了个面子。"

“这么巧？”

“是呀，就是这么巧。”程栀轻声叹着，“就突然觉得，以前做的一切事情，一定都会有回响的。”

喜欢他有回响。

做的好事有回响。

程栀笑着，说：“所以要做个好人！”

“好。”

两个人聊着，祁纪阳还是放心不下，缓缓开口：“我妈，她没怎么你吧？”

程栀跟着宋倩走了以后，祁纪阳就有些担心。

“阿姨哪会怎么样我呀。”程栀收起腿，往祁纪阳那边靠了点，“祁纪阳，你对你妈妈可能有些误解。”

“什么？”

有些事情，包括家庭关系，有时候别人要看得清楚一点。

“我能感觉到，她其实真的很爱你，也很尊重你的选择。”程栀的手指在他掌心挠了挠，“她看起来确实还在考验我，但是其实阿姨真的没有做什么为难我的事情。

“她决定带我去晚宴的时候，其实就已经算是承认我了，只是这些事情她也不好直接说，毕竟家长嘛，还是要摆点架子的。

“我觉得很多事情宋阿姨只是不说，但她内心真的很细致。”

祁纪阳稍微愣了一下。

听程栀这么一说，好像确实是那么一回事。

他们一开始就误会了宋倩。

“很多大人都是这样的，做了一些其实是为了孩子好的事情，只是有时候看起来不太好。”程栀轻声说，“所以，阿姨是个很好的人。”

祁纪阳喉结上下滚了滚。

“我知道。”他沉声说。

自己的母亲到底是不是个好人，他当然知道。

但他们还是会争吵，还是会有隔阂。

人类总是不够坦诚，有时候明明爱着对方却互相伤害。

程栀伸手抱住祁纪阳，坐在他身上，面对着他。

“祁纪阳。”

“嗯。”

“刚才我下车的时候，看到家里的灯亮着，我知道你在家里等我，我会很开心，我能一回来就扑到你的怀里。”

程栀顿了一下，思绪开始乱飘。

想起宋倩疲惫却还在强撑的样子，她的眼底也会闪过其他的情绪。

“但是阿姨回去以后，迎接她的会是什么呢？”程栀长长地叹了口气。

祁纪阳没说话，只是在这么一瞬间，鼻子酸了。

那个家对他来说是冰冷的牢笼，对宋倩来说又何尝不是呢？她也是人，内心深处也会渴望着温暖的家。

宋倩的心里依旧怀揣着爱意，但不知道要怎么去表达，不知道要怎么做才能把这份爱变得温暖起来。

在这个家里，没有谁是不可怜的。

宋倩也一样。

程栀看到祁纪阳眼底的色彩越来越深沉，像是化不开的浓墨。

在这夜里，竟然生出几分寂寥的味道。

她在这里，还能给他安慰。

可自己不在的那些日子里，祁纪阳又承受着什么样的冰冷和思念呢。

他也一个人经历了很漫长的寒冬和黑夜。

程栀微微低头去吻他，手搂着他的脖子，从额头顺着鼻梁，一路轻轻地吻下去，最后覆在他的唇上。

她开始慢慢地轻咬厮磨。

程栀只是这样随便地捧着祁纪阳的脸吻他，她侧过去一些，用舌尖描摹着祁纪阳的唇形，细致又认真。

祁纪阳的声音有几分哑。

“程栀。”

“嗯……”程栀应了一声，继续吻他。

对祁纪阳来说，程栀像个泥潭，从陷进去的那一刻起就没有出来过，随着岁月的流逝，越陷越深。

现在，好像更出不来了。

这个人已经成为他生命的一部分。

完全无法割舍。

“祁纪阳……我们不会分开的。”

这天晚上。

再一次刷新了程栀对祁纪阳的认知。

好在第二天是个甜美的周末，不用出门。

程栀从醒来开始就在床上当废物，完全不想动弹，甚至连午饭都是在床上吃的。

后果就是，程栀从来没有哪一天像今天这么想喝水，睡觉之前就不停喝水，睡醒以后还是觉得口渴。

祁纪阳给她接了很多次水。

不知道是第几次以后，程栀看着杯子说："……没想到我年纪轻轻的就废了。"

祁纪阳用手轻轻地帮她按了一下。

"……没忍住。"

程栀看了他一眼："你什么时候忍得住了？"

祁纪阳笑了声，依旧是那副样子，他的嘴角上扬着，懒洋洋的。

"谁叫我太喜欢你了呢。"

程栀正想把身后的抱枕抽出来砸他身上，放在旁边的手机忽然响了，一看，是庄兰馨打来的。

程栀赶紧把那杯水干了。

"喂？"程栀开口的声音有些哑，"妈，怎么了？"

"你感冒了？"庄兰馨问，"怎么声音哑成这样？"

"没……"

"那怎么回事？"

程栀随便编了个理由："前几天上班，工作太多了。你知道最近不是快过年了嘛，比较麻烦，前几天忙着说了好久，嗓子说哑了。"

"多喝点水，平时我怎么跟你说的，你这孩子我不看着就不自觉。"

程栀干巴巴地笑了两声，挑眉示意了祁纪阳一下，用口型跟他说："再帮我接一杯。"

祁纪阳看了程栀几秒，明知道她在接庄兰馨的电话，还是恶作剧般地凑过去亲了她一下。

电话没有挂断。

程栀说着话，唇突然被祁纪阳堵住了，只能发出几个短小的音节，几乎都是呜声。

庄兰馨听着觉得不太对劲。

"你在干什么？"

"我……"程栀咬了祁纪阳一下，"我刚才咬到舌头了，呜呜，疼。"

"算了。"庄兰馨说，"我打电话来，问问你最近的情况。"

祁纪阳被她踹了一脚才出去接水，门没关，只是掩着，还留了一道缝隙。

程栀还没来得及回答。

最近发生了挺多事情，一时半会儿也不知道要从哪儿开始说起。

庄兰馨叹了口气："你跟小祁在一起吧？"

"你不用瞒着我们，我们又不是不知道你们在谈恋爱。"庄兰馨说，"搞得好像我跟你爸很不支持似的。"

程栀小声地说："你们本来就不太支持嘛……"

“这些日子我们也好好想了想，毕竟你那么喜欢，我们也没办法。”庄兰馨说，“小祁对你很好，我们也知道他是个很好的孩子。”

“嗯。”程栀轻声应着。

“所以你们先谈着吧，我跟你爸想了这么久，觉得没必要干扰你们俩谈恋爱，以后的事情以后再说。”

“谢谢妈妈！”

“什么时候我们同意你跟喜欢的人在一起，你还要跟我们说谢谢了？”庄兰馨笑出声，“虽然我们现在还是有些顾虑和担忧，不过这些事情，还有待考证。”

“是呀。”程栀不自觉地放柔了声音，“在我心里，祁纪阳一定不会的。”

他自己渴望着温暖，也知道到底什么才是温暖。

祁纪阳虽然没有在很好的环境下长大，没有在一个很温馨的家庭中长大，但是他一定知道要怎么做。

“而且……要是他不会的话，不是还有我嘛。”

程栀靠在靠枕上，微微收了下腿，她把头枕在自己的膝盖上，合着眼。

外面的风吹了些进来，她竟然不觉得有一丝冷。

混合着房间里的暖气，冷热空气相融，温度刚刚好，是人体会觉得舒适的温度。

祁纪阳从楼下接了水上来，他刚刚走到门口，手抬起来，还没碰到门。

从门缝之间，他看到程栀柔和的侧脸，阳光落在她身边。

安静又美好。

程栀闭着眼，也不知道在想着什么。

祁纪阳听到她的声音轻轻的，却一字一句清晰地落入了他的耳里：

“妈妈，我想给祁纪阳一个家。”

周末，程栀在家里休息了整整两天。

周一也是好不容易才坚持去上班，祁纪阳本来都问她要不要不去了。

程栀差点又想揍他。

例行的会议结束以后，程栀回到办公室，裴淮跟着进来，在她办公室里晃悠了一圈。

“什么事，说吧。”程栀抬眸，“看你这个样子不像是没事的样子。”

他真是，每次有什么事情都被程栀看得透透的。

裴淮问：“我现在追白薇的话，合适吗？”

程栀笑了：“有什么不合适的啊？两个人都单身，怎么就不合适了？”

“我们那么多年的朋友，突然之间这样……”

“我和祁纪阳也是八年的朋友。”程栀严肃地说，“你觉得我们现在这样有问题吗？”

从亲密的朋友变成恋人，发展好像会比其他的人都要快一些。

他们好像已经不需要更多的时间去互相试探和了解，在一起的一瞬间就像是在一起了很多年。

程栀一边整理着电脑上的文件，一边说：“你已经经历过一次看到邬白薇跟别人谈恋爱甚至差点结婚了。”

“怎么，”程栀挑眉，“你下次准备等人家孩子都生出来了再表白啊？”

裴淮沉思了一会儿。

当年因为没说出口，就这样看着邬白薇恋爱，准备订婚。

现在确实已经是最好的机会。

“行，我知道了。”裴淮说，“先走了。”

“加油啊。”

裴淮走了以后，程栀才开始处理工作，她顺手给祁纪阳发了条信息。

【程栀：要是我们没有在一起，重逢的时候我已经跟别人结婚生孩子了怎么办？】

【祁纪阳：你才多大就生孩子了？】

【祁纪阳：不是专心搞事业？】

【程栀：听不懂什么是“要是”是吧？需要我今晚下班回家给你买一套《五年高考三年模拟·语文》复习一下吗？】

【祁纪阳：要是你跟别人结婚了。】

【程栀：嗯。】

【祁纪阳：我就当小三。】

【祁纪阳：孩子是你跟别人生的我也可以养，好好养，当自己孩子养，只要是你生的我就会喜欢。】

真是大爱无疆。

程栀没有继续跟祁纪阳闲聊下去，手上还有很多工作需要处理，翻看邮件的时候，再一次看到了那份简历。

这么几天忙着其他的事情都快忘记这件事了。

程栀点开，看着上面写的陈妮的资料。

她还是没想明白陈妮为什么会给他们这边投简历。

以前陈妮那样欺压她，一副生怕自己哪天踩到她头上的样子，但是现在陈妮如果来，自己肯定是她的顶头上司。

程栀想了会儿，没想通，给喻初发了个信息。

【程栀：宝贝，问你个事儿啊。】

【喻初：啥？】

【程栀：陈妮最近怎么回事你知道吗？】

【喻初：我正想给你说这个呢，方便接电话吗？我打个电话给你。】

程栀说了可以以后，喻初的电话马上就打进来了。

“喂喂喂？”喻初的声音听着有些兴奋，但还是压得挺小声的。

“能听见，你说。”程栀说，“所以怎么回事？跟你说你可能都不信，陈妮给我们投了简历。”

“竟然给你投！”

“嗯，我也觉得奇怪。”

“我跟你说啊，这事其实之前就有点苗头了。”喻初说着，还有些解恨的样子，“陈妮怎么对下属的，你最清楚了，当时把你压榨成那样。”

程栀想了想，自己在“后花园”被陈妮压着的时候，确实是最憋屈的一段时间。

要不是当时外婆的情况不好，她怎么会受这种委屈，随便找个别的工作过渡也比那样强。

“陈妮当时对你都那样，对新来的总监能好吗？”喻初说，“而且当时那个新总监不是空降的吗？说真的，做事情肯定没你靠谱，陈妮估计欺负你习惯了，新总监来了以后还继续那样。

“以前她怎么对你的，后来就是怎么对新来的那姑娘的。”

程栀笑了声：“江山易改本性难移。”

“是啊，甚至还有点变本加厉吧，新总监软软的，陈妮估计觉得她好欺负，比当时对你还狠。”

听到这里，程栀突然对那个接替自己位置的人感到心疼了。

“就这么几个月，我们都觉得她可怜的时候……这事来了个大反转。”喻初说。

“嗯？”

“总部的人直接找过来了，调查了陈妮的所有工作记录。”

“这事他们不是一直都睁一只眼闭一只眼吗？”程栀说，“当时我在的时候，总部应该也看出来一些端倪吧，但那会儿也没人护着我。毕竟在这样的公司里，还是官位说话的。”

“是，但新总监不一样啊！”喻初说着，分贝忽然就提高了点，“结果，我们那新总监，是‘后花园’大股东家的千金……空降来体验生活的。”

陈妮欺负人，欺负到小公主头上了。

程栀笑出声。

虽然听着有点惨，但也是自作自受。

“怎么样，是不是爽文剧本哈哈哈！”喻初说，“真的太爽了，现在反正总部那边也摆明态度了，说陈妮不能留，不过看在她在公司那么久的份上，就给她个过渡时间找新工作。”

“那她怎么找到南城来了？”

“欺负大小姐欺负得太厉害，在云城那边混不下去了。”

陈妮本来就是南城人，现在在那边混不下去了，回南城也是正常的。

程栀忍不住又感叹了一次。

“真是三十年河东三十年河西。”她说，“自己以前做过的恶事，都是会孽力回馈的。”

“是啊，好啦，我不跟你说了，要工作去了！”

“好。”

程栀跟喻初打完电话，给人事部回了一条邮件。

【那个陈妮的简历，可以给她退回去了，拒绝的时候话语稍微委婉一点。】

程栀一直都相信，自己所做的一切好事，一定会得到回报的。

事实证明，她确实已经开始收获自己的善意带来的回报。

她的生日马上到了。

祁纪阳偷偷准备了许久，虽然其实程栀早就知道了，不过她也没有干扰祁纪阳做什么。

男朋友想给自己一个惊喜的话，就不要提前去了解了。

她也很好奇祁纪阳到底会怎么样给自己过这个生日。

程栀生日的前几天，宋倩突然联系了祁纪阳。

那会儿程栀正躺在祁纪阳腿上吃葡萄，祁纪阳剥的，一颗颗给她塞进嘴里。

宋倩柔声说着：“纪阳，上次的事情，确实是妈妈做得有些欠妥了，我想请程栀再吃个饭。如果可以的话，或许能叫上程栀的父母吗？”

程栀听祁纪阳转述的时候有点诧异。

“这么快就要双方家长见面了吗？”程栀眨了眨眼，“有点突然，我还没反应过来。”

“你知道我妈做事很利落的。”

在这件事上也不例外，她不会纠结很久，可以就是可以，不可以就是不可以。

既然已经承认程栀，已经认定了她，那么现在就见一下对方的家长也不会奇怪。

程栀点了点头，说：“的确是阿姨的做事风格。”

不过她还是挺开心的，虽然不知道宋倩心里到底是怎么想的，不过能看到变化，能感受到她也是真的承认了自己。

“我跟爸妈说一下。”程栀说，“不过你知道的，我爸妈对我们俩的感情还持观望态度，不干扰但是可能……”

不会这么快就见家长。

毕竟见对方家长这种事情，基本是确定要结婚才做的事情。

没想到，最后竟然成了她这边的父母关难过。

程栀这才起身，嘴角有两滴葡萄的汁水，她被祁纪阳一把拉住手腕，舔了一口。

“不要浪费。”

平时买很贵的东西的时候怎么没说不要浪费钱呢。

程栀这才给程山打了个电话。

这种大事，还是得直接联系程山来得妥当。程栀有点紧张，在客厅走来走去的。

其实她不希望他们拒绝宋倩。

程山接起电话，听到程栀在这边支支吾吾半天没说出句像样的话来。

“什么事，你直接说，我跟你妈承受得住。”程山说，“搞得这么支支吾吾的，最后还不是得说？”

程栀轻咳了一声：“我有个很重要的事情要跟你们说……”

“到底什么事？你怀孕了？”

庄兰馨的声音传过来，“什么！怀什么！程山，你把手机给我！问清楚！”

程栀赶紧救场：“不是！我没说我怀孕了啊！爸！你别造谣！”

祁纪阳看着她一副急得要跺脚的样子，忽然一声轻笑。

完蛋。

她就连这样都是可爱的。

程栀还在跟程山闹腾着，说：“你能不能等我说！不要自己在那边瞎说啊，就我妈那嗓门，我下次回去不抱个孩子回去，院子里的人都要以为我是不是打胎了！”

一个院子里的熟人，八卦是传得最快的，而且还会传得很奇怪。

沈嘉树六岁的时候偷喝可乐不小心倒在床上，自己找了个蹩脚的理由把床单丢进洗衣机，第二天放学就已经传成——

沈嘉树六岁还在尿床，因为觉得不好意思难以启齿，所以自己把床单偷偷洗了。

程栀估计到现在都还有人对沈嘉树有误解。

程栀实在是不想在街坊邻居那里留下个“传奇故事”。

程山说：“什么我瞎说，你搞得那么神神秘秘的，还能是什么事？”

“我就是想说，我前段时间见了祁纪阳的妈妈。”

“他妈妈人挺好的。”程栀没说之前的那件事。

“然后呢？”

“然后……她希望可以见见你们，一起吃个饭。”程栀说出这句话以后挺紧张的，已经做好被程山拒绝的准备了。

电话那边沉默了一会儿。

“也行。什么时候？”

程栀眼睛忽然亮起来：“本月 12 日晚上！”

本来宋倩是想定在13日的，那天刚好是周末，但生日那天，程栀已经定好要跟祁纪阳一起。

两个年轻人要享受二人世界，也不好打扰。

所以宋倩调整了一下工作时间，说如果可以的话就12日一起吃个饭。

程栀没想到程山和庄兰馨竟然答应得这么快，电话挂断以后，还傻愣愣地看着祁纪阳。

“……我爸妈说好。”

祁纪阳挑了下眉，唇微动：“过来一下。”

“嗯？”

祁纪阳看着她，等程栀走过来以后，一把揽住她的腰。

“那见过家长以后算不算名正言顺了？”

程栀还傻乎乎的：“算吧？”

双方家长都要见面了，这还不算的话要怎么样才算。

程栀话音刚落，忽然感觉到祁纪阳的指尖直接贴着她的肌肤，不知道什么时候钻进来的。

祁纪阳抱着她，语气听着似乎还有几分可惜。

“那我们以后就不是不正当了。

“抓紧现在的机会。”

二月，春节月。

每年最冷的时候就是在这个时候。

这个冬天很冷，之前程栀是这么觉得的，但是因为今年有祁纪阳在自己身边，天气都开始变得暖和起来了。

吃饭的地点是宋倩订的，她没有选在很高端的酒店，只是选了一家不掉档次，但价格也不贵的地方。

大概也是怕自己选的饭店太高端，会让人觉得不太舒服。

那天宋倩一个人来的，祁城没来。

去之前，宋倩当然有问过自己丈夫要不要去的。毕竟这次见面还是挺重要的，但祁城说自己提前约了生意上的事情要谈，今天就只能让宋倩一个人出席了。

祁纪阳和程栀到得比较早，他们俩很久就在等了，随后是宋倩，程山和庄兰馨稍微晚一些。

程山和庄兰馨进来之前，祁纪阳正在问宋倩祁城怎么没来。

宋倩敛了下眸，神色淡淡道：“你爸有工作上的事，他也不管你谈恋爱的事，我做主就行……”

话音刚落，包厢门就打开了。

庄兰馨正拍着程山的肩膀，抱怨他：“多大的人了，还整得跟个孩子似的，都跟你说了路上滑……”

“哎呀，这不是没摔下去嘛。”

两人说着话进来，也没继续说下去。

他们俩看着宋倩，微微点了下头，分别招呼了声“你好”。

宋倩笑了一下：“你们好，先坐吧。”

一桌五个人，只有宋倩一个人坐在一方。

“不知道你们喜欢吃什么，我随便点了些菜。”宋倩说着，把菜单给他们，“有什么想吃的可以加一下。”

“没事，我们不怎么挑。”庄兰馨说。

“那就暂时上这些吧。”程栀开口说，“没事阿姨，我们家的人都不挑食的，您点什么我们吃什么，刚才已经点了那么多了。”

祁纪阳也接了句：“一会儿不够再加点。”

宋倩点了点头：“行。”

在饭桌上，他们并没有说太多，都是一边吃着饭，一边聊聊家常，关于祁纪阳和程栀两个人的话题却一直没提。

吃着饭，程山夹了块肉，他把肥瘦的部分分开以后，把那块瘦肉夹到了庄兰馨碗里，动作自然又娴熟。

已经做了几十年的事情，没有什么不熟悉的。

另一边的程栀和祁纪阳两人也打打闹闹的。

程栀往祁纪阳碗里夹了青菜：“吃，必须吃！”

祁纪阳最不喜欢吃青菜，从小到大都是这样的。

“补充维生素。”程栀像个老干部，看着他一定要把青菜吃下去，还往祁纪阳碗里夹了很多，“你吃不吃？嗯？”

祁纪阳看着挺不情愿的，但还是乖乖地吃了。

宋倩看着他们几个人，手上的筷子顿了又顿，最终什么其他的动作都没有做。

这时候程栀忽然开了口：“阿姨，您喜欢哪个呀？我给你夹。”

“这个。”祁纪阳抬头，没有任何犹豫地指了一道菜，“我妈爱吃这个。”

“好。”程栀笑盈盈地站起来给宋倩夹了菜。

宋倩的手忽然僵在半空中，说了句：“谢谢。”

她好像已经很久没有吃过这么好吃的家常菜了。

也不知道是不是因为这家的厨子做菜真的很好吃。

吃过晚饭后，宋倩这才说：“我有些话想跟程栀的爸爸妈妈单独聊聊，纪阳，你们俩先去外面休息一会儿吧。”

“好。”

“等等。”

他们刚起身，宋倩忽然又叫住了他们，从包里拿出一个信封来。

“这个，给你们的。”

薄薄的一层，里面不知道装的是什么。

祁纪阳伸手接过去。

“那我们先去外面等你们。”

“要是觉得无聊，你们先回去休息也可以。”宋倩说。

“对，小栀明天生日，你们还要出去玩，早点回家休息也好，我们聊完也回家了。”庄兰馨也这么说。

“知道啦。”程栀应着声，“那你们慢慢聊。”

程栀挽着祁纪阳出去，走远了一些才拍了拍自己的胸口。她看着祁纪阳，说：“我怎么觉得太和平了一点？”

“这样不好？”祁纪阳垂眸看着她，“难道你希望我们爸妈见面就打起来？”

“也不是。”程栀说，“就是觉得今天晚上很特别。”

祁纪阳笑了一声，伸手刮了一下她的鼻尖。

“阿姨给了什么呀？”程栀看向他手上的信封，“我们现在拆开看看？”

“嗯。”

他们一边走一边拆信封，拿出来以后，是一张信纸，写了满满一张。

手写的。

甚至还有些墨水洇开的痕迹，像是雨滴落在湖面上产生的涟漪。

“啊，是信吗？”程栀说，“那我们去旁边找个地方仔细看。”

这个年代，还有人亲手写信，确实让程栀有些惊讶的，不过，也说明了宋倩的用心。

在外面逛了一圈实在不好找地方坐，程栀和祁纪阳干脆回到了车上，打开灯，就着车上的灯光看。

两个人的脑袋紧紧地依靠着，一起看着这封信。

致祁纪阳、程栀：

这段时间以来，其实我一直都在思考着一些问题，从纪阳对我发火那一刻开始，我就开始思考自己是不是真的做错了。

其实早在我调查程栀的资料的时候，就已经知道她是那个我在摄影展上有过一面之缘的女孩。其实我不是一个对普通家庭很有偏见的人，因为我自己也是出生在这样的家庭，但我现在也依旧做得很好。

但我还是用了严格的方式来考验程栀，用自己习惯的方式去衡量，也并没有思考过这个方式到底是对还是不对的。

在此之前，我对关艺涵的了解也不是那么多，我觉得她是个听话懂事的女孩，或许可以考虑，但其实也从未因为与关家合作就一定要跟关家联姻。

我怎么会不知道联姻下得到的婚姻是什么样的呢。

所以，其实我从来都是希望纪阳你能找到一个真正爱你的人，妈妈经历过的这些失败，不想让你也再经历一次。

只是作为长辈，作为母亲，我觉得自己有责任也有义务，有权利，来看看你挑选的那个人到底是不是合适的人。

你那天冲我发火，包括后来程栀说的那些话，我都想过很多遍。

我才幡然醒悟，原来我已经被这个世界改变成这副模样，曾经我也是个不屑于这种态度和想法的人，但好像我自己也变成了那样的人。

纪阳，那天你进来之前，我正在跟你关叔叔通电话，没说完的话其实是“孩子的事情不要强求，我只希望纪阳幸福一点”。

这么多年，妈妈对你是有很多愧疚的，在这样的家庭里长大，或许你根本没有感受过家的温暖。

我有时候不知道要怎么做，一意孤行，以为自己做得很好，却没想到自己骄傲的方式，却让你受到伤害。

写了这么多，返回去看的时候觉得自己有些胡言乱语，大概也是年纪开始变大了吧。

突然发现，自己好像已经忘了要怎么去表达爱，这些话，我也不知道要怎么跟你说，所以只能用这样的方式来告诉你。

我的孩子一定要好好长大，好好感受温暖和爱。

程栀抬头去看祁纪阳的时候，他今天穿的深色裤子都已经被泪水浸透。

她看过祁纪阳太多样子，吊儿郎当、认真的、偶尔脆弱的，眼眶泛红的样子。

但从未见过祁纪阳这样掉眼泪。

程栀感觉自己喉咙间都是紧的，泪腺有些不受控制。

做父母太难了，当孩子也很难。

程栀伸手抱着他。

不知过了多久。

“程栀。”

“嗯。”

“我出去一下。”

“好。”

程栀跟他一起去的，两个人又从停车场上去，再次回到包厢的时候，服务员已经开始收拾东西。

“欸，你们……”服务员缓缓开口。

“你好，刚才在这里的三个人已经走了吗？”程栀问。

“刚走了几分钟。”

“好的，谢谢。”

说完，两个人又急匆匆地等电梯下去。

下去以后才发现外面在下雪，大概已经是到目前为止今年下得最大的一场雪。

程栀一眼看到了庄兰馨和程山，快步跑过去：“爸！妈！”

两人回头。

“小栀？”

“栀栀？你们怎么还在？还以为你们走了呢。”

“没……”程栀看向外面，急切地问，“阿姨呢？”

“刚出去，说在外面等司机来接。”庄兰馨说，“怎么了吗？”

“没事，祁纪阳在找她，有点事。”程栀回头，“你快去呀！”

祁纪阳几乎没有任何停留，长腿一迈往外面走了。

今天风雪交加，确实不是个好天气。

程栀没跟着去，搓了搓手，看着祁纪阳跑过去的焦急背影。

庄兰馨过来握着程栀的手，也看着那边，突然说了一句：“祁纪阳的妈妈，跟我们想象中的不太一样。”

“什么？”程栀问。

“我和你爸，一开始想着人家是企业家、女强人，我们估计人家可能不那么看得上我们家这背景。”

程栀继续听着，也不插话。

“唉，天下父母心啊。”庄兰馨感叹道，“你知道他妈妈跟我们说什么吗？”

程栀当然不知道，也没猜。

庄兰馨转过头，和程栀一起看着外面纷飞的大雪，她缓缓地说：“她说，希望我们不要对她儿子有偏见。”

“他们家亲情确实淡薄，在这方面没有做得很好，但……”庄兰馨顿了一下，“但祁纪阳是个渴望温馨的好孩子，他一定能做好的。”

程山终于把手上的烟灭了，声音有些哑，多年的老烟嗓了。

“没想到，那样的女强人，竟然会为了儿子的事情向我们那样求情。”

程栀一时间觉得自己好像也无法想象，但又好像可以想到。

她曾经疑惑，宋倩那样冰冷的表面下藏着什么。

现在她明白了。

藏着一颗，不会表达，但也柔软、敏感，也同样需要被呵护的心。

骤降的暴雪，气温好像瞬间低了好几度。

宋倩站在路边等了几分钟，终于等到司机在自己旁边停好车。车门刚刚被打开，她弯腰准备钻进去，身后忽然响起一道呼喊。

“妈——”

宋倩愣住，动作也停住。

像是被按了时间的暂停键。

那人又唤了一声：“妈——”

她终于重新站直身子，抬手抚了一下自己的眼角，过了好几秒才缓缓转身过去，脸上挂着淡淡的笑。

“纪阳，你们还……”

宋倩的话都还没说完，忽然被眼前的人大力揽进怀里。

一个猝不及防的拥抱。

温暖了整个冬夜。

“妈，对不起。”

她刚刚偷偷擦掉的眼泪，又落了下来。

祁纪阳义无反顾地踏着风雪朝她跑来的时候，她仿佛看到了很多很多年前。

那时候祁纪阳还是个很小的孩子。

也是下雪天，他蹲在家里院子的雪堆里，回头：“妈妈，你今天还要去工作吗？能不能不去，陪我去堆雪人？”

那天宋倩没有陪他。

可这个画面，她在脑海里记了很久很久。

后来孩子长大了，也不需要她陪着堆雪人了，甚至祁纪阳也不会在意这些，不会提出这样的要求。

“妈。”当年的小男孩已经长成男人，他说，“等雪堆起来，我们就去堆雪人吧。”

他说：“我陪你。”

她以为一切都变了。

但好像有些东西，其实一直都没有变过。

宋倩点了头，眼泪和心都是热乎的。

“好。”

这天晚上，程栀和祁纪阳没有一起回去。

他们各自回了自己的家。

也是这么多年来，祁纪阳第一次牵着宋倩的手，跟她说：“妈，我们一起回家。”

程栀想，他们俩大概有很多话要说。

不过零点刚过的时候，祁纪阳依旧十分准时地给她发了信息。

【祁纪阳：生日快乐，我的小橙子。】

程栀看着他发来的信息一个人坐在沙发上傻笑，程山和庄兰馨实在是撑不到这个时候，已经先睡了。

老一辈的人，也没有那么深的执念一定要在零点说生日快乐。

只有年轻人沉迷于这样的浪漫。

【程栀：嗯，白天见呀，你先好好陪阿姨。】

外面依旧下着大雪，程栀记得自己每年生日的时候，都是这么冷的时候，几乎每年都会遇到下雪天。

程栀起身，把窗帘完全拉开，看着外面的落雪，安静美好的样子。

对面楼还有人在熬夜，灯火依旧亮着，每个亮起来的家家户户都显得很温馨。

程栀这么二十几年来，从来都不知道冰冷的家到底是什么样的，她所接触的一切都是温暖的，这大概是命运对她的恩赐。

想到这些，程栀的心绪微微动了一下。

“既然是生日了，就让我许个愿吧。”程栀双手合十，合上眼。

她默默地许了个愿。

希望每个人都能有个温暖的家。

虽然这个愿望现在看起来有些遥不可及，有些难以实现，但程栀还是这么想着。

愿望这种东西，就是要美好一点才行。

程栀这个晚上辗转难眠，脑子里装了太多的东西，所以很晚才睡着。

不过，她还睡得挺死的。

第二天她醒来的时候，隐约听到外面有人在说话，除了程山和庄兰馨，竟然还有另外一道有些熟悉的声音。

做梦似的，有点不太真切。

程栀一个激灵从床上跳下来，打开房门去饭厅一看。

昨天下了雪，今天就出了太阳，阳光铺洒在饭厅的角落和餐桌上，暖洋洋的，让人感觉很舒服，阳光下的午餐看起来更加诱人。

三个人坐在一起，有说有笑地吃着午饭。

祁纪阳抬眸看她：“醒了？”

程栀有些恍惚，伸手拍了拍自己的脑袋：“我感觉自己没醒吧……”

她转身回去打算继续倒在床上清醒一下。

身后传来庄兰馨的声音：“你还要睡啊？今天生日不过了？人家小祁一大早

就来了，你一觉睡到太阳晒屁股还在睡！”

“赶紧起来洗脸去！洗个冷水脸就醒了！”庄兰馨催促着她。

这么冷的天让她洗个冷水脸。

祁纪阳放下筷子，说：“我吃好了，谢谢叔叔阿姨，一会儿来帮忙洗碗。”

他说完，起身朝程栀走过去，手搭在她的肩膀上。

“走，去洗漱。”

程栀感觉自己是被祁纪阳推着走的，她还有点晕，懒洋洋的。

连牙膏都是祁纪阳给她挤的。

男人修长的手指在视线里晃了几圈，程栀看着发愣，头顶上传来一道笑：“怎么，还发呆？”

他悠悠地说：“我帮你刷？”

“不用。”程栀这才伸手接过牙刷，木讷地开始刷牙。

她是洗完脸以后才醒过来的。

程栀把一次性的洗脸巾扔进垃圾桶，说：“怎么回事啊？你怎么来我家了？”

“不是要接你去过生日嘛。”

本来原计划是第二天一起出门，结果昨晚各回各家了。

程栀没接这句，回头看了一眼：“你怎么跟我爸妈又那么融洽了？”

“我们关系不是本来就挺好？”

在知道他们俩谈恋爱之前，庄兰馨和程山几乎是把祁纪阳当亲儿子在对待的。

“这么说也没错。”程栀点了下头，“可能是寿星 Buff 吧。”

“什么 Buff？”

程栀顿了一下，认真地说了句：“让世界充满爱？”

祁纪阳其实已经很久没有奢侈浪费过，但因为是程栀的生日，他又浪费了一次。

南城附近的某个温泉酒店。

本来就是祁纪阳家旗下的，他这天直接清了场，把整个酒店都给包了下来。

程栀知道以后也没多说什么。

“这就是跟富二代谈恋爱的感觉吗？”程栀调侃道，“动不动就是包场。”

“女朋友生日，是要不太一样的。”

毕竟是他们在一起以后一起过的第一个她的生日。

前面有很多年两个人都没有什么联系，也没有一起过过生日，上一次都要追溯回很多年前，其实那次祁纪阳也认真准备了很久，但程栀似乎不怎么领情。

那时候的程栀觉得祁纪阳不需要为自己做这些，她也承受不起。

所以这一次，好像是要把那些年错过的全部补上。

两个人漫无目的地牵着手在庭院里散步。

“第一次这样安静地过生日，感觉还挺好的。”程栀说，“以前好像每次都是约很多朋友一起出来玩……”

“嗯，跟朋友一起会很开心吧。”

程栀点了点头，又摇了摇头。

她看着祁纪阳，眼睛里闪闪的，说：“但其实……我每年生日的时候都会想，如果你在的话就好了。”

再多的朋友在身边，欢声笑语热闹着，她还是会想他。

她有好几次喝醉了酒，晕乎乎地准备去睡觉的时候，都出现了祁纪阳在自己身边的幻觉。

推开房间门的时候，她会恍惚到以为祁纪阳坐在那边。

他依旧是那副漫不经心的样子，嘴角噙着笑，对她说：“生日快乐，小橙子。”

现在是幻梦成真。

而且，事实证明，祁纪阳会说“我的小橙子”。

两个人过生日，不会闹腾，但好像也足够了，程栀不断收到大家发来的微信祝福。

沈嘉树直接发了一段视频。

最近他的演出很多，根本就忙不过来，昨晚在 Livehouse 演出的时候，刚好踩到零点。

他在舞台上站着，给程栀唱了首生日快乐歌。

程栀都还没来得及感动，沈嘉树接连着几条语音发过来。

“怎么样？是不是很感人！”

“你是不是跟 Blume 在一起！快给他听听我唱歌咋样！”

程栀翻了个白眼，摁住语音条，把手机递到祁纪阳面前，挑眉示意他。

祁纪阳笑了声：“谢谢，挺好听的。”

“你可真是粉丝满天下。”程栀“嘁”了声，“说真的，要是你不是 Blume，沈嘉树可能已经回来揍你了。

“我和沈嘉树从小到大的关系，他说要是我男朋友连他都打不过就别想保护我了。”

“那还好我是 Blume。”

天色渐暗，程栀突然被祁纪阳拉着回了房间。

“怎么了？”程栀有些疑惑，“我们现在不去吃晚饭吗？”

她中午起得晚，出门以后随便吃了点面，这会儿也有点饿了。

“我记得你高中的时候，说很喜欢烟火，希望能像漫画里那样去感受一次。”

祁纪阳说道。

程栀又被他搞得有点不明所以。

“所以，就算现在是冬天，就算我们是在南城。”祁纪阳一声轻笑，“也要实现你的愿望，不是吗？”

少女时期，她是在少女漫画的熏陶下长大的。

每一部少女漫画里在烟火下告白的浪漫情节，就像是自己对恋爱的幻想一样。

祁纪阳总是在实现她各种奇奇怪怪的愿望，很多时候她都感觉不可能实现的幻想，但他每一个都记着，每一个都去做。

他们回房换了衣服后，牵着手在这条街上走，一路走到终点。

站在山顶的时候，程栀深吸了一口气，看到下面那条街的灯火。

明明是寒冷的冬天，却像是夏日。

天边的星星明亮，灯火映在眼底也像是漫天的星光，猝不及防的烟花在那边开始绽放。

“嘭”的一声，一场盛大绚烂的烟花表演突然开始。

像是梦里的场景，专门为了她一个人，绽放的烟花。

程栀抬着头，正看得出神，视线里忽然出现一双好看的手。

祁纪阳的掌心躺着一条项链。

她垂眸看过去，上面的两个吊坠紧紧地依靠在一起。

右边是一个校牌，程栀看到那熟悉的小方条的时候一愣，她定神看了看。

上面写着的是她的名字。

左边是个小小的奖杯，上面也刻了字，凑近了才能看清上面写着——

Blume's。

“你的校牌我一直收着。”祁纪阳的手伸过来，准备替她戴上项链，“放在我的奖杯旁边。”

程栀，也是他的荣誉。

程栀感觉到脖子上一阵冰凉的触感，项链戴到了自己脖子上，好像有很多不同的重量。

祁纪阳曾经说，还有很多赛车手的浪漫。

耳边烟花绽开的巨大声音还在响着，眼前的男人倏然低头，凑在她耳边，声音很轻，但足够让她全部听到。

她眼底的烟火还在闪烁，视线开始渐渐被祁纪阳整个人占据。

他说：

“Happy Birthday my Queen.”

看完烟花，临近快要到新的一天，他们才终于回去切蛋糕。

只有蜡烛柔和的光照亮着房间。

“小橙子，许个愿。”

“嗯……我昨晚已经许过一个愿了。”程栀偏了下头，“现在还要许愿吗？”

祁纪阳笑了声，说：“没关系，你可以贪心一点。”

程栀忽然不知道要许什么愿，她问：“你生日的时候许了什么愿？”

祁纪阳往后一靠，抬眸看着她，手搭在一边，手指轻轻地点了几下。

“我的生日愿望是——”他顿了一下，忽然倾身，又再一次凑近她，“希望能见到你。”

祁纪阳的生日是8月13日。

他刚刚许完愿的一个半月后，愿望就实现了。

程栀舔了舔唇：“只是见到吗？”

她笑了，问：“你就没有再加上一句，希望能跟我谈恋爱吗？”

祁纪阳轻“嘁”了一声：“那会儿觉得，能见到就行。”

他们曾经，都不敢奢求能与对方更近一步。

祁纪阳眯了眯眼，开始回忆。

他说：“那会儿刚见到你其实心跳还是很快的，不过一看你手上干干净净的什么都没有……”

心都凉下去一半。

大概也知道她对自己没有什么想法，以前说好要一起戴着的手链，早就不知道被她扔去了哪里。

程栀听着，忽然笑出声。

“我那会儿也是因为慌了嘛。”程栀说，“所以想要先藏起来。”

把手链，连同自己那颗依旧躁动不安的心，一起藏起来。

程栀垂眸看着眼前的生日蛋糕，烛火摇曳，她忽然知道要许什么愿了。

许愿之前，她轻声说：“跟你重逢的那天，那条手链的铃铛响起的时候，我就知道我完了。”

程栀合上眼，开始许愿。

她的脑海中不停闪过这么多年的自己，也曾经胆怯害怕过。

她很喜欢现在的自己。

所以——

“愿望是，永远热烈而勇敢。”

或许你在喜欢一个人，曾经喜欢过一个人，或是以后会喜欢上一个人。

他是一道炽热耀眼的光。

你敏感、自卑、小心翼翼地藏着喜欢。

不要胆怯，不要止步不前，不要等着光照进来，要永远热烈而勇敢，向前奔跑，站在顶端。

然后，去成为光吧。

番外一

关 于 错 过

1.

祁纪阳总是能在人群中一眼看到程栀，他曾经以为这是一种超能力。

无论她在哪里，他都能马上找到。

高考结束散场的时候，考场学校门口一阵拥挤，考生都像是挣脱了枷锁，彻底解放。

祁纪阳站在拥挤的人潮中，个子高，别人其实是能一眼看见的，路上又有很多同学都跟他打了招呼。

但程栀从祁纪阳身边走过的时候，却没有看到他。

他是看着程栀走过来的，手上拎着考试用的透明笔袋，敛着眸一路往前走。

程栀小时候练过一段时间舞蹈，走路的时候背脊挺直，体态很好，柔顺的黑色长发搭在肩膀上，跟人擦肩而过的时候，会被撩起来。

她的发质偏软，触碰起来也是软软的。

祁纪阳站在那儿，手已经抬了起来，思考一会儿是跟程栀击个掌还是跟她搭个肩。

他还没做出选择的时候，程栀忽然从他身边路过，连头都没有抬一下，更别说眼神往他那边看。

她直接走了。

祁纪阳抬起来的手又重新放下。

“程栀——”他唤了一声。

程栀似乎是在嘈杂的人群中听到祁纪阳的声音，顿住脚步回了头，这会儿才看到他在自己后面。

祁纪阳从台阶上跳下。

“你眼里完全看不见我的？”他伸手拍了一下她。

女生柔软的发从指间滑落。

程栀轻嗤了一声，反问他：“为什么要看到你？”

祁纪阳一时噎住。

不管再多人在周围，他总能第一时间，在人群里找到她。

不管他们隔了多远的距离，就算她只有那么一个小小的身影。

他都觉得自己能感应到。

但是程栀相反，程栀好像永远看不见他在哪里，就算他已经站在她的面前，她也看不到。

祁纪阳垂眸，敛了一下神色。

“看来我们小橙子最近眼神不太好使。”祁纪阳顿了一下，“高考完了，回头我带你去看看，我请客？”

程栀：“你有这个工夫，不如先解决解决自己的脑子问题？”

两人边拌着嘴往，边校车那边走，旁边传来一些对话声音。

“高考结束了，你再不表白的话，可能就错过啦。”

“道理我都懂，但是做起来太难了。”

程栀的脚步稍微停顿，但也只是一下，又继续往前面走。

上车的时候，祁纪阳忽然又叫了她一声。

“程栀。”

少女倏然回头，眉梢一扬：“嗯？”

他们俩对视的那么几秒里，祁纪阳忽然想到刚才程栀从他身边冷漠掠过的神情。

他喉结上下滚了滚，最后却又是什么都没说。

年少的喜欢太难说出口，少年的骄傲难以卸下，他无法知晓自己喜欢的人是否有那么一点在乎自己。

祁纪阳本来就是极为骄傲的人，甚至有些自负。

他觉得自己会去做的事情，一定是他很有把握的事情，可他觉得……

他喜欢的姑娘，好像一点都不喜欢自己。

这个原本骄傲的少年，第一次有些卑微地在想，她的目光什么时候可以多放在自己身上一点。

他已经把所有的目光都放在她身上了。

只需要她的一点点回应。

2.

程栀的大学比他们的都开学要早，大家一起去机场送行。

那天祁纪阳第一个到，最后一个走。

他早在程栀到机场之前就到了，把她的航班信息翻来覆去看了好几遍，连航班号都要倒背如流了。

祁纪阳从前是不喜欢看这些的。

乘坐一次航班到某个地方，对他来说是再简单不过的事情，他原本从来不会留意航班信息的。

程栀的航班起飞以后，他站在航站楼外面看了很久。

出去以后，许让忽然说："你的小橙子，应该不会像阿离一样，说不见就不见了。"

祁纪阳没回答，那一刻却忽然有一种奇怪的预感。

程栀不会说不见就不见，但好像会慢慢离开。

程栀的大学学业很繁忙，她刚入学就计划好了未来拿双学位，一进学校就开始规划自己的未来，开始计划以后要拿下哪些证书。

偶尔联系的时候，程栀也只是说自己在忙。

再亲密的关系，不见面都会被消磨，再好的朋友，分开到两个大学的时候，关系也会变淡。

这是祁纪阳第一次明白两地分隔原来是这样的感觉。

可他也找不到更多的理由和借口去安城见她，偶尔也用过，用刚好要过去解决点家里的事、有个想吃的就来了等诸如此类的理由去安城。

但程栀几乎是不赴约的。

他电话打过去，那边是程栀翻书的声音。

"祁少还是祁少呀，想来就来。"她轻笑，"阔少果然不会心疼机票钱的，不过我最近事情有点多，出来吃饭就算了，你那边远。"

"小橙子，我们可是两个月没见面了。"祁纪阳顿了下，"那我来你学校？"

程栀那边沉默了好一会儿。

她忽然叹了口气："不就是两个月？我们俩又不是什么必须见面的恋爱关系。"

祁纪阳还没回答。

"算啦，你还是别来了。"程栀说，"回头放假了在南城聚，你这会儿专程来学校找我，别人误会了我怎么解释啊，你坑兄弟是吧？"

祁纪阳被她的话给堵回去了。

没能如愿跟她见面。

可他站在机场，竟然也说不出那几句已经到嘴边的话。

——"没有别的什么事，我就只是想来见你。"

——“我是为了你来的。”

——“不是情侣，但是我喜欢你。”

感情里的别扭和难以说出口的话，永远埋在这里，他说不出口，也永远得不到回应。

3.

祁纪阳和程栀之间，日渐减少联系，最后终于还是走向了最普遍的结局。

当他发现程栀的电话再也打不通的时候，连夜买了机票到安城，这次他是直接到了程栀学校。

但他站在女生宿舍楼下的时候。

他哪能知道程栀住在哪里呢，哪能知道她现在过得怎么样呢。

在现在这个时代，是不可能完全联系不上的，除非对方是故意，他在那边吹了很久冷风以后，忽然清醒。

他们之间的一切，本来就一直是他在强行拉扯。

大概很早很早之前，程栀就意识到，人和人之间是会走远的。

祁纪阳知道，程栀一直都是很清醒、理智、成熟的，而他意气用事，只会用自己以为正确的方式去做事。

他无数次被程栀说过幼稚。

或许，本来就是她主动断掉这段关系的。

回去的路上，祁纪阳路过了她所处学院的教学楼，楼下大厅的灯没关，他迈步进去逛了一圈，一楼还摆着展览架。

——“我院优秀学子，程栀……”

上面有很长的，关于程栀的介绍，也有她的照片，是一张祁纪阳从来没看过的照片。

他站在那里良久，才轻声低语。

“小橙子，你变得更优秀了。”

他一直在追赶她的脚步，却从来都没有追赶上她的脚步。

祁纪阳想，若是人生重启的话，他大概会从一开始就努力。

努力跟她读同一个学校，站在同一个领奖台。

可人生没有重来。

他们之间，也没有继续下去的可能性。

祁纪阳把这些故事一件件告诉自己妻子的时候，她正躺在他腿上看书。

程栀忽然翻身起来。

“祁纪阳同学。”她严肃地看着他，“我得解除一些误会。”

“嗯？”

“第一，高考结束那天，我其实是看到你了。”程栀说，“我故意装瞎的。”

祁纪阳有些无语。

“我很担心我一对上你的眼神就不冷静了啊，万一一冲动表白了怎么办？”

祁纪阳捏了一下她的脸：“哦，所以你就是不肯跟我表白，害我呢？”

“你再捏！再捏你现在也会失去你亲爱的老婆！”程栀轻哼。

祁纪阳松手：“好，你继续。”

“然后，我上大学的时候呢。”程栀说，“我的确是很忙呀，虽然避开你确实是有点刻意，因为要分开上大学那一刻我就想清楚了……”

“想清楚怎么在上大学之后狠狠抛弃我，让我一个人难过，让我飞到你学校却永远找不到你。”祁纪阳直接接上。

祁纪阳凑近了点，有点逼问的味儿：“难道不是吗？”

“你真的很难过？”程栀伸手戳了一下他，“祁少真的会因为见不到我很难过？”

祁纪阳笑了：“你以为我是什么没感情的机器呢？”

“曾经觉得吧。”程栀耸了下肩。

毕竟，她一直以为只有自己在压抑那份感情，一开始也怀疑过祁纪阳是不是一时兴起。

但他在后来的岁岁年年里，一直都在告诉她。

不是一时兴起，是一直。

因为错过了一次，他必须抓住自己最后的机会。

程栀清了清嗓：“不过我要给祁同学纠正一些观点。”

祁纪阳挑了下眉。

程栀坐直，面对着他，认真地说——

“我这些年的努力，也是为了追赶你。”

他们俩都只是在为了对方，想成为更好的自己，这样，下次相见的时候，一定不会像年少时那样匆忙避开眼神。

他们一定可以坦荡荡地相爱。

像现在这样。

番外二

给 我 的 小 橙 子

这封信是婚礼的时候，流程中要求新郎新娘互相告白的内容，本来一开始是要求程栀先告白，但是祁纪阳说他要先读自己给小橙子写的信。

很多在平时说不出口的话，都会写到信里。

婚礼现场，那个曾经不可一世的人，在赛场上拿过诸多荣誉的男人，缓缓展开了手上的那封信。

曾经很长一段时间，我以为我们不会再见面了。

可我们还是重逢了。

在此之前，有人问过我，要是再次遇到以前喜欢的女生要怎么做，我没有回答。

他们都以为我是冷漠，或者以为我没有过这样的经历。

但其实是我永远只有那么一个答案，我不知道要怎么做，我唯一确定的是，无论多少年过去，我还是喜欢她。

很多人说，人的这一生会喜欢很多人，年少的喜欢没有结果是再正常不过的事情，这个人没有结果，总会有下一个。

但我没有下一个，我的选择永远是程栀。

我曾经也想过，我到底能不能喜欢上另外一个人，可我每次都只会想起程栀。

那个眼睛会笑的女生。

后来我就想，我这一生只有两个选择：要么自己过一辈子，要么就跟程栀过一辈子。

分开的那几年里，其实我偷偷去过你的学校好几次，我想，如果能在这偌大的校园里，能跟你相遇一次，我就马上奔跑过去牵起你的手。

可我一次都没碰到过你。

只是一个校园，我都无法与你相遇，那在这个世界，我也不知道要怎么再次与你相遇。

或许我们的缘分，就只是在南城一中的那三年。

跟你分开是让我最觉得难受的时刻，不是突然联系不上你，也不是看到你的未来规划里似乎没有我，也不是每次提起喜欢的人都没见到你。

而是某天，我在家里整理那个已经落了灰的相机。

高中时候我带去学校的那个相机。

很久没有拿出来，我甚至都已经忘记了还有这样东西，但这就像是一个装满了回忆的匣子。

一打开，所有的东西都装在里面。

我们小橙子说未来想成为一名优秀的摄影师，但她一定不知道，我其实也当过一段时间摄影师，只是我的拍摄内容很单薄。

相机里所有的照片和录像都只记录了一个人。

你在漆黑的教室里认真做着眼保健操，在操场上侧着头跟朋友聊天，在学校的比赛中获奖以后站在台上……

那天家里的音响里在放那首《到不了》，所有的照片在电脑上出现的时候，恰好在唱那句。

——“你的眼睛会笑，弯成一道桥，终点却是我，永远到不了。”

——“我找不到我到不了，你所谓的将来的美好。”

说起来你可能会笑，因为祁纪阳竟然会因为看着你的照片觉得自己这辈子真的完了，竟然会看着这些东西都觉得难过得无法呼吸。

在整理照片的那一天，我完全不知晓时间，等到再一次抬头的时候，我发现外面的天已经亮了。

但是路灯还没有熄灭。

我忽然在想，天都亮了，路灯还有什么继续亮下去的意义呢，它已经不再需要路灯的那点光了。

大概是在告诉我——

她已经不再需要这点光了，你的喜欢已经没有任何意义了。

或许，有人会在这里放弃，有人会在这里选择把灯熄灭，但我想……

白天过后，总还会迎来再一次的黑夜。

或许她还会再一次需要我。

我愿意等，等这样一个机会，即使可能我们此生都不会再有任何联系。

我还做过一个梦，梦境真实到醒来以后都久久无法缓过来。

我梦到许让转发给我一个请帖，说是他和白离收到了程栀的结婚邀请函，林灏和钱若霖也收到了，唯独我没有收到。

你跟一个我并不认识的男人结了婚。

照片上的你依旧跟多年前一样，眼睛会笑。

奇怪的是，明明婚礼现场应该放一些更幸福的歌，我听到的却依旧是那首《到不了》。

那是我觉得最难过的一个时刻。

因为我曾经喜欢的小橙子，在我眼里，无论在何时都在闪闪发光，但在你走向别人的时候，你的光芒消失了。

大概是脱离了我如此爱你的滤镜，她不会再发光了。

但好在，那只是个梦境，不过唯一跟梦境中一样的大概是——

我们身边的朋友的确都收到了这张婚礼邀请函，但我没有收到，因为我就是这张邀请函的发件人。

我是新郎。

娶到小橙子的人，是我。

我的小橙子，在我的世界里，还是那个永远都会发光的程栀。

很多年前，程栀问过我。

——“像你这样的阔少，人生真的会有什么烦恼吗？”

其实以前我和她一样，天真地以为自己拥有这个世界上的一切。

但后来我才发现，我的世界，不过也就是简简单单的两个字，每一笔都是你的名字。

程栀就是我的世界。

曾经我也这样难过过，现在回想起来，偶尔也会觉得仿佛回到了那个时候，有几分酸涩。但还好，现在我不会，以后也不会了。

等祁纪阳念完手上的信，程栀站在他对面已经开始流泪了。

男人放下手中的信纸，伸手替他的新娘擦去了眼泪。

等到他读完轮到程栀的时候，程栀却忽然把手上的信纸放在了一边。

其实……

她的确是准备了很多话想说。

想说，要是当年的我们都更加勇敢和坦诚一点，也想说，其实祁纪阳一直都是她的光，她的少年，她这一生的信仰。

刚开始准备的时候，她还觉得自己有点矫情，翻来覆去读了好几次，在床上打滚。没想到等到结婚这天，她的丈夫读了更真挚的内容。

那是触碰到人内心最深处的软弱。

她以为以前只有自己一个人难过，没想到祁纪阳其实也一直很辛苦，在每一个时刻，他也有很多想法，也很不舍，也做出了很多选择。

就算让人觉得有些软弱，但他还是愿意在今天说出来，愿意告诉大家，因为……

祁纪阳就是愿意告诉所有人，她就是他现在生命中最重的分量。

程栀一下子就不想说自己那些七七八八的话了。

她只是点了点头，简简单单地回应了他一句——

“我永远爱祁纪阳。”

大概，就这么一句就够了。

因为未来他们真的有很多时间，这将会是很漫长、很美好的一生。

路灯不会熄灭。

路灯永远明亮。

后记

第一次给大家写后记，关于这本书，我总觉得自己是想说一些什么的，可能有些混乱，但希望可以给大家传达这份心情。

刚开始构思这本书的时候，其实只有一个很简单的念头。

我想写一本学生时代互相暗恋的意难平，多年后以朋友身份重逢的时候，会展开一个什么样的故事？

我想，很多人的生命中都有过这样的时刻吧。

青春时期的喜欢没能如愿，到最后多年以后，好像也不再喜欢了，听到对方的消息也只是感慨：

“啊，这个人曾经是我的青春。”

也就是这样了。

大概，大家的青春都有一些相同点。

我总是喜欢去圆满一些现实中略显遗憾的故事。

小橙子和祁纪阳就是其中一个。

他们曾经就是很好的朋友，但因为年轻时候的别扭和现实的差距，在互相喜欢的状态下都无法跟对方袒露心意，不够成熟，也没有那种面对生活的底气。

明知道每一次可能都是最后一次机会，但都抓不住这样的机会。

后来重逢，两人都变了很多，虽然依旧是朋友，但这次结果一定是不一样的。

看似是因为一些机缘巧合和闹剧，但其实是因为成长。

成长会让人变得更坚定。

他们都可以更好地去面对以前觉得困难的事情。

祁纪阳和程栀是这么多年里，我最喜欢的两个角色，因为他们一直都在坚持自己，一直都在努力让自己变得优秀。

“喜欢”和“爱”，其实是一件很有力量感的事情。

会为了喜欢的人，去成为更优秀的人，为了赶上对方的脚步而努力前进。

我想，如果是这样的喜欢，到最后没有在一起也是很好的结局，因为你在爱里收获了很多。

有的人会害怕长大，害怕分别，害怕失去，害怕改变，而我大概是一个很喜欢“成长”的人，因为我知道，在这些长大的岁月中，我会经历很多事，很多人，慢慢获得属于自己的沉淀。

就像我在这本书里最后写的呀，不要等着光照进来，我们应该去成为光。

首先要让自己变得优秀、自信，才能在生活、工作、爱情中得到圆满，所以我希望看到这篇后记的所有朋友，都要像小橙子一样去努力前进。

到最后，我们也一定会拥有最好的结局，前路长明。

共勉。

By 酥皮泡芙